UNA APUESTA INDECOROSA

© Hilda Rojas Correa, 2019

Diseño portada: Pamela Díaz Rivera
Imagen de portada: Period Images / Freepik / Wikipedia
Corrección: Pamela Díaz Rivera
Revisión: Julia Pinto / Andrea Valenzuela

Primera edición, marzo 2019
©Editorial Pamela Díaz Rivera E.I.R.L
Briones Luco 0919, La Cisterna
Santiago, Chile

Safe Creative 1807307865887
ISBN: 9789569752452

Una APUESTA Indecorosa

Hilda Rojas Correa

El momento elegido por el azar vale siempre más que el momento elegido por nosotros mismos.

Proverbio chino

Prólogo

Londres, septiembre 1818.

—¡No! ¡No puede ser! —chilló Alexander Croft, conde de Swindon—. ¡Has hecho trampa!

—¿Te atreves a acusarme de trampa?, ¿en frente de todos estos respetables caballeros, Swindon? —espetó Michael Martin con frialdad—. He ganado lo último que tenías para apostar esta noche. Y, debo decir, que me alegra mucho liberar a tu esposa y a tus hijos de un ser miserable como tú.

El murmullo de voces masculinas que estaban pendientes de la mano de *whist*[1] más interesante que se haya llevado a cabo en los últimos años en aquel garito, le daba la razón al ganador y miraban con reproche y reprobación al perdedor.

Michael tomó el documento que estaba sobre la mesa de juego, el cual acreditaba que él era ahora el propietario de lady Swindon y sus dos hijos. Le dio una última lectura rápida, lo plegó y se lo metió en el bolsillo interior de su chaleco. Miró de soslayo al conde, quien lo miraba desafiante —cosa que no le afectaba en lo absoluto—, y se levantó de su asiento, tomando con parsimonia en el proceso, su levita y miró con desdén al desafortunado conde.

—¿Dónde está lady Swindon? —preguntó Michael poniéndose la levita. Mientras se ajustaba las mangas, se puso a pensar en cómo le iba a comunicar a esa pobre mujer, la situación en la que se encontraba. Nunca imaginó que, al terminar esa noche de apues-

---

1 *Whist es un clásico juego de cartas en inglés, que se jugó ampliamente en los siglos XVIII y XIX. Aunque las reglas son simples, hay un margen para el juego científico. Tiene cierta similitud con la brisca española.*

tas, sería el dueño de una condesa y sus dos hijos. Si él no jugaba esa mano, Swindon hubiera apostado a su esposa contra cualquier otro de los caballeros presentes, y el destino de lady Swindon sería mucho menos alentador.

Él podía jurar por lo más sagrado, que no tenía segundas intenciones. Y bien sabía que varios de los «respetables caballeros» que estaban en ese lugar, no serían tan considerados y honorables a la hora de reclamar su premio.

—¿Tan rápido te apropiarás de ella? —atacó Alexander con sorna.

—Eso no es de tu incumbencia, Swindon —replicó Michael imperturbable, quitándose una pelusa imaginaria de su impecable levita negra—. De cualquier forma, todo el mundo sabe que te has separado de ella, e incluso, has tenido el descaro de pasear con tu amante por Vauxhall Gardens, a vista y paciencia de la alta sociedad. Tu inútil intento de hacerme perder los estribos no ha funcionado en realidad, lo que haga ahora con la condesa, no debería afectar en lo más mínimo tu hombría. Has perdido y ahora es mía —replicó Michael indolente, dando un claro mensaje, tomaría lo que era de él—. Ahora, milord, contesta mi pregunta, ¿dónde está? —insistió.

—En Richmond, en Yorkshire del norte —respondió el conde de mal modo, recordando, sin sentir ni una pizca de remordimiento, la cara desfigurada de decepción de su esposa cuando le informó que debía irse de Londres con sus hijos, y que ya no la quería viviendo en la misma casa que él. En el estricto rigor: la expulsó—. Está viviendo en mi propiedad campestre, Garden Cottage.

—Asumo que esa propiedad también la has perdido —señaló Michael lo obvio, tomando en cuenta el comportamiento del conde.

Silencio.

—¿Cuándo irás a buscarla? —preguntó Swindon en cambio, para no confirmar. No quería darle la razón a Michael, porque también había perdido esa propiedad hacía unos días.

—Eso tampoco es de tu incumbencia. Desde ahora, todo lo concerniente a lady Swindon o sus hijos, solo me atañe a mí —contestó Michael severo, ya estaba harto del conde y lo mal perdedor que era. Pero, en el fondo, él estaba preocupado. No pudo evitar pensar que le quedaba poco tiempo para hacer el viaje a Richmond, dado que, más temprano que tarde, Garden Cottage sería reclamada por su nuevo dueño. Pero lo que más le inquietaba, era que debía pensar en cómo resolver el problema en el cual se había metido, porque era un hombre casado.

Él, en una mezcla de esperanza y obstinación, quería pensar que todavía lo estaba. Su esposa llevaba tres años desaparecida junto con su hijo, gracias a la intervención de su abuelo, el duque de Hastings, un ser sin corazón y egoísta, que solo se dedicaba a hacer su voluntad, sin importarle a quién perjudicaba en el proceso.

«Esa mujerzuela no es digna de esta familia, no está a la altura de nuestra cuna», vociferó el duque cuando se enteró del rumor de que él se había comprometido con Laura Coatsworth, una mujer sin título ni posición, que se ganaba la vida como ayudante de un importante sastre. Lo que el viejo miserable no sabía, era que sus gritos llegaban más que tarde. Michael llevaba un poco más de dos años ocultando su matrimonio; cuando ella le confesó que estaba esperando un hijo de él, se casó de inmediato.

Michael sintió una horrible sensación de injusticia, él había perdido a su familia, su tesoro más preciado, y, en cambio, el hombre que tenía en frente, ni siquiera le había temblado la mano para deshacerse de la suya.

Infeliz malnacido.

—¿Sabes lo que odio de nuestra clase, que se supone que es noble? Son las personas como tú, Swindon… tanto que se vanaglorian del poder del dinero, la alcurnia de su estirpe, la posición que ostentan. Sin embargo, la realidad es otra; tú, yo, y la gente que está ahí afuera, todos somos iguales. Sangre roja en las venas, alma, corazón… Y, en este preciso momento, puedo asegurar que es más noble el tipo que se levanta al alba a retirar tu bacinica, que tú —declaró Michael firme, su tono de voz había cambiado, y parecía no pertenecer a ese hombre de dual apariencia; un joven inofensivo, y despreocupado, gracias al cabello castaño revuelto y a las gafas que usaba por su leve miopía; y, a la vez, esa misma persona, era un elegante, honorable y digno caballero que siempre vestía impecable—. Ya no tolero más verte a la cara, jamás entenderás nada. Me retiro, buenas noches, caballeros… excepto a uno.

Capítulo I

Richmond, 20 de noviembre 1818.

Eran las nueve de la mañana cuando Lawrence, limpiaba con afán los asientos de la parroquia Santa María. Sus manitos ya estaban adoloridas y todavía le faltaba la mitad de la zona que le habían asignado. Otro par de niños estaban divirtiéndose cazando arañas, pues ya habían terminado su labor, eran más grandes, fuertes y rápidos que él.

El pequeño bufó sintiendo un atisbo de envidia, quería crecer pronto para poder irse de ahí. Deseaba con todo su ser poder trabajar en cualquier cosa cuando tuviera unos cinco años —que era la edad mínima que permitía el vicario—. Ansiaba el día en que un adulto llegara, para conseguir a un aprendiz entre los niños que vivían el hogar en de huérfanos de la parroquia.

Aunque había un problema con ese plan, Lawrence no sabía cuánto tiempo debía esperar para cumplir cinco años. Pero, mientras tanto, debía ser el mejor de todos, y así, para cuando viniera un hombre ofreciendo un trabajo, comida y techo para un niño obediente, él sería el elegido.

La infancia de Lawrence había sido demasiado corta, y sin padres, todo dependía de él. Madurar, no era una opción, era una obligación.

Tenía un poco de frío, el aire se le colaba por el inexistente dobladillo del gastado pantalón que ya le quedaba estrecho y corto. Se limpió la nariz con la manga de la chaqueta, ya era el segundo día en que los mocos le corrían como agua. Todo partió con unos estornudos y, esa mañana, le costó un poco más levantarse, solo quería estar calentito en la cama un rato más. Pero el vicario, el señor Powell, si bien era amable, era implacable cuando se trataba de disciplina. Desde que Lawrence tenía memoria, se levantaba todos los días a las siete de la mañana, debía dejar la cama hecha, lavarse la cara, y tomar desayuno. A las ocho, al igual que los otros diez niños del hogar, ya estaba ocupado en alguna tarea asignada para esa jornada.

Siguió limpiando con afán, pero la risa escandalosa de uno de los niños, le hizo distraerse por un instante, y el trapo que estaba usando cayó al suelo. Tomó el trapo sucio y, un recuerdo tan fugaz como vívido, surcó su joven cerebro; una mujer enferma, de cabellos rojos como el vino. Estaba acostada en una cama y le tomaba las manos, las tenía frías y huesudas, «no dejes de luchar, hijo. Nunca», le susurraba.

Lawrence parpadeó. Aquella era una imagen recurrente que cada vez le asaltaba menos seguido, supuso que era su mamá, porque sentía una cálida sensación en su corazón cuando recordaba a esa mujer que, a pesar de estar enferma, era hermosa. El niño suspiró y apretó los labios para contener las ganas de llorar que le asaltaban cuando la recordaba. Todos los que estaban ahí con él, tuvieron una mamá y un papá alguna vez y, ahora, ya no tenían ni lo uno ni lo otro. Sin familia. El niño nunca supo nada acerca de su padre —y tampoco lo recordaría si lo tuvo alguna vez—, por lo que, al igual que los otros chicos que estaban ahí, él estaba solo.

Terminó de limpiar el asiento, y prosiguió con el otro. La mayoría de los niños deseaban que alguna pareja sin hijos los eligiera para salir del hogar. Lawrence no esperaba nada de ello, solo deseaba crecer, crecer y ser grande… Ser alguien. Si lograba tener un trabajo, podría, algún día, comprarse todas las golosinas que existieran en el mundo, y comer los más exquisitos manjares para llenar su barriga que siempre gruñía. Una vez probó un caramelo, fue lo más delicioso que había comido en toda su vida.

Sí, iba a trabajar duro para no tener más hambre.

La puerta de la parroquia se abrió intempestivamente, haciendo que todos los niños miraran en aquella dirección. El señor Powell entró y, detrás de él, un caballero vestido de negro. Lawrence no veía caballeros a esas horas de la mañana y menos en un día que no fuera el del servicio dominical. El hombre capturó la atención del niño, era muy elegante, y miraba todo con interés.

—Niños, atención, formen fila frente al púlpito —ordenó el señor Powell. Todos obedecieron en el acto. Lawrence dejó su labor, se limpió las manos en el pantalón y se ubicó al final de la hilera de niños que estaban firmes, con las manos atrás, expectantes y esperanzados ante la inusual visita.

Pero el niño no estaba impresionado, como para justificar que todos hicieran fila para saludar a la visita. Un caballero solo se presentaba en la parroquia para hacer donaciones. Sorbió su nariz y el eco resonó en todo el lugar. El vicario lo miró severo y el niño bajó la vista avergonzado.

—Niños, el señor aquí presente es Michael Martin, y ha venido a visitarnos para realizar un generoso donativo a nuestra parroquia...

Lawrence estaba distraído mirando sus zapatos gastados, esperando a que pronto terminara el señor Powell de hablar para poder continuar con su labor. Otra vez su mente vagó por el laberinto que era su memoria. La misma mujer, acariciándole la cabeza y besándole la mejilla, ¡qué linda era!, sus ojos verdes, eran del mismo tono que los ojos del gato que vagaba en la parroquia. «Te amo, Laurie. Siempre estaré contigo, hijo mío», decía la voz de ella, y su aroma era inconfundible, todavía podía sentirlo, era suave, como si lo llamara a estar siempre entre los brazos de ella... Mamá.

—Adiós, Laurie —le susurraban sus compañeros dándole la mano, o revolviéndole el cabello. Lawrence alzó la vista sin entender muy bien lo que estaba pasando. Miró hacia el señor Powell y luego hacia el caballero... Michael Martes... Martin.

—Si me permite, señor Powell, quisiera estar un momento a solas con el niño mientras preparan sus pertenencias —solicitó el caballero.

—Por supuesto, señor Martin —accedió solícito el vicario—. Niños, al comedor, el señor Martin ha tenido la generosidad de agasajarnos con un delicioso banquete que ya está servido. Vamos, rápido, que no todos los días se desayuna dos veces —apremió.

Al instante, Michael y Lawrence se quedaron solos. El hombre se agachó a la altura del pequeño y lo observó de una forma que él no podía interpretar. Al niño, no obstante, no le importó, le llamaba la atención las gafas que empezaban a empañarse.

Michael, al notarlo, esbozó una sonrisa, se quitó las gafas y se limpió las incipientes lágrimas con el dorso de su mano. El pequeño miraba fijo los ojos castaños del señor Martin, había algo familiar en ellos que no le hizo desconfiar.

—¿Sabes cuál era el nombre de tu madre, Lawrence? —preguntó Michael, volviéndose a poner las gafas.

El niño negó con la cabeza.

—Tu madre se llamaba Laura —reveló el señor Martin—. Era igual a ti, ¿la recuerdas? —interrogó.

Lawrence, asintió y bajó la vista. Era poco, pero la recordaba, tal como hacía unos minutos y, ahora, el nombre de Laura resonaba en su frágil memoria como un estallido.

—No mucho, ¿cierto? —continuó el hombre, el niño volvió a asentir—. Mira. —De su bolsillo sacó un reloj muy elegante y lo abrió, en la cara interior de la tapa había un retrato en miniatura y se lo mostró a Lawrence—. ¿Es ella?

El niño observó la imagen y abrió sus ojos verdes con asombro. Era la misma mujer que veía en recuerdos y algunos sueños, era mamá, sí era ella. Volvió a sorberse la nariz, y sintió de nuevo las ganas de llorar, pero ya fue inútil reprimir.

—Mami —susurró Lawrence, limpiándose la humedad de sus mejillas.

—Ella fue mi esposa —reveló Michael—, y tú eres mi hijo.

Lawrence miró al caballero más asombrado todavía, ¿eso quería decir que él era su padre? Infinidad de preguntas se agolparon en su cabeza y no sabía cómo formularlas. Si ese hombre era su padre, ¿por qué había estado toda su vida en un hogar de huérfanos?, ¿por qué su mamá murió?, ¿dónde estuvo el señor Martin toda su vida?, ¿por qué no vino por él antes?, ¿se lo iba a llevar a otro hogar de huérfanos, o iba a vivir con él?, ¿tendría que trabajar para su padre?, ¿tenía más parientes, una familia?

Pero el niño no dijo nada, se sentía incapaz de emitir palabra alguna. De pronto, su joven existencia había sufrido un cambio que jamás imaginó. No sabía qué sentir o cómo actuar, volvió a mirar el suelo. A Michael se le desagarró el alma al ver a Lawrence tan perdido y desorientado. Alzó la barbilla del niño con suavidad.

—Nunca bajes la vista, hijo. Siempre la vista al frente, porque no has hecho nada malo. Sé que es difícil de entender todo esto —dijo Michael, tomando de los hombros al niño, ¡qué delgado estaba, era tan pequeño!—. Pero lo iremos solucionando con el tiempo, te suplico que confíes en mí… ¿te puedo pedir una cosa?

—Sí, señor Martin —respondió Lawrence, en apenas un susurro.

—Bueno, son dos cosas —rectificó—. Primero, no me digas «señor Martin», soy tu padre y solo aceptaré que me llames «papá», y segundo, ¿te puedo dar un abrazo?

Lawrence nunca pensó en que le pedirían algo así, pero no era nada malo, por lo que asintió sin decir nada.

Michael Martin, después de tres años de incansable búsqueda, al fin pudo abrazar a su hijo. En un silencioso llanto sintió cómo se propagaba en su pecho el calor de ese cuerpecito menudo que, con timidez, respondía al abrazo. Michael nunca se había sentido tan feliz y a la vez tan triste. Solo había podido recuperar una parte de su pequeña familia, y se arrepentía con toda su alma de su debilidad y de sus fallos, que condenaron la vida de su esposa y, por poco, la de su hijo. Muy tarde se liberó del yugo que tenía sobres sus hombros, muy tarde desafió a su abuelo, el duque de Hastings, para tomar las riendas de su vida y de su independencia.

Los segundos pasaron lentos. Lawrence no sabía que los abrazos podían ser así de largos, pero el contacto no le inquietó, a pesar de sentir que su... papá, sollozaba. Tampoco sabía que los hombres sí podían llorar. Era algo prohibido, las lágrimas eran cosa de mujeres y demostraban poco carácter, según las palabras del vicario.

Michael, sin desearlo de verdad, rompió el contacto, con premura sacó un pañuelo de su bolsillo y se limpió la cara esbozando una sonrisa.

—Perdón si te asusté. Solo lloro cuando estoy muy feliz o atrozmente triste, y hoy siento las dos cosas —explicó Michael a Lawrence.

—¿*Pod* qué está *tiste*? —preguntó Lawrence articulando, por primera vez, más de dos palabras seguidas.

—Porque no puedo abrazar y besar a tu madre, ni hablar con ella. Porque ella ya no está —respondió con sinceridad—. ¿Me acompañas al cementerio?

A Lawrence, le extrañó esa petición. El cementerio estaba atrás de la parroquia. Nunca había visitado esa parte, pues no les permitían a los niños del hogar ir ahí y, ganándole la curiosidad, aceptó.

Michael se levantó, tomó la mano de Lawrence y se dirigieron al cementerio. Rodearon la parroquia y, de inmediato, pudieron divisar las lápidas llenas de musgo. Caminaron lento por el camposanto, según las indicaciones que le dio el señor Powell a Michael, la tumba de Laura estaba en el extremo sur.

No conversaron, solo se escuchaban sus pasos y el susurro del viento frío. Lawrence miraba todo con curiosidad, y Michael estaba abrumado, con millares de sentimientos encontrados. Desde hacía un par de semanas, supo a ciencia cierta qué había ocurrido con su esposa, después de perderle la pista en Cornwall. Gracias al destino y por un incidente legal que tuvo su hermana, Olivia Witney, vizcondesa Rothbury, con su abuelo, lograron recuperar las escrituras de una propiedad que le habían legado.

En esa ocasión, aparte de las escrituras, su padre, Albert Martin, marqués de Bolton, se llevó todo lo que había en la caja de hierro; donde el viejo duque tenía escondidos muchos documentos, cartas, diarios de vida y, entre ellos, toda la correspondencia que Hastings intervino entre su esposa y él. Michael tenía la hipótesis de que el viejo duque tenía una manía enferma de conservar las evidencias de sus pecados en vez de destruirlas. Eran como trofeos que demostraban su poder sobre las personas que lo rodeaban. De hecho, todas las cartas estaban selladas.

En cuanto confirmó la dolorosa veracidad de las cartas, Michael le escribió al señor Powell, y una vez que el vicario respondió todas sus dudas, emprendió el viaje a Richmond, apenas avisándole a su padre y a su hermana. Ya habían pasado cuatro días desde que salió de Londres. Estaba tan desesperado por encontrar a Lawrence, que casi no podía creer que estaba tomándole la mano, yendo a visitar la última morada de su esposa.

—Aquí es —señaló Michael sintiendo un dolor profundo en su alma. Su corazón ya se había hecho pedazos cuando se enteró de su fallecimiento, y se pulverizó, leyendo impotente, las cartas que su esposa le enviaba y de las cuales, nunca obtuvo respuesta. Hasta el último día de su existencia, Laura no había perdido la fe en él. Y, en ese instante, al ver el nombre de ella en la lápida sin adornos, sintió que su muerte era un hecho real, tangible—. ¿Sabías que tu mamá está enterrada aquí? —preguntó Michael al pequeño, él negó con la cabeza—. ¿Sabes leer? —Lawrence volvió a negar—. Dice, «Laura Martin, nacida el 16 de febrero de 1792, fallecida el 10 de mayo de 1815». Solo eso… creo que haremos una nueva para ella, una que sea más digna y testifique su paso por esta vida. Iremos al pueblo a contratar un artesano y le pediremos que hagan una más bonita y que sea de mármol, y la visitaremos siempre —decidió Michael.

Lawrence se arrodilló sobre la tierra y puso su manito sobre la fría piedra de arenisca, acarició las letras que conformaban el nombre de su madre y lloró. Lloró como nunca en su vida, porque apenas la recordaba, porque, por algún motivo extraño, siempre la añoró y vivió siempre con ese vacío inmenso de estar solo en el mundo.

Pero ya no lo estaba, tenía un padre, que estaba arrodillado al lado de él tomándole la mano, llorando como él, por su mamá.

—¿Me perdonarás algún día, Laura?, ¿lo harás? —murmuraba Michael entre sus sollozos—. Te amé, tú sabes que lo hice. Pero era joven, estúpido y cobarde. Y pagaste con tu vida mis debilidades... Te juro por nuestro hijo, que siempre haré lo humanamente posible por no fallarles de nuevo... te lo prometo. No volveré a cometer ese error —afirmó desde el alma, llorando a su esposa, resignándose al fin de que era un hombre viudo.

Lawrence estaba impactado por aquellas palabras, las entendía casi todas, pero no tenían demasiado sentido para él. No obstante, el señor Martin, su padre, lo conmovió. De verdad estaba sufriendo, esa tristeza que embargaba hasta el aire que respiraban, era verdadera.

Michael volvió a sacar su pañuelo y se secó las lágrimas, después hizo lo mismo con Lawrence. Se levantaron y se quedaron en silencio.

—Señor... papá —dijo el niño de pronto, alzando su mirada hacia Michael, qué alto era—. ¿Me va a *llevad* de aquí, voy a *tabajad* con usted? —preguntó con inocencia.

Michael le sonrió, y pensó que, aunque había llegado tarde, sí estuvo a tiempo de impedir que su hijo tuviera una vida llena de peligros y sacrificios.

—Lawrence Martin, tú irás donde yo vaya. Trabajarás en muchos años más, cuando seas un adulto. Heredarás un ducado y mucha gente dependerá de ti. Pero primero, lo más importante que debes saber, es que no volveré a separarme de ti. Somos familia, y la familia siempre debe estar unida —declaró solemne.

En la cabeza de Lawrence resonaba la palabra familia. Pero el rugido de su estómago interrumpió sus pensamientos con brusquedad.

—¿Tienes hambre? —interrogó Michael, incluso él escuchó el sonido y le partió el corazón.

—Mucha, se... papá —admitió Lawrence sintiendo cómo sus mejillas se arrebolaban.

—Entonces vamos a buscar tus cosas, iremos a la posada donde me estoy alojando y comeremos algo delicioso —ofreció dándole la mano—. Sirven un pastel de carne, exquisito.

Capítulo II

Margaret Croft estaba en su escritorio, sin saber cómo iniciar la carta más difícil de escribir de su vida. Miraba el papel en blanco; a través de las últimas misivas, le había dicho tantas mentiras a sus hermanos, Andrew y Minerva, que se le ponía la cara roja de vergüenza. Solo les contaba trivialidades del campo, las travesuras de sus hijos, lo hermoso que era Richmond, que era feliz en ese lugar y, por supuesto, no extrañaba para nada la ciudad.

Pero nada era cierto, y había llegado a un punto, en el cual ya no podía seguir ocultándole a sus hermanos la vergonzosa y precaria situación en la que se encontraba. La farsa que era su vida, estaba llegando a su fin.

Miró hacia el pequeño jardín. Los arboles apenas vestidos con hojas rojas y amarillas eran un colorido remanente del verano, y lo único que brindaba verdor en aquel paisaje era el césped crecido y algunos arbustos de hoja perenne. La mañana estaba fría, el otoño en plenitud, no era más que el preludio del invierno.

—Lady Swindon, disculpe la interrupción, quería avisarle que ya nos vamos —anunció Elizabeth, que estaba a la cabeza de los tres últimos sirvientes que quedaban en Garden Cottage—. Lo sentimos mucho —se excusó avergonzada llevando sus pocas pertenencias.

—No te preocupes, Elizabeth. Ya lo habíamos acordado, es normal que ustedes busquen otro lugar, no pueden trabajar sin recibir su salario y yo ya no puedo solventarlo —respondió con toda la tranquilidad que pudo imprimirle a sus palabras. Pero en el fondo estaba aterrada—. Aquí están sus cartas de recomendación para que puedan encontrar un trabajo pronto. Muchas gracias por todo este tiempo que han estado al servicio de la familia —agradeció, entregándole a cada uno de ellos un sobre.

—Nosotros somos los agradecidos, mi señora —replicó Elizabeth tomando la suya—. ¿Está segura que puede manejar la casa sin ayuda? —preguntó Elizabeth inquieta, Garden Cottage no era una mansión, pero tampoco, una simple casa. Lady Swindon era una muy buena ama y, de verdad, les apenaba abandonarla a su suerte.

—Eso tendré que verlo con el tiempo. —Esbozó una sonrisa de resignación y se arregló un rebelde mechón castaño que se salió de lugar. En su mente todavía estaba calculando que solo le quedaban unos cuantos días de víveres y de leña para las chimeneas.

Después, todo sería incierto. Ni siquiera tenía dinero para irse de viaje a Londres o a Cragside, lugar donde residían sus hermanos.

—Adiós, lady Swindon. Le deseo la mejor de las suertes y que Dios la bendiga y la ampare —se despidió Elizabeth y los demás susurraron lo mismo.

—Adiós a todos y, de nuevo, estamos muy agradecidos de su lealtad. —Margaret se puso de pie e hizo una digna inclinación de cabeza.

Sin decir nada más, los sirvientes se marcharon cabizbajos, tanto por encontrarse sin trabajo, como por dejar a la señora sola con sus dos hijos.

Margaret volvió a sentarse frente al escritorio. Aspiró todo el aire que pudo y lo soltó pausadamente. Valor, necesitaba mucho valor. Tomó la pluma, la entintó, y procedió a escribir.

«*Richmond, 20 de noviembre de 1818.*
»*Mi querido Andrew:*
»*Estoy arruinada…*»

Dejó de escribir, la pluma resbaló entre sus temblorosos dedos y no pudo continuar. ¿Cómo explicarle a su hermano que su esposo se había separado de ella y que, prácticamente, la expulsó de su casa?

Todavía podía recordar ese día, ya habían pasado un poco más de cinco meses. Ella estaba tomando desayuno con sus hijos, Alec y Thomas, como era habitual. Su esposo aún no llegaba de sus noches de juerga, cosa extraña, pues siempre volvía en la madrugada, nunca a una hora tan avanzada de la mañana.

No alcanzó a preguntarse a sí misma dónde estaría Alexander, él mismo contestó su pregunta, presentándose en el comedor en evidente estado de ebriedad, acompañado por una mujer de dudosa procedencia y reputación.

—Margaret, prepara tus cosas y las de tus hijos. Te vas a Richmond —sentenció el conde de Swindon con la lengua traposa—. Ahora.

Lady Swindon tardó unos segundos en procesar todo, por un instante pensó que estaba teniendo una pesadilla, pero el fétido olor del alcohol, el tabaco y el perfume barato de esa mujer le confirmaba que de verdad estaba pasando aquello. Apenas pudo ocultar su decepción en sus facciones, el momento que tanto temió había llegado.

—¿Richmond? ¿Tan lejos?, ¿y la escuela de los niños…y?

—No sigas, mujer. Este año no irán a Eton y se acabó. —sentenció indolente.

—Alexander, por favor no me hagas esto —suplicó Margaret con desesperación—. Esta es mi casa, no puedes disponer de…

—¡Sí puedo, mujer! Esta es mi casa —subrayó—. Nada aquí es tuyo, todo es mío. Y si te ordeno que recojas todas tus cosas y te vayas, es para que lo hagas sin decir una sola palabra. No quiero verte, no quiero oírte, no quiero saber nada de ti. No quiero vivir en la misma casa que tú. ¡Vete! ¡Me tiene harto tu presencia! ¡Desde que me casé contigo me has hartado! —bramó iracundo. El alcohol aumentaba su crueldad a niveles apabullantes. Margaret sentía el impulso de taparles los oídos a sus hijos, para que no escucharan aquellas horribles palabras propinadas sin piedad. Alexander tenía la asombrosa capacidad de hacerle sentir como un trapo sucio en medio del inmaculado piso de mármol.

Una risita poco femenina, por parte de la acompañante de Alexander, remató aquella desalmada demanda.

—Querido —intervino la mujer desconocida, también ebria—. ¿Esta es la casa que me prometiste?

—Después, queridita. Ahora no —pidió Swindon suavizando el tono de voz.

Margaret entornó sus ojos intentando no llorar ante su esposo y esa mujer que, claramente, era su amante de turno. Era el colmo de la humillación. Ella había tolerado demasiado el último año; los escándalos, los rumores, los excesos, la vergüenza. Pero lo que estaba presenciando era inaceptable. ¿Qué más podía hacer?

De soslayo miró a sus hijos, estaban asustados e inquietos. Sus ojos suplicaban una explicación.

Aquello fue lo que impulsó a Margaret a levantarse con dignidad e hizo una regia reverencia a su esposo.

—Será como ordene, lord Swindon.

—Allá tendrás todas las comodidades, y no dejarás de recibir tu asignación —informó el conde desconcertando ante aquel cambio de actitud tan repentino por parte de su esposa.

—Es muy generoso, milord. Muchas gracias —respondió Margaret con extrema humildad. Pero por dentro, solo quería gritar y matar a ese hombre. Pero primero estaban sus hijos, su bienestar. Lo mejor era no provocar la ira de Alexander. Si lo hacía, era probable que también le quitara el dinero—. En una hora estaremos saliendo de aquí —indicó como si fuera una promesa—. Alec, Thomas, vamos. —Tomó de las manos a sus hijos, sin importar que todavía no acabaran su desayuno y salió del comedor.

Una hora después, estaba subiendo al carruaje mirando por última vez la casa que nunca pudo llamar hogar.

—¡Mamá! —exclamó Alec, interrumpiendo los recuerdos de Margaret. Entró corriendo a la estancia y se aferró a la falda de su madre—. Dile a Thomas que me devuelva el soldadito, por favor.

—¡Es mi soldadito, mamá! —refutó Thomas llegando tras de su hermano.

Margaret, inspiró profundo para no desquitar su turbulento mal humor con sus hijos y sus peleas infantiles.

—Thomas, sé que el soldado es tuyo. ¿Alec te lo quitó? —interrogó en aparente tranquilidad para dilucidar el motivo de la discordia.

—Es mío —respondió el niño vehemente, frunciendo el ceño y clavando sus ojos castaños claros en ella. Era como ver reflejados sus propios rasgos y gestos en su hijo mayor.

—Esa no fue mi pregunta. ¿Alec te quitó el soldado?

—No, mamá —respondió el pequeño bajando la intensidad de su voz—. Estaba en el cajón de juguetes.

—¿Y justo se te ocurrió jugar con el soldadito cuando viste que Alec lo tomó? —ironizó Margaret llegando al *quid* de la cuestión.

Thomas se quedó en silencio, sintiendo vergüenza, su madre siempre lo sabía todo.

—Thomas, devuélvele el soldado a tu hermano —decretó Margaret, firme.

—¡Pero, mamá! —rezongó Thomas.

—Pero nada, hijo. Eres el mayor, tienes siete años, Alec seis. Debes compartir tus juguetes, sobre todo, si no lo estabas usando cuando tu hermano lo tomó —sermoneó—. No pueden ser mezquinos, son familia. Debes entender que ustedes son lo único que tienen en este mundo.

—¿Y padre, y tú? —preguntó Alec.

Margaret esbozó una sonrisa, pero sus ojos estaban cargados de tristeza.

—Ustedes son mi vida, mis hijos, y los adoro con el alma. Estaré con ustedes en la medida que me sea posible. Pero deben saber que, algún día, ojalá en muchos, muchos años, yo ya no estaré. Ustedes deben estar juntos queriéndose y apoyándose en todo —declaró lady Swindon con un nudo en la garganta. Sabía que sus hijos eran pequeños para comprender el real alcance de sus palabras, pero tal como estaba la situación, debía prepararlos para cualquier eventualidad.

—¿Y padre? —insistió Alec.

Margaret no sabía qué decir. Alexander era un hombre temperamental y nunca se sabía cómo reaccionaría, podía pasar de la indiferencia a la violencia sin ninguna emoción intermedia. Así era en todo orden de cosas y, como padre, a veces se preocupaba por sus hijos y, en otras instancias, prefería no verlos. Aunque ella debía reconocer que su esposo siempre prefirió estar alejado de su familia. Margaret se había rendido; intentó tener un verdadero hogar, Dios sabía que ella lo intentó, pero no tenía alternativas. Nunca las tuvo, de hecho. Vivía el día a día, hacer como que nada pasaba y centrarse en criar a sus hijos.

Y ver cómo envejecía, lo sentía en sus músculos, en sus huesos, en la piel de su rostro, en su alma. Tenía treinta años, pero sentía que tenía el peso de treinta más.

—Su padre los quiere… a su modo —respondió Margaret con resignación, acariciando el suave cabello de sus hijos, tan parecidos a ella. No sabía si Alexander sentía cariño hacia los niños. Actuaba como si ellos fueran un accesorio de la vida, un deber que cumplir, engendrar un heredero y otro más por si el primero fallecía. Ahora ni siquiera eso importaba, Swindon estaba despilfarrando todo el dinero, Thomas heredaría solo deudas.

«Si por lo menos cumpliera con el deber de no derrochar la fortuna que tanto le costó construir», pensó lady Swindon sintiendo que la vida era injusta, si ella hubiera administrado la fortuna, no estarían pasando penurias.

—Por favor, mis niños, no peleen —continuó Margaret—. Sean buenos hermanos.

—Mamá, lo siento mucho —se disculpó Thomas suspirando, reconociendo su error. A pesar de su juventud, había cosas que no pasaban desapercibidas para el niño—. Toma, Alec. —Le devolvió el juguete culpable del incordio a su hermano.

Problema resuelto.

—Muy bien, mis pequeños. Vayan a jugar mientras voy a preparar el desayuno.

Thomas miró a su madre extrañado.

—¿Y la señorita Elizabeth? —preguntó dándose cuenta que todo estaba demasiado silencioso—. ¿Y la señora Collins?

—Todos se han ido, no tengo dinero para pagarles sus salarios. Tengo que hacer las cosas yo sola.

—¿Te podemos ayudar, mamá? —ofreció Alec con inocencia.

Margaret, reprimió las ganas de llorar. Debía ser fuerte, debía sobrevivir, como fuera. Tal vez debía buscar alguna ocupación para ganar algo de dinero, pero ¿en qué?, de nada servía saber cantar, bordar o pintar. Se sentía atrapada.

—Sí, si quieren, me pueden ayudar —accedió, agradeciendo de corazón que la señora Collins, la cocinera, fuera tan generosa y el último mes le enseñara todo lo que pudo para que ella pudiera cocinar sin ayuda.

—¡¿Vamos a preparar el desayuno, hermano?! —propuso Alec eufórico, la cocina era un lugar desconocido para él.

—¡Vamos! —exclamó Thomas como si se tratara de una gran aventura. Era lo más parecido a preparar pociones de hechicería, como en los cuentos que les contaba mamá en la noche.

Margaret sonrió, esos dos pequeños eran lo único que le daban momentos de felicidad.

Se dirigió a la cocina, y la carta quedó en el escritorio, inconclusa.

El desayuno, sin duda, fue una aventura. Una divertida para los niños, y una llena de desafíos para Margaret, quien nunca había preparado nada sola. Pero estaba satisfecha, había sorteado bien su primera vez, acompañada por los mejores ayudantes que podía pedir.

Estaba de mejor ánimo. Se sentó frente al escritorio con otra actitud, arrugó la hoja de papel y la lanzó a la chimenea. Al ver que apenas danzaban unas débiles llamas, recordó que debía mantener el fuego vivo, si se apagaba, le iba a costar mucho volver a prenderlo. Aprovechó el impulso, se levantó, atizó las brasas y echó un leño. Se quedó ahí un rato y se calentó las manos vigilando que no se apagara el fuego.

Se preguntó qué estaría sucediendo en Londres. Alexander, sin avisar, dejó de enviarle su asignación en septiembre. Octubre fue un limbo, y ninguna carta enviada a su esposo fue respondida. Noviembre estaba terminando, Margaret no sabía si pedirle ayuda a su hermano menor o no. Andrew ya se estaba haciendo cargo de su hermana mayor, Minerva, quien también había fracasado estrepitosamente en su matrimonio. Lord Somerton estaba en la bancarrota y, literalmente, la abandonó a su suerte y la dejó en la calle con sus hijos, para luego, desaparecer.

No quería aceptar que su destino fuera el mismo, no quería ser una carga para nadie. Se volvió a sentir como un trapo sucio, viejo e inútil.

Enérgicos golpes en la puerta interrumpieron sus pensamientos. Margaret, extrañada y desconcertada se levantó y fue a abrir la puerta.

Un hombre. Mediana edad, no muy alto y delgado, pero con rasgos afables. Portaba un elegante maletín de cuero.

—Buenas tardes, señora —saludó el desconocido.

—Buenas tardes, señor. —Margaret devolvió el saludo sin revelar su rango.

—Disculpe la intromisión, quisiera saber si esta propiedad es Garden Cottage.

—¿Quién quiere saberlo? —cuestionó Margaret, desconfiada.

—Disculpe, no me he presentado con propiedad. Mi nombre es John Fields, y soy secretario de sir Walter Ackerman.

«¿Sir Walter Ackerman?», pensó Margaret, intentando hacer memoria, el nombre le era vagamente familiar.

—En ese caso, señor Fields, puedo responder su pregunta. Esta propiedad es Garden Cottage —respondió ella para indagar más.

—Excelente, pensé que me había perdido... Entonces, eso quiere decir que usted es lady Swindon. Oh, dispense por favor mi mala educación.

—No se preocupe, señor Fields. Por favor, pase —invitó Margaret con amabilidad, abriendo más la puerta y señalándole un rústico y acogedor sofá.

—Muchas gracias, lady Swindon —agradeció el señor Fields, mientras tomaba asiento y miraba a su alrededor con discreción.

—¿Quiere algo de beber, un té? —ofreció Margaret rogando al cielo que la visita se negara.

—Oh, un té sería perfecto. Hacía demasiado frío afuera y tengo el cuerpo congelado, algo caliente me vendría de maravilla.

Maldición. Margaret lanzó una poco femenina blasfemia mental.

—Deme unos minutos, por favor —indicó Margaret mientras salía en dirección a la cocina, haciendo un repaso mental de qué cosas necesitaba para tener una perfecta taza de té, sin que le tomara demasiado tiempo, ni demasiadas hojas de té, pues quedaba muy poco en la despensa.

—Muchas gracias.

El señor Fields se quedó solo y se dedicó a observar con interés, sabiendo que nadie le iba a interrumpir. No era una casa enorme, tenía dos pisos, y contaba con lo esencial para vivir en perfecta comodidad sin grandes lujos. La construcción era robusta, pero carecía de adornos, paredes de color blanco, muebles sencillos. El escritorio se ubicaba frente a una ventana grande y recibía la luz matinal, al fondo de la sala había otra habitación, probablemente, era el comedor. La chimenea ardía a la derecha de donde él estaba y le procuraba calor a la estancia. El señor Fields supuso que la cocina y las habitaciones del servicio doméstico, estaban por la misma dirección hacia la que se dirigió lady Swindon. Arriba debían estar los dormitorios.

Se oían unas voces infantiles. Era probable que fueran los hijos de lady Swindon.

Sí era una bonita y acogedora casa. Ideal para descansar en verano.

—Listo —interrumpió Margaret entrando a la habitación con una bandeja portando todo lo necesario para servir té—. ¿Azúcar, leche?

—Me gusta bien amargo el té, lady Swindon. Muchas gracias.

Margaret sirvió dos tazas, ella también se sirvió el té sin azúcar. No quedaba mucha y a sus hijos les gustaba dulce.

Al señor Fields le llamó la atención que la misma condesa estuviera sirviendo el té. Solo en ese instante notó que no había servidumbre en la casa. No le fue difícil conjeturar que la situación de lady Swindon era frágil.

—Bien, señor Fields. ¿Cuál es el motivo de su interés por esta propiedad? —preguntó Margaret directa, no deseaba entablar una conversación banal antes de llegar a lo importante.

El hombre tomó un sorbo de té. Delicioso. Lady Swindon lo había preparado a la perfección. Se aclaró la garganta y procedió:

—Debo informarle que lord Swindon apostó y perdió esta propiedad en un juego de cartas con sir Walter —informó con un tono de voz monocorde.

Margaret no evidenció ninguna emoción. Estaba con una angustia atroz por todo lo que significaba esa noticia, pero debía mantener la calma.

—¿Cuándo ocurrió tal suceso? —interrogó impertérrita.

—Septiembre. Desde entonces, mi señor ha estado intentando obtener las escrituras de la propiedad. Lamentablemente, el conde es bastante escurridizo cuando se trata de pagar deudas —explicó el señor Fields, con molestia, recordando que él andaba detrás de Swindon por las escrituras. Una excusa tras otra, hasta que tuvo que recurrir a unos matones para «persuadir» al conde de entregar lo adeudado.

—Ya veo. Asumo que ahora tiene las escrituras en su poder. ¿Las podría estudiar? —preguntó para cerciorarse de que todo estuviera en regla. Aunque una parte de ella estaba segura que era verdadero el relato del señor Fields.

—Por supuesto. No hay problema, milady. —El señor Fields sacó el documento del interior del maletín y se lo entregó a Margaret—. He venido, en nombre de sir Walter a ver el estado de la propiedad y disponer de ella.

—¿Cuánto tiempo tengo para desalojar esta casa? —preguntó lo obvio, sin alzar la vista. Las escrituras eran reales, la firma y el sello de su esposo acreditaban lo que ya era un hecho, no tenían un lugar donde vivir.

—Debo informarle que, a partir de mañana, tiene dos días. Me fue imposible llegar antes, y hubieran sido más días de plazo, si no fuera por el estado terrible de las carreteras en esta época del año. Sir Walter vendió Garden Cottage y me indicó que el nuevo dueño vendrá a vivir en ella el día lunes. Ese día deberé entregarle las escrituras a él.

—¿Quién es el nuevo dueño?

—Tengo entendido que se trata de un caballero proveniente de Londres. Michael Martin.

—¡¿Michael Martin?! —exclamó Margaret alterada—. ¿Acaso debo dejar mi casa por él? —interpeló entrecerrando sus ojos.

—S-sí, eso dije… —respondió nervioso.

—¡Dios santo! ¿¡Acaso sir Walter no sabe quién es ese granuja!?

—El señor Martin ofreció un trato que no pudo rechazar. Lo siento mucho —se disculpó el señor Fields, sin saber muy bien por qué lo hacía—. Tal vez, si habla con el señor Martin, puede llegar a algún acuerdo mientras usted busca un lugar donde…

—Eso haré —interrumpió Margaret beligerante. Estaba resignada a tener que entregar su casa, pero a ese hombre. De tan solo pensarlo la idea le resultaba aberrante. Ya tenía suficiente con que su padre fuera un libertino, su esposo fuera un libertino, sino que, además, el dueño de su casa fuera de la misma calaña. Ya había sobrepasado su cuota de truhanes en su vida—. No dude por un momento que hablaré con él.

Ya encontraría un modo. De su casa, nadie la sacaba. Y menos Michael Martin.

Capítulo III

John Fields, se sacudió las gotas de llovizna de su abrigo antes de entrar en la posada *King's place*, y se dirigió directo al comedor privado para dar su informe sobre su visita a lady Swindon.

—Señor Martin, buenas tardes —saludó resuelto—. Buenas tardes, joven Lawrence.

—Buenas tardes —saludó Michael relajado, estaba almorzando con su hijo un delicioso pastel de carne con patatas—. Acompáñenos a almorzar, señor Fields, mientras me cuenta cómo le fue en Garden Cottage.

—Muchas gracias, pero no tengo hambre, señor —rehusó el señor Fields con humildad. No era habitual que un caballero invitara a su mesa a un hombre de rango inferior, más bien, sin rango alguno.

—Coma, John, es una orden —insistió Michael, mirándolo fijo—. Tiene que partir a Londres en una hora, debe alimentarse apropiadamente. La siguiente posada está a unas ocho horas y ya sabe lo intransitable que están los caminos llenos de barro.

Ante aquel panorama descrito y la insistencia de Michael, al señor Fields no le quedó más alternativa que claudicar y se sentó a la mesa.

—Muchas gracias, señor Martin.

Michael le hizo señas para llamar la atención de la oronda esposa del posadero que estaba sirviendo en otra mesa. La mujer sonrió al notar que la llamaban y se acercó con amabilidad.

—Señora Reeves, ¿le queda pastel de carne? —preguntó Michael, afable y encantador.

—Por supuesto, señor Martin —afirmó la mujer sonriendo.

—Entonces, sírvale una generosa porción a mi estimado amigo, con una pinta de su mejor cerveza, por favor. Agréguelo a mi cuenta —indicó guiñándole el ojo.

—En unos minutos, señor.

—Gracias, señora Reeves.

La mujer los dejó a solas. Michael miró de soslayo a Lawrence que comía con avidez y en silencio. Le acarició el rojizo cabello sin preocuparse del modo en que el señor Fields lo observaba, quien no sabía qué pensar acerca del señor Martin; su comportamiento y apariencia correspondía a su fama, un granuja desvergonzado, vividor y seductor. Pero también era contradictorio, respecto a la situación de lady Swindon. Cualquier otro tipo de su calaña, reclamaría lo que le pertenece por derecho sin dudar un segundo, y sin tomarse tantas molestias.

—Bien, señor Fields, cuénteme cómo es la situación en Garden Cottage.

—Lady Swindon está sola con sus hijos, no hay servidumbre que atienda la casa. Eso quiere decir que, evidentemente, sus finanzas están al límite, si es que no agotadas. La casa está en buenas condiciones, tal vez unos arreglos en el segundo piso, por lo que pude ver desde afuera. No pude recorrer toda la casa.

—¿Y por qué no lo hizo?, nada se lo podía impedir —cuestionó Michael interesado.

—Bueno, lady Swindon al principio estaba resignada con el hecho de haber perdido la propiedad, pero no reaccionó muy bien al enterarse que usted era el nuevo dueño.

—Vaya… —Una sensación desagradable e inesperada le golpeó el ego—. ¿Tan mala fama tengo? —interpeló incrédulo. Estaba muy acostumbrado a ser vilipendiado por sus pares, y le era extraño provocar esa reacción de una dama decente.

—La peor, señor. Dijo, textualmente, que usted es un granuja —respondió John sin pensarlo. Luego, internamente, se reprendió por revelar más de la cuenta, el señor Martin tenía esa capacidad de hacer que las personas bajaran la guardia con él.

—¿En serio debe volver a Londres, señor Fields? Me cae demasiado bien y necesito un hombre de confianza que no tema decirme la verdad.

John parpadeó ante esa repentina propuesta. No dijo nada, estaba estupefacto.

En ese momento, llegó la señora Reeves con una bandeja. Sirvió, tal como le pidió Michael, un generoso plato de pastel de carne y patatas, junto con la pinta de cerveza oscura.

—Si necesita algo más, no dude en llamarme, señor Martin —dijo la mujer solícita.

—Así lo haré. Muchas gracias, señora Reeves.

La mujer los dejó a solas nuevamente. John comenzó a comer con mesura. No se reprimió saborear la comida con placer, era el mejor pastel de carne que había probado en su vida. Bebió un sorbo de cerveza, no estaba nada de mal.

—Piénselo, señor Fields —insistió Michael.

—Lo estoy haciendo, señor Martin. Le estoy muy agradecido, pero no puedo dejar mi puesto de trabajo así como así. Al menos, debo presentar mi renuncia como corresponde a sir Walter.

—«Aunque no lo merezca», pensó John.

—Por eso necesito a alguien como usted, que sea considerado y actúe con rectitud. Conozco a sir Walter, su carácter es bastante especial, por no decir que es un viejo borracho, irascible y maleducado... ¡Bah! ¡Ya lo dije! —exclamó socarrón.

—Así y todo, sir Walter no tiene peor fama que usted —replicó John impasible, provocando alguna reacción negativa en el carácter de Michael, pero era imperturbable. Debía admitir que estaba tentado de cambiar de jefe. El hombre que estaba frente a él era todo un enigma. Partiendo por ese pequeño que no se separaba nunca de su lado. El señor Martin lo presentó como su hijo, con tal convicción, que no dudó por un momento lo contrario.

—Usted no tiene compasión, Fields. En el buen sentido de la palabra. ¡Me encanta!

Michael sintió que le tiraban de la manga de la levita. Era Lawrence.

—Papá, ¿tengo que *comedme* toda la comida? Me duele la panza —intervino el niño en voz baja y contrariada.

—Era demasiada comida para ti solo —respondió Michael con suavidad. Lawrence había dicho que tenía mucha hambre, pero no pensó en que el estómago de su hijo era mucho más pequeño de lo que imaginó—. Si no puedes, no comas más.

—El *señod* Powell, nos decía que debíamos *comed* todo, todo, todo... *Siempe* me comí todo, aunque *tuvieda* sabor *dado, pedo ahoda* no puedo —se excusó Lawrence esperando que su padre no se enojara. Se sorbió la nariz con la manga de la chaqueta.

—No te preocupes, hijo. —Sacó su pañuelo y le limpió la nariz con el ceño fruncido, ese romadizo no se iba nunca—. Estás conmigo ahora, si no puedes más, no comas más. —Esbozó una sonrisa, ya había pasado un día desde su primer encuentro y todavía no podía creer que estaba con su hijo—. Después iremos al cementerio a dejarle unas flores lindas a mamá. Caminar te hará bien.

Michael centró su atención en el señor Fields, que seguía almorzando. Le simpatizaba mucho el hombre, se encontraron en el carruaje que los llevó a Richmond, una coincidencia que él no la consideraba como tal. Michael pensaba que la vida se traducía en causas y efectos, y que nada era por azar.

Por eso mismo, le pidió a John que hiciera una visita de avanzada a lady Swindon para tener la mayor información posible acerca de la situación. No era sencillo llegar y presentarse como su nuevo «dueño».

Ahora, era menos sencillo, sabiendo que ella no había reaccionado nada bien, al enterarse de que el granuja más grande de Londres era quien había comprado la casa.

No, no iba a ser fácil. Por lo menos ahora sabía a qué atenerse.

—¿Y ya lo pensó, señor Fields? —apremió Michael guasón—. Le aseguro que pago mejor que sir Walter y estoy retirándome de la vida disoluta, soy un padre de familia, y tengo que predicar con el ejemplo a mi hijo.

John alzó las cejas, eso sí era algo novedoso, por lo general, un calavera como Michael Martin solo empeoraba con las responsabilidades. Tenía curiosidad hasta dónde podía llegar.

—Solo por ver tal milagro, aceptaré su propuesta, señor. Desde este momento, trabajo para usted —decidió sin darle más vueltas.

—Estupendo, Fields. Tenemos un trato. —Michael, saliéndose de toda norma, extendió su mano derecha para cerrar el pacto. John, de nuevo asombrado, estrechó firme y seguro la mano de su nuevo jefe—. Vaya a presentar su renuncia a Londres y, de paso, necesito que haga unas cosas por mí.

Después del almuerzo, Margaret se sentó —por tercera vez en ese día— frente a su escritorio. Resopló ante la hoja de papel en blanco, sentía que no debió haberse levantado esa mañana, todo iba de mal en peor. Una vez que remitió el enojo al enterarse de quién era el nuevo dueño de su casa, le sobrevino una tristeza y frustración enorme, la horrible sensación de que había fracasado en todo en su vida.

Solo deseaba vivir tranquila con sus hijos, valerse por sí misma, no ser una carga para nadie, detestaba ser considerada una persona inútil y sin valor.

La derrota la sentía amarga en el alma.

Afuera, la lluvia caía suave y fina, las nubes negras encapotaban el cielo. Así sentía su existencia, sombría, fría, sin vida. Si no fuera por sus hijos, habría cortado por lo sano hacía mucho tiempo atrás, al igual que su madre. Margaret todavía podía recordar su cuerpo inerte colgado en el invernadero.

Ella se juró no llegar a ese extremo. Pero, por Dios que era difícil cumplir su palabra.

Se limpió las lágrimas con el dorso de su mano. Entintó la pluma y empezó a escribir...

«Richmond, 20 de noviembre de 1818.

»Mi querido Andrew:

»He intentado escribir esta carta más veces de las que quisiera, y apenas tengo la idea de saber cómo empezar. Tal vez sería más fácil, si solo admito que he mentido sistemáticamente durante tantos años a mi familia, a mi esposo, a mis hijos, a mí misma.

»Y, la verdad, es que mi matrimonio siempre ha sido una farsa. Estaba tan desesperada por salir de la casa de nuestros padres, tan agobiada por la incertidumbre de quedar en la calle, que llegué al extremo de fingir ante todos, que sentía amor por un hombre para que se casara conmigo. Fingí un buen matrimonio, fingí que hacía la vista gorda de los excesos de mi esposo, fingí que era feliz. Pero todo ha llegado a su fin y, a pesar de todos mis esfuerzos y sacrificios, lord Swindon ya no tolera mi presencia ni la de mis hijos —lo único puro y verdadero de mi vida— y me ha echado de su casa en Londres. Por eso estoy aquí en Richmond desde junio y, desde hace casi tres meses, Alexander dejó de enviar dinero, por lo que estoy en una frágil situación económica.

»No sé si esta carta llegará a tiempo, mi orgullo y mi tozudez, me han impedido dar mi brazo a torcer y aceptar que necesito de tu ayuda para salir de aquí. Alexander perdió Garden Cottage en una apuesta y...»

Margaret dejó de escribir, las discretas lágrimas de unos minutos atrás, ahora eran un llanto desgarrador que no podía detener y le impedía ver con claridad. Estaba triste, desolada. Por mucho tiempo había reprimido sus emociones, no se permitía llorar en frente de nadie, y un par de veces sucumbió a hacerlo en secreto.

Pero escribirlas, plasmarlas en un objeto tangible las hacía tan reales como el aire que respiraba.

—Mamá, ¿por qué lloras? —interrogó Alec, sintiendo una mezcla extraña de tristeza y preocupación. A su lado estaba Thomas, en silencio y con los ojos vidriosos.

Margaret no respondió, no había notado que sus hijos estaban presenciando su dolor. No supo qué decirles, solo los abrazó para sentir el calor de sus cuerpos y obtener el consuelo y la fuerza necesaria para continuar.

—Mamá, ¿te podemos ayudar en algo? —ofreció Thomas limpiando las lágrimas antes de que cayeran—. Tengo dinero en mi alcancía y...

Margaret, al escuchar esas palabras, sintió una bofetada que acalló su llanto y ahogó su desesperación. Se limpió la cara como pudo y se sintió tonta por no haber pensado antes en una forma rápida de ganar dinero. Aunque no fuera apropiada y se sembraran rumores de ella por todo Richmond, eso no importaba mientras le diera para sobrevivir, iba a empeñar todo lo que encontrara de valor en su casa. Después de todo, no era la primera vez. Ya había vendido el caballo con la discreta ayuda de Elizabeth, quien había ganado una buena suma de dinero.

—No es necesario, hijo. Muchas gracias por tu generoso ofrecimiento. Pero me has dado una gran idea. Mañana iremos a un lugar a vender mis joyas, unos candelabros de plata y algunos de mis vestidos... Debo contarles algo, esta casa ya no es nuestra y tendremos que irnos de aquí... Pero no se preocupen, tal vez podremos quedarnos un tiempo más si es que el nuevo dueño es razonable —confesó Margaret, asumiendo la realidad y tomando decisiones. Los semblantes de sus hijos dejaban entrever su tristeza y sorpresa—... Pero, si el nuevo dueño de la casa no lo es, con lo que ganemos de la venta tendremos dinero suficiente para irnos a... —Margaret no lo pensó dos veces—... Cragside, a Rosebud Manor. Podremos vivir con vuestro tío Andrew.

—Pero, mamá, son tus cosas... —replicó Thomas.

—No, hijo. No me importa perder esas cosas en lo absoluto. A veces, debemos tomar decisiones. No me puedo comer las perlas de mi collar, pero el dinero que obtendré de ellas sí me dará lo suficiente para llenar la despensa por una temporada, si es que todo sale bien. Saldremos adelante.

—¿Por qué padre no vive con nosotros? —preguntó Alec, al pequeño no le estaba siendo indiferente el cambio de vida.

Margaret suspiró. Decidió que no podía seguir justificando a Alexander para no arruinar su imagen ante sus hijos, ya no había razón para ello, ni tampoco merecía el esfuerzo. Desde ese instante, solo diría la verdad.

—Padre ya no desea vivir acompañado por nosotros —admitió Margaret, con un tono de voz calmado, como si aquello fuera algo que pasa todos los días.

—¿Por qué? —interrogó el pequeño.

—Eso no lo sé, no tengo una respuesta para ello —explicó Margaret, esperando que Alec entendiera.

—Yo sí lo sé —intervino Thomas—. Él ya no nos quiere, nunca lo hizo.

—Thomas, ¿por qué dices eso, cariño? —preguntó Margaret, intrigada ante la cruel conclusión a la cual había llegado su hijo mayor.

—Solo lo sé, él no es como tú, mamá... Prefiero vivir aquí contigo que allá en la ciudad —admitió con amargura—. Aquí soy feliz, no escuchamos sus gritos e insultos hacia ti, ni recibimos sus castigos.

—Oh, mi Thomas. —Nuevas lágrimas emergieron de los ojos de Margaret. Había subestimado la capacidad de sus hijos de darse cuenta de las cosas, sobre todo la de Thomas. Ellos sabían y la comprendían más de lo que ella suponía—. Yo solo deseo que sean felices. Haremos lo posible por quedarnos aquí.

Alec y Thomas abrazaron a su madre, y comenzaron a sollozar. Ya no importaba si no estaba su padre, seguían siendo una familia.

***

Ese mediodía de lunes estaba iluminado, parcialmente, por un sol que apenas calentaba el húmedo ambiente. Cada cierto rato el cielo se nublaba, pero todo indicaba que volvería a llover. Margaret estaba ansiosa, se mantuvo ocupada toda la mañana ordenando la casa, aseándola y preparando a sus hijos para que estuvieran presentables. Sabía que ese día llegaría Michael Martin, el granuja, a reclamar la propiedad.

No sabía a ciencia cierta con qué actitud llegaría ese hombre, solo lo conocía por los rumores y los comentarios soeces que hacía su esposo sobre él.

Decían que todos los días se le veía seduciendo a una mujer diferente, no importaba si era de la aristocracia, pobre, joven, madura, rubia, morena, casada, viuda, soltera, de buena o mala reputación, él no hacía distinción alguna.

Decían que bebía alcohol como si fuera agua, pero no importaba si estaba sobrio o borracho, siempre ganaba sus manos de *whist*, ya sea en un garito de mala muerte o en el White's. Y había que ser muy estúpido o estar demasiado borracho para desafiarlo. Michael Martin siempre ganaba.

Él era el epítome del libertino, granuja, vividor, vicioso, indolente, encantador y sagaz.

¿Cómo podría hacerle frente a un sujeto como él?

No le quedaba más remedio que averiguarlo.

Golpearon la puerta, y Margaret dio un respingo que reveló su inquieto estado de ánimo. Lo supo, no podía ser nadie más que él...

Tampoco es que recibiera muchas visitas.

Tomó una larga inspiración. Había llegado el momento, alisó una inexistente arruga en su vestido, se irguió digna y abrió la puerta.

Lo primero que vio Margaret fue el pecho del hombre, y el agradable aroma que desprendía. Buen Dios, era más alto de lo que había imaginado, por lo que se obligó a alzar la vista. Se encontró con un elegante caballero de gafas y sombrero que, al momento de encontrar su mirada, le saludó con una inclinación respetuosa. Era una extraña especie de intelectual muy bien vestido.

—Buenas tardes, lady Swindon. Me presento, soy Michael Martin y, este joven que está aquí a mi lado, es mi hijo, Lawrence Martin —presentó orgulloso a su pequeño pelirrojo. Estaba cumpliendo su promesa, donde iba él, iba su hijo.

—Buenas tardes... —balbuceó Margaret impactada. Los rumores nunca dijeron que él tuviera un hijo. Casi olvidó los buenos modales, hizo una apresurada reverencia y abrió más la puerta—. Esperaba vuestra visita, pasen, por favor —invitó.

—Muchas gracias. —Michael se quitó el sombrero y se lo puso bajo el brazo, internándose en la casa junto con Lawrence—. Bonito lugar —elogió mirando todo alrededor con interés.

—Tome asiento, por favor. ¿Desea un té para beber? —ofreció Margaret solícita.

—No, muchas gracias. Acabamos de almorzar mi hijo y yo. Lo que sí me gustaría hacer es conocer a vuestros hijos —pidió, mientras se sentaba en el sofá.

—¿A mis hijos? —interrogó, ocultando lo que más pudo su desconcierto.

—Por supuesto.

—Un momento, por favor.

Margaret, turbada ante esa inesperada petición, salió en busca de sus hijos. No tardó demasiado, en cuestión de un minuto, ella estaba presentando ante Michael a Thomas y a Alec, quienes lo miraban con curiosidad tanto a él como a Lawrence.

—Buenas tardes, jovencitos. Soy el señor Michael Martin —saludó con amabilidad—. Es un placer conocerlos. ¿Me pueden hacer un favor? —Los niños asintieron con timidez—. Muy bien, gracias. Este jovencito aquí presente, es mi hijo, su nombre es Lawrence. ¿Podrían jugar con él en el segundo piso? Necesito conversar un tema muy importante y privado con vuestra madre —solicitó.

Los hijos de lady Swindon, miraron de soslayo a su madre, pidiendo su tácita autorización, y ella, asintiendo con la cabeza, accedió.

Así como llegaron, los niños se fueron a jugar.

Una vez a solas, Michael cambió de expresión. Ahora era insondable, Margaret se puso a la defensiva y se sentó frente a él en una poltrona.

Michael miró a Margaret a los ojos, ella no le bajó la vista en ningún momento. Ahí estaba la mujer que pensaba que él era un granuja. Bueno, en el estricto rigor sí lo era, pero él consideraba que todas las personas tenían un granuja en el fondo de su corazón. Tal vez lady Swindon tuviera algo de ello también oculto en esas facciones angelicales, pero, lógicamente, una mujer es condenada si muestra su lado más… desenfadado.

Michael se ajustó las gafas con el dedo índice, estaba nervioso.

—El señor Fields me comentó que le hizo una visita hace unos días, para informarle sobre su nueva situación, y que yo soy el nuevo dueño de Garden Cottage —inició la entrevista Michael con un tono de voz monocorde.

—Así es, señor Martin. Estoy al tanto de ello —convino Margaret tranquila—. Y por eso mismo, es que quería solicitarle llegar a un acuerdo con usted y arrendarle la propiedad. Mis hijos y yo queremos seguir viviendo aquí y…

—¿Por qué desea seguir aquí? —intervino Michael con curiosidad. No quiso interrumpirla adrede, pero los nervios lo traicionaban.

—Motivos personales —respondió lacónica, manteniéndose hermética.

—Bien, entiendo. —Michael, frustrado por no contar con más detalles, se pellizcó el puente de su nariz y rozó el cristal de sus gafas con torpeza. Como acto reflejo, sacó un pañito de gamuza para limpiarlo en el acto. Margaret lo observaba en silencio hasta que él terminó. Michael suspiró, debía ir al grano—. Lady Swindon, tengo el deber de informarle algo más delicado que su situación actual de vivienda. Verá, yo compré esta casa solo por usted.

—¿Por mí? ¿Podría explicarse mejor, señor Martin?, porque no entiendo nada de lo que dice.

—Empezaré por el principio… Hace unos meses, lord Swindon jugó una muy desafortunada mano de *whist*, donde yo era su oponente y resulté ganador. Desesperado, rogó por una última oportunidad para intentar recuperar lo perdido, pero no tenía nada de valor con él.

—Eso no me sorprende, mi esposo, no sabe cuándo detenerse. Además, su fama lo precede, nunca pierde.

—Es su peor defecto —coincidió alzando las cejas.

—Continúe, por favor.

—Como lord Swindon no tenía dinero ni propiedades con qué apostar, la ofreció a usted junto con sus hijos como pago. En resumen, la apostó… y perdió.

Margaret, incrédula, entornó los ojos con fuerza. Aquello no podía ser cierto, ¡era una pesadilla, sin duda lo era! ¡¿Alexander la había apostado?! ¡Con sus hijos! Abrió los ojos con la ilusión de que fuera un macabro juego de su traidora imaginación. Pero Michael Martin estaba frente a ella. ¡Era real!

—Eso quiere decir que todo esto, usted y sus hijos me pertenecen, son de mi propiedad —continuó Michael, intentando mantener un tono de voz neutral.

Margaret no podía hablar, con los ojos desorbitados miraba fijo a Michael, intentando entender, procesar todas y cada una de sus palabras. ¡No comprendía el alcance de todo ello! ¿Qué era ahora?, ¿un mueble, un animal del cual disponían a su antojo?

—Exijo ver la prueba, no pretenderá que crea semejante historia tan descabellada —demandó altiva, intentando conservar la poca calma que tenía.

Michael asintió, no se sentía en absoluto ofendido, si él se hubiera visto en una situación similar no creería con tan solo la palabra de alguien. Con solemnidad, esculcó el bolsillo interior de su chaqueta, y extrajo un sobre de cuero. Se lo entregó a Margaret en un silencio ominoso.

Ella abrió el sobre, en su interior había varios documentos. Sacó todos los papeles y los revisó. Uno eran las escrituras de Garden Cottage, el otro se titulaba «Certificado de propiedad». En un simple trozo de papel, Margaret pudo reconocer la caligrafía de Alexander en la cual, con meticuloso detalle, le entregaba a Michael Martin a su esposa e hijos, renunciando a todos los derechos y deberes que tenía sobre ellos. Lo nombra como el único tutor de los niños, y propietario de la condesa. Firmas de los involucrados, sello, testigos.

Ahí tenía la prueba. Todo era real... Demasiado. No bastaba con haberla expulsado de su vida, literalmente, se deshizo de ella como si fuera una vaca vieja.

O como un trapo sucio, en medio del inmaculado suelo de mármol.

Sentía tanto dolor, pero la ira superaba ese sentimiento.

—¿Acaso es legal apostar a un ser humano!? —estalló Margaret poniéndose de pie—. ¿Cómo él permitió que...? ¡Oh, Alexander Croft, eres un hijo de una real...!

—Cálmese, lady Swindon... —Michael también se levantó y la tomó de los brazos.

—¿¡Cómo pretende de que me calme!? —inquirió zafándose de las manos de Michael—. ¡Esto es inaudito! ¡Me niego rotundamente a ser de su propiedad! ¡Soy un ser humano, maldita sea, no una vaca!

—¡¿Y qué prefiere, entonces?! —replicó Michael en el mismo tono, perdiendo el control—. Swindon la iba a apostar de todos modos a cualquiera que la aceptara como forma de pago. La salvé de caer en manos de un degenerado como lord Coldfield, que no hubiera dudado en venir a reclamarla en el peor sentido posible... ¿o tal vez usted hubiera preferido a lord Telford?, famoso golpeador de prostitutas —explicó severo y con cierto tinte sardónico.

—No me diga que usted es mejor que ellos —ironizó Margaret cruzándose de brazos.

—Usted no me conoce —desafió acercándose a ella, tan solo un par de pulgadas los separaban—... y por supuesto que soy infinitamente mejor que ellos —siseó, harto de que ella pensara lo peor de él.

—Los rumores dicen todo lo contrario, señor —atacó sin piedad. Ese hombre la provocaba a decir lo que pensaba sin detenerse a medir las consecuencias.

—Yo no he escuchado rumores de Coldfield o Telford... he tenido la desgracia de presenciar sus «hazañas» —aseguró Michael vehemente, recordando todas las veces que defendió a prostitutas y doncellas de sujetos como los mencionados—. De mí pueden decir cualquier cosa, menos que soy mentiroso o maltratador de mujeres.

—Dios santo... —Margaret puso los ojos en blanco en un gesto de franca rebeldía.

—Por lo menos debería estar agradecida de que no tuvo peor suerte —espetó Michael molesto... Ella era todo lo contrario a lo que supuso que encontraría. Su reacción fue peor de la que imaginó.

Ella estaba resistiéndose con dientes y uñas.

—¿Peor suerte?, ¡¿cómo puede ser eso posible!? Mi esposo me echó de mi casa como si fuera un trapo sucio, me relegó a vivir alejada de todo lo que conocí durante toda mi vida, apuesta esta casa, me apuesta a mí, a mis hijos... Me siento... oh, Dios. —Se limpió con furia sus lágrimas, no quería llorar ante ese desconocido, pero ya era tarde—. Ya que soy suya, ¿qué hará conmigo, seré una especie de esclava?, ¿su querida? —interpeló como si estuviera escupiendo veneno.

Una verdadera arpía... pero una de sangre caliente.

—Honestamente, no haré nada de eso... Esas jamás han sido mis intenciones, lady Swindon —respondió Michael encogiéndose de hombros. Margaret entrecerró sus ojos con incredulidad.

—No me llame de ese modo. Me asquea y avergüenza llevar ese título ya que, al parecer, no tengo esposo. No creo que tenga sentido usarlo.

—Entonces, ¿cómo he de dirigirme hacia usted? —interpeló Michael serio.

—Margaret Witney. Usaré mi apellido de soltera —determinó decidida y se cruzó de brazos.

¿Witney?, ese apellido fue un balde de agua fría para Michael, ¡no podía ser tanta coincidencia! Ni siquiera el azar era tan retorcido. Un escalofrío le recorrió la espina dorsal, una abominable sensación de haber cometido un delito sin saberlo. Necesitaba salir de esa incertidumbre en el acto, no había alternativa y se atrevió a preguntar:

—¿Witney?... ¿Usted tiene relación alguna con Andrew Witney, el vizconde Rothbury? —preguntó suplicante, como si le estuviera rogando por una respuesta negativa.

—Él es mi hermano menor —afirmó Margaret, teniendo un muy mal presentimiento.

¡Maldita sea!

—¡Oh por Júpiter!—exclamó mientras se revolvía el cabello con frustración. Emitió un ruido que Margaret no supo identificar como un gruñido o un sollozo. Tal vez eran las dos cosas juntas—. ¡Andrew me va a estrangular cuando se entere de todo esto!

—¿Cómo dice? —preguntó desconcertada.

—Andrew es mi cuñado, está casado con mi hermana menor, Olivia. Ella es lady Rothbury —explicó con voz cansina y murmuró una blasfemia que Margaret no alcanzó a escuchar.

—¿Olivia? ¿Esa Olivia que menciona en sus cartas?... ¡Oh, Dios mío!

—Creo que tengo un gran problema.

—Sí, creo que lo tiene.

Capítulo IV

Michael se quedó en silencio. Se sentó pesadamente en el sofá, anonadado. Margaret lo estudiaba con interés, era extraño ver a un hombre como el señor Martin tan aturdido.

Sin esperarlo, la situación cambió de una forma que ninguno de los dos imaginó.

—¿Quiere algo de beber, un oporto, whisky? —ofreció Margaret sintiendo que él necesitaba algo bien fuerte para poder digerir los últimos minutos de su vida con más facilidad.

—No, gracias… No es necesario, señora Witney —rechazó Michael, usando el nombre que ella decidió llevar desde ese momento.

Margaret, sorprendida ante la negativa —y que él empezara a llamarla por su nombre de soltera sin cuestionarla—, asintió y se sentó de nuevo, un poco más calmada. No podía seguir actuando como una histérica, la situación había tomado un extraño cariz familiar —política, pero familiar, al fin y al cabo—, debía ser más inteligente y saber todo acerca del problema que tenía encima.

—Dígame, señor Martin… ¿de verdad es legal que yo sea de su propiedad? —interrogó Margaret retomando lo que más la perturbaba.

—Es relativo —contestó Michael—. Visité varios abogados, para consultarles sobre esto. Si nos ceñimos a lo que dictan las leyes matrimoniales, usted y todo lo que posee al casarse pasa a ser, legalmente, propiedad de su esposo, esto también aplica a sus hijos. Él puede disponer de usted como se le plazca y, aunque no hay una ley que no diga que no puede hacerlo, tampoco hay una que dicte lo contrario. Es un vacío legal enorme. Es muy común en

45

las clases inferiores usar este subterfugio para proceder con una especie de «divorcio» de mutuo acuerdo. Pero, como si fuera un remate público en medio del mercado ofreciendo dinero por la esposa. El amante es el que suele ser el único que puja por ella, y la compra, liberando al esposo de todo. Claro que, para efectos legales y religiosos, ambos siguen siendo esposos.

—¿Y usted puede «liberarme»? —preguntó con una chispa de ilusión.

—Técnicamente, no puedo hacer un documento que le otorgue su propiedad a usted misma, pues al estar casada, no puede poseer nada, pasaría a ser de su esposo, nuevamente. —Michael apagó sin piedad esa chispa con su respuesta.

—Malditas leyes, son un verdadero incordio para las mujeres. ¡Es injusto! —rezongó Margaret abatida, sentía que le estaba empezando a doler la cabeza.

—Es un incordio absoluto —coincidió—, y así como ahora es de mi propiedad, yo también podría hacer lo que me plazca con usted; abandonarla, usarla, venderla. Pero no es correcto, es algo que no va con mis principios. Acepté esto solo por hacer un bien, no tolero ese tipo de injusticias. Pensé que estaría mejor en mis manos que en las de su esposo.

—Vaya. —Margaret estaba impresionada con las palabras de Michael. Era difícil entender las motivaciones de él para aceptar una apuesta indecorosa de colosales proporciones. Sin embargo, y si lo analizaba de la manera más objetiva posible, él había hecho lo correcto, aunque el método fuera escandaloso. Su esposo estaba yendo directo al mismo destino que su padre, quien arruinó a toda la familia por su estilo de vida hedonista y llena de vicios. Y ella no quería ser como su madre y terminar su vida como ella.

—Sé que la situación es complicada —admitió Michael—. Al acceder a la apuesta no dimensioné el real alcance de las consecuencias, su reputación va a ser enlodada si se le relaciona conmigo.

—Tal vez sea peor a la que ya tenía gracias a la reputación de lord Swindon. Pero, a estas alturas, ya no tengo nada que perder. Pierda cuidado. De hecho, creo que ahora yo soy un problema para usted, ¿qué va a hacer conmigo?

—Compré esta casa para que nadie la sacara de aquí —confesó Michael—. Y pretendía darle una asignación que fuera suficiente para que usted y sus hijos tuvieran una vida digna.

—No puedo aceptar que usted haga eso por mí y mis hijos. Es muy loable de su parte, pero usted no me conoce, ni es su deber mantenerme, no tenemos ningún lazo que nos una.

—Dadas las últimas y sorprendentes revelaciones, somos familia política, señora Witney. Es la hermana de mi cuñado —terció Michael alzando las cejas. Para él era un motivo mayor para proceder con sus planes.

—Pero no es suficiente y no es apropiado —rebatió vehemente—. Por ningún motivo quiero ser un lastre para nadie. Sé que no tengo oficio alguno, pero no deseo recibir caridad. Necesito ganar mi sustento trabajando, no importa en qué —declaró Margaret con firmeza y sinceridad.

—Cuidado con lo que dice, hace un minuto me preguntó si usted iba a ser mi esclava, y ahora me propone ganarse el sustento, trabajando a cambio de su casa y la asignación. No le veo mucha diferencia a la esclavitud.

—En el estricto rigor no... Mire, es difícil para mí confiar en una persona con la fama que tiene usted, que no es muy diferente a la de mi esposo... perdón, a la de lord Swindon —rectificó—. Pero estoy en un callejón sin salida. ¿Qué opción tengo sino darle el beneficio de la duda? A pesar de las circunstancias, de lo que dicta un buen juicio y la gratitud, me niego a que me mantenga sin que yo haga algo para retribuirle.

»En este momento de mi vida, estoy dando todo mi esfuerzo por valerme por mí misma. No acepto tomar el camino fácil y vergonzoso de pedirle ayuda a mi hermano, y depender de él para siempre. Tíldeme de orgullosa, testaruda o soberbia, pero lo último que quiero ser es una carga para nadie. Mis decisiones, buenas o malas, me trajeron hasta aquí. Debo ser responsable de mi vida, de mi familia. ¿Acaso es un pecado querer luchar y no esperar a que otro me salve?

Las inflamadas palabras de Margaret, llenas de convicción, le supieron a Michael como un *déjà vu*. Él mismo enarbolaba ese discurso en aquella época en la que decidió no ser gobernado por su abuelo y su tiránica voluntad.

Cuando había perdido absolutamente todo. Cuando fue demasiado tarde.

—No es un pecado, señora Witney, tiene todo el derecho de hacerlo. Aunque no lo crea, la entiendo perfectamente —aseguró con la misma convicción.

Ambos se quedaron inmersos en un silencio tenso, que solo era roto por el sonido del viento que golpeaba las ramas de los arboles despojándolos de sus últimas hojas amarillas. Era una situación extraña y sentían que estaban en una especie de limbo. Ella no deseaba ser mantenida, sus convicciones se lo exigían; él quería mantenerla y acallar su culpa... Buscaba redención.

Michael resolvió que debía hacer lo correcto.

—Bien, no debo dilatar más esto, tengo que escribirle a Andrew sin perder más tiempo e informarle de todo lo sucedido... —anunció él, rompiendo el mutismo reinante—. Ya solucionaremos el dilema de cómo voy a requerir de sus servicios.

—¿Entonces me va a dar un trabajo? —preguntó emocionada.

—No desea recibir la asignación solo por existir. Y yo entiendo muy bien el significado de la palabra «no», señora Witney, por lo que ya veremos qué puede hacer por mí —resolvió, sintiéndose un poco más relajado, ya tenían un plan a seguir.

—Gracias —dijo de corazón. Quizás era la primera vez en su vida que un hombre respetaba su voluntad. La sensación de que alguien consideraba sus motivos, sus sentimientos, era inefable. Tal vez, ese granuja, sí merecía el beneficio de la duda.

Michael, ante ese sentido agradecimiento, esbozó una sonrisa e inclinó la cabeza. No tenía alternativa, no era su estilo someter a las personas a su voluntad.

—Ahora sí, le escribiré a Andrew... Le advierto que no será fácil, estoy seguro que en cuanto lea esta carta querrá tener mi cabeza en una bandeja de plata, porque no se le será suficiente el estrangulamiento —bromeó, mitad en serio, mitad en broma.

—Usted habla de mi hermano de una manera muy familiar, ¿son muy cercanos?, no todos los cuñados llegan a tener una relación amistosa —preguntó Margaret con genuino interés.

—La verdad es que pasamos por momentos muy importantes y decisivos. ¿Qué tan informada está acerca de ello?

—Estoy al tanto de todo lo concerniente a los atentados en contra de lady Rothbury, y ahora me doy cuenta que usted es el famoso Michael que mi hermano menciona en sus cartas. Claro que él lo describe como todo lo contrario a su fama, tampoco mencionó su apellido, por ello no deduje que se trataba de la misma persona. Suele omitir detalles importantes.

—Le aconsejo que confíe en el criterio de su hermano. Rothbury es uno de los mejores hombres que he tenido el honor de conocer en mi vida. —Se levantó del sofá y movió el cuello para relajar sus músculos sin pudor—. ¿Me podría facilitar papel y pluma?

—Supongo que sí, ya que es dueño de todo esto —ironizó Margaret, permitiéndose bromear. «Al mal tiempo, buena cara»—. En el escritorio está todo lo necesario, señor Martin.

—Muchas gracias. —Caminó unos pasos hacia donde le indicaron, pero se detuvo y dio media vuelta—. Creo que ahora le aceptaré una taza de té, si es que su ofrecimiento sigue en pie, mi estimada señora Witney.

—Por supuesto. —Suspiró hondo—, creo que ambos lo necesitamos.

Margaret se dirigió a la cocina, y Michael retomó su camino y se sentó frente al escritorio. Al instante, notó que había una carta a medio escribir, fechada dos días antes. La tentación fue más grande que la buena educación y, aun sabiendo que era una violación flagrante a la privacidad de la señora Witney, Michael no pudo evitar leer.

Las palabras en su mayoría estaban emborronadas como si les hubiera caído agua, pero estaban legibles. No había que ser un genio para darse cuenta que la señora Witney lloraba mientras escribía la carta donde exponía al desnudo los sentimientos y atribulaciones de ella.

Era una carta desesperada, de una mujer que estaba empezando a perder la esperanza.

«Como Laura», pensó Michael, evocando la última carta que pudo enviar su esposa antes de morir. No deseaba que Margaret sufriera el mismo destino.

Conmovido y lleno de culpa, sintió el deseo primigenio de proteger a Margaret. Mientras estuviera con vida, no permitiría por segunda vez el sufrimiento de una mujer que estuviera a su cargo.

Y ante Dios juró no volver a fallar.

Con discreción dejó la carta de la señora Witney bajo las hojas en blanco y procedió a escribir:

«Lunes, 22 de noviembre de 1818.

»Estimado Andrew:

»En estos momentos me encuentro en Richmond por dos motivos. El primero, por mi hijo; al fin, después de tres años he encontrado a Lawrence en el hogar de niños perteneciente a la iglesia de Santa María. Ahora está conmigo y casi no puedo creer que esté con vida. Hastings no

logró su cometido de arrancármelo de mis brazos, he llegado a tiempo para
poder hacerme cargo de él.

»El segundo motivo, es el más complicado de explicar. Es sobre lady
Swindon, tu hermana ha sido...

—Señor Martin, su té —interrumpió Margaret, llevando una
bandeja—. ¿Azúcar, leche?

—¿No tiene whisky? —preguntó Michael, riendo ante el rostro contrariado de ella—. Es una broma, señora Witney. Sólo un
terrón de azúcar, por favor.

—Lo dijo muy en serio, nunca se sabe si está bromeando, señor Martin —dijo Margaret sirviendo el té.

—Por eso soy tan bueno en el *whist* —replicó ufano Michael—.
Además que mi fuerte son las matemáticas y también tengo excelente memoria.

—No pondré en duda sus palabras.

Pasos ligeros se escucharon corriendo desde el segundo piso,
para luego continuar por las escaleras. Eran Thomas y Alec que
llegaban agitados al lado de Margaret.

—Mamá, Lawrence está mal —informó el mayor nervioso—.
Estábamos jugando y de pronto se desmayó.

Para Michael, esas palabras sonaron a una horrible fatalidad
que lo dejó paralizado.

—¡Cielo santo! —exclamó Margaret, alzándose ligeramente
el vestido y emprendió una carrera hacia el segundo piso a ver el
estado del pequeño.

Michael, sin decir una palabra, la siguió en el acto.

En tan solo unos segundos, ambos encontraron al pequeño
tendido sobre la cama de Alec, respiraba agitado.

—Se desvaneció en el piso, Thomas y yo lo subimos a mi
cama —informó el pequeño.

Margaret aflojó las ropas de Lawrence y al sentir la piel del
pequeño se dio cuenta que estaba caliente, le tocó la frente. ¡Estaba
hirviendo!

—Thomas, hijo, trae una jarra de agua fría y llena el agua-
manil, por favor —ordenó firme. El niño salió corriendo a cumplir
con la demanda—. ¡Ve con cuidado, no vayas a caer! —Dirigió su
mirada a su hijo menor—. Alec, mi niño, ve a mi habitación, en el
último cajón de mi tocador hay toallas, tráelas —solicitó—. Debemos bajarle la temperatura a Laurie. Señor Martin... —Michael no

respondía, estaba congelado—. ¡Señor Martin! Vaya a conseguir un doctor.

Michael asintió, recién pudo moverse ante la imperativa voz de Margaret. Era como si le hubiera ordenado respirar.

—¿Tiene un caballo? —preguntó él, para poder llegar más rápido a la posada y preguntar al señor Reeves, quien lo sabía todo.

—Lo vendí hace un mes. Tendrá que correr —replicó sin mirarlo. En ese momento, llegaron sus dos hijos con lo pedido por ella—. Gracias, niños... —Sumergió la toalla, la estrujó y comenzó a darle toques húmedos al pequeño en la cara. Todo estaba en silencio.

Margaret alzó la vista. Michael ya no estaba.

—Vamos, pequeño —susurró Margaret mientras seguía refrescando la cara del niño, no era suficiente—. Alec, querido trae uno de tus camisones —indicó mientras empezó a quitarle la ropa a Lawrence.

—¿Se va a morir, mamá? —preguntó Thomas asustado.

—Haremos todo lo posible para que eso no suceda —respondió Margaret. Las fiebres en los niños eran algo habitual, sobre todo cuando el tiempo empezaba a empeorar—. Dios santo, está tan delgadito —susurró con pesar—. ¿Por qué está en estas condiciones? Con razón se ha desmayado, debe estar muy débil.

El primer impulso de Margaret fue maldecir a Michael Martin por ser un padre tan descuidado e irresponsable. ¿Cómo era posible que Lawrence estuviera como si no comiera nunca? El niño estaba casi en los huesos.

Pero su parrafada mental se detuvo al ver las ropas del pequeño, que estaban nuevas. No había rastro de rodillas peladas, parches, remiendos. Las costuras y el género eran de excelente calidad y estaban en impecables condiciones.

Y la barriguita del niño estaba llena. Era cierto que habían almorzado hace poco.

Nada tenía sentido. Ella observó cómo Michael tocaba, miraba y hablaba con Lawrence, en sus acciones había orgullo, amor, devoción. Nunca vio a un hombre comportarse de esa manera hacia un hijo. Entonces, ¿cómo era posible que el pequeño estuviera así de mal nutrido?

Michael Martin era un enigma.

Margaret terminó de desvestir a Lawrence y le puso el camisón de Alec, cobijó las piernas del niño con una manta ligera y volvió a empapar la toalla que ya se había entibiado.

Lawrence frunció el cejo y murmuraba palabras ininteligibles, empezando a delirar.

Margaret siguió refrescando la fiebre del pequeño con afán.

—Dios, te lo suplico, no te lleves a este angelito.

Capítulo V

Michael entró empapado a la posada después de haber corrido una milla desde Garden Cottage bajo la lluvia, que había empezado a caer en cuanto puso un pie afuera de la casa. Buscó desesperado con la mirada al señor Reeves, el posadero, hasta que lo halló bajando la escalera pesadamente.

—¡Señor Reeves, señor Reeves! —exclamó Michael para llamar la atención del posadero.

—Señor Martin, ah, qué bueno que lo veo. Tengo un mensaje para usted desde Newark —respondió el hombre entregándole un sobre que sacó de su bolsillo.

Martin lo recibió y se lo guardó sin leer siquiera el remitente, su prioridad era otra.

—Señor Reeves, necesito un doctor, ¡urgente!

—El señor Banks vive en el 355 de Market Place —contestó al instante, no era la primera vez que le pedían un doctor.

—¡Gracias! —agradeció Michael y se dispuso a emprender de nuevo una carrera. Pero se le ocurrió una idea mejor, dio media vuelta y dijo—: También necesito que me preste o alquile un caballo.

—Tenemos varios. No se preocupe, le puedo facilitar uno, deme un segundo, señor... —respondió, sabiendo de inmediato cuál caballo entregarle a Michael—. ¡Josh, saca a *Mags* de las caballerizas, y entrégasela al señor Martin! —ordenó con su vozarrón a un muchacho esmirriado que barría el comedor, quien dejó de lado sus tareas y salió en el acto a acatar la orden.

—Gracias, de nuevo...

—Vaya con Dios, señor Martin.

Michael salió hacia las caballerizas y ahí estaba Josh poniéndole la montura a *Mags*, una yegua blanca con manchas marrones. Esperó cinco minutos que se le hicieron eternos, pudo haber ido corriendo, pero de todas formas un caballo era más rápido.

El muchacho le entregó las riendas y Michael partió a todo galope hacia Market Place, lugar que no estaba demasiado lejos de la posada, tal vez una media milla. Él ya había estado ahí con Lawrence comprándole ropa, golosinas, disfrutando los nuevos momentos con su hijo.

La lluvia caía con más intensidad y le golpeaba la cara. Michael tuvo la certeza que su vida jamás volvería a ser la misma.

—¡No, *señod* Powell! Le *judo* que no me comí el pan *dudo* —murmuraba Lawrence.

Margaret seguía cambiando las compresas húmedas, poniendo atención a cada movimiento o gesto del pequeño. Desde hacía unos minutos, sus palabras empezaban a ser más claras. Mencionaba mucho al vicario de la iglesia Santa María, cosa que le intrigó a ella. No tenía sentido.

—Vamos, Laurie —susurraba Margaret tomándole la mano al hijo de Michael—. Te pondrás bien, criatura.

—Mami… —sollozó el pequeño.

A Margaret, aquel inocente llamado, le sembró más preguntas que respuestas. Si Lawrence era el hijo de Michael… entonces, ¿dónde estaba su madre?

—Papá Michael… pastel de *cadne*.

Margaret no pudo evitar esbozar una sonrisa ante esas palabras, y también le llenaba el corazón de esperanza, si el niño tenía la suficiente energía para murmurar así de claro en su delirio, tal vez en unos días estaría de pie de nuevo. Solo le preocupaba la delgadez de él.

Lawrence abrió los ojos, la señora que le tomaba la mano le sonreía, ella era muy bonita, su mirada se parecía a la de su mamá, pero era de otro color. Papá le había dicho que iba a conocer unos niños y que podría jugar con ellos… Estaba tan cansado… Estaba soñando, un sueño muy raro. Cerró los ojos.

Margaret le acarició la cabeza, el niño era muy diferente a su padre, pero había algo en él que no le hacía dudar de su parentesco.

De pronto, el sonido de alguien que corría por las escaleras, interrumpió sus pensamientos.

—¡Mamá, el señor Martin ha llegado con el doctor! —anunció Thomas ansioso. Estuvo junto con Alec mirando por la ventana y esperando. El muchacho entendía que la situación era compleja, pero sentía en su corazón una especie de alegría, se sentía útil, le gustaba poder ser de ayuda.

—Gracias al cielo —susurró Margaret—. Ve a recibirlos, hijo, por favor—pidió con amabilidad.

—Sí, mamá. —Y así como llegó, Thomas se fue, dejando a su madre a solas con Lawrence.

Al cabo de un par de minutos, se escuchaban nuevos pasos por las escaleras, en el umbral de la puerta se apreciaba la apurada entrada de Michael acompañado por el doctor, quien portaba un maletín de cuero. Era un hombre muy joven, quizá llevaba poco tiempo ejerciendo la profesión.

—Vengo con el señor Banks para que revise a Lawrence —anunció Michael olvidando toda norma de presentación. Desvió la mirada hacia su hijo, que yacía en la cama vestido con un camisón, evidenciando los cuidados de la señora Witney—. Gracias por atenderlo —susurró.

Margaret asintió con su cabeza en silencio, aceptando la genuina gratitud de Michael.

—Bienvenido, señor Banks. Muchas gracias por venir tan rápido —saludó ella, cediéndole su lugar al doctor.

—El señor Martin sabe cómo persuadir a las personas —respondió dando una mirada acusadora a Michael—. Veamos al pequeño paciente. Su esposo ya me puso al tanto de lo que ha sucedido...

Margaret tuvo el impulso de sacar de su error al doctor, pero la mirada de Michael le demandaba que no lo hiciera... ¿Por qué? Ella no lo entendía, todo Richmond sabía de quién era la propiedad y quién era ella. Bien, no todo Richmond, al parecer, el señor Banks no la conocía.

—Lady Swindon no es mi esposa, señor Banks —intervino Michael—. Solo soy un viejo amigo de la familia.

—Oh, perdón por mi error —dijo el doctor, sin darle demasiada importancia al asunto—. Llevo solo un par de meses aquí —explicó y, sin decir una palabra más, comenzó a examinar a Lawrence. Hizo un gesto desaprobador al verlo tan delgado, y luego puso su oído en su pecho para escuchar sus pulmones y el corazón. Tocó su frente, estaba húmeda y caliente.

—¿Puede abrir las cortinas para que entre un poco más de luz? —pidió el doctor—. Necesito ver bien el tono de la piel del niño.

Margaret, de inmediato, abrió las cortinas blancas. No era demasiado notorio el cambio, dada la lluvia, pero fue suficiente para el señor Banks.

Unos minutos más y ya estaba listo para dar su tratamiento.

—Aparentemente, no se trata de la fiebre pútrida, pero, aun así, la enfermedad es de cuidado. No ayuda de mucho la debilidad del pequeño por una evidente mala nutrición, por lo que, si llega a recuperarse, tomará más tiempo de lo normal. De momento, la fiebre debe ser bajada con baños tibios alternando con baños fríos y mantengan la habitación a una temperatura templada. Dele sopa de verduras para fortalecer el cuerpo y, si tiene la posibilidad de que incluya carne, tanto mejor. Llámeme si empeora o si cambian sus síntomas para probar con otro tratamiento —indicó el doctor con seguridad, mirando a Margaret, quien asentía y tomaba nota mental de lo que se debía hacer—. Su hijo debe alimentarse mejor, señor Martin, no permita que sea regodeón, debe comer de todo —aconsejó, creyendo que el niño no comía de malcriado. Michael no se lo refutó, no le pareció apropiado darle explicaciones a un extraño.

—Haremos lo que ordene, señor Banks —dijo Michael en cambio.

—Muy bien, me retiro —anunció el doctor—. En caso de cualquier cosa, no duden en ir a buscarme —insistió.

—Lo acompaño a la salida —ofreció Michael solícito.

—Muy amable. Muchas gracias, señor Martin.

Margaret se quedó a solas. Sentía que debía dividirse en dos para atender al pequeño, y cuidar de sus propios hijos. No podría hacerlo de todo sola, y tampoco consideraba apropiado sacar al niño en medio de una lluvia. Su instinto le decía que solo empeoraría si el señor Martin insistía en llevárselo.

¿Qué hacer?

Pasos cansados y pesados subían por la escalera, Margaret no tuvo que imaginar de quién se trataba. Segundos después, Michael estaba en el umbral de la puerta. Su rostro demostraba todo tipo de emociones y, para asombro de ella, lo que más predominaba era la vulnerabilidad, y aquel sentimiento nunca lo había visto aflorar en las facciones de un hombre.

—Señor Martin… Lawrence se pondrá bien. —Fue el intento de Margaret por consolar a ese hombre que era «su dueño»—. Lo cuidaremos y oraremos por él.

Michael no respondió, se acercó a la cama por el lado opuesto a Margaret y se sentó al junto a su hijo, le acarició el cabello, el rostro.

—No le ha bajado la fiebre… —murmuró apesadumbrado.

—Eso suele tardar —respondió ella—. Puede estar varios días así.

Michael se sacó las gafas que se le empañaron por la humedad, y se pellizcó el puente de la nariz, a la vez que suspiraba hondo. Sentía el peso del mundo en sus hombros.

Margaret notó que él estaba con la ropa empapada pegada al cuerpo. Pensó que podía prestarle algunas prendas de lord Swindon, se habían quedado en un cajón después de una de las estadías veraniegas que él hizo en aquella casa con sus amigos y damas de moral distraída. No obstante, desistió de ello, viéndolo mejor. Michael era más corpulento y alto que Alexander, quien ya evidenciaba una barriga que intentaba ocultar con fajas. En cambio, el señor Martin no las necesitaba, era delgado, pero no flacucho o con aspecto enfermizo, su cuerpo —más bien, lo que se vislumbraba de él— era muy similar al de las estatuas griegas del Museo Británico.

Ella parpadeó, se había quedado demasiado tiempo mirándolo fijo.

—Señor Martin, creo que debe cambiarse esa ropa mojada por una seca lo antes posible —sugirió, casi como una orden—. Suficiente tengo con un enfermo, no quiero tener otro en casa.

—Todas mis pertenencias están en la posada, y no quiero separarme de mi hijo —respondió Michael—. Iré a buscar un carruaje para llevármelo y no seguir importunándola.

—No, nada de eso, señor. Lawrence empeorará si lo somete a cambios ambientales tan bruscos, ya escuchó al doctor, la habitación debe estar templada. Su salud está muy delicada, así que me niego a que se lo lleve —declaró Margaret con vehemencia—. Podemos hacer algo mejor que eso. Me puedo hacer cargo de su hijo, mientras usted va a la posada para traer sus pertenencias y luego se cambia de ropa. Aquí hay suficientes habitaciones, perfectamente se puede quedar aquí para estar junto a Lawrence.

—Pero, señora Witney, su reputación…

—Ya quedó claro el tema de mi reputación. En esta casa, el hombre que solía ser mi esposo, hacía fiestas escandalosas e inmorales… Créame, la situación actual no llega ni de lejos a ello.

—Usted sabe que a los hombres se le hace la vista gorda ante ese tipo de comportamiento. A usted, por esto, que es mucho más inocente, podrían condenarla.

—¿Sabe, señor Martin? No intente proteger mi reputación, sus esfuerzos serán en vano. Yo le pertenezco, mis hijos le pertenecen, esta casa le pertenece y cuando todo el mundo se entere… —Se quedó unos segundos en silencio, se había dado cuenta que empezaba a subir el tono de su voz—. Simplemente, en este momento me da igual lo que la gente piense o diga de mí. Dígame, ¿qué más puedo perder?… La reputación no me da de comer ni me brinda un techo donde vivir.

Michael se revolvió el cabello frustrado, esa mujer tenía toda la maldita razón. Era como estar en una calle sin salida. Pero no iba a fallarle a su hijo y, por algún motivo que no alcanzaba a descifrar, confiaba plenamente en el criterio de Margaret.

Tampoco deseaba fallarle a ella… Lo podría pagar muy caro y llevar la muerte de su esposa sobre su conciencia ya era demasiado.

Michael bufó de un modo poco caballeroso y se volvió a colocar las gafas.

—Iré a buscar mis cosas a la posada —resolvió poniéndose de pie—. Nos turnaremos en el cuidado de Lawrence. No voy a permitir que usted sola se lleve el todo el peso. Volveré en una hora… tal vez menos.

—Vaya con Dios, señor Martin.

—Gracias, señora Witney.

Margaret esbozó una sonrisa que Michael respondió del mismo modo, y salió de la habitación.

Margaret suspiró, ¿en qué segundo había cambiado tanto su vida?

⁂

—Mamá, ¿deseas tomar una taza de té? —ofreció Alec con inocencia—. Todavía quedan unas galletitas.

—No, hijo, muchas gracias. ¿Te puedo pedir un favor?

—Sí, mamá.

—¿Puedes quedarte aquí con Lawrence e irle cambiando las compresas? Debo prepararle una sopa de verduras y a ustedes la cena —solicitó Margaret. Esperaba que el pequeño pudiera comer algo. Al menos ya no deliraba, solo dormía.

—Está bien, lo haré —aceptó entusiasmado. Hasta antes de que Laurie cayera desmayado, estaba pasándolo muy bien con él y le simpatizaba mucho.

—Le diré a Thomas que te acompañe... Muchas gracias, hijo, eres muy generoso. Te quiero mucho.

—Yo también, mamá.

Margaret bajó las escaleras y en la sala de estar se encontró con Thomas, quien se calentaba las manos al fuego, estaba absorto mirando las llamas. Se acercó a él y le acarició el cabello castaño para llamar su atención.

—¿Puedes acompañar a Alec mientras cuida a Laurie? —preguntó con suavidad—. Yo les subiré una merienda a mis hombrecitos. Los llamaré cuando esté lista la cena.

El niño asintió con entusiasmo y subió corriendo las escaleras. Margaret suspiró, se quedó pensativa mirando el fuego, tratando de asimilar todo lo sucedido durante el día. Se sentía agotada.

Michael Martin, su dueño, era un hombre bastante peculiar. No había duda de que poseía un encantador carisma, pero ese carisma no lo usaba de un modo seductor o con lascivia, como cabría esperar de un libertino como él. No, él era muy respetuoso.

Era desconcertante. No sabía qué pensar de él.

Miró por la ventana. Había pasado más de una hora, ¿por qué todavía no volvía? La lluvia empezaba a amainar y la temperatura bajaba con rapidez. Puso un par de leños en el fuego para avivarlo.

Michael estaba quitándose la ropa húmeda con dificultad. La levita estaba como una montaña negra y deforme sobre el suelo, el pañuelo blanco y la camisa sobre la cama, las botas en frente de la chimenea.

Se quitó los pantalones y las medias. Tenía la piel de gallina, húmeda y fría. Empezó a secarse el cabello y el cuerpo con una toalla, frotando con energía. No quería pensar en nada por, al menos, cinco minutos.

Pero era imposible. Todos sus planes se habían desbaratado, partiendo por el hecho de que lady Swindon no aceptó recibir la asignación sin más.

¡Por Júpiter! La mujer era tozuda y orgullosa.

Lo peor era que la entendía, sobre todo después de leer la carta que ella estaba empezando a escribir. Su brutal admisión de no tener salida le caló profundo, sabía que era difícil reconocer los errores y hacerse cargo de ello. Probablemente, le iba a pedir a su hermano ayuda, y depender para siempre de la caridad del vizconde.

Y ahora dependía de él, ¡vaya solución!

Y después lo de Lawrence... Tantos años esperando encontrarlo y, de un momento a otro, estaba a punto de perderlo para siempre. Michael se sentó sobre la cama y se restregó la cara intentando disipar las ganas de gritar y acallar el llanto que empezaba a formarse en sus ojos y garganta.

—¡Basta, Michael! —se reprendió—. Tu hijo te necesita, no puedes lamentarte por algo que no va a suceder. ¡Compórtate como un hombre, maldita sea!

Se levantó y empezó a ponerse la ropa seca con premura. Una y otra vez se decía que todo iba a mejorar, que debía ser paciente, ser fuerte, y tener fe.

Debía creerlo, o estaría perdido.

Una vez vestido, se aseguró de guardar todas sus pertenencias y las de Lawrence en el baúl de viaje. Recogió la ropa húmeda, y empezó a meterla en una bolsa para llevarla aparte.

Al tomar la levita mojada, vio un papel blanco en el bolsillo interno, y le recordó que había recibido un mensaje. Frunció el ceño, dejó todo de lado y sacó el sobre con cuidado.

No llegaba a estar empapado, pero sí se había humedecido el papel. Con mucha dificultad, leyó que el remitente era John Fields. Michael alzó las cejas, probablemente el mensaje lo escribió mientras iba de camino a Londres, apenas llevaba dos días de camino. Entrecerró sus ojos para enfocar mejor y encontrar sus gafas. Estaban en la mesa de noche, y se las colocó, desplegó el papel y se dispuso a leer.

«Estimado señor Martin:

»En estos momentos me encuentro en la posada "The oak" en Newark. El motivo de este mensaje es para comentarle que, mientras pernoctaba aquí, entablé una interesante conversación con un viajero, un joven barón, llamado lord Kelham. No sé si lo conoce, pero bueno, él dice que sí, que perdió un par de libras gracias a usted...»

—Pues, a los jugadores que saben cuándo retirarse no los recuerdo, porque no suelen volver a jugar conmigo —dijo Michael como si estuviera conversando con el señor Fields.

Se ajustó las gafas y prosiguió con la lectura…

«… *Retomando el tema principal, lo interesante de la conversación fue que, en Londres, usted y lady Swindon están siendo la comidilla de la buena sociedad, gracias al pasquín de cotilleos "Susurros de elite", el cual ha revelado todos los pormenores de la apuesta indecorosa en la que ambos están envueltos. El joven barón no traía consigo un ejemplar, pero, de todos modos, lo que acabo de contarle es un buen resumen.*

En torno a esto hay muchos rumores, uno de ellos dice que lord Swindon se ha embarcado hacia la India por negocios de las tierras que posee allá, sin pagar un penique a sus acreedores. Pero, no estoy seguro de la veracidad de esto, sé de buena fuente que esos negocios ya no existen.

»El otro asunto del que me he enterado, es del fallecimiento del duque de Hastings, su abuelo…»

Michael, al leer esas líneas, dejó caer la carta. Con torpeza la recogió y releyó, sin poder creer que el hombre que tanto dañó su vida, había dejado de existir.

«… *El hecho ocurrió el 15 de noviembre, según dicen, de una enfermedad que lo tenía postrado. Creo que, si le escribe a su padre, podrá tener más detalles de lo ocurrido.*

»Según mis cálculos, y si el tiempo es favorable, llegaré a Londres en unos dos días.

»Saludos cordiales.

»John Fields, secretario.»

Michael volvió a leer la carta, no una, sino tres veces. Resopló. Necesitaba un trago… no, una botella entera de cualquier brebaje que tuviera alcohol en sus ingredientes.

¡Condenación!

No podía permitirse ese lujo. No ganaba nada con intentar ahogar la realidad. Ya no era un chiquillo temeroso del duque, era un hombre y, como tal, debía actuar.

Era su deber volver en el acto a Garden Cottage, tenía un hijo por el cual velar y una mujer a la cual era imperativo proteger.

Y para ello, necesitaba estar sobrio.

No debía fallar.

Capítulo VI

Margaret bajaba la escalera, después de servir la merienda de sus hijos. Lawrence todavía estaba con fiebre, pero logró estar un rato despierto y comió medio plato de sopa de verduras, lo cual fue un muy buen indicio, el pequeño era todo un luchador. Un poco más tranquila por aquel frágil triunfo, se adentró en la estancia principal y notó que ya estaba empezando a oscurecer. Frunció el ceño y miró la hora en el reloj que estaba sobre la chimenea. Faltaban diez minutos para las siete.

Ella se preocupó, el señor Martin debió llegar hace una hora. Se frotó los brazos, el ambiente estaba frío, por lo que fue a avivar el fuego de la chimenea. Margaret se preguntaba, con humor negro, cuántas veces debía hacerlo en el día. Ese tipo de detalles, ella no los notaba antes, en su antigua vida de condesa.

Pero, irónicamente, no la extrañaba. No importaban las estrecheces económicas, la lejanía con la capital, la soledad, educar ella misma a sus hijos, e incluso, la incertidumbre. No, nada de ello le importaba, porque estaba tranquila, estaba lejos de lord Swindon, quien era su esposo; ya no tenía que escuchar sus constantes pullas para humillarla, inhalar su olor a alcohol respirando sobre ella, aguantar el dolor que sentía entre sus piernas cada vez que él se acordaba de que tenía esposa y reclamaba sus derechos maritales, soportar callada el posterior desprecio cuando le recriminaba su falta de ardor, su frigidez.

Las bofetadas que le propinaba a ella, a sus hijos, por los motivos más inverosímiles. Ella no sabía si agradecer o no que Swindon no llegara más lejos, al parecer ese era su límite.

Margaret ya no tenía que hacerse la sorda cuando la gente hablaba a sus espaldas, de la lástima que inspiraba o, al contrario, cuando algunos la culpaban a ella de la debacle de Alexander.

«Igual a su madre, permitiendo los vicios de su padre», decían con dureza las matronas influyentes de la buena sociedad que fueron testigos de la vida de sus padres.

Indudablemente, ella estaba mejor sin Alexander. Y, si lo pensaba bien, tal vez era ventajoso que el señor Martin fuera el poseedor de su libertad. Su esposo ya no tenía ningún tipo de derecho sobre ella o sus hijos y, tal parecía, que su nuevo dueño poseía un carácter amable y no tenía interés alguno en ella, lo cual era un alivio.

Pero, por un extraño motivo que no lograba comprender, a ella le hería un poco el ego —o lo que quedaba de él— el hecho de no despertar ningún tipo de interés en nadie. El señor Martin solo tenía la honorable intención de darle una asignación y dejarla en paz... Qué se sentiría ser seducida, ser deseada... o amada.

Demonios, no podía ir por esos derroteros.

Estaba fastidiada, no podía aceptar la asignación sin hacer nada a cambio, era tanto o peor que ser parte de la apuesta, le hacía sentir inútil, y odiaba esa sensación. A medida que iba despidiendo sirvientes e iba tomando sus tareas, no le molestaba, era un aporte, las cosas seguían funcionando gracias a ella. Su orgullo se lo exigía, ¿acaso era mucho pedir ser útil, tener cierta autonomía para ganar su sustento?

Ella quería creer que era más que una simple mujer que solo sirve de adorno o para reproducir herederos. Quería ser más que la responsabilidad adquirida por un desconocido.

Solo esperaba que el señor Martin siguiera siendo amable. Margaret temía que, con el transcurso del tiempo, él mostrara otra naturaleza, más baja, que la obligara a...

Deseaba con todo su corazón que él no fuera como Alexander.

Dando un suspiro, encendió la vela de la palmatoria que estaba sobre la chimenea. No necesitaba más luz, debía ir a la cocina a preparar la cena. Sin embargo, los sonidos de un carruaje acercándose a la casa, interfirieron en sus planes.

Margaret volvió sobre sus pasos y abrió la puerta.

Ahí estaba el señor Martin bajando un baúl de viaje, le pagó al cochero por sus servicios y, esbozando una sonrisa, la saludó como si fuera un familiar.

De hecho, lo eran... políticamente hablando. Debía acostumbrarse a ello.

Ella devolvió la sonrisa, pero estaba un poco nerviosa. ¿Cómo era posible que un hombre se viera tan arrebatador? Incluso aquellas gafas le daban un toque especial a su apariencia. Nunca imaginó que atuendos tan sencillos sentaran tan bien a una persona al punto de transformarla. Margaret no podía decidir si era porque el señor Martin era muy apuesto o porque su sastre era un prodigio.

Entornó los ojos reprendiéndose por divagar más de la cuenta. Abrió más la puerta para que él entrara con su carga, aparentemente, pesada, dado que se le marcaban los músculos de los brazos y la espalda. Margaret, de nuevo, se había quedado ensimismada mirándolo, era algo impresionante. Ya era la segunda vez en el día, debía dejar de hacer aquello antes de que él la sorprendiera *in fraganti*.

Por nada del mundo, debía alimentar suposiciones erróneas por parte del señor Martin. No quería insinuar, ni llamar la atención del libertino más grande de Londres.

Porque bastaría con solo una invitación por parte de ella, y él, sin dudar la tomaría. Así eran los libertinos, se daban —literalmente— la libertad de tomar cuanto se les ofrecía. Tal vez él era más respetuoso, más honorable, incluso. Pero era hombre, al fin y al cabo, uno que no se privaría ante un ofrecimiento de esa naturaleza.

Michael dejó el baúl en el suelo y dio un sonoro resoplido, al tiempo que ponía sus manos en jarras estando conforme con su trabajo. Dio media vuelta y se encontró con Margaret que lo miraba insondable. Ella era de esa clase extraña de personas que lograba ocultar muy bien sus emociones. Un talento que tal vez ella cultivó a la perfección siendo la esposa de Swindon.

Claro que aquel talento se desvanecía en cuando ella se encontraba acorralada y sin salida, como hacía unas cuantas horas atrás. Era una verdadera fiera.

—Buenas tardes... noches, señora Witney —saludó Michael afable.

—Buenas noches, señor Martin... Lo esperaba más temprano. ¿Tuvo algún inconveniente? —interrogó Margaret, sin evidenciar en el tono de su voz la curiosidad que sentía. De inmediato ella se arrepintió por formular aquella pregunta. «¿Qué parte de "no alimentes suposiciones erróneas" no entendiste, Margaret?», se reprendió mentalmente.

—No sé si catalogarlo de inconveniente, pero me quitó más tiempo del que hubiera querido. Pero ya estoy aquí... ¿Cómo se encuentra Lawrence? —consultó con preocupación.

—La fiebre no le baja, pero de todas formas es mejor eso a que le suba más. También ha tenido la fuerza suficiente para comer un poco de sopa. De momento, su estómago la ha tolerado bastante bien. Lawrence es un niño muy fuerte, señor Martin.

Ante aquellas palabras Michael sintió una gran tranquilidad. La señora Witney, tenía la capacidad de transmitirle esa seguridad de que todo saldría bien, aunque pareciera que las circunstancias estuvieran en contra.

—Muchas gracias, señora Witney, por todo lo que ha hecho. Le estaré eternamente agradecido.

—No hay de qué. Tómelo como un servicio... dado que usted es... es mi dueño. Digamos que el cuidado de Laurie es parte de mis labores —propuso, como una alternativa honorable a la situación en la que estaban envueltos.

—Por ningún motivo. Estoy seguro que usted ha hecho todo esto porque es una mujer con un gran corazón, no por compromiso a la singular situación que nos une —refutó convencido.

Margaret no contestó, en el fondo, Michael tenía razón. A ella nunca se le pasó por la cabeza que cuidar a Lawrence fuera una obligación o un deber que cumplir. Solo estaba haciendo lo que cualquier madre haría por un hijo... Su instinto era más fuerte que cualquier otra cosa.

—Iré a preparar la cena, señor Martin —anunció para cambiar de tema. Necesitaba serenarse.

—Está bien... —autorizó. Margaret dio media vuelta para dirigirse a la cocina—. Espere, señora Witney. —La detuvo. Ella se volvió hacia él y esperó—. ¿Usted cree que sea conveniente darle baños fríos a Lawrence para bajarle la fiebre? —consultó Michael, renuente a aplicar el tratamiento que el doctor indicó—. Me parece un poco extremo...

Margaret parpadeó, ¿un hombre le estaba pidiendo su opinión? Sin duda, aquel iba a ser un día que jamás olvidaría, las sorpresas parecían no tener fin cuando se trataba del señor Martin.

—Creo que debemos empezar con agua muy tibia —sugirió, a ella también le parecía extremo someterlo de inmediato a agua fría, sobre todo la del río Swale que estaba a unos cinco minutos de Garden Cottage—. Si desea, puedo preparar el baño y...

—No, usted iba a ocuparse de la cena. Si no le importa, la acompañaré a la cocina y yo prepararé el agua para el baño de Lawrence. Basta con que me indique dónde está todo lo necesario y lo haré. ¿Ve estas dos cosas que tengo al final de mis brazos? Se llaman manos, y puedo usarlas sin problemas —bromeó, mostrando sus palmas y moviendo sus dedos.

Margaret no pudo evitar sonreír.

—Usted es imposible, señor Martin.

Lawrence abrió los ojos. Había sentido una sensación de frescura que lo sacó de golpe de su aturdimiento. Un par de manos grandes lo sostenían y ese aroma que ya le era familiar le indicó, inequívocamente, quién era la persona que estaba con él. Sentía que flotaba, estaba mojado y desnudo. Pero aquello no le asustó. Su papá le murmuraba una nana, la cual sabía que ya la había escuchado antes, pero en la voz grave de él, sonaba diferente.

—¿Papá? —murmuró Lawrence—. Me siento cansado.

—Lo sé, hijo. Estás enfermo y tienes fiebre —respondió interrumpiendo su canto. Mojó una toalla en el agua y se la pasó por la cara a Lawrence—. Por eso te sientes cansado —explicó calmado, si evidenciaba su tremenda alegría por ver a su hijo despierto, era muy posible que asustaría al pequeño.

—¿*Pod* qué estoy en el agua? —preguntó intrigado—. Ya me he bañado muchas, muchas veces.

—Estás en el agua porque ayudará a que baje tu fiebre y te sientas mejor. Tienes el cuerpo muy caliente, hijo. —Michael sonrió—. Además, no te has bañado muchas, muchas veces. Solo cuando fui a buscarte al hogar y el resto ha sido lo habitual, lavarse la cara, las manos, y tus partes pudorosas.

—Alec y Thomas, ¿dónde están? —preguntó.

—Están cenando abajo con la señora Witney. Viviremos un tiempo con ella hasta que te recuperes.

—¿Ella *sedá* mi mamá? —preguntó con inocente entusiasmo.

—No lo creo, ella ya tiene un esposo —respondió haciendo una mueca, como si fuera un gran incordio ese detalle.

—Ah… —respondió desanimado—. Es linda y huele bien —insistió. Para Lawrence, el hecho de que la señora Witney tuviera un esposo no era ningún impedimento.

—En realidad, no sé qué hacer con ella —admitió Michael frente a su hijo, aunque en realidad, hablaba más consigo mismo—. Debería llevarla con tu tío Andrew, porque es su hermano. Sin embargo, aquello no me convence, ella no desea eso hasta que sea su última alternativa y la entiendo... Además, yo creo que él ya leyó ese pasquín y es posible que quiera asesinarme.

—¿Vas a *modid*? —preguntó Lawrence asustado.

—No... Por Júpiter —masculló contrariado, Lawrence era muy literal—. Es un decir, una forma exagerada de explicar el enojo que debe sentir tu tío Andrew... Olvídalo, hijo. Suelo equivocarme demasiado en la vida... y ella... no quiero que pague por mis errores. Aunque sigo sintiendo que hice lo correcto al acceder a esa descabellada apuesta.

Lawrence se quedó en silencio, no comprendía bien el sentido de las palabras de su padre. En su voz había algo que no podía descifrar, solo sentía el gran deseo de animarlo de alguna forma. Así que decidió hacer algo que a él sí le animaría.

Levantó su manito húmeda y le tocó la cara a su papá, la barba estaba empezando a crecer y le raspaba la piel, provocándole un cosquilleo en la palma, pero no le importó. Michael cerró los ojos, sorprendido, y disfrutó de la caricia. La primera que le brindaba su hijo de forma espontánea.

—Te *quedo*, papá.

Michael abrió los ojos y se encontró con los verdes de su hijo que lo miraban fijo. Le acarició el cabello, enredando en sus dedos sus mechones pelirrojos. Desde el momento que se enteró de su existencia, lo amó.

—Yo también, mi pequeño... yo también te quiero con toda mi alma.

—Me gusta mucho la *señoda* Witney... *Padece* un ángel. —Volvió Lawrence al ataque.

—Sí, parece un ángel —admitió, rememorando los gestos, las formas de la señora Witney. Tal vez, para cualquier otro hombre, la belleza de ella era tolerable y común. Pero para él, era tal como la describía su hijo. Había algo en ella que trascendía los rasgos femeninos, era como una fuerza invisible que le atraía inexorablemente—. Pero cuando se enoja, es como el diablo —continuó para no pensar tanto en ella de ese modo. Le dolía reconocer que ella le hacía sentir culpa, por tener ojos, por estar vivo, por llevar tres años siendo viudo sin saberlo y, ahora que lo sabía, notaba un atisbo de deseo recorriendo sus venas al evocar a otra que no fuera Laura.

Era toda una ironía, ella le pertenecía y, a la vez, nunca podría ser de él.

—No, ella es buena—prosiguió Lawrence, decidido e ignorante de las cavilaciones de su padre—. El *señod* Powell dice que el diablo que es feo y se lleva a los malos al *infiedno*.

Michael rio, ah, la inocencia infantil.

—No hay forma de discutir contigo. Eres imposible, igual que yo. Está bien, tienes razón, ella no es como el diablo —admitió sonriendo.

Las palabras de su hijo le causaron gracia a Michael y le distrajo de sus tumultuosos sentimientos. El diablo... esperaba que él se hubiera llevado a lo más profundo del averno a su abuelo, el duque de Hastings.

Eso le recordaba que tenía otro asunto que atender, ahora era poseedor de un título de cortesía por ser hijo del nuevo duque. Era extraño, Michael siempre pensó que nunca llegaría a poseer ese título, y es que el viejo ejercía tanto poder sobre su familia, que ya pensaban que era intocable por la muerte.

Pero tal parecía que a todos les llegaba la hora. Tarde o temprano.

Michael Martin, marqués de Bolton. No sonaba mal después de todo.

⚜

Una vez que el agua tibia se enfrió, Michael le dio a Lawrence un poco más de sopa, la cual consumió con mesura. Después, el niño se quedó dormido. La fiebre había apenas bajado, pero era estable.

No era una mejoría notoria, no obstante, era alentador para Michael. «Mientras no suba, es buen indicio», pensaba él, estando de acuerdo con el razonamiento de la señora Witney.

Cansado y hambriento, bajó las escaleras para comer algo. Al entrar en el salón principal, vio a Margaret que estaba sentada en el sofá con un libro sobre su regazo.

Se había quedado dormida.

A la luz dorada de las velas, el espectáculo era celestial, etéreo. Michael se quedó absorto observándola. Desde su lugar, tenía una vista privilegiada; podía apreciar el denso abanico de sus pestañas oscuras; la piel perfecta, suave y nívea; el cabello un poco despeinado, como si hubiera vivido un breve, pero intenso interludio amoroso; el hipnótico sube y baja de su pecho, tan tranquila, tan en paz.

Sí, era como un ángel. Uno terrenal que podía pecar.

El libro que ella sostenía se resbaló, dando un golpe seco en el suelo.

El sueño acabó abruptamente.

Margaret despertó sobresaltada mirando hacia todas partes. Estaba sola. Escuchó un ruido desde la cocina, «¿será el señor Martin?», se preguntó aturdida y se levantó.

Al entrar en la cocina, vio a Michael, que calentaba en la cena que ya se había enfriado, y que constaba de una entrada que era la sopa que le prepararon a Lawrence y, como plato de fondo, puré de papas y filete de cerdo asado.

Margaret, al ver tan inusual escena, alzó una ceja con incredulidad. ¿Un hombre sirviéndose comida sin esperar a que ella lo hiciera? Era algo extraordinario, más aun, tratándose de uno acostumbrado a tener sirvientes. Después de todo, era parte de una de las familias más influyentes de la aristocracia londinense.

—Ya sabía que por algo es la oveja negra del ducado de Hastings, señor Martin —ironizó Margaret, revelando su presencia—. Y no solo por su fama de granuja… Disculpe lo simple de la cena, sé que debe estar acostumbrado a otro tipo de menú.

—No se preocupe, señora Witney —respondió Michael concentrado en su tarea—. Es más que suficiente para mí. —Probó un bocado del puré para cerciorarse de la temperatura. Un poco salado, pero, de todos modos, delicioso.

—Voy a calentar un poco de agua para un té. Si no le importa, le acompañaré mientras cena —anunció, adentrándose en la cocina.

—Si no es mucha molestia, será un placer disfrutar de su compañía. Se lo agradezco.

—No es molestia, en realidad no me agrada la idea de que cene solo… —«Es desolador comer sin compañía», prosiguió en su mente, rememorando sus primeros años de matrimonio, en soledad. Alexander siempre prefería cenar en el club con sus amigos, con sus amantes. Las pocas veces que cenaba con él, era en esas ocasiones en que eran anfitriones de veladas de negocios. Aquello fue más llevadero cuando sus hijos tuvieron la edad suficiente de compartir con ella.

En silencio, él se sirvió la cena y una copa de vino sobre la mesa que había ahí para tales menesteres. Margaret se preparó el té, se sentaron casi al mismo tiempo y empezaron a consumir sus alimentos.

—¿Cómo está Laurie? —preguntó Margaret con interés. Necesitaba llenar el silencio. No le gustaba en lo absoluto, porque para ella era lo mismo que estar sola.

—Mejor dentro de todo, el baño tibio fue de mucha ayuda —respondió tomando sopa. Estaba muy sabrosa, con razón Lawrence no se negó a volver a tomarla.

—Me alegro mucho... —Bebió un sorbo de té, empezando a relajarse gracias al calor—. Creo que debemos turnarnos para velar el sueño del pequeño, de lo contrario, mañana no estará en condiciones de atenderlo apropiadamente.

—Estoy acostumbrado a trasnochar, señora Witney. No se preocupe, prefiero que usted descanse. Ha sido un día difícil... para todos.

—Oh... Bien, entiendo.

El silencio volvió a reinar... solo se escuchaba el golpeteo de los cubiertos en el plato y el crepitar de la chimenea que daba calor a la estancia.

—Señor Martin, ¿le puedo hacer una pregunta personal?

Michael miró fugaz a Margaret y, sin dejar de comer, asintió.

—La madre de Lawrence...

—Mi esposa falleció hace tres años —respondió él antes de que ella terminara de formular la pregunta—. Lawrence es un hijo legítimo —agregó, sintiendo la obligación de aclarar ese punto sin demora.

—Oh, mis dispensas, nunca imaginé que usted era casado —fue la inmediata respuesta de ella. No pudo decir nada más, si el señor Martin hubiera contraído nupcias con alguien de la aristocracia, todo el mundo se habría enterado del enlace y de la existencia de Lawrence—. Perdón, le doy mis más sinceras condolencias, no sabía.

—Nadie lo sabía, fue un matrimonio que mantuve en secreto. Amaba mucho a mi esposa, pero, en ese entonces, el temor, la cobardía por evitar la furia y venganza de mi abuelo, fue más fuerte que todo. Laura no pertenecía a la aristocracia —confesó, sin saber muy bien por qué lo hacía. Tal vez porque ella se atrevió a preguntar, o quizá, porque necesitaba hablar por primera vez de ello.

La señora Witney tenía la asombrosa capacidad de hacerle bajar sus barreras.

—Entiendo. —Michael la miró un tanto incrédulo—. De verdad, señor Martin, aunque fuera en secreto, usted hizo lo que ningún aristócrata se atreve a hacer, por ningún motivo.

—No fue suficiente... Ella falleció, y mi hijo fue a parar al orfanato de la parroquia Santa María. —Tosió para aclararse la garganta y comió un poco de puré, evitando el contacto visual. De nuevo sintió culpa, ¿cuándo lo dejaría esa maldita sensación?—. Pero ya nada importa, el duque, de todas formas, logró, en parte, su cometido, alejándolos de mi lado. Mi único consuelo es que él ya no volverá hacerle daño a nadie.

En tan pocas palabras, Margaret comprendió, sobre todo, el motivo de la extrema delgadez de Lawrence. Michael hacía apenas unos días había recuperado a su hijo.

—¿Cómo está tan seguro de que su abuelo no volverá a interferir? —interrogó intrigada y conocedora de la fama del duque, ultraconservador, severo, inflexible, y poseedor de un gran poder e influencia, tanto dentro como fuera del parlamento.

—Hace unas horas me enteré que falleció la semana pasada —respondió con acritud. Y con ello, Margaret halló el motivo por el cual el señor Martin se había retrasado.

Era evidente que él se estaba guardando todos los detalles de la historia, pero, con lo poco que Margaret sabía, podía hacerse una idea de los alcances del matrimonio en secreto, la furia del duque y sus consecuencias.

Y muy a su pesar, ella creía en las palabras de Michael, el tono de su voz, la vergüenza reflejada en sus gestos, el dolor en el ritmo de las palabras. Aunque él intentara ocultar todo aquello, para Margaret era tan visible y tangible como la taza de té que sostenía en sus manos.

El libertino tenía corazón.

Ahora estaba doblemente intrigada, necesitaba saber más, todo lo que fuera posible. Pero no sería esa noche, él no revelaría más.

—Con lo que me acaba de decir, señor Martin, no sé si darle de nuevo mis condolencias o no —dijo de pronto Margaret, esperando que él entendiera la intención de sus palabras, que ella, aunque fuera increíble, no lo juzgaba y que lo entendía.

Michael la miró e intentó esbozar una sonrisa. Pero quedó solo en el intento, no fue capaz. En cambio, bebió un largo sorbo de vino.

Margaret no se perdía de ningún detalle. En ese momento, los silencios no le incomodaban.

—Es extraño —continuó Michael, mirando absorto la copa de vino—, siempre pensé que iba a celebrar su muerte con una botella de champán. Pero ahora... —encogió un hombro e hizo un gesto de indiferencia.

—No vale la pena... ¿cierto? —Margaret completó la oración por él. Michael la miró y sonrió. Esta vez, fue una sonrisa genuina y espontánea.

—Exactamente, mi estimada... ¿Puedo llamarla por su nombre de pila? —preguntó harto de tanta formalidad y decir «señora Witney» todo el rato, era más agradable decir «Margaret», era más acorde con su hermoso rostro—. Creo que nos lo podemos permitir ya que, de un modo retorcido, somos familia —argumentó socarrón.

—Creo que, después de todo lo vivido el día de hoy, nos podemos permitir esa pequeña informalidad, Michael —aceptó ella sin dudar. Al fin y al cabo, sus vidas estaban ligadas de manera indefinida, y el futuro era algo que no podía predecir. Necesitaba hacer más agradable esa especie de limbo, en el cual ambos estaban caminando uno al lado del otro.

—Me gusta su actitud, Margaret. —Alzó su copa, ofreciendo un brindis. Ella, en el acto, hizo lo mismo con su taza.

Vino y té, un extraño pero reconfortante chinchín resonó en la cocina.

—Por las apuestas indecorosas, Margaret —brindó Michael ironizando.

—Por las apuestas indecorosas, Michael.

Capítulo VII

Michael despertó sin haber descansado del todo. Ni siquiera las noches de juerga eran tan agotadoras, como aquellas en las que había atendido a Lawrence. Durante cinco días, la fiebre subía y bajaba y no abandonaba al pequeño. Estaba preocupado.

Se desperezó y tocó la frente de su hijo, quien dormía en aparente placidez. Estaba caliente, no tanto como el primer día. Pero Michael ya había asumido que aquello no era indicio de nada.

Margaret les había habilitado una amplia habitación para que él pudiera estar cómodo con Lawrence y, también, había una chimenea que proporcionaba un calor constante en la habitación, sin llegar a ser sofocante. La luz entraba a raudales a través de las cortinas.

Era un día soleado, pero frío.

Sin saber qué hora era de la mañana, Michael se levantó y se restregó la cara. La barba ya estaba bastante crecida, pero no le importó afeitarla, había cosas más primordiales que hacer, en vez de preocuparse de su apariencia. Se vistió con sencillez, pantalón, botas, camisa y chaleco, y bajó directo a la cocina.

De inmediato, se dio cuenta de que esa mañana no era como las pasadas. Todo estaba en silencio, no se escuchaba la voz de Margaret ni la de los hijos de ella.

—¿Dónde estarán? —murmuró Michael con una creciente incertidumbre.

Decidido, recorrió toda la casa hasta llegar a los dormitorios, ahí, los cajones estaban abiertos y casi vacíos, como si hubieran tomado lo que pudieron para huir. Sintiendo la desesperación lamiendo todo su cuerpo, se dirigió el exterior. Sus pulmones fueron penetrados por el aire frío, propagándolo en su cuerpo. Los rayos matinales del sol se extendían por el verdor del césped, que contrastaba con los arboles desnudos que le otorgaban al lugar una sensación de inhóspita soledad.

En su pecho, el corazón empezó a latir desbocado ante la idea de que ella había escapado sin avisar. Un frío devastador le recorrió la espalda, tal como aquella vez, hace tres años, cuando fue a Cornwall a visitar a su esposa y a su hijo, y no los encontró.

Y, tal como en aquella ocasión, empezó a decirse que tal vez ella fue a comprar al mercado, o tal vez debió realizar una visita social, o quizá… sí se había ido.

No entendía por qué, si en los días anteriores, tuvieron una más que cordial relación. Margaret le ayudaba durante el día a cuidar de Lawrence, él había llenado la despensa de comida, consiguió leña para calentar la casa por un buen tiempo, trataba con respeto y cariño a Thomas y Alec —algo muy fácil de hacer— quienes siempre tenían una pregunta que hacerle. Margaret era amable con él, lo acompañaba siempre cuando cenaba tarde, dándole gratas conversaciones.

Todo iba bien… se suponía que todo iba bien.

Tal vez, después de todo, Margaret no confiaba en él.

¿Y quién en su sano juicio confiaría en el granuja más grande de todo Londres? En ese minuto de su existencia, el plan que urdió hace un poco más de tres años, de ganar dinero sin depender del ducado y, de paso, hacer rabiar al viejo Hastings a más no poder, le pesó.

No era digno.

Inspiró hondo, entre ir a buscar a Margaret y cuidar de Lawrence, no tenía opción. Pero, por algún motivo que no lograba entender del todo, le dolía no poder hacer las dos cosas al mismo tiempo.

Dio media vuelta, debía volver a la casa a preparar el desayuno a su hijo. No podía dejarlo solo.

Decidió que, si ella no volvía, no le quedaría más remedio que desearle suerte, comunicarle a Andrew lo sucedido, y él se iría a Londres en cuanto Lawrence se recuperase del todo.

La mañana transcurrió lenta. Michael no tuvo ganas de desayunar, pero sí se encargó de darle algo contundente a Lawrence.

Su hijo podía estar muy enfermo, pero no perdía del todo el apetito, ni tampoco vomitaba lo que ingería. Eso era bueno.

«Un muy buen indicio, que el niño coma es muy alentador», era lo que le decía Margaret con su voz tranquilizadora, cada vez que él llegaba con el plato vacío de Lawrence, y ahora era como una letanía en su cabeza que no lo dejaba en paz.

El sol llegó al cenit en el cielo. El tenue calor caldeó la habitación de Lawrence, quien almorzó gustoso la deliciosa sopa que había quedado del día anterior. La fiebre había bajado después de un largo baño tibio que Michael le dio en un intento de mantenerse ocupado para no pensar en Margaret y en sus hijos.

Pero, ocupado o no, sus pensamientos volvían a ellos incesantemente.

Lawrence se quedó dormido después de almorzar, siempre el sueño lo invadía después de atiborrar su estómago de comida. Michael lo dejó solo por unos instantes. La casa se volvió a sentir silenciosa, tanto, que para él se volvió insoportable y salió nuevamente al patio.

El calor del sol empezó a calentarle el cuerpo, pero sentía que su interior estaba entumecido. Se sentía triste, derrotado, desolado. ¿Por qué?

«¡Un inútil, siempre lo serás, mocoso!», resonó cruel y severo en su cabeza. Era lo que siempre vociferaba el abuelo cada vez que él respiraba demasiado fuerte. Todo lo que hacía estaba mal, nada era suficiente.

Y, en ese momento, se sentía como un ser inútil. Tal parecía que el difunto duque en algo tenía razón.

Michael se quedó de pie, estático, con la vista perdida en un punto fijo. Esperando a que pronto pasaran las horas, los días... Esperar, odiaba esperar.

Se quitó las gafas y parpadeó rápido. Le ardían los ojos y el aire que entraba por sus fosas nasales, se le antojaba caliente. Aspiró profundo, una, dos veces, para mantener a raya la sensación de fracaso, que luchaba por materializarse en lágrimas.

Cabizbajo, pateó una piedra, dio media vuelta para entrar en Garden Cottage. No tenía nada que hacer.

Inútil. Era un inútil.

—¡Allá está! ¡Señor Martin!

Michael escuchó un eco que le hizo volver sobre sus pasos. Alzó la vista y no fue capaz de ver nada, todo estaba borroso. Se puso las gafas y todo se mostró con esperanzadora claridad.

—Thomas… Alec… —susurró con voz trémula. Tragó saliva y luego tomó una gran bocanada de aire—. ¡Niños! —exclamó, sintiendo una explosiva alegría en su corazón al ver a los hijos de Margaret a lo lejos. Michael hizo alegres señas con sus manos, mientras iba al encuentro de los dos niños que traían una pesada canasta.

—Vuestra madre, ¿dónde está? —preguntó sin más, a ambos, al tiempo que les revolvía el cabello arrancándoles carcajadas a los pequeños. Sentía que sus cristalinas risas le devolvían el alma al cuerpo.

Alec apuntó hacia el sur y Michael pudo ver la cautivadora silueta de Margaret, quien también llevaba una canasta más grande y, al parecer, le estaba costando trabajo portarla.

—Voy a ayudarla, dejen esta canasta aquí, yo la llevaré después —propuso a los pequeños—. Por favor vayan a ver a Laurie, está descansando, pero se puede asustar si no hay nadie en casa.

—¡Sí, señor! —exclamaron los niños, emprendiendo una vigorosa carrera a la casa.

Michael empezó a caminar a paso veloz en dirección a Margaret, pero sus largas zancadas no eran suficientes, no lograba llegar con prontitud. Entonces corrió, corrió tan rápido como pudo para alcanzarla. Michael sentía que el corazón se le iba a escapar del pecho, pero no le importó, porque en tan solo un minuto ya la tenía frente a él, regalándole una sonrisa.

—¿Dónde demonios estaba, Margaret? —preguntó agitado y con brusquedad, sin poder controlar del todo el enojo, la angustia… y la estúpida felicidad de saber que ella no se había ido.

Margaret frunció el ceño y su sonrisa se esfumó ante aquella descortés y súbita interrogante. Con un altivo gesto de cabeza, ignoró a Michael de plano, no iba a responder si él no se dirigía a ella de un modo más amable. Ya había tenido suficiente con la poca consideración de su marido, no iba a tolerar malos tratos. Michael podía ser su dueño, pero el respeto era primordial para que todo funcionara.

Prosiguió en silencio. Ella estaba empecinada en seguir cargando la pesada canasta y caminaba sacando fuerzas de todo el enojo que sentía.

—Margaret… ¡Margaret! —llamó Michael, quedándose unos pasos rezagado.—. Margaret… —La tomó del brazo con suavidad para impedir que siguiera avanzando.

Ella se zafó, soltó la canasta y lo fulminó con la mirada.

—¡¿Qué?! —espetó Margaret, perdiendo todo rastro de educación o refinamiento—... Señor Martin.

—Solo Michael...

—No —interrumpió airada, levantando su dedo índice—. Si tratarnos con informalidad implica que usted me hable en ese tono, entonces me retracto. A partir de este momento, solo me dirigiré a usted como el señor Martin, ¿o tal vez prefiere que lo llame lord Bolton? —atacó, sin medir las consecuencias de sus actos y, en cuanto soltó esas palabras, se arrepintió por las posibles represalias.

Michael siempre era amable, carismático y encantador; siempre primaba el respeto entre ellos. Ella rápidamente se había habituado a la chispeante personalidad de él, a las sorpresas diarias, que él se preocupara de ella, de sus hijos.

Pero, en el fondo, estaba esperando a que él la decepcionara y mostrara su verdadera naturaleza masculina, que le hiciera justicia a la fama que ostentaba.

Y, para su gran tristeza, al fin tenía razón y se sentía desilusionada y tonta por pensar que él era, de verdad, diferente a los demás.

Lo miró a los ojos, severa y a la vez, dolida.

Michael no sabía cómo había cambiado tanto la situación en tan pocos segundos. Pero, por increíble que pareciera, él no estaba enojado por la furiosa e insolente perorata de ella.

El alivio de verla frente a él, era más grande que cualquier cosa. Y también el repentino cambio en la femenina y furibunda expresión de ella. Ahora solo podía ver temor... y tristeza.

Él y solo él, había apagado ese fuego impetuoso y belicoso que inflamaba el espíritu de ella.

No podía permitir aquello. Michael se sintió de lo peor.

—Ni lo uno, ni lo otro, Margaret. No quiero que nada cambie —replicó él, suavizando el tono de su voz—. Le ofrezco mis más sinceras disculpas por mi exabrupto. No debí hablarle de ese modo.

Margaret no contestó. ¿Él se estaba disculpando?

Michael resopló. ¿Cómo podía demostrar que estaba realmente arrepentido? Las palabras parecían ser banales, vacías.

—Margaret...

—No vuelva a hablarme así, a menos que lo justifique la situación —pidió con un hilo de voz—. Acepto sus disculpas.

—Gracias, Margaret. Le prometo que no volverá a repetirse… pero mi actuar está justificado. —Ella alzó una ceja, no pudiendo reprimir su escepticismo—. Bien, medianamente justificado y, por ello, quiero pedirle un favor para que esto no vuelva a repetirse.

—¿Un favor? —interrogó intrigada.

—Solo uno, es muy sencillo —reveló a medias, volviendo a sentirse relajado, ser el de siempre.

—Está bien. ¿Qué quiere de mí?

—La próxima vez que tenga que salir de casa, ¿podría tener la amabilidad de avisarme?

—No quise molestarlo, dormía profundamente.

—Cuando desperté, no había nadie en casa. Pensé que se habían marchado, los cajones estaban vacíos y había ropa tirada…

—Oh… ¿usted pensó que los había abandonado?… Cielo santo, no. Solo fuimos al río a lavar la ropa. No hace nada de calor en estos días, y debemos aprovechar la oportunidad apenas hay un atisbo de día soleado. Prácticamente, no teníamos qué ponernos mis hijos y yo. Tampoco había sábanas limpias —explicó Margaret, como si lavar ropa fuera una tarea frecuente para una condesa.

Michael miró las manos de ella y, con estupor, notó que estaban rojas y que desprendían un fuerte olor a lejía.

—¿Por qué no me dijo que debía lavar ropa?, pude haber contratado una lavandera. Mire cómo tiene sus manos —increpó con un tono paternal, al tiempo que le tomaba las manos, estaban gélidas. Comenzó a frotárselas con delicadeza para infundirles algo de calor—. Están congeladas, por Júpiter, Margaret.

—No es su deber contratar personal para ello. Yo trabajo para usted —contestó, perpleja por los cuidados de Michael, al punto que no retiró sus manos—… Ahora que lo pienso, debí lavar sus camisas también… —murmuró para sí misma.

Pero Michael la escuchó muy bien.

—Vamos a contratar a alguien para que lave cuando sea necesario. Así como están sus manos, hoy no podrá hacer esa sopa que tanto le gusta a Lawrence —decretó, sintiendo que las manos de ella ya estaban cobrando un poco de calor.

—No es para tanto, Michael. No es la primera vez que lo hago —argumentó Margaret restándole importancia al asunto.

Michael siguió frotando con suavidad, y Margaret ya podía sentir sus dedos. Las manos de él se le antojaban enormes, pero no toscas. Dedos largos, gráciles y a la vez masculinos.

—¿Cuántos sirvientes se necesitan para tener Garden Cottage funcionando sin que tenga que verse forzada a hacer esto? —preguntó de pronto, evitando levantar la mirada.

—¿Qué?... ¿Y qué se supone que tengo que hacer yo? Permítame recordarle que yo le pertenezco y trabajo para usted —replicó molesta.

Ambos se miraron al mismo tiempo, ojos ambarinos retándose, desafiándose, midiendo voluntades.

—No quiero que sea mi sirvienta. O que haga algo que va más allá de sus posibilidades. Acéptelo, usted sola no puede hacerse cargo de todo Garden Cottage.

—Sí puedo. Lo estoy haciendo perfectamente.

—¡Oh, usted es insufrible!

—Y usted me está subestimando al punto de insultarme, señor.

Se quedaron en silencio, pero ninguno intentó evadir el contacto visual. Todo el resto del mundo desapareció.

—No se trata de eso, Margaret —claudicó Michael al fin y dio un largo suspiro—. Acaso cree que no me doy cuenta que todas las noches se acuesta exhausta, que está todo el día pendiente de la casa, de sus hijos, del mío... de mí. Que me ayuda a atender la enfermedad de Lawrence con su sabiduría, con sus consejos, amabilidad y fortaleza. Se hace cargo de todos los quehaceres, de que tengamos un plato caliente de comida en la mesa, agua fresca que trae del río... No, no la subestimo, lo que usted hace es inestimable, pero al cabo de un tiempo, ¿qué pasará? Yo le diré. Usted morirá, igual que mi esposa. Ella se dedicó a trabajar más allá de sus posibilidades para poder mantener a mi hijo. Enfermó y murió... sola. ¿Y sabe por qué? Porque su cobarde esposo nunca fue capaz de rebelarse contra el tirano de su abuelo mientras pudo y, cuando lo hizo, fue demasiado tarde y ya no pudo encontrarla, ya que ese viejo miserable se encargó de asustarla lo suficiente como para huir. Y llegó hasta esta ciudad... me escribía todas las semanas, cartas que nunca contesté, porque el gran duque logró interceptar cada una de ellas y nunca me enteré... hasta hace unos meses... Jamás dejé de buscarlos... Sé que es difícil de creer, a causa de mi reputación y los rumores que yo mismo sembré. Pero una cosa le puedo asegurar, nunca, nunca cesaron mis intentos por encontrarlos.

Michael se quedó callado. Sin darse cuenta, sus palabras habían salido expulsadas de su boca como un torrente lleno de culpa, de omisiones y equivocaciones que le habían costado demasiado caro, revelando su miedo más profundo, volver a perder a sus seres queridos por su causa. Margaret lo miraba boquiabierta, porque los ojos de él estaban enrojecidos y las lágrimas pugnaban por salir.

Sin decir más, Michael soltó con suavidad las manos de Margaret. Las estaba apretando con demasiada fuerza, pero ella no se quejó.

—Lo siento —se disculpó él en voz baja, ella asintió sin poder emitir palabra alguna—. Yo llevaré esto —anunció tomando la canasta—. ¿Cómo pretendía llevarla sola? No vuelva a hacer algo así. Si no quiere sirvientes, al menos pídame ayuda para labores pesadas como estas.

Empezaron a caminar en dirección a Garden Cottage. No iban rápido, ambos necesitaban apaciguar sus emociones.

Michael estaba ensimismado, preguntándose por qué le había confesado de esa manera tan brutal a Margaret todos sus pecados. Pero, por extraño e inapropiado que pareciese, tenía la certeza de que era lo correcto, sentía que ella lo comprendía. En la calidez de los ojos castaños de la señora Witney, no había reprobación o rechazo, sino todo lo contrario. Desde hacía muchos años que no tenía ningún vínculo con una mujer, desde la última noche que estuvo con Laura. Y ahora tenía a Margaret atada a él por una apuesta, pero tampoco sentía que era indecoroso. Él solo tuvo la buena intención de salvarla de un destino peor.

Pero ahora, no osaba ponerle un nombre a todo lo que ella despertaba en él. Reconocía el cariño, la admiración hacia el fuerte y determinado carácter de Margaret, el primigenio deseo de protegerla, la curiosidad de saber qué se sentiría si él se atrevía a estrecharla entre sus brazos y buscar su calor. ¿Le recordaría a Laura? ¿El trágico destino de su esposa sería su maldición? Se preguntó si no volvería a ser capaz de experimentar de nuevo lo que alguna vez vivió con ella. Tenía miedo, sentía la culpa carcomiéndole la conciencia y el corazón. Margaret estaba casada, pero le pertenecía y, a la vez, era prohibida para él. No obstante, estaba ganando fuerza el atávico anhelo de estar junto a ella.

Porque le hacía sentir que a su lado no necesitaba nada más.

Por su parte, Margaret estaba confundida. Michael era un hombre atípico, diferente al resto en su manera de actuar, de pensar, de vivir. Todos los días se empeñaba en demostrarle, de algún modo u otro, que todos los rumores que hablaban de él, carecían de fundamento.

Y ella, ante ese corazón destrozado, exponiéndose a su juicio, no podía hacer nada. Se obligó a reprimir las ganas de consolarlo, de abrazarlo y asegurarle que todo el mundo cometía errores, que en la juventud apenas dimensionan el peso de las decisiones... Pero cómo iba a hacer aquello, no podía.

En el fondo, Margaret temía que, si lo hacía, no sería capaz de soltarlo. Se aferraría a Michael como si fuera la vida misma. Porque, por primera vez en su toda su existencia, sentía algo más por un hombre. De manera espontánea, sin segundas intenciones, ella anhelaba una caricia, una sonrisa... Un beso dado con amor. Y tenía miedo, porque si ella se equivocaba, si cedía a la tentación, lo iba a pagar el doble que con su esposo, porque Michael le arrancaría el corazón.

Y no podía, no debía. Tenía dos hijos que dependían de ella y no deseaba terminar como su madre, que amó demasiado a su padre, al punto de olvidarse de sí misma y de sus tres hijos... Tenía un miedo atroz de llegar a ese extremo. Traspasar esa línea, que separaba el deseo del deber, sería el peor error de su vida.

Necesitaba poner distancia, era lo mejor para los dos, sobre todo para ella. De momento, solo se le ocurría hacerlo de una manera.

—Elizabeth... —murmuró Margaret.

—¿Cómo?

—Si desea aligerar mis tareas, llamaré a Elizabeth. Ella trabajaba para mí antes de tener que despedirla porque no podía pagar su salario —explicó pensando que, si había una persona más en casa, el hechizo que sentía que él le había puesto, se rompería.

—Hágalo, Margaret, hoy mismo si es posible —autorizó Michael, sintiendo que había ganado una pequeña batalla—. Puedo permitírmelo. En unos días, debería llegar mi secretario con fondos para poder financiar los gastos de la casa. Solo espero que no tarde tanto, sino, tendré que desplumar a unos cuantos caballeros de la zona apostando en las cartas.

—Mientras no acepte como pago a otra dama, tendrá mi bendición —bromeó más relajada, sintiéndose conforme con su improvisado plan.

No podía fallar.

Capítulo VIII

Todo plan improvisado, urdido sobre la marcha y con una cuota de desesperación, tiene sus falencias y, el plan de Margaret, de todos planes del mundo, era el más imperfecto de todos.

En cuestión de tres días, la joven, hermosa, voluptuosa, eficiente y leal Elizabeth, sucumbió ante el hechizo que significaba la presencia de Michael Martin en Garden Cottage, lo cual trajo a Margaret un daño colateral que jamás sospechó sentir en su corazón: celos.

Impíos, inapropiados, inimaginables, irracionales.

Todas las mañanas, el simple acto de desayunar se volvió un suplicio insoportable. Elizabeth, al servir la mesa, le dirigía a Michael sonrisas que destilaban un femenino coqueteo, coronado con un rubor perenne en sus lozanas y jóvenes mejillas, todo ello, aderezado con un sensual contoneo de caderas. Cada vez que él estaba a punto de decir una palabra, y casi por arte de magia, ella estaba lista y preparada para escuchar su orden. Tal parecía que había desarrollado un sexto sentido, sincronizado con todas las necesidades del señor Martin.

Cada vez que ellos cruzaban palabra alguna, Margaret odiaba a la coqueta muchacha y detestaba al afable y encantador Michael.

En la única labor en que Elizabeth no intervenía, era en el cuidado de Lawrence. Desde el primer momento se le indicó que aquello era menester de él y solo lo compartía con Margaret.

Y, para Margaret, aquella exclusividad tenía sabor a gloria, pero a la vez, ella se sentía tan ridícula y patética en esa guerra invisible por acaparar las miradas de Michael. Le enervaba sentirse de esa manera, tan dividida, tan fuera de sí.

Por una parte, deseaba que Michael le hiciera justicia a su fama de galán y libertino. Entraba, casi a hurtadillas, a cada habitación de la casa, con la enfermiza idea de que se encontraría con una lasciva puesta en escena por parte de Elizabeth siendo poseída por él.

Por otra parte, tan solo imaginar aquello le revolvía el estómago y, al mismo tiempo, sentía que su corazón se desangraba con lentitud.

A lord Swindon lo sorprendió un par de veces profanando su hogar con alguna sirvienta, y no sintió nada más que un frío desprecio hacia su esposo que ni siquiera respetaba la casa de sus hijos, y un lógico dolor en su amor propio. Pero, de ese sentimiento que la estaba consumiendo y que le carcomía el alma, jamás.

—¿Se siente bien, Margaret? —preguntó Michael con preocupación, interrumpiendo los tempestuosos pensamientos de ella.

—Me siento perfectamente, Michael —respondió con demasiada celeridad, como si la hubieran sorprendido cometiendo un delito—. ¿Por qué lo pregunta? —interpeló fingiendo una espléndida normalidad.

Un mar de calma.

—Por un momento pensé que sucedía algo importante, por lo general, usted ameniza el desayuno con su interesante conversación, y esta mañana está inusualmente callada —contestó Michael y luego tomó el último sorbo de té que quedaba en su taza.

Margaret, esbozó una sonrisa. Pero por dentro, el corazón empezó a latir frenético.

—No sucede nada en particular, solo estoy… preocupada por Lawrence —justificó con una verdad a medias.

—Esta mañana no amaneció con fiebre. Desde anoche que no le sube —comentó Michael, evidenciando con una gran sonrisa su felicidad—. Todo ha sido gracias a usted, le ha dado mucho más que cuidados y sopa a Laurie. No dudo que, en unos días, mi pequeño estará jugando con Alec y Thomas.

Margaret sintió cómo sus mejillas se arrebolaban con ese agradecimiento tan sincero. Pero sintió que empezaron a arder, en el momento en que se dio cuenta que su rubor era evidente ante los ojos de Michael.

Se sentía como una tonta y bobalicona debutante.

¡No podía ser!

Las mejillas le quemaban.

—N-no ha sido nada —logró articular en un tímido susurro, intentando mantener la compostura.

—Lo ha sido todo —refutó vehemente—… apenas estoy aprendiendo a cuidar a mi hijo y usted ha sido primordial en el proceso.

—¿Más té, milord? —interrumpió Elizabeth solícita, sus largas pestañas aleteaban perezosas.

—No, es suficiente. Muchas gracias —rechazó Michael casi sin mirarla. Estaba pendiente de Margaret, quien miraba a la criada con una expresión insondable.

El rubor había desaparecido.

Una lástima, se veía adorable.

Eran tan pocas las ocasiones en que Margaret demostraba sentimiento alguno. Para Michael, ella era un enigma que no lograba descifrar. Había fugaces momentos en que percibía que había una fuerza poderosa que fluía entre ellos, como si ella era fuera la luna, y él el mar. Pero, sin más, el momento pasaba y aquella atracción se desvanecía haciendo que él se sintiera vacío, preguntándose si habían sido solo unas irracionales imaginaciones.

No se atrevía a formular ninguna pregunta y, mucho menos, a hacer algo para obtener alguna respuesta por parte de ella. ¿Qué le iba a decir? ¿Usted siente algo por mí? Ni loco, Margaret lo miraría como si tuviera la peste negra, y correría.

—¿Qué hará cuando Lawrence se recupere? —interrogó Margaret. Estaban a solas de nuevo.

Michael se quedó en silencio, sin saber qué responder. Ni siquiera se había planteado aquello. Los días, a pesar de la incertidumbre por el estado de salud de su hijo, habían pasado volando. Ni siquiera sabía si era lunes, martes, miércoles… Ni le importaba.

Era extraña esa comodidad, era como si hubiera vivido toda su vida en Garden Cottage, junto a ella y los niños. Como si fueran una familia.

—¿Le gustaría ver una obra de teatro, Margaret? —propuso Michael por mero impulso, evadiendo flagrante, la interrogante de Margaret.

Tenía que pensar en ello. Cuando Lawrence estuviera sano, ya no tendría ninguna excusa para permanecer al lado de Margaret y los niños, en el apacible Garden Cottage.

—No ha contestado mi pregunta, Michael —presionó ella, con cierto cinismo en su tono de voz.

—Se la responderé cuando vayamos esta noche al *Georgian Theatre Royal*. La señorita Elizabeth me comentó que se está representando «Romeo y Julieta». Puesto que la salud de Lawrence ha mejorado, creo que usted se merece... No, mejor dicho, nos merecemos una pequeña distracción. Cambiar de aire, ¿no le parece?

Tan solo la mención de la joven criada crispó los nervios de Margaret. En una primera instancia, habría rechazado de plano la invitación, pero sus traicioneras e impulsivas emociones la empujaron a decir...

—Está bien.

—Estupendo...

—Pero solo si la fiebre de Laurie no sube durante el día —condicionó alzando una ceja—. No cante victoria todavía.

—Tengo la seguridad de que Lawrence solo seguirá mejorando.

«Eso espero», pensó Margaret. Porque deseaba, con todo su corazón, ir al teatro con Michael.

Michael esperaba impaciente en el salón principal. No era la primera vez que aguardaba por una dama. En los últimos tres años, había invitado a una infinidad de mujeres para asistir al teatro en Londres. Pero aquellas citas, solo eran fríos y calculados subterfugios para conseguir favores, información, o pistas acerca del paradero de su esposa y, a cambio, él se encargaba de poner a algún marido o amante celoso, o de dar un leve escándalo para mover las aguas de la sociedad con algún rumor muy bien orquestado y beneficiar a su acompañante.

Pero ahora estaba nervioso, era la primera vez que iba al teatro, solo por el placer que significaba estar por unas horas con Margaret, sin tener que preocuparse de nada más que no fuera divertirse. A veces, un poco de frivolidad, aliviaba la pesada carga de la realidad.

El sonido de pasos provenientes de la escalera, lo sacó de su inquieto estado mental. Lo primero que vio fueron los pies de Margaret, enfundados en unos finos escarpines grises, descendiendo con gracia. En segundos, se reveló ante él, una elegante y arrebatadora mujer que hacía gala de sus sinuosas curvas en aquel precioso vestido de seda gris que revelaba sus sensuales curvas, y un generoso escote que podía ser considerado atrevido si no fuera por el fino encaje que velaba sus perfectas cimas.

Estaba ante una verdadera diosa pagana exhibiendo sus preciados y prohibidos encantos a los ojos de ese simple mortal.

Michael estaba sin habla.

Esa mujer lograba dejarlo siempre sin palabras.

Ella sonrió con altivez al verlo desarmado de su labia.

—Usted se parece al mismísimo Beau Brummell[2], pero más silencioso —elogió Margaret, sintiendo un leve cosquilleo en todo su cuerpo. Debía admitir, que Michael sobrepasaba largamente en atractivo y estilo, a quien fuera el afamado amigo íntimo de Prinny[3], y que ya llevaba un par de años en Francia, escapando de sus acreedores.

Pocos hombres podían llevar con garbo aquellas ajustadas prendas, pantalones y levita de color azul marino, chaleco azul rey, camisa de un blanco inmaculado, al igual que el pañuelo de seda, se ceñían a sus viriles formas en un armonioso conjunto.

—No me diga que usted conoció a ese granuja —indagó Michael con curiosidad, recuperando el habla en ese instante. De nuevo empezó a sentir esa energía entre ellos, esa atracción. No deseaba que el momento pasara, necesitaba un poco más de ello. Se acercó a Margaret, le tomó la mano enguantada y le dio un casto beso en los nudillos.

Ahora fue el turno de ella de perder el habla. Se alegraba mucho de que él no pudiera escuchar los frenéticos latidos de su corazón, y que la luz dorada de las velas ocultara su rubor en las mejillas. Las últimas horas parecían estar eternamente encendidas.

Suspiró, atrapando apenas su control.

Michael Martin era la encarnación de un hombre pecaminoso, inmoral, disoluto. Pero, cada día que pasaba, él demostraba que era todo lo contrario, un hombre generoso, de buen corazón, un padre devoto, un viudo que cargaba con la muerte de la única mujer que amó… Era una historia triste de la que solo tenía retazos desoladores.

Lo miró a los ojos, él le sonreía, ella respondió del mismo modo.

---

2 *George Bryan Brummell, conocido como Beau Brummell, fue el árbitro de la moda en la Inglaterra de la Regencia y amigo del príncipe Regente, que accedió al trono en 1820 como Jorge IV.*

3 *Prinny: apodo otorgado por los súbditos al príncipe Regente quien, debido a los episodios de locura de su padre George III, se convirtió en el Príncipe Regente de Inglaterra en 1811, dando paso a un período de exuberancia en la moda y la literatura llamada "La regencia".*

—El señor Brummel visitó hace unos tres años a Alexander —respondió intentando contener el impulso de flirtear con él—, lo vi por unos minutos, lo suficiente para recordar cómo era físicamente. ¿Usted lo conoció?

—No, pero sí comparto alguno de sus preceptos, como vestir con elegancia y, por supuesto, el vivificante baño diario... eso sí, con agua, no con leche —respondió socarrón—. En fin, en aquella época mi vida era diferente, por lo que no llegué a compartir con él.

—Me lo puedo imaginar...

—Señora, su abrigo —interrumpió Elizabeth ofreciendo dicha prenda. Ayudó a Margaret a ponérselo con algo de torpeza porque estaba casi hipnotizada por el gallardo aspecto de Michael. El traje de gala le quedaba a la perfección y se había afeitado, haciendo que su rostro ya no se le viera cansado y desaliñado.

Margaret no pudo evitar hacer un gesto de hartazgo con los ojos, y que a él no le pasó desapercibido. La muchacha podía hacer todos los intentos posibles para seducirlo, y vaya que se había esforzado, pero era bastante inocente —y aunque fuera osada— él era inmune a todos sus encantos.

Solo tenía ojos para Margaret.

No existía nadie más.

Y eso fue todo para él.

Ya no podía seguir ignorando lo que su corazón le estaba gritando a todo pulmón desde hacía tres días, cuando el miedo de perderla fue más grande que la culpa que llevaba a cuestas.

Porque no deseaba perder por segunda vez en su vida.

¡Por Júpiter que no lo permitiría de nuevo!

Y, esta vez, nada ni nadie le impediría sentir y vivir aquello que rugía libre en su pecho. Aunque fuera un escándalo, aunque fuera prohibido, indecoroso e indecente. Jamás volvería a ocultar lo que sentía por temor.

Margaret merecía alguien que la apreciara contra viento y marea. Y, por todos los dioses, él había aprendido a golpes que era capaz de hacer eso y mucho más.

Siempre y cuando ella lo aceptara, de lo contrario, tendría que trabajar muy duro para persuadirla, porque, definitivamente, esa atracción no eran imaginaciones suyas.

Existía, sin duda alguna, y ella estaba luchando para no ceder.

Estaba metido hasta el cuello, su cuñado ahora sí lo iba a asesinar, porque no daría pie atrás.

—Vamos, Michael, se nos hace tarde —apremió Margaret.

—Por supuesto —convino, ofreciendo su brazo, que ella tomó sin vacilar—. Afuera hay un carruaje esperando, aunque quede relativamente cerca el teatro, no puedo permitir que camine hasta allá y arruine su excelsa estampa —explicó Michael de buen humor, apenas estaban poniendo un pie fuera de la casa y ya era una noche que nunca olvidaría.

Margaret esbozó una sonrisa, contenta por el detalle y agradeciéndose internamente, por no haber vendido todos sus vestidos, dejó solo uno, el que mejor le quedaba, un regalo de Minerva, su hermana mayor. De los que le compró Alexander en el pasado, no conservó ninguno.

Al llegar a la berlina[4], Michael ayudó a Margaret a subir, tomándola de la mano, para luego subir él, y le dio la orden al chochero que partiera.

Ambos quedaron frente a frente, siendo muy conscientes de que no había nadie más que ellos, sin posibilidad alguna de ser interrumpidos por alguien.

Margaret intentó convencerse de que esos nervios que sentía eran porque hacía mucho tiempo que no salía a divertirse… Aunque, en ese preciso momento, no recordaba cuándo fue la última vez que lo hizo.

Michael, después de aquella epifanía, estaba decidido. Esa noche iba a apostar a ganador todo su corazón, a final de cuentas, solo tenía una vida, y había medio vivido los últimos cinco años, no iba a repetir los errores que cometió con Laura.

Debía ser el hombre que no pudo ser con ella, al fin sentía de corazón que con ello expiaría de alguna manera su falta como esposo. El azar le estaba dando una segunda oportunidad.

Pero no podía dejar todo en sus caprichosas manos, también debía ser un gran estratega.

—Mi estimada Margaret —llamó la atención de ella, que estaba ensimismada mirando por la ventanilla—, creo que es el momento de cumplir con mi promesa. Le contaré lo que haré cuando Lawrence se recupere.

Aquello acaparó el interés de Margaret al instante, se concentró en el apuesto hombre que tenía al frente.

---

4 *Carruaje completamente cerrado de caja cuadrada por la parte superior y redonda o en forma de barco por la inferior, con curvatura cóncava para el paso del juego delantero. Una berlina tiene cuatro plazas y puertas laterales con cristales a corredera. El pescante se sitúa como prolongación de la parte anterior de la caja o va sobre armadura unida a la suspensión en el juego delantero. El montaje se realiza sobre cuatro resortes de ballesta y a veces, también sobre ocho. El atalaje se puede hacer indistintamente en limonera, lanza o flecha*

—Ya me estaba preguntando si solo era una artimaña suya para que accediera a ir al teatro con usted. Soy toda oídos, cuénteme, ¿qué hará?

—Me iré a Londres —reveló lacónico.

Margaret sintió que el alma se le caía a los pies. Se sintió horrible, él se iría, ella se quedaría... ¿haciendo qué?, ¿esperar a que él le enviara su «pago» sintiéndose una carga?

Se le hizo un nudo en la garganta, ya podía imaginar todo lo que iba a extrañar a Michael y a Lawrence. Tragó saliva e intentó mantener la compostura. Necesitaba respuestas, un indicio para saber a qué atenerse en el futuro.

Tal vez, sí tendría que recurrir a su hermano, al fin y al cabo, era inevitable su destino. Si iba a ser una carga, prefería serlo con Andrew que era de su sangre.

—Oh, vaya... —dijo con un hilo de voz, se reprendió mentalmente e intentó imprimir seguridad a sus palabras—. Supongo que es lo que debe hacer, dado que tiene que tomar su título de cortesía de manera oficial. Debo admitir que me decepciona, ¿qué haré por usted para ganarme el sustento? Sabe perfectamente que no me agrada la idea de recibir su asignación sin más.

Michael esbozó una diabólica sonrisa que desconcertó a Margaret.

—Usted y sus hijos también se irán conmigo. Debo proteger mis «bienes» más apreciados —afirmó guiñando un ojo—. La necesito a mi lado... Lawrence también la necesita.

—¿M-me necesitan?... —tartamudeó asombrada. «Nos iremos con él, me iré con él» repetía una y otra vez su cabeza. Estaba feliz de una forma que ella no se podía explicar, no podía reprimir aquel cálido sentimiento. Él le estaba haciendo experimentar una cantidad innumerable de sensaciones en tan solo un instante. La iba a matar de una apoplejía si seguía así.

—Por supuesto, se ha transformado en alguien indispensable para mí... Además, no puedo dejarla aquí en Richmond. Verá, hay una situación que a usted no le agradará enfrentar sola con sus hijos... ¿Conoce el pasquín «Susurros de elite»? —interrogó inclinándose hacia adelante.

Margaret estaba absolutamente desorientada, no entendía hacia dónde Michael deseaba encauzar la conversación, por lo que decidió que lo más sensato era contestar todo lo que él preguntara.

Se inclinó del mismo modo que él, pero un repentino bache en el camino, hizo que ella fuera catapultada hacia los brazos de Michael, quedando sus labios alineados a la perfección.

Margaret estaba petrificada, ¿se podía catalogar como un beso aquel inesperado contacto?

Michael, en cambio, no podía dejar pasar la oportunidad de tentarla. Le dio un suave y casto beso al que ella no pudo responder, y lentamente la tomó de sus brazos y la dejó frente a él, tal como si nada hubiera pasado.

—La próxima vez, no será por accidente... —advirtió Michael, todavía sintiendo el calor de los labios de ella sobre los suyos. No debía presionarla demasiado o ella correría en dirección contraria. Ah, bendito azar.

—No habrá una próxima vez, Michael. Usted es un granuja —rebatió Margaret no muy convencida de ello.

Él la había besado, ella estuvo demasiado impactada como para responder al beso... Pero, infiernos y condenación, quería más.

Se estaba volviendo loca, una loca desvergonzada.

—Reconozca que me he comportado con usted... —continuó Michael ladino.

—Ha sido intachable... hasta ahora —afirmó, subrayando con remilgo las últimas dos palabras.

—Y sigo siéndolo, pero de ser un real granuja usted no estaría sentada donde está, sino sobre mis piernas y yo la estaría devorando sin piedad.

La imagen mental de aquello, fue demasiado vívida para ella. Casi podía sentir cómo él podría devorarla.

Parpadeó intentando sacudirse esa visión que le provocaba un inusitado calor.

—Bueno, entonces imagine que nada de esto acaba de suceder.

—¿Qué cosa acaba de suceder? —preguntó Michael obedeciendo guasón la orden de ella—, yo estaba tranquilamente preguntándole por el «Susurros de elite».

Margaret, entrecerrando los ojos con desconfianza, le siguió el juego.

—Por supuesto que lo conozco, es la única cosa que me arranca carcajadas cada vez que las leo.

Michael, estaba disfrutando ver tantas emociones en ella. Le encantaba provocarla. Y lo seguiría haciendo hasta obtener todo de ella, que solo ante él perdiera el control...

Para siempre.

—Bien, dudo que le arranque una carcajada el último cotilleo que difundió ese pasquín —continuó él con total naturalidad—.

En este momento, todo Londres se ha enterado sobre la apuesta en la que estamos involucrados y el papel que juega usted, lord Swindon y yo. Esto sucedió hace unas dos semanas, cada uno de los pormenores ha sido detallado, y me temo que solo en cuestión de días, nuestra verdad será de dominio público en Richmond. Si nos vamos a Londres, tal vez el asunto ya habrá pasado al olvido. Pero me es más fácil dominar la situación allá, estando en mi elemento. Aquí no conozco a muchas personas, no tengo influencias para alentar otro tipo de rumores que desvíen la atención, en cambio, en la capital, sí.

Margaret estaba boquiabierta, no sabía cómo reaccionar. De lo único que estaba segura, era que Michael —a pesar del reciente incidente—, era mucho más honorable que lord Swindon y de algún modo encontrarían una salida airosa… Aunque tal vez no, no había salida alguna para aquella situación. Solo podría ser peor, porque ella estaba perdiendo la batalla en contra de su corazón.

No le quedaba más que enfrentar todo lo que viniera, junto a él. Debía reconocer que hacían un buen equipo… uno demasiado bueno. Pero algo le molestaba de todo ello y no eran precisamente los rumores.

—¿Y me ha invitado al teatro solo para decirme todo esto? —cuestionó perspicaz—. Usted sí que tiene estilo para dar noticias catastróficas.

—Para ser sincero, ese no es el motivo principal. De hecho, solo la invité por el placer que significa su compañía. Solo decidí que debía aprovechar la privacidad que nos brinda el carruaje, para tratar nuestros asuntos y revelarle cómo ha empeorado nuestra singular situación. Hay un par de oídos coquetos que preferiría evitar a toda costa…

Aunque debía agradecerle a Elizabeth, la idea de ir al teatro con Margaret fue de ella… Esa muchacha era contradictoria.

—Ya veo…

—Disfrutemos esta noche, mi querida Margaret. Quiero que sea especial, olvidemos por unas horas que tenemos preocupaciones. Permítase divertirse y yo haré el resto.

La berlina se detuvo frente al *Georgian Theatre Royal*. Michael descendió, y con prestancia ayudó a Margaret y luego le ofreció su brazo.

Entraron al teatro emocionados, con la sensación de que se iban a divertir como nunca en sus vidas.

Capítulo IX

Margaret estaba inquieta, era la primera vez que iba al teatro en Richmond. Gracias a la vergonzosa reputación de lord Swindon, ella no solía hacer demasiada vida social con la aristocracia local, por lo que, con gran pericia, solo saludaba a algunos conocidos con una femenina inclinación de cabeza, sin dar oportunidad de entablar alguna conversación demasiado sustancial mientras se encaminaban al palco.

No quería que nadie se acercara y le preguntara por su esposo, enturbiando el momento. Solo deseaba estar tranquila al lado de Michael, quien también respondía a algunos saludos con un frío gesto, que podía fácilmente confundirse con altanería.

Ambos estaban en sintonía, solo deseaban disfrutar del momento, olvidarse del mundo, de la apuesta, de lo que los demás pudieran especular.

Fingir que eran libres de hacer lo que se les placiera.

Margaret y Michael, después de eternos minutos, al fin se sentaron en uno de los palcos del teatro. El ambiente estaba caldeado, gracias a los espectadores y a centenares de velas que iluminaban el lugar, confiriéndole a la atmósfera una sensación onírica.

—Es maravilloso este teatro —dijo Margaret, encandilada por la belleza del lugar—. ¿Faltará mucho para que empiece la obra?

—Creo que... —Sacó su reloj de bolsillo para confirmar la hora—, en unos quince minutos comenzará. Mientras tanto, ¿desea una copa de champán, lady Swindon? —ofreció Michael guiñándole el ojo, debían mantener un trato formal en todo momento, demostrar familiaridad en esa instancia, sería alimentar innecesariamente la fértil imaginación del resto.

Aunque la imaginación del resto, no estaba lejos de las verdaderas intenciones de Michael y de los prohibidos anhelos de Margaret.

—Me encantaría, lord Bolton —aceptó ella esbozando una sonrisa y él salió raudo.

Margaret se quedó sola observando a su alrededor, el suntuoso decorado de los palcos, el garbo de las damas, la elegancia de los caballeros. Pero, inevitablemente, sentía una leve incomodidad y comenzó a reflexionar. Hablar en público con Michael de una manera tan formal le hacía experimentar una extraña sensación, le era totalmente ajeno usar sus títulos para nombrarse. Sentía como si ya no fueran ellos mismos. Ella se había habituado mucho a tener un trato distendido con él —a pesar de esa tensión que provocaban esos sentimientos que ya no podía seguir ignorando—. Era tan cómodo convivir con él, tanto, que no lograba recordar algún momento de su vida en la que estuviera relajada con alguien que no fueran sus hermanos, Andrew y Minerva.

Pero, claramente, a Michael no lo veía como un hermano. Era, decididamente, algo diferente.

—Lady Swindon, qué sorpresa verla en este lugar —fue el intempestivo saludo de Angus Moore, conde de Corby. Margaret reprimió una mueca de disgusto ante la interrupción por parte de uno de los condes más influyentes de Richmond y Londres.

Y uno de los más libertinos, competía codo a codo con la fama de Michael.

—Romeo y Julieta es una de mis obras preferidas de Shakespeare, no podía dejar de venir a verla —respondió con un tono de voz monocorde—. Buenas noches, lord Corby. No olvide las buenas maneras —reprendió con suavidad.

—Tonto de mí. —Se puso la mano al pecho—. Mis dispensas, lady Swindon.

—Imaginaba que usted ya estaba en Londres para la temporada —comentó para entablar una conversación insustancial e inofensiva hasta que llegara Michael.

—Me quedaré en Richmond hasta Navidad, la temporada se ha retrasado un poco. No vi la necesidad de ir a aburrirme a Londres, habiendo tanto que hacer aquí —explicó Angus mirándola de arriba abajo sin recato—. Esperaba que lord Swindon viniera a Richmond este verano, ha sido una gran decepción, sus fiestas privadas son memorables.

—Me lo puedo imaginar —replicó con una expresión sardónica—. Este año decidí residir en Richmond con mis hijos, mi esposo está muy ocupado en Londres —mintió, tal como lo hacía cada vez que tenía la desagradable oportunidad de hablar acerca de su matrimonio.

—Ya veo, me ofrezco para lo que desee, lady Swindon —propuso con evidentes segundas y lascivas intenciones—. No importa qué, le garantizo que disfrutará de mi compañía, y sé que a Swindon no le molestará, suele compartir con generosidad.

Margaret quedó boquiabierta ante esa propuesta más que indecente.

—Pero a mí sí me molesta, que le hable de ese modo tan procaz a mi invitada —intervino Michael, llevando dos copas de champán, con una expresión inescrutable—. Discúlpese ahora mismo con lady Swindon, lord Corby —exigió firme.

Angus alzó las cejas sorprendido, jamás había visto a Michael en Richmond.

—Martin, vaya qué sorpresa. ¿Has venido a probar suerte a esta ilustre ciudad?

—Marqués de Bolton, si eres tan amable —corrigió sereno—. Si no te has enterado, mi abuelo, el duque de Hastings, ha muerto, afortunadamente... Y mis asuntos en Richmond no son de tu incumbencia.

Corby alzó más las cejas si eso era posible, ¿dónde estaba el disipado y relajado Michael Martin? Miró de soslayo a lady Swindon y solo se encontró con la furiosa mirada ambarina de ella. Casi podía escuchar todos los improperios mentales que ella le lanzaba.

No sabía de qué iban esos dos, y en realidad no le importaba. Aunque debía reconocer que a Michael Martin lo había visto innumerables veces acompañando a damas casadas, pero nunca protagonizando una situación comprometedora. Conocía lo suficiente a Michael, para saber que no le convenía especular, si le importaba salir entero de ese palco.

—Mis condolencias, lord Bolton... y mis más sinceras disculpas, lady Swindon. Ha sido inapropiado mi comportamiento.

—Inapropiado es poco, milord —refutó Margaret, cansada de callar. Ya no debía guardar apariencias de su perfecto y tranquilo matrimonio ante nadie—. Usted no tiene el derecho de insultarme por el simple hecho de haber compartido amantes con Swindon. Ser la esposa de Alexander no me hace simpatizar con sus «aficiones», así que le exijo que me trate con más respeto en el futuro.

Corby no pudo impedir que su boca se entreabriera ante aquella respuesta, jamás esperó escuchar la verdad que siempre suelen ocultar las damas como lady Swindon. Ella había sido tan franca, cruda y directa que quedó helado. No era cómodo escuchar los pecados cometidos en la voz de una esposa afectada.

—Mis más sinceras disculpas, lady Swindon. Mi comportamiento ha sido absolutamente inaceptable —insistió Angus, inclinándose con auténtico respeto—. No la importunaré más. —Se irguió con dignidad y miró al nuevo marqués—. Bolton, nos veremos en Londres —se despidió y recibió un casi imperceptible gesto por parte de Michael, dejándolos a solas.

Michael esbozó una pícara sonrisa a Margaret, que le respondió del mismo modo, agregándole un tinte de altivez.

—Ha sido magistral, mi estimadísima, lady Swindon —halagó Michael ofreciéndole una de las copas de champán que ella aceptó en el acto, y se sentó a su lado—. Pobre Angus. Lo conozco desde que estudiamos en Eton y luego en Oxford y dejaba sus bolsillos vacíos. Él, en el fondo, es un buen hombre y bastante honorable cuando corresponde. Solo tiene el gran defecto de hacer comentarios desafortunados cuando ve a una mujer atractiva y, en apariencia, disponible —explicó, provocando el rubor en las mejillas de Margaret ante ese velado elogio.

—Pobre de la que se case con ese truhan —auguró Margaret, sintiendo lástima por la dama que lo cace.

—Todos los libertinos caemos, tarde o temprano… Con la mujer adecuada. —En sus labios se dibujó una sonrisa y se reacomodó sus gafas que habían resbalado solo una décima de pulgada—. Me voy a permitir contarle una breve anécdota. En la época previa a la desaparición de mi esposa e hijo, me encontraba con el espíritu destruido. Necesitaba a mi lado a la familia que había formado y, para ello, era imperativo dejar de depender del dinero, influencia y posición del duque de Hastings, por lo que había decidido empezar por lo que me resultaba más fácil, jugar, apostar y vaciar los bolsillos de toda la aristocracia. Pero siempre fui un hombre tranquilo y tímido, no sabía cómo enfrentar tipos de la talla de Corby.

»Una noche, el viejo me obligó a ir a la presentación en sociedad de una dama que no recuerdo, quería que cortejara a la muchacha… No sé qué aspecto habré tenido en esa ocasión, pero una de las invitadas, la condesa viuda de Wexford, se acercó a mí. Ella es una dama muy especial y le conté todo sobre mis intenciones y mis dudas, y me dio un consejo que sigo hasta el día de hoy. «La buena sociedad solo son un montón de borregos que siguen a los que tienen la capacidad de imponerse sin gritar. Usa tu carácter, actúa, vive y habla como si fueras más poderoso que el mismísimo príncipe regente y todos lo creerán»… Y usted ha hecho eso mismo hace unos segundos.

—No suelo hacer esto, pero…

—Pero nada, lady Swindon —interrumpió—, usted lo hace por instinto, cuando se siente amenazada, como cuando nos conocimos. Pero le aconsejo… no, mejor dicho, demando que usted siga puliendo el filo de esa lengua hasta que sea letal, y nadie se atreverá a faltarle el respeto. —«Porque un día, estoy seguro, serás la duquesa de Hastings», pensó Michael alzando su copa—. Por las futuras víctimas, lady Swindon —brindó guasón.

Margaret alzó su copa, pensando en que sí debería tomar ese consejo, porque sabía que no sería la última vez que defendería su honor.

—Por las futuras víctimas, lord Bolton.

—«…*De los que del rencor participaron, unos tendrán perdón y otros castigo. Jamás se oyó una historia tan doliente como esta de Julieta y Romeo*» —recitó el actor con solemnidad las últimas frases de la emotiva representación.

En medio del silencio final, Margaret ya no pudo contenerse, lloraba e hipaba bajito, sintiendo la tragedia de los amantes en lo más hondo de su corazón. Michael, discretamente, le ofreció un pañuelo, y ella, agradecida por el gesto, asintió esbozando una sonrisa y secó sus lágrimas aspirando la fragancia varonil que de la seda blanca emanaba.

Los aplausos comenzaron a resonar en todo el teatro, cada vez con más fuerza, retribuyendo el esfuerzo del elenco en el escenario, brindándoles un éxito colosal.

Sin embargo, Michael aplaudía por inercia, apenas había puesto atención a la obra, pues durante dos horas estuvo concentrado en Margaret; bebiéndose sus gestos, sus emociones, su aroma. Sus ojos se dieron un festín observando a placer a esa mujer que estaba empezando a infundirle la vida que sentía recorrer impetuosa en las venas.

Cada segundo que pasaba a su lado se sentía más vivo. Era esa misma sensación que vivía con su esposa, en aquellos fugaces y furtivos momentos que compartían.

Pero ahora todo era diferente. No era lo mismo unas pocas horas robadas a la semana —como fue su matrimonio secreto con Laura— que estar día y noche en compañía de una mujer como Margaret.

Eran experiencias opuestas; una le enseñó todo lo que no debía hacer y le demostró todo lo que podía perder, y la otra, le estaba permitiendo aplicar todo lo que había aprendido a base de puro dolor.

—¡Ha sido maravilloso! —Suspiró Margaret respirando más tranquila—. Una magnifica representación. Muchas gracias, lord Bolton, hacía muchos años que no venía al teatro.

—Ha sido un placer, mi estimada lady Swindon —respondió contento. Se levantó de su asiento y le ofreció el brazo—. ¿Volvemos a casa? —propuso con un sabor dulce en su boca, porque sentía que verdaderamente Garden Cottage era su hogar.

Pero Margaret no deseaba volver, no todavía. Quería alargar un poco más el tiempo que estaba pasando con Michael, pero sabía que el final de la velada era inevitable. En ese momento, maldijo haber sido tan discreta y reservada, de otro modo, ya tendría una invitación en mano para asistir a un baile o a una cena y así seguir disfrutando de la noche.

Resignada, pero contenta, tomó el brazo de Michael y se dirigieron a la salida del teatro en medio de la marea de gente que también abandonaba el lugar.

—¡Lady Swindon, lord Bolton! —Una voz conocida los llamaba a sus espaldas.

Corby.

Ambos dieron media vuelta con una expresión inescrutable, sin demostrar la gran curiosidad que sentían ante ese llamado.

—Buenas noches de nuevo, Corby —saludó Michael impertérrito.

—Buenas noches, ¿disfrutaron de la obra? —preguntó cortés.

—Fue magnifica, milord —respondió Margaret sin reprimir su entusiasmo.

—Es una maravilla saber que yo no he arruinado la velada —Inclinó su cabeza levemente hacia Margaret y Michael—. Lady Swindon, como muestra de mi gran arrepentimiento por mi terrible comportamiento anterior, quisiera convidarlos a una fiesta privada en mi propiedad, Wilton Manor, en honor a mi tía que está de cumpleaños el día de hoy... Le prometo que es totalmente apropiada para usted, si es que el vals no lo considera excesivamente escandaloso, como dicen las ancianas matronas de Almack's —invitó lord Corby ladino, pero con sinceridad.

Para Margaret aquella invitación era como caída del cielo para extender su tiempo a solas con Michael, y no le importaba que el vals le escandalizara un poco, porque lo bailaría con él. Ella disfrutaba mucho bailar y hacía tantos años que no iba a una fiesta… No, no fue capaz de resistir la tentación que significaba estar en una fiesta con Michael.

—Será un placer —aceptó Margaret—. Usted sabe cómo disculparse ante una dama, lord Corby.

Michael alzó las cejas ante la inesperada respuesta positiva de ella. Estaba asombrado, estaba seguro de que Margaret rechazaría la invitación. Pero mejor para él, extender la noche era algo que anhelaba, debía aprovechar cada segundo que le regalaba el azar.

—Nos veremos, entonces —respondió Angus Moore, sonriendo contento.

—Adiós, lord Corby —se despidieron Michael y Margaret al mismo tiempo.

Ambos se quedaron observando cómo el conde se alejaba en dirección hacia otra pareja.

—Yo no sé bailar casi nada de vals, Michael, ¿usted sabe? —preguntó en un susurro Margaret, sin dejar de mirar a Angus.

—¿Ese escandaloso y sucio baile? ¡Por supuesto, mi estimada Margaret! Fui uno de los primeros en atreverse a bailarlo hace dos años. Es muy fácil, no se preocupe, soy un excelente maestro. —respondió con el mismo tono de secretismo. Se inclinó hacia su oído y murmuró—: El secreto, es solo dejarse llevar por mí.

—En ese caso, no es tan fácil como dice —replicó Margaret sintiendo escalofríos.

—Créame, usted no se dará cuenta cuando esté entre mis brazos… y lo disfrutará.

Calor, velas, elegancia, opulencia, todo eso y más era lo que esa mansión exudaba en cada ladrillo. Margaret lograba ocultar muy bien que se sentía fuera de lugar, por la falta de costumbre a asistir a fiestas de esa índole. Por muy privado que fuera el cumpleaños de la tía de Angus, no le restaba suntuosidad a la celebración.

Michael, indudablemente, no estaba impresionado. Él se encontraba en su hábitat natural. Llevaba a Margaret de un lado a otro, haciendo gala de su habilidad social integrándola a las conversaciones que él manejaba con carisma, haciéndolas ligeras y divertidas, contando historias picarescas y siendo un encantador caballero para las damas y un excelente conversador para los varones. Ella seguía el juego, sintiendo que era otra mujer, imaginando que su realidad era muy diferente a la que había vivido los últimos años.

Margaret no podía arrepentirse de las decisiones que había tomado y que la habían condenado a vivir un matrimonio infeliz, lleno de humillaciones y desidia, donde la única dicha que tenía eran sus adorados hijos. Pero, sí podía permitirse, aunque fuera por unas horas, disfrutar de esa efímera felicidad que le brindaba la ilusión de ser otra.

Margaret miró a Michael, que escuchaba con interés sobre la extraña desaparición del hermano mellizo del conde de Felton. En su mano, llevaba una fina copa de champán llena, apenas había dado un par de sorbos, en cambio, ella ya iba por la segunda copa.

Pero a Margaret, Michael no la engañaba. Ella lo conocía de una manera que nadie podía imaginar siquiera. Y eso era desconcertante, estaba presenciando cómo era Michael el granuja y libertino y, a la vez, la esencia no cambiaba, era el mismo hombre con el que había vivido las últimas semanas.

¿Qué tan verdadero era lo que todos decían de él?

Tal como iban sucediendo las cosas, solo versiones retorcidas de la realidad. Desde que él se vio obligado a quedarse en Garden Cottage, poco a poco se fue destruyendo esa imagen que Margaret tenía de él, reemplazándola por la del hombre íntegro, afable y carismático que ella amaba en secreto.

Porque lo amaba… ya no podía seguir negando ese hermoso sentimiento.

Los músicos afinaban los instrumentos. Los primeros acordes fueron el preludio de una cuadrilla que capturó la atención de Margaret y la de varios caballeros, que se apuraron en solicitar un baile con ella, quien se estaba convirtiendo en la novedad de la noche. Y, aunque no había ido preparada con un carnet de baile para aquella fiesta, bien pudo memorizar, lo mejor posible, a sus acompañantes.

—No olvide que los valses los ha reservado para mí, lady Swindon —señaló Michael jovial y relajado antes de que alguien se atreviera a solicitar dichas piezas.

—No lo he olvidado, lord Bolton, ¿cómo podría? —respondió con fingida altivez, tomando del brazo a un caballero que solicitó la primera danza de la noche.

Cada vez que la música cesaba, Michael estaba cerca, listo y dispuesto para relevar al acompañante de Margaret y llevarla de nuevo a su lado para que descansara y se refrescara con ponche. No la perdía de vista y, con disimulo, observaba cómo ella bailaba feliz y con gracia, sintiendo la punzada de una impía combinación de celos y envidia por no ser él.

Malditas normas de lo apropiado.

Una verdadera tortura.

Pero ninguna tortura es eterna y su paciencia fue recompensada al cabo de dos horas de agónica espera.

El vals ya empezaba, el piano hacía los acordes para anunciar que sería la próxima pieza musical.

—Creo que al fin tendré el maravilloso placer de bailar con usted —anunció Michael, ofreciendo su mano a Margaret—. ¿Está lista para el escándalo?

—Con usted… siempre, milord —respondió en un flagrante coqueteo, el ponche y el champán le habían extirpado sus inhibiciones. Aceptó la mano de él y enfilaron sus pasos a la pista de baile.

Michael, solemne, la guio entre los asistentes que se abrían paso entre murmuraciones. A ningún invitado le pasó inadvertido que la pareja solo se separaba en el momento en que lady Swindon bailaba con un caballero. Y, que nadie supiera el motivo por el cual estaban juntos, alimentaba más las suposiciones. Por más que trataron de averiguar, la pareja solo entregaba elegantes y educadas evasivas.

—¿Qué tan poco conoce el baile? —indagó Michael mientras caminaban hacia los demás bailarines.

—Alexander tomó un par de clases para bailar con su amante de turno, observé a escondidas. Solo tengo la teoría.

—Ah, entonces la práctica será todo un deleite.

Tomaron posición. Solo cinco parejas se habían atrevido a bailar, entre ellos, Corby, que flirteaba con una dama viuda.

Michael se acercó frente a Margaret, a una distancia prudente. Puso su mano derecha justo en la mitad de la espalda femenina, mientras que ella imitaba el mismo gesto en la espalda masculina. Un abrazo que redujo la separación de sus cuerpos a solo seis pulgadas.

Ambos alzaron sus manos izquierdas y sus dedos apenas se tocaban en sus puntas en una postura regia, elegante.

Un lento ritmo de «un, dos, tres», inició el baile…

Y para ambos fue como flotar en el aire, abrazados al mismo compás, mirándose fijo, olvidándose de que no estaban solos en ese lugar.

Era cierto, Michael no fanfarroneaba, era un maestro guiando a Margaret en el vals. Ni un paso en falso, todo era perfecto. Se miraban a los ojos, perdidos en sus iris, a él le recordaban las piedras de ámbar, a ella, a las castañas en invierno.

—Le dije que no se daría cuenta cuando estuviera de vuelta en mis brazos e, indudablemente, lo está disfrutando —alardeó Michael seductor. Se acercó solo un poco más hacia ella, jugando peligrosamente con la delgada línea del escándalo—. Para solo ser una observadora, baila muy bien.

Margaret casi podía sentir el calor que el cuerpo de Michael emanaba, y podía percibir en el aire el aroma de la fragancia masculina tan propia de él. Necesitaba recuperar el control que se le desvanecía entre los dedos.

En cada giro, su corazón ganaba terreno, exigiéndole su egoísta rendición con acelerados latidos que le hacían sentir más viva que nunca… y con más ganas de vivir.

—Esta noche usted tiene una especial fascinación en provocarme, Michael —reprendió en voz baja, fingiendo pobremente estar disgustada.

Pero ella no lo podía engañar, Michael era capaz de notar el temblor de los delicados dedos femeninos cada vez que se tocaban.

—No voy a negar su legítima acusación, querida, y no me arrepiento de nada. ¿Acaso no lo nota? Quiero franquear cada uno de sus límites —continuó con su ataque sin cuartel, necesitaba que ella supiera, sin más dilación, todo lo que él quería de ella… y, a la vez, ansiaba con desesperación saber lo que ella quería de él.

—Y cuando eso suceda… después, ¿qué pasará? —preguntó Margaret dando una velada respuesta. Si ella cedía, si ella se entregaba, cuando él se saciara… ¿Habría algo después? Porque su miedo más grande era ser desechada y seguir amándolo por toda la eternidad y repetir el destino de su madre. Necesitaba aferrarse a una promesa, a la esperanza.

Michael podía ver el miedo de ella en sus ojos ambarinos, debía sofocar ese fuego insidioso que era capaz de calcinar sus esperanzas.

—Sé que duda de mí en muchos aspectos, y no la culpo de pensar lo peor de mí. Yo y solo yo, soy culpable de mi mala reputación —respondió serio y con convicción—. Pero en el fondo, usted me conoce y sabe cuál es la respuesta a la pregunta que acaba de formular.

Sí, ella conocía la respuesta, él no la desecharía, sino todo lo contrario. Michael había tenido infinidad de ocasiones para seducirla, para simplemente usarla e irse… y no lo había hecho.

—Por mucho que yo sepa cuál es la respuesta, Michael, sigo estando casada con Swindon. ¿No cree que eso ya es un gran impedimento? Lo crucificarán por relacionarse conmigo y yo seré catalogada como una adúltera, sin importar explicaciones —contraatacó el miedo de Margaret. Necesitaba estar segura, que él le diera todas las respuestas.

—No lo es para mí… No seré ni el primer ni el último hombre en esta situación —afirmó—. Yo ya perdí demasiado en esta vida como para permitir, por segunda vez, perder a una mujer excepcional. El miedo a lo que extraños dijeran de mí y ceñirme a lo que se supone que es decoroso, fue el motivo de mi gran desdicha. Y ahora que sé que soy capaz de amar de nuevo, estoy dispuesto a hacer lo que sea por hacerla feliz. Si la vida se vuelve insoportable para usted aquí en Inglaterra, no dudaré en irme a América. Allá podríamos empezar de nuevo, tener otra vida, no me importa nada más si estoy a su lado —declaró solemne.

—¿Y sus obligaciones con su título?

Michael esbozó una sonrisa, ella luchaba con dientes y uñas para convencerlo de que todo era una locura. Pero, ¿qué era la vida sin ella? Eso sí era una locura.

—Aunque mi padre diga lo contrario, él todavía es bastante joven y yo ya tengo a mi heredero… —explicó despreocupado, guiando el baile, muriendo de anticipación con el susurro de la seda del vestido de ella, que amenazaba con rozarle las piernas—. ¿Acaso es un pecado querer vivir la única vida que tengo junto a la mujer que amo?

—¿M-me ama? —Los pies de Margaret se detuvieron en seco, petrificada sin poder creer lo que estaba escuchando.

Pero era cierto, no era un sueño… Miró de soslayo a la multitud que los observaba, por completo ignorantes de lo que ellos habían conversado en la intimidad que otorgaba el vals.

—La amo, con toda el alma… —Michael rio nervioso—. Lo irónico de toda esta conversación, es que no le he preguntado si corresponde a mis sentimientos. He desnudado mi alma y me he declarado solo basándome en conjeturas.

Ah, ese era Michael, totalmente expuesto. Seguía siendo encantador. Margaret suspiró, ya no podía más, la razón ya se había aliado con su corazón. Negó levemente con su cabeza y esbozó una sonrisa.

—Como buen jugador, me ha tirado un farol... Y yo... yo he caído en su juego. Aposté mi corazón y mi alma y se lo ha llevado todo... —respondió entregada a su destino, ya no podía huir, él estaba dispuesto a todo y ella... también. ¡Como necesitaba besarlo en ese momento! Era imperativo salir de ese baile en ese mismo segundo—. ¡Ay, Dios bendito, mi tobillo! —se quejó femenina, con un leve cojeo y se aferró a los brazos de él.

Michael parpadeó dos veces.

—Sáqueme de aquí, ahora —demandó ella en un susurro. Michael tardó un segundo más en entender a qué se debía esa convincente actuación.

Michael blasfemó de un modo ininteligible, por su torpeza, miró a Angus y llamó su atención.

—Corby, lady Swindon acaba de torcer su tobillo, ¿hay algún médico o cirujano aquí para que la examine? —interrogó con la preocupación dibujada en su rostro, al tiempo que Margaret se quejaba y sobaba su tobillo evidenciando que apenas podía pisar.

—Me temo que no, pero puede ir donde el señor Banks en...

—Market Place, lo conozco. Si me dispensa, llevaré a lady Swindon para que la atienda. Prefiero pecar de exageración.

—No se preocupe, Bolton. Vaya con Dios, manténgame informado.

Michael asintió, luego tomó a Margaret con delicadeza entre sus brazos y se abrió paso entre la gente que miraba con interés el rostro contraído de dolor de ella.

Y, sin más, el baile continuó para todos los demás, convencidos de aquella inesperada situación. Pero, para Corby, todo era demasiado obvio, él era un avezado bribón y no le pasó desapercibida la burbujeante química entre ellos dos.

Estaban condenados.

Ah, el vals, qué baile tan deliciosamente pecaminoso.

La noche era joven para todos, en especial para Michael y Margaret.

Capítulo X

—A Market Place, a la casa del doctor Banks, por favor —ordenó Michael al cochero antes de entrar al carruaje para que todas las personas que estaban fuera de Wilton Manor lo oyeran.

Era una vil mentira.

La puerta de la berlina se cerró con cierta brusquedad. Michael y Margaret estaban sentados frente a frente, mirándose fijo. Sus cuerpos estaban tensos y ansiosos, esperando el inicio de la marcha de los caballos.

Maldito recato. Malditos ojos y oídos curiosos. Malditos todos por estar atentos a cada gesto, roce o palabra de parte de ellos. Sabían que lo que se avecinaba en su futuro serían las habladurías y el ostracismo, pero por el bien de sus hijos y de su bienestar, era mejor retrasar aquello hasta llegar a Londres.

El sonido del látigo del cochero fustigando a los caballos resonó en el aire y, de inmediato el carruaje inició su conocido vaivén. Margaret y Michael, al mismo tiempo decidieron no esperar más.

Él tomó su mano y la tiró hacia él, sentándola en su regazo, y ella, dócil, se dejó hacer. Michael acarició la suave piel del rostro de Margaret con el dorso de su mano. Él sentía que, aunque sentía unas ganas salvajes de poseerla y tomarla por asalto, al menos ese primer beso, su primer contacto, debía ser suave, tierno, gentil.

Lamentablemente, era de conocimiento público, entre los caballeros, la fama de amante de lord Swindon. Y Michael podía intuir, casi con seguridad, el trato que recibía ella por parte de su esposo. Brutal.

Margaret, estaba abrumada, porque no sabía a ciencia cierta qué esperar, qué hacer. Todo su cuerpo temblaba. Su experiencia se basaba en lo vivido con Alexander y él nunca fue agradable, cariñoso, y menos, amable. La vida marital que compartió con Swindon siempre fue brusca, rápida, humillante y dolorosa. Y ahora, ella no comprendía a su propio cuerpo, que era gobernado por una sensación que jamás sintió, que no sabía si era correcta o no. Oleadas de calor y frío a la vez, erizaban su piel, y un llamado primigenio clamaba ser saciado desde el fondo de sus entrañas y no tenía claro cómo responder.

No sabía cómo empezar y apenas vislumbraba cómo iba a terminar, solo sabía que necesitaba a Michael como si fuera el aire, como si fuera un vital y glorioso alimento, y ella estaba hambrienta y febril.

—Debes saber que siempre serás la única —susurró Michael, sin dejar de mirarla y acariciarla, notaba en sus angelicales facciones sus tumultuosas emociones—. No hay, ni habrá nadie más que tú, mi amor, mi ángel. Te lo juro por todo lo sagrado que tengo en mi vida —prometió solemne, como si estuviera rubricando con su alma su eterno compromiso. El honor de su palabra era lo único que tenía para ofrecer—. Te amo, soy tuyo. Todo lo que me des, todo lo que hagas por nosotros, lo recibiré como un tesoro.

—Oh, Michael… —murmuró Margaret, sintiendo que el corazón bullía de emoción. Cada latido era más brioso que el anterior, se sentía viva, amada, valiente como nunca antes. Solo por ello valía la pena tomar el riesgo de amarlo sin saber nada del porvenir entre ellos—. Te amo… soy tuya.

Y así, sin apuestas, sin documentos, sin testigos… completamente libre, ella le entregó su alma.

Michael enmarcó entre sus manos el delicado óvalo que conformaba el rostro de Margaret, acarició los suaves pómulos con los pulgares, la acercó hacia él…

Y la besó.

Dulce, lento, sutil. Michael saboreó sus labios carnosos, enseñándole cómo era un primer beso de amor verdadero. Ella, inexperta, siguió la lección, ávida por aprender y recuperar el tiempo perdido. Se ancló al cuello de Michael y él abandonó su rostro para tomarla por la cintura.

Parsimoniosa pero inexorable, la pasión empezó a ganar terreno, ya no solo los labios se tocaban, la punta de la lengua de él jugaba con ella, incitándola, provocándola a replicar del mismo modo y Margaret ya no tuvo miedo, con él era dar y recibir en igualdad, y todo era permitido. Primero, con exquisita timidez, probó la boca masculina, Michael sabía a hombre, a deseo y al leve aroma del champán. Pero, pronto quiso más, cuando él profundizó más el contacto, penetrándola con su lengua, enredándose en ella, seduciéndola… devorándola con sensualidad.

Margaret, casi sin darse cuenta, se vio invadida por una necesidad atávica que palpitaba entre las piernas, un fuego lúbrico que le recorría el cuerpo y que no sabía cómo apagar. Sin duda, era aquello que los poetas llamaban pasión y lujuria. Antes de esa noche, jamás sintió esa humedad en su centro, esa ansiedad de fundirse con un hombre del modo más ancestral y ser uno.

Y Michael sabía lo que el cuerpo de Margaret le exigía. Pero él solo se limitaba a tentarla con furtivas caricias, bailando con un frágil límite que no podía traspasar en ese momento. Con sus dedos la rozaba, en la espalda, la cintura, los brazos, y las piernas. La atraía hacia él para que ella se diera cuenta de que también provocaba el más puro ardor, que anhelaba lo mismo, ¡por Dios que lo deseaba! Llegaba a ser doloroso.

Sus respiraciones se tornaron furiosas, desesperadas al no poder obtener más. Las manos de Margaret cobraron vida, y sobre la ropa, recorrió el sólido torso de Michael. Todo, todo en él era firme, anguloso, duro. Sobre todo, aquella viril prominencia que evidenciaba la feroz excitación de ese hombre, que contrastaba con su cuerpo, curvilíneo, dúctil, suave.

Ella, en ese momento, tuvo la certeza de que con Michael no sentiría dolor. Ese hombre maravilloso tenía la capacidad de moldear su espíritu y dejar su cuerpo dispuesto a recibirlo, a necesitar ese íntimo contacto. Sus palabras, sus besos, sus caricias la seducían al punto que no le importó si él la poseía en aquel carruaje, o en cualquier otra parte.

Simplemente no le importaba, porque sabía, indudablemente, que si se unía a él, sería el paraíso.

El sonido de los cascos de los caballos se oía como si estuvieran lejos, el movimiento del carruaje solo alimentaba la pasión de esas dos almas que solo anhelaban ser uno y alcanzar la gloria.

Pero, bruscamente, el sonido y el movimiento cesaron casi al mismo tiempo.

Michael miró por la ventanilla. Market Place. Lo había olvidado por completo. Blasfemó mentalmente aquella obligatoria interrupción.

—Dame un segundo. —La besó fugaz—. Debo continuar con nuestra charada hasta el final. Al primero que le preguntarán mañana si todo fue cierto, será a nuestro querido doctor Banks. —La volvió a besar con ardor.

—Entiendo —murmuró sobre sus labios—… No tardes.

—No lo haré —aseguró saliendo del carruaje.

Margaret suspiró.

No podía creer todo lo que estaba viviendo, una total y absoluta locura, pero esa noche, sentía la vida fluyendo en su sangre, como jamás en toda su existencia.

Desde que tuvo consciencia de la realidad, el futuro siempre fue su preocupación. Cuando era una jovencita, la constante incógnita era cómo iban a sobrevivir gracias a los excesos de su padre, y la desidia y abulia de su madre. Cuando se convirtió en una mujer, el futuro se reducía a rogar al cielo para lograr un matrimonio ventajoso. Si no fuera por sus tíos que, generosamente, les dieron una modesta dote a ella y a su hermana mayor, se habría tenido que prostituir, era la única opción, si no obtenía pronto, un trabajo de dama de compañía o institutriz. Lo cual era impensable en aquella época.

Ilusa.

Pero tuvo «suerte», Swindon la eligió como esposa.

Una vez casada, la ilusión del cortejo, se transformó en un martirio desde la noche de bodas, que le brindó un esposo indiferente, frío, brutal y egoísta que, con el tiempo, mostró su verdadera naturaleza hedonista, cruel y perversa. Margaret, derrotada, no le quedó más que concentrar sus esfuerzos en el futuro de sus hijos, porque ella ya no tenía nada más. Estaba cansada.

Richmond fue casi una bendición, a final de cuentas, estar lejos de Swindon fue un bálsamo para su atribulada y golpeada alma… y luego Michael, llegó a revolucionar su vida y su futuro.

Un futuro que, mirándolo desde afuera, era negro, el epítome de la indecencia que tanto evitó durante su vida. Para la sociedad, ella iba a ser catalogada como una adúltera siendo la amante de un libertino. Pero ya no estaba sola contra el mundo, Michael estaba a su lado para protegerla, tomándola de la mano… amándola.

Si pudo soportar el infierno de ser la esposa de un libertino, que la humillaba día y noche. Ser la amante de un falso libertino que la amaba, iba a ser el edén.

Juntos serían más fuertes. Ella se sentía más fuerte y deseaba serlo. Porque sabía que habría momentos difíciles, y el amor de Michael y de sus hijos serían su faro en medio de la oscuridad.

No necesitaba nada más, no le importaba nada más.

Una tibia lágrima cayó. Ella sonrió, era la primera vez que caía una de felicidad. Inspiró profundo, la secó atesorando ese solitario y precioso momento para sí misma.

—¡A Garden Cottage, por favor! —ordenó la voz de Michael, destilando amabilidad.

—Como diga, milord —respondió el chochero.

La puerta del carruaje se abrió, revelando la elegante silueta de Michael en medio de la oscuridad. En silencio entró y se sentó al lado de Margaret.

El carruaje comenzó a moverse, era hora de volver a casa.

—El azar está de nuestro lado, el doctor Banks salió a atender a un enfermo, no se sabe a qué hora volverá. Le dejé a su sirviente un mensaje para que mañana vaya a revisarte a ti y a Laurie —explicó sereno, la besó como si toda la vida lo hubiera hecho y sonrió feliz—. ¿En qué parte nos quedamos?... Oh sí, tú estabas aquí. —Palmeó sus piernas, sonriendo maléfico—. Y yo te estaba devorando…

—Estabas demostrando tu pericia en el arte de ser un libertino —precisó Margaret con una sonrisa, sentándose donde él le indicaba. Ella descubrió que también podía ser coqueta. Era absurdo siquiera pensar en que su relación sería algo tan inocente como un decoroso cortejo, ni tampoco era lo que ella quería. Desde el momento en que él la besó estaba entregada a todo lo que significaba ser la mujer de Michael Martin. Pero tenía secretas dudas, no sabía si ella sería suficiente para él. ¿Se decepcionaría al constatar que no era tan fogosa?

—Aunque sea difícil de creer, querida, solo he hecho esto con mi esposa. —Michael guardó un breve silencio, Laura todavía le dolía, pero no del mismo modo, ya no había ese dolor agudo e inconsolable en el alma, estaba aprendiendo a vivir con ello, porque Margaret le demostró que todavía estaba vivo, que su corazón latía, y estaba amando otra vez—… y en mis años de granuja, solo estudiaba el comportamiento de los verdaderos libertinos con sus amantes. Después de exhaustivas observaciones, aprendí que es relativamente sencillo interpretar el lenguaje corporal de una mujer, cada una es diferente, pero a todas hay algo que las delata. Sé cuándo una dama está fingiendo, cuándo no está cómoda, o cuándo desea un hombre con toda su alma. En el bajo mundo, conocí a innumerables señoritas profesionales, que son dueñas de secretos inconfesables y, en agradecimiento a diversos favores que les hice, fueron muy amables en revelármelos, por lo que tengo demasiada teoría y nula práctica en mis conocimientos adquiridos —confesó nervioso.

—Entonces, te has mantenido célibe desde que perdiste a tu esposa —afirmó Margaret y él asintió en silencio. Cuando Michael hablaba de Laura, su voz cambiaba. Había cierta melancolía en el tono y ritmo de sus palabras que delataban el dolor de lo perdido.

No dudaba en absoluto de la veracidad de lo que Michael le contaba.

—Creía que estaba viva... en algún lugar de Inglaterra. Prometí en un altar y ante Dios serle fiel... y lo cumplí, porque la amaba —justificó, empujando sus gafas con su dedo índice, poniéndolas en su lugar. Era preciso que ella supiera que, en ese aspecto, él no era lo que todos decían—. Sé que es difícil de creer, pero...

—Yo te creo... lo sé —intervino convencida—. En mi corazón, sé que tus palabras son ciertas. No son necesarias más explicaciones.

—Gracias, mi ángel, por confiar en mí...

Margaret negó con su cabeza, era un movimiento digno, pero sutil. Lo besó suave en la mejilla.

—No me agradezcas nada, te has ganado mi amor y mi confianza con hechos, tus palabras solo reafirman lo que ya sé... que eres el hombre que amaré hasta el fin de mis días.

—Te amo... mi valiente Margaret.

—Te amo... mi encantador y falso granuja.

Volvieron a besarse, reavivando las cenizas del fuego que por poco los consumió. Mantuvieron el calor templado, solo lo suficiente para llegar a la deliciosa anticipación, pues, en breve, ya estarían en Garden Cottage, y ahí podrían desatar a placer, el deseo que les estaba costando tanto contener.

Pero el viaje se les antojó demasiado lento, Michael no soportó la espera y sus besos empezaron a descender por el cuello de Margaret, quien le otorgaba, sin resistencia, el permiso para recorrer su piel con sus labios, arrancándole femeninos y ahogados siseos. Sí, ese era el espontáneo e inequívoco sonido del deleite femenino. Su ángel, sin duda, le estaba demostrando que estaba hecho para pecar.

Y quería más...

Una de sus manos recogió el faldón del vestido, llevándose las enaguas en el proceso. Ascendió por la torneada pierna hasta llegar al muslo, y esperó a que ella lo detuviera. Pero nada de eso sucedió, sino todo lo contrario. Margaret, ebria de lujuria, y conducida por el instinto, se reacomodó, apoyando su espalda contra el pecho masculino, y abrió levemente sus piernas, concediéndole la entrada al paraíso.

Michael no podía creer que estaba a punto de hacer lo que iba a hacer, sin embargo, no iba a rechazar la oportunidad de poner en práctica el arte de complacer a una mujer.

Suavemente, con sus dedos, recorrió el ya húmedo y femenino vértice. Las caderas de Margaret se movieron involuntariamente, estaba hipersensible y nunca la habían tocado de esa manera tan sutil y a la vez tan provocativa, era fascinante.

—Más… ahí… —exigió Margaret en un susurro que ni ella reconoció, a la vez que se aferraba al asiento con ambas manos, y separó sus piernas un poco más.

Michael volvió a acariciar y separó los pliegues de la intimidad de ella, encontrando aquel capullo, el epicentro del deseo. Todo estaba ardiente y resbaladizo, la inconfundible fragancia del deseo femenino llenó los pulmones de Michael, acicateando sus ganas de llevarla al culmen. Frotó con gentileza con la palma de su mano, ejerciendo una leve presión, al tiempo que, con un dedo, la penetró.

El cuerpo de Margaret respondió de inmediato a la exquisita invasión. Sentía que venía algo grande, pero no podía saber qué era con exactitud. Su cuerpo le demandaba moverse con más brío, pero le daba vergüenza… Por unos segundos, se tensó, y él lo notó.

—Hazlo, mi ángel —murmuró Michael a su oído y, con cuidado, se retiró para volverla a penetrar con suavidad, una y otra vez—. Busca tu placer, no temas, no hay nada malo en cómo lo hagas. Solo soy yo, el hombre que ama todo de ti, y quiero darte una muestra de lo que lograremos esta noche… en tu cama. Sé egoísta… muévete… eso, intenta apretarme… imagina… imagina que estoy dentro de ti.

Y Margaret obedeció. Las ardientes palabras de Michael fueron suficientes para despojarse de esa horrible sensación, buscó el contacto perfecto, ese que sentía que la haría estallar.

Michael introdujo otro dedo más, y Margaret, colmada y fuera de sí, comenzó a aumentar el ritmo, volviéndolo animal, sintiendo en su interior cómo se construía una sensación celestial y a la vez terrenal. Solo era capaz de dar tímidos quejidos, en medio de su respiración entrecortada.

—Oh... Michael —fue la repentina súplica de Margaret, solo necesitaba un poco más... lo sentía, estaba ahí, gigante.

—Eres maravillosa... libérate, Margaret... —ordenó hundiendo otro dedo más, y ella, con un último, ínfimo y perfecto movimiento de fricción y presión, sucumbió...

Gimió, ahogó un grito feroz y gutural, mientras seguía sintiendo un deleite cegador que la catapultó a un lugar perdido entre el cielo y la tierra.

Y ahí, en medio del oleaje de sensaciones que azotaban su cuerpo y su alma, estaba Michael, sosteniéndola, amándola, susurrándole lo hermosa y valiente que era, que la deseaba como nada en el mundo y que era un hombre feliz por solo el hecho de conocerla.

Su cuerpo se tensó ante el último vestigio del clímax y, lentamente se desvaneció, laxa y casi sin poder moverse.

Lo siguiente que sintió Margaret después de aquel glorioso éxtasis, fue cómo Michael abandonaba su interior con suavidad y, con un pañuelo, limpiaba su intimidad con gentileza y cuidado. Finalmente, adecentó su vestido como si nada hubiera pasado. La acomodó entre sus brazos y ella se acurrucó en su pecho.

—Me has dado un regalo precioso, mi ángel. Gracias —dijo Michael y le besó la coronilla. Margaret sollozó—. ¿Por qué lloras, hice algo mal? —preguntó preocupado. Todo parecía ir bien.

Margaret negó con su cabeza.

—No sabía que podía sentir algo así, fue tan hermoso y maravilloso... Es la primera vez que yo siento esto... pensaba que nunca podría lograrlo, que tenía algo malo en mi interior —explicó con voz trémula—... Lloro de felicidad, esta noche ha sido la más dichosa de mi vida. Todo ha sido perfecto, soy yo la agradecida por conocerte, Michael Martin.

—Los dos somos afortunados, amor mío... Odio con todo mi corazón a Swindon por no ser capaz de ver a la extraordinaria mujer que tengo entre mis brazos y, a la vez, solo puedo agradecer que él te apostara con los niños. Sabía que iba a ganar una apuesta más, pero lo que nunca imaginé fue que recuperaría mi capacidad para amar.

—Él nunca me quiso... ni a mis niños, siempre fuimos un estorbo. Solo se casó por la presión que ejercía su madre sobre él... Y, cuando ella murió hace tres años, solo hizo lo que quiso con su vida.

—Swindon no sabe lo que es el amor... ni nunca lo sabrá... yo sí. Ha sido la mejor decisión de mi vida aceptar el desafío de ese hombre... Eres magnífica, no me separaré de ti jamás, lo que el azar ha unido...

—No lo separará ni Dios, ni el hombre... —completó la frase de él, era también su promesa.

Michael, conmovido, estrechó más a Margaret entre sus brazos, prometiéndose que nunca haría sentir desdichada a su amada.

Ese error no lo cometería dos veces en su vida. Debía hacerlo, esta vez no fallaría.

Se quedaron en silencio, cada uno perdidos en sus cavilaciones. Pero coincidiendo en que estaban renaciendo y que podían ser felices a pesar de todo.

—Michael. —Margaret interrumpió los pensamientos de él—... ¿Tú... estás bien? ¿No deseas?... ya entiendes... tú sabes —intentó preguntar y ser natural, pero el tema de la intimidad compartida era nuevo para ella. Siempre fue algo tabú y prohibido y su esposo nunca hablaba de aquello, solo hacía su asunto y, al terminar, salía de la habitación blasfemando sin piedad por su frigidez.

—¿Hacer el amor contigo? —indagó Michael esbozando una sonrisa.

—Sí... eso.

—Estoy perdiendo el juicio por poseerte, pero no aquí. El momento que me has regalado es suficiente, por ahora. Me ha servido para conocerte un poco más. La práctica nos hará maestros —insinuó con picardía.

—Oh... entiendo. Me gustaría mucho estar contigo... hacerlo... hacer el amor —declaró al fin, después de titubear.

—Cuando lleguemos a casa, nos aseguraremos que todos estén durmiendo, y luego serás mía... una, y otra, y otra vez.

—¿Eso es posible? —interrogó sorprendida.

—Créeme, contigo no me saciaré tan fácilmente.

Margaret pensó con inusitada lascivia, que si volvía a sentir el deleite vivido de hace unos instantes atrás, era muy seguro que ella tampoco se saciaría de él tan fácilmente.

Se estaba convirtiendo en una mujer libidinosa... y eso, ya no le preocupaba.

Capítulo XI

Michael bajó de la berlina con un gesto de preocupación.

—No se esfuerce en exceso, lady Swindon. Permítame asistirla —ofreció al tiempo que se acercaba lo más posible al coche para tomarla entre sus brazos y le guiñó el ojo.

La actuación debía continuar hasta el final. Los cocheros solían ser bastante indiscretos y creativos al momento de contar una infidencia.

Margaret trastabilló, dio un gritito femenino de susto y los felinos movimientos de Michael lograron evitar que cayera.

Estaba a salvo en los brazos de su falso granuja.

—Esto es peor de lo que imaginé —manifestó Margaret contrita, aferrándose al cuello de Michael—. Espero que mañana llegue temprano el señor Banks, es insoportable el dolor.

—No se preocupe, lady Swidon, Banks es un hombre confiable —tranquilizó Michael, llevando a cabo una actuación de lo más convincente caminando en dirección a la puerta de Garden Cottage.

—Si me permite, milord, llamaré a la puerta por usted. —El cochero bajó con prestancia y golpeó la aldaba.

—Gracias, señor Craig. Sus servicios han sido impecables esta noche.

El cochero respondió en silencio, haciendo un gesto con su sombrero. El pago del marqués había sido más que generoso y el trato siempre fue respetuoso. Hizo una torpe inclinación hacia Margaret y se subió nuevamente al carruaje. Tomó las riendas y puso en movimiento la berlina, dirigiéndose hacia rumbo desconocido.

Michael y Margaret se quedaron a la expectativa observando cómo se alejaba el carruaje, hasta que se perdió en la oscuridad, todo estaba en silencio, se miraron y esbozaron una sonrisa.

—Siento como si esto fuera nuestra noche de bodas —dijo Michael en un tono de voz íntimo—. Yo, cargándote hacia el umbral de nuestro hogar y, después... —Apretó a Margaret entre sus brazos, para aplacar sus ansias—. ¡Por Júpiter! solo espero que todos estén durmiendo.

Margaret rio femenina y le regaló un tierno beso en la mejilla.

—Tranquilo... Pudiste soportar estoico en el carruaje, ¿qué son unos minutos más?

—Los más dolorosos de mi vida... Creo que Elizabeth es de sueño pesado —señaló Michael, ¿puedes tocar de nuevo la aldaba, querida?

Michael se acercó más a la puerta y Margaret alcanzó la aldaba para tocar otra vez, pero con más fuerza.

Segundos después, se escuchaba que, del otro lado de la puerta, Elizabeth se acercaba. A través de las ventanas, fue visible la tenue luz de la palmatoria que la chica traía consigo. La puerta se entreabrió, revelando el rostro rebosante de sueño de la criada, quien, al darse cuenta de que se trataba de sus amos, la abrió por completo haciendo una leve inclinación, sintiendo curiosidad del motivo por el cual el marqués cargaba a la condesa.

—Muchas gracias, Elizabeth, buenas noches —saludó Michael y ella susurró un «buenas noches» impregnado de sueño—. Lady Swindon ha tenido un pequeño percance y no puede caminar —comunicó amable pero distante, saciando al instante la muda curiosidad de la criada. La regla de Michael para una buena farsa era que, mientras menos especule el servicio doméstico, mejor era para sus propósitos. Ellos tenían el poder y el conocimiento de confirmar o desestimar un rumor—. Por favor, guíeme hacia sus aposentos para que descanse.

—Por supuesto, milord. Mi señora, ¿necesita ayuda para cambiarse? —interrogó la muchacha solícita, sabiendo de antemano la respuesta.

Michael se tensó, no había considerado la presencia de Elizabeth en sus planes. Ese error de cálculo podría extender su tortura a niveles inenarrables.

—Muchas gracias, Elizabeth, pero puedo hacerlo sola. —Fue la amable negativa de Margaret, dándole un inmenso alivio a Michael, quien no pudo evitar soltar todo el aire de sus pulmones.

Literalmente, había dejado de respirar ante la horrible idea de esperar más de la cuenta.

—Muy bien —respondió Elizabeth ajena y con ganas de volver a su cama. Esa era siempre la respuesta de su señora.

Cuando el dinero empezó a escasear, Margaret prescindió de inmediato de su doncella y, uno a uno, los sirvientes fueron siendo despedidos. Pero nunca ella les pidió que empezaran a suplir las funciones de los otros. A diferencia de lo que se podía esperar de alguien de su posición como condesa, ella comenzó a hacer lo que hiciera falta.

Elizabeth subió la escalera, Michael iba tras ella impertérrito. Al llegar a la puerta de la habitación de la condesa, la muchacha les permitió el acceso y se dispuso a encender las velas, mientras que él depositó a Margaret en su cama con delicadeza.

—¿Alguno de los niños despertó mientras no estábamos? —preguntó Margaret a la criada.

—No, mi señora. Después de vuestra partida, todos continuaron durmiendo como angelitos. Visité una vez al joven Lawrence para ver su temperatura y estaba todo normal —informó la muchacha con eficiencia.

—Estupendo, Lawrence ya va a poder levantarse un rato mañana —comentó Margaret contenta, y Michael, internamente, estaba orgulloso de su pequeño—. Es todo, ve a descansar, Elizabeth. Muchas gracias —despidió a la muchacha, que estaba esperando en la puerta por más instrucciones.

—Sí, señora, buenas noches —susurró Elizabeth sin moverse, renuente, mirando de soslayo a Michael, que no daba indicios de retirarse de los aposentos de su señora.

—Gracias, Michael, por la velada… aunque haya terminado accidentada. Espero que tenga buenas noches. Puede llevarse aquel candelabro que está sobre el tocador, para que Elizabeth no baje a ciegas las escaleras —indicó Margaret.

Michael estaba tan adolorido y ansioso que apenas estaba prestando atención, logrando captar solo lo último que le dijo Margaret…

«Candelabro»… «a ciegas las escaleras»

—Perdón, debe ser el sueño —se excusó él, volviendo al momento, tomó el candelabro que le señalaron, se dirigió a la puerta y miró a Elizabeth—. Mañana temprano debería llegar el señor Banks a visitar a lady Swindon y a Lawrence. Para que esté atenta en caso de que no estemos en pie —anunció Michael entregándole el candelabro a la muchacha—. Buenas noches, Margaret. Espero que descanse. —Dio una leve inclinación que Margaret respondió y se dirigió a su habitación que compartía con su hijo.

Elizabeth dio una rápida reverencia y también abandonó la habitación.

Margaret se quedó a solas y suspiró.

Quitarse el vestido iba a ser una tarea titánica, pero ella ya había desarrollado una gran, pero lenta, habilidad para desvestirse sin ayuda de una doncella.

Mientras tanto, Michael entró a su recámara y resopló. No hallaba la hora de volver a Londres para tener que dejar de lado las apariencias. No podía permitir que los rumores llegaran a la capital antes que él. Deseaba que su familia se enterara de todo por sus propias palabras, y no por una verdad retorcida. Michael deseaba que sus seres queridos los entendieran, al menos sabía que su padre no lo iba a cuestionar, pues hacía unos meses se había enterado de su matrimonio secreto y de las trágicas consecuencias que tuvo la perversa intervención del duque, por lo que le entregó todo su apoyo en encontrar a lo que quedaba de su familia. Respecto a Olivia, él tenía fe en que su hermana lo respaldaría sin condiciones, y su cuñado... bueno, esa era otra historia. Andrew era un hombre muy flexible en cuanto a las convenciones sociales se refería, tenía un sentido de la justicia implacable y, a la vez, era un fiero defensor de los suyos. Tal vez, después de golpearlo, también le daría su bendición.

Mientras pudiera tener a Margaret a su lado todos los días por el resto de su vida, el resto del mundo, la buena sociedad, no le importaba en lo absoluto.

Michael se acercó a la cama y observó cómo dormía su hijo. Su pequeño pelirrojo descansaba tranquilo, su pecho subía y bajaba con serena regularidad, y sus armoniosas facciones le recordaron a Laura. Al día siguiente, iría a visitarla, necesitaba hablar con ella.

Michael dejó que los minutos pasaran y le permitieran apaciguar sus emociones y deseos. Debía ser cuidadoso con Margaret, su inocente y asombrada confesión después de vivir el clímax lo dejó pasmado.

Sabía que Swindon era brusco, pero nunca imaginó que él jamás había tenido una mínima brizna de consideración con Margaret. ¡Era el colmo! Más le valía a ese sujeto no volverse a cruzar en su vida, porque estaba más que tentado de castrarlo. Le parecía injusto, la vida de las mujeres era más dura que la de los hombres, quienes solo tenían privilegios por solo nacer con ese sexo. A ellas, les era negado todo, incluido, sentir.

Él deseaba darle ese regalo, de poder sentir todas las cosas buenas de la vida. Ese sería su propósito, hacerla feliz más allá de lo imaginable.

El primer paso ya se había dado, hasta ese momento ya había logrado un gran avance con Margaret, que ella descubriera los placeres que podía alcanzar su cuerpo. Le quedaba el resto de la noche —y de la vida— para demostrarle que el sexo, en conjunción con el amor, era algo sublime, que se debía disfrutar sin miedo, sin dolor, sin prejuicio, sino todo lo contrario.

Suspiró profundo y se dispuso a quitarse la ropa.

Margaret estaba nerviosa, y la invadió una repentina inseguridad. No sabía si esperar a Michael vestida con el camisón o completamente desnuda. ¿Qué esperaba él de ella?, ¿una mujer decente, o más osada?, ¿le agradaría verla sin ropa, ver las imperfecciones de su cuerpo? Sin tener respuestas, decidió, pues, probar los límites de la decencia y escrúpulos de Michael. Era mejor saber a qué atenerse desde el principio.

Margaret siempre escuchó el secreto a voces de que sólo las furcias se desnudaban, que no era decoroso para una dama exhibirse de ese modo pecaminoso a un hombre, aunque fuera dentro del sagrado vínculo del matrimonio. Sin embargo, durante la última hora había descubierto que ella quería probar, aprender y practicar todo lo relacionado con su propia sensualidad. Quería arrasar con la idea de que era una mujer fría, sin ardor; olvidar los insultos y los golpes que Swindon le propinaba y que, prácticamente, destruyeron su amor propio, sus pocas ilusiones y esperanzas de tener un matrimonio basado en el respeto.

Y, dado que la primera lección aprendida dentro del carruaje fue de lo más reveladora, se quitó la recatada prenda junto con su inseguridad y su vergüenza. Era más que probable que Michael, aun sin la práctica, fuera el más libertino de todos.

Su mente era seductoramente perversa.

Al formarse el charco de seda blanca sobre el suelo, la puerta se abrió sin emitir ruido y con lentitud. Era Michael, quien, al verla expuesta a plenitud, sonrió con malicia, satisfacción, y por qué no, orgullo.

Los nervios y las conjeturas desaparecieron como un mal sueño en la mente de Margaret, su amante sólo estaba cubierto con una bata de seda negra.

—Creo, mi ángel, que te daré la razón en que soy un verdadero granuja, al menos, a lo que se refiere mi concepción respecto al sexo —admitió acercándose a la mesa de noche y se quitó las gafas, dejándolas sobre ella— . Una de las cosas que aprendí, fue que este puede alimentarse de muchas fuentes y, una de ellas, son las fantasías. Todos las tenemos, en mayor o menor medida, y acabas de cumplir una de ellas al mostrarte ante mí, como si fueras Eva en nuestro Edén particular —declaró desatando el nudo de su bata—. Debemos estar en igualdad de condiciones. —Se quitó lo único que lo cubría, y Margaret pudo contemplar, por primera vez, el cuerpo de un hombre completamente desnudo.

Sí, era tal como pensó, idéntico a las estatuas del museo, anatomía perfecta, el pecho cubierto de fino vello, músculos definidos, piernas y brazos fuertes. Y, más abajo, Margaret notó la única diferencia con los dioses de mármol, Michael estaba mucho mejor dotado en un asunto muy, muy específico.

Magnífico, en toda la deliciosa extensión de la palabra, fue lo primero que cruzó la mente de Margaret al ver al hombre al cual se iba a entregar en cuerpo y alma.

Y sin más preámbulos, ese hombre magnífico se acercó a ella y la besó, alineando todo su cuerpo al de ella, compartiendo el calor de sus pieles, reconociéndose hombre y mujer, por primera vez.

Una erupción de sensaciones los consumió por igual. Margaret sentía cómo su sangre recorría todo su cuerpo, llenándola de un calor espeso, como lava incandescente, sus senos sensibles pegados al pecho de Michael, su vientre cobijando la dura virilidad de él, provocándole otra vez ese cosquilleo, ese sensual palpitar en su feminidad que se traducía en lúbrica y resbaladiza humedad.

—Tócame, mi ángel —susurró Michael entre beso y beso—. Posee a tu hombre, soy tuyo —incitó, tomando las manos de ella y colocando sus palmas sobre su torso—. Haz lo que desees conmigo.

Margaret no necesitó más, enterró la yema de sus dedos sobre la caliente piel masculina. Acarició las areolas planas que eran coronadas por la diminuta tetilla y él le regaló un ronco siseo. Ella se mordió el labio inferior, y su toque descendió hacia el abdomen que se tensó con su contacto, pero no se entretuvo demasiado tiempo, su curiosidad estaba centrada en otra parte... y la empuñó, arrancando un jadeo profundo.

—Más... —murmuró él, guiando la mano femenina en un lento sube y baja—. Así... oh, sí...

Margaret, fascinada con la suavidad del miembro, que contrastaba con su dureza y sus formas, se concentró en repetir aquel movimiento que estaba volviendo loco a Michael, quien no toleró más tiempo estar quieto y clamó de nuevo la boca de ella, entrelazando sus lenguas, devorándose, anunciando cómo sería su unión.

Las manos de Michael se aferraron a las nalgas de ella, apretándolas con codicia, separándolas levemente, amasándolas, liberando el leve aroma del centro femenino del cual él ya era adicto.

Sin romper el contacto, él avanzó hacia la cama, sin palabras, Margaret se acostó y él quedó sobre ella. Los labios de Michael abandonaron su boca, y comenzó a besar la piel de su cuello, de sus hombros, dejando un húmedo rastro hasta llegar a sus pechos.

Michael los tomó, llenándose de su carne con ambas manos, él no necesitaba ver con claridad para saber que eran perfectos, redondos, blandos y, a la vez, firmes y maduros. Con los pulgares acarició suave los pezones, dejándolos inhiestos como un par de preciosas perlas, y sin más ceremonias, los devoró como si fueran el único alimento que pudiera calmar su hambre. Mordía con gentileza, lamía con lujuria, succionaba con adoración, uno y luego otro, una y otra, y otra vez.

Margaret jadeaba y gemía, estaba perdiendo el sentido de la realidad. Juntaba y tensaba sus piernas y su feminidad, intentando obtener un roce que apaciguara el rugido de su deseo insatisfecho.

El sensual suplicio continuó para ella, hasta que, casi sin darse cuenta Michael abrió sus piernas, y la besó ahí.

—¡Dios santo! —chilló ella al sentir que él repetía entre sus piernas las mismas eróticas caricias que le dio a sus pechos. El instinto le hizo abrirse más, a moverse, a aferrarse al suave cabello castaño de él. No le importó si aquella íntima caricia era correcta o no, solo sabía que era lo que necesitaba y, a la vez, no era suficiente.

¡Dios, no, no era suficiente! Ese hombre perverso la tenía al borde del colapso. Los minutos pasaban y no había indicios de un armisticio para terminar con esa batalla beligerante, en la cual, su boca castigaba con fruición sus sentidos.

—Michael... oh, Michael... por favor —rogó tirando de los cabellos de él—. No puedo más... te necesito.

Él, feliz y asombrado de comprobar que era verdad todo lo que aquellas damas le habían contado, se limpió la boca con el dorso de su mano como si fuera un bárbaro. Era la primera vez que probaba a una mujer, y el sabor de su ángel, era celestial y pecaminoso, si su aroma lo tenía cautivo, su sabor lo había convertido en un esclavo.

La necesitaba tan encendida e insatisfecha como él, porque, tres años de celibato, iban a atentar con el éxito de su empresa. Inspiró profundo, se arrodilló frente a ella, guio su miembro y, lentamente, la penetró hasta el fondo, acoplándose a ella, redescubriendo el calor líquido y resbaladizo que lo envolvía.

Condenación, iba a ser inútil, iba a explotar.

Margaret, despojada de todo pudor, ancló sus manos a sus nalgas y le exigió que se moviera, al tiempo que ella iba a su encuentro. Michael llenó de aire sus pulmones, se retiró tan solo una pulgada y embistió sin separarse demasiado de ella, para darle el máximo de fricción posible.

Y eso fue perfecto para Margaret, su interior cobijó toda la longitud, y él acometió según ella le demandaba, firme, duro y constante.

El incesante vaivén cobró a su primera víctima, Michael enloqueció, el fervor arrasó con su cordura. Ella estaba apresándolo, voraz, sin piedad, y fue su turno de ser sometido al voluptuoso calvario de no derramarse antes que ella estallara.

El cuerpo de Margaret, demandaba, exigía más y más, llegando al punto que se tornó salvaje, primitivo. Y Michael supo que ella estaba tocando el cielo, en el preciso instante en que ella se dejó arrastrar a esa vorágine de placer. Entre gemidos preñados de deleite, sus uñas incrustadas en su piel y esas inequívocas contracciones femeninas, Michael también se rindió, dándole a su amada un último beso, bebiéndose el clímax de ella y drenando su semilla como nunca en su vida, disfrutando del casi olvidado sabor del éxtasis compartido, llenando a su mujer, marcándola, reclamándola para sí y entregándose a ella para siempre.

Al fin, su unión se había completado, y sin necesidad de hacer más juramentos y promesas, sus destinos quedaron sellados para toda la eternidad... y más allá.

Capítulo XII

Margaret sintió una perezosa caricia que le incitaba a despertar. Unos dedos ligeros vagaban desde el muslo, pasando por la cadera, deslizándose por su cintura, trepando por su brazo, hasta llegar al hombro. Un aroma masculino y familiar en el aire... Michael.

El cuerpo lo tenía exquisitamente adolorido, hacer el amor con Michael implicaba abrir su mente y dejarse llevar a lo que él dictara. Su amante tendía a ser un poco dominante, pero eso no lo convertía en tirano, Michael era generoso y cuidadoso en sus atenciones, y su regla de oro era la reciprocidad; dar y recibir.

Era toda una experiencia gloriosa practicar el acto amatorio con un hombre instruido. Sobre todo, si sabía que solo llevaba sus conocimientos a la práctica con ella.

Tal parecía que se estaba convirtiendo en una pícara, así como él. Michael la hacía sentir libre, como cuando era una niña muy traviesa y alegre, hace veinte años atrás. «La pequeña oveja negra», le decía su tío abuelo con el ceño fruncido.

Había olvidado ese apodo.

Margaret abrió los ojos, y lo primero que vio fue a Michael magníficamente desnudo en medio de la penumbra, despierto, tocándola. En sus labios se esbozaba una sonrisa cálida.

—Tercera fantasía cumplida —fue su peculiar saludo en un grave susurro—. Amanecer a tu lado... la segunda, fue hacer el amor contigo casi toda la noche. Buenos días, mi ángel.

—Buenos días, querido —saludó Margaret azorada por las dulces palabras de él—. Todavía no sale el sol, ¿qué haces despierto tan temprano?

—Admirándote... Intentando convencerme de que no estoy soñando. ¿Quién lo diría? En tan pocos días ya te amo, ¿cómo es eso posible?, ¿cómo puedo explicar que estoy seguro que envejeceré a tu lado?

—Esa respuesta no la tengo, de lo único que estoy segura es que te amo de esa misma abrumadora manera.

—¿Abrumadora?

—Al punto de arriesgarlo todo y que no me importe. Tú, Michael Martin, eres mucho más que un escandaloso rumor. He llegado a la conclusión de que el amor no entiende de lógica, de tiempo, de edad, ni de fríos razonamientos. No se puede forzar, ni fingir... Es el sentimiento más poderoso e indescifrable del mundo, pero no lo comprendes hasta que llega el momento de experimentarlo.

»Es como el aire, no lo ves, no lo oyes, no lo hueles, pero sabes, inequívocamente, que está ahí llenándote de vida. Creo que, para todo el mundo, estoy cometiendo el peor error de mi vida. Pero no lo siento así, mi gran error fue haber tenido la fe de que iba a vivir un matrimonio feliz, aunque fuera por conveniencia.

—Hay errores que se pagan demasiado caro. Me temo que tú y yo nunca terminaremos de saldar la deuda que tenemos con nosotros mismos —advirtió Michael con cierta melancolía, enredando entre sus dedos, las largas hebras castañas del cabello de ella—. Pero contigo me di cuenta de que, aunque no pueda resarcirlos, puedo ser mejor persona de lo que era. Que mis alegrías pueden ser mayores que mis pesares... Me he enamorado de una mujer valiente, y no lo digo porque piense que tú no sientes el miedo. No, tú tienes miedo y mucho, pero sigues adelante a pesar de ello, eso te hace la mujer más fuerte del mundo.

Margaret sonrió, se sentía tan feliz y dichosa, que no sabía cómo recibir tanto amor en tan poco tiempo. Se le aguaron los ojos e inspiró profundo, tal vez, algún día, ser amada no sería tan hermoso y doloroso a la vez, pues el contraste entre Michael y quien fuera su esposo, era brutal.

¿Cómo tuvo corazón para aguantar tanto?

Porque nunca tuvo otra alternativa, porque casarse con Swindon o con cualquier otro, era la única salida que tenía para no quedar en la calle, o trabajar en la casa de su tío a cambio de techo y comida... algo muy parecido a la esclavitud, y eso tampoco era vida. Margaret no era culpable de los errores de sus padres, pero tal parecía que debía pagar eternamente por ello.

¿Y qué más podía hacer si la habían convencido que solo servía para ser esposa de un hombre? Era tan joven, se sentía tan perdida como su hermana mayor... si tan solo no hubieran tenido tanto miedo al mundo fuera del círculo social en el que fueron criadas, tal vez todo habría sido diferente.

Los últimos meses aprendió que una vida simple, sencilla, era sacrificada. No obstante, la libertad que significaba estar lejos de Swindon era impagable.

Por eso lo que estaba viviendo con Michael era casi un sueño que nunca imaginó realizar. Amar, ser amada y comprendida por un hombre bueno, leal.

—Debo volver a mi habitación... no quiero que nos descubran de momento. —Michael le dio un casto beso por su propio bien y se levantó—. Debemos transparentar nuestra situación con nuestras familias en primer lugar, antes de que se enteren por un pasquín de cotilleos —determinó poniéndose la bata que había quedado en el suelo.

Margaret se sentó, cubriendo su desnudez con la sábana, la realidad cayó de súbito como una pesada losa sobre sus hombros. Había olvidado por completo a las familias de ambos.

—¿Qué haremos? Tu padre es el duque de Hastings...

—Mi padre no es como mi abuelo, afortunadamente —terció Michael antes que el pánico se cerniera en el corazón de Margaret—. No cuestionará mis decisiones ni intervendrá. Y, por parte de la reacción de mi hermana, no temo. Olivia es muy especial, su corazón no es gobernado por el prejuicio, ha vivido más de lo que imaginas —argumentó tranquilo.

—Tal vez tu familia no ponga trabas —aceptó con una cuota de escepticismo—... pero no creo que mi hermana mayor reaccione muy bien, es tan inflexible, orgullosa... —Su voz se fue apagando. Margaret era muy unida a Minerva, pero su amargura había transformado a la dulce mujer en una... arpía con el corazón seco. Ya no sabía cómo llegar a ella.

—¿Tu hermana es Minerva, era la esposa de Somerton, cierto? —interrogó Michael, para confirmar. Él tenía una versión diferente a la de Margaret, sobre la personalidad de la marquesa. Pero no quiso revelar más.

—Sí, ¿la conoces?

—No, personalmente, pero Olivia me habló de ella... ¿no se han escrito últimamente? —preguntó con curiosidad.

—Hace meses que no sé nada, solo supe que Somerton la abandonó junto con mis sobrinos. Lo que vivió Minerva fue mucho peor de lo que me sucedió a mí. Literalmente, ese hombre la dejó en la calle, exponiéndola a la humillación pública, para luego desaparecer, y nadie más supo de él. Fue muy angustiante su última carta, en ese momento recién había llegado a Rosebud Manor... Más allá de eso, no he sabido nada más.

—Ya veo, creo que debemos ser más cautos con tu familia —propuso Michael, sereno.

—Creo que Andrew podrá entender, él siempre fue un hombre comprensivo. La guerra lo endureció, pero no al punto de matar su amabilidad. Le costó mucho recuperarse de sus heridas, que eran más del alma que físicas. Lo veía bastante seguido antes de que recibiera su título, pero después estuvo muy ocupado, solo las cartas nos han mantenido en contacto.

—Tu familia ha estado separada por mucho tiempo por asuntos ajenos a su voluntad. Tengo la fe de que en algún momento podrán reunirse todos y charlar.

—Espero que suceda, no les he escrito desde hace mucho tiempo... No había tenido el valor de contarles la verdad sobre mi precaria situación... —explicó, sintiendo un leve ardor en sus ojos. Últimamente se sentía más sensible de lo normal, como si ya no pudiera contener sus emociones que tantos años le costó mantener herméticas.

Michael se sentó nuevamente al lado de Margaret y le acarició su mejilla, otorgándole un breve consuelo.

—Lo sé... —La tristeza en los ojos de su ángel, le hicieron retroceder al día que la conoció—. Tengo que admitir que leí la carta que le estabas escribiendo a Andrew. Sé que no fue apropiado que invadiera tu privacidad de ese modo. Pero no pude evitarlo. Esas pocas líneas, fueron desoladoras, me descorazonó que estuvieras a punto de hacer lo que fuera por sobrevivir, incluso tragar tu orgullo, tu dignidad. Tu corazón expuesto me hizo decidir, en ese momento, que te protegería siempre. Aunque en ese instante, no sabía que me enamoraría de ti.

—Oh, Michael... —Margaret curvó sus labios—. Tienes la extraña facultad de justificar tus malos hábitos, de una forma tan sincera, que no me da derecho a reprocharte nada.

—Te prometo que mis malos hábitos no llegan al punto de ser vicios —aseguró con ligereza, era el momento de dejar la conversación seria de lado.

—Claramente, de lo contrario, no me habría enamorado de ti, mi granuja.

Michael rio contento. Le tocó la nariz a Margaret y la besó fugaz, si se retrasaba un minuto más, no iba a ser capaz de contenerse hasta estar dentro de ella otra vez.

—Bien, me debo ir —declaró, comenzando a sentir que su cuerpo cobraba vida—. Nos veremos al desayuno. Lawrence despertará pronto… Te amo. —La besó lento y suave. Era inútil, no se cansaba de hacerlo—. Te amo… te amo… —decía entre beso y beso.

—Te amo… —respondía sonriendo sobre los labios de él—… te amo… vete… vete…

Michael la besó una última vez y se levantó, dejándola a solas. Margaret se puso su recatado camisón, y se tapó con las gruesas frazadas, ya sentía frío sin Michael.

Se volvió a quedar dormida, abrazada a la almohada que había usado él.

⁂

—¡Buenos días, Laurie! —exclamaron Alec y Thomas al unísono, cuando el pequeño pelirrojo y su padre se unieron a la mesa preparada para el desayuno.

—Buenos días, amigos —respondió Lawrence con alegría, sentándose a la mesa. Su estómago rugía—. Buenos días, *señoda* Witney, se ve como un ángel esta mañana —saludó a Margaret, haciendo gala de las clases de buenos modales que le impartía su padre cuando estaba en cama.

Margaret, asombrada por tal demostración de galantería del niño, dirigió su mirada acusadora a su progenitor, quien se encogía de hombros.

—Sus palabras, no mías —aclaró alzando las manos—. Solo le dije que saludara con educación, el halago es de su ingeniosa y aduladora cosecha. Buenos días, Thomas, Alec —saludó revolviéndoles el cabello con cariño—. ¿Descansaron bien? —preguntó con verdadero interés.

—Sí, señor Martin —respondió Thomas, con energía. El hijo mayor de Margaret se había habituado de inmediato a la carismática y paternal presencia de Michael. Era agridulce el resultado para el pequeño, el hecho inevitable de comparar la indiferencia y frialdad de su padre, la diferencia era abismal con las permanentes y espontáneas muestras de afecto del señor Martin, quien no tenía ningún lazo sanguíneo con él.

—Esplendido, ¿y tú, Alec?

—Tuve un sueño raro con fantasmas que se quejaban, la casa crujía y ya no recuerdo más —contestó Alec, mirando el techo, intentando recordar algo más.

Margaret y Michael se miraron de soslayo, mas no dijeron nada.

—Muy extraño tu sueño, sin duda. No salgas de tu habitación si escuchas ruidos extraños durante la noche —continuó Michael impasible, tomando asiento al lado de Margaret—. Buenos días… —Se mordió la lengua justo para no decir «mi ángel», en cambio, le guiñó el ojo.

—Buenos días, Michael, ¿durmió bien? —preguntó Margaret con malicia.

—Puse la cabeza en la almohada y soñé con ángeles. —«Y con uno particularmente desnudo», pensó con picardía—, fue toda una epifanía, me hizo replantearme mi vida y enmendar mi rumbo de malviviente —ironizó, como siempre.

—No diga bobadas, usted es un hombre incorregible, Michael. Y no lo enderezará ni un ejército de arcángeles —fue la respuesta de ella en el mismo tono.

—Hoy estaré unas horas fuera de casa, tengo un asunto pendiente que hacer, también pasaré a Market Place —anunció Michael al tiempo que tomaba una rebanada de pan, dejando de lado las bromas—. Margaret, ¿está bien aprovisionada la despensa?, ¿no falta nada? —interrogó tal como lo hacía todos los días.

—Se está acabando el queso, el té, el azúcar y las manzanas —respondió Margaret repasando una lista mental por si no se le olvidaba nada—. Huevos, carne de res… creo que eso es todo.

—Somos una familia numerosa, ya era hora que empezaran a escasear algunas cosas —acotó Michael, jugando al filo con sus palabras.

—¿Té, milord? —ofreció Elizabeth solícita, con su habitual aleteo matutino de pestañas.

—Gracias, Elizabeth —aceptó Michael sin mirar a la joven criada. Evitaba el contacto visual con ella todo lo que podía, pero tal parecía que la muchacha no captaba el mensaje implícito que había en aquella tácita evasiva.

La criada se dispuso a llenar la taza y sonó fuerte la aldaba de la puerta principal.

—Debe ser el señor Banks —señaló Margaret a Elizabeth.

—Iré en seguida, señora —respondió, dejando la tetera de té en su lugar y salió de la estancia.

—¿Cómo está su tobillo, mi estimada Margaret? —preguntó Michael socarrón.

—Un poco adolorido, pero creo que, si descanso el día de hoy, estaré en condiciones de caminar sin problemas —respondió imperturbable.

—Excelente —celebró Michael tomando un sorbo de té.

—El duque de Hastings, lo espera en el salón, milord —interrumpió Elizabeth.

Michael se atragantó y por poco no escupe el té.

Margaret abrió los ojos sorprendida, ahogando un gritito.

—Voy... —Tosió fuerte—... ahora. —Se levantó de la mesa, todavía sin reponerse del todo de la inesperada sorpresa.

Michael se dirigió al salón principal, aún incrédulo de la presencia de su padre en Richmond. Al entrar, se encontró con la figura del duque dándole la espalda. A su lado, estaba John Fields.

—Papá —lo llamó, sintiendo la extraña sensación de que volvía a tener quince años—. ¿Qué haces aquí?

Albert Martin, duque de Hastings, dio media vuelta. Estaba serio.

—Esos no son los modales con los que te eduqué, hijo —lo reprendió al tiempo que se quitaba el sombrero—. Saluda al menos a este pobre viejo. —Sonrió, se acercó a su primogénito y lo abrazó fuerte—. El señor Fields me entregó tu mensaje... No sé cómo imaginaste que me quedaría sentado esperando a que trajeras a mi nieto a Londres. Tenía que verlo, eres el peor hijo del mundo —bromeó.

Michael cerró los ojos, conmovido. Abrazó más fuerte a su padre.

—Soy un tonto, lo sé... han pasado muchas cosas estos días, lo siento mucho —se disculpó rompiendo el contacto—. Demasiadas, a decir verdad... Ven, ven... estamos en la cocina desayunando —invitó contento y ansioso—. Señor Fields, no se quede ahí, pase, por favor.

—¿Está seguro, milord? —vaciló John, había olvidado que su jefe era un hombre que desafiaba todas las convenciones sociales.

—No sea ridículo, John. Acompáñenos.

El señor Fields se encogió de hombros y siguió a los dos hombres dirigiéndose a la cocina.

—Elizabeth, sirva dos puestos más, por favor —solicitó Michael contento, entrando en la cálida habitación—. Margaret, querida, tengo el inmenso honor de presentarte a mi padre, Albert Martin, duque de Hastings. —El duque hizo una respetuosa inclinación, sin evidenciar su sorpresa ante el trato informal que tenía su hijo hacia la mujer que presidía la mesa—. Papá, la dama aquí presente es Margaret... Croft, condesa de Swindon.

Margaret se puso de pie en el acto e instó a los niños a que hicieran lo mismo.

—Bienvenido a Garden Cottage, lord Hastings —saludó Margaret haciendo una regia reverencia—. Es un placer conocerlo. Le presento a mis hijos, Thomas y Alec.

—El placer es todo mío, lady Swindon —respondió Albert afable y sonriéndole a los hijos de ella—. Sus niños son su viva imagen.

Pero uno en particular le llamó la atención.

Michael tomó en brazos a Lawrence, que no le quitaba la vista de encima a Albert, quien era muy parecido a su papá, pero más viejo.

—Lawrence, te presento a mi padre, él es tu abuelo, se llama Albert Martin —dijo Michael con el pecho hinchado de orgullo.

—¿Abuelo? —preguntó el niño intrigado.

—Soy tu abuelo, mi pequeño, ¿me puedes regalar un abrazo? —preguntó Albert emocionado, acercándose a Lawrence.

El niño miró a su padre buscando aprobación y Michael asintió contento. Lawrence no necesitó más, estiró sus brazos y Albert lo recibió entre los suyos.

El silencio reinó, pero en la atmósfera solo reinaba una súbita y hermosa sensación.

Albert, cerrando los ojos, sintió el tibio y menudo cuerpo del pequeño que lo abrazaba fuerte, inocente, sin reparos.

—Lawrence... —murmuró el duque, en su corazón se colmó de un sentimiento tan poderoso, que superaba al que sintió cuando recibió en sus brazos a Michael recién nacido. Recordó a su joven y difunta esposa de aquellos lejanos años... ambos eran demasiado jóvenes.

Matrimonio concertado, en el que pronto nació un genuino cariño y compromiso.

Albert suspiró con inconmensurable alivio, su familia, al fin, estaba completa. Había recuperado a su hija menor, meses atrás, y a su otro nieto, William, al que no pudo conocer hasta ese momento. La distancia impuesta fue gracias a las intromisiones del duque anterior, su padre, que lo dominó con puño de hierro durante toda su vida.

Joseph Martin, por muy poco, no alcanzó a lograr la total destrucción de su familia.

Pero eso ya era el pasado. Ese hombre monstruoso estaba muerto, enterrado y, ojalá, su alma, quemándose en el fuego sempiterno del averno.

Y Albert, el nuevo duque de Hastings, estaba en el duro proceso de resarcir todos sus errores y reconstruir lo que le quedaba de vida. Comprendía a Michael más de lo que su hijo imaginaba.

—Abuelo —murmuró el pequeño, probando esa palabra en sus labios, se sentía bien, correcto. Su joven corazón estaba rebosante de felicidad, tenía un padre y un abuelo a quienes quería mucho.

Y también estaban Thomas y Alec, quienes se habían convertido en sus mejores amigos, le enseñaban muchas cosas, y no lo trataban mal o se burlaban de él como algunos niños mayores en el hogar de huérfanos de la Iglesia de Santa María.

Tampoco debía olvidar a la señora Witney. Para él era como un ángel. Suave, hermosa, siempre dándole muestras de cariño, era como una mamá, pero él sabía que no era su mamá. Sin embargo, era la presencia de esa mujer, lo que lo calmaba de una forma diferente a la de su padre.

No quería separarse de nadie, un repentino miedo lo invadió. Pensó que todo era un sueño y que tal vez despertaría y volvería a estar sin familia…

—Nunca más estarás solo, Lawrence —le dijo su abuelo, sin intuir lo que su nieto sentía. Pero él, como abuelo, necesitaba hacerle saber al pequeño que las cosas estaban cambiando para mejor—. Tienes toda una familia que te ama —aseguró.

Y, esas palabras, eran justo lo que Laurie ansiaba escuchar para acallar todos sus temores.

Michael tosió para aclararse la garganta y deshacer el nudo que no le permitía respirar con normalidad. Albert lo imitó, y limpió la leve humedad de sus pestañas.

Por un segundo, todos suspiraron casi al mismo tiempo, como si hubieran dejado de respirar.

—Bien, creo que llegamos en un momento poco apropiado —se dispensó Albert—. Pero será un placer para nosotros, unirnos a la mesa.

Dejó a su nieto en su silla para que terminara de desayunar, y se sentó en uno de los lugares que dispuso Elizabeth para él y el secretario de Michael.

—Fields. —Michael reparó en su secretario—. Tome asiento, por favor, y después me informa del resultado de las tareas que les encomendé.

—Muchas gracias, lord Bolton —dijo John—. Gracias —susurró a Elizabeth, quien, para sorpresa de todos, estaba especialmente sonriente sirviéndole té al señor Fields—. El señor Reeves nos informó cuando llegamos, que había abandonado la posada días después de mi partida y nos envió aquí.

—¿Te comentó el motivo? —interpeló Michael interesado.

—No, fue muy discreto. ¿Cuánto le pago al posadero para que fuera tan discreto? —preguntó John socarrón.

—Lo justo y necesario para solo dar esa información a quien correspondiera y no a cualquiera que quisiera entrometerse en asuntos ajenos —respondió Michael con suficiencia.

—Tal parece que quedarás en la ruina en Londres, si continúas pagando por un poco de discreción —apostilló Albert—. La apuesta en la que te involucraste, hasta el momento ha sido la comidilla de toda la aristocracia y, creo que, el «Susurros de elite» está particularmente ensañado con nuestra familia los últimos meses —comentó alzando una ceja, dándole una velada reprimenda a Michael—. Y ahora me doy cuenta, que todo es más complicado de lo que imaginé. —Tomó un sorbo de té, el sabor, exquisito.

—¿Más complicado?, ¿puede ser eso posible? —interrogó Michael con cierta consternación, el carácter de su padre no tendía a ser exagerado—. Ya sabes que no me importan las habladurías y menos las de ese pasquín —justificó sereno.

—Ese pasquín siempre tiene una cuota de verdad, y otra de conjeturas, que son demasiado acertadas para mi gusto —aseveró Albert convencido—… Señor Fields, si fuera tan amable, por favor, ilumine a Michael.

John, con prestancia —y cierto regocijo—, sacó del bolsillo interno de su chaqueta, un ejemplar doblado del «Susurros de elite» y se lo entregó a Michael, quien se acomodó sus gafas y comenzó a leer en el acto.

«*Susurros de elite, 24 de noviembre de 1818.*
»*Hace una semana, en este prestigioso magazine, comentamos, como exclusiva noticia, acerca de los pormenores de una apuesta indeco-*

rosa, llevada a cabo en septiembre, entre lord S y el nuevo marqués de B, en la cual, este último ganó a la esposa e hijos del primero, como pago a la exorbitante deuda de juego que ostentaba lord S.

»Hasta el momento, nadie se ha pronunciado ante tan escandaloso asunto.

»En primer lugar, lady S —Dios la ampare—, continúa en Richmond y, según mis fuentes, aún sin saber absolutamente nada.

»Lord B, curiosamente, ha desaparecido de Londres, sin dejar ningún rastro, y su familia, ante este hecho, no ha tenido más alternativa que escapar de la capital —típico de lord R, que es, sorprendentemente, cuñado de ambos apostadores— para evitar el escarnio público.

»Y, para qué decir del nuevo duque de H, quien solo ha estado ocupado, resolviendo todo lo concerniente a su nuevo título, y no se ha referido al escandaloso tema ante nadie.

»Pero, alguien sí se ha pronunciado.

»Para gran sorpresa de todos, es el propio lord S, el principal artífice de todo este embrollo, quien ha dado, literalmente, señales de vida —al parecer, solo estaba escondido en alguna parte de Inglaterra lamiendo sus heridas—, y ha asegurado que todo lo que hemos dicho es completamente falso, una vil calumnia para vender más ejemplares, y ha amenazado con cerrar este prestigioso magazine por difamación, dado que en cualquier momento lady R volverá a la capital para reunirse con él.

»Pues, si de algo me puedo jactar, mis queridos lectores, es de que mis fuentes son más que confiables —y pondría mil veces las manos al fuego por ellas—, por lo que me atrevo a asegurar que lord S solo está menoscabando maliciosamente nuestra reputación —en un vano intento, por lo demás— para lograr recuperar la suya —bastante difícil, dada la fama que lo precede— haciendo creer a la buena sociedad que es un hombre milagrosamente reformado.

»Yo solo diré una cosa. Lord S, la buena sociedad no es tonta.

»Y nosotros no mentimos.

»Ya veremos si aparece lady S a tomar su lugar de condesa como si nada hubiera pasado, o por el contrario, a lord B, reclamando —según mis asesores legales— lo que es, por derecho, suyo.»

Capítulo XIII

—¡Pero qué se ha creído ese gran hijo!... de... su santa madre... —Michael siseó, arrugando el pasquín hasta reducirlo en una bola apretada. Apenas había podido contener la ira para guardar la compostura por respeto a todos los presentes—... Margaret es mía, jamás volverá al lado de Swindon —afirmó vehemente.

Todos alzaron las cejas ante esa inesperada declaración y la estancia enmudeció, solo un débil gritito de «santo cielo», por parte de Elizabeth, rasgó el silencio.

—Si me disculpan... —Michael se levantó de la mesa, sus fosas nasales dilatadas eran lo único que evidenciaba su furia, y abandonó el lugar dando grandes zancadas.

El silencio volvió a reinar.

—No se preocupen, en media hora volverá más tranquilo —aseguró lord Hastings impertérrito, embadurnando su tostada con mantequilla—. Michael tiene sus métodos para calmar su cólera y no desquitarse con el resto...

—Niños, por favor, coman, todo se está enfriando —apremió Margaret en un pobre intento por aparentar tranquilidad. Miró renuente el pasquín arrugado sobre la mesa.

Pero la curiosidad fue más fuerte.

Tomó el ejemplar de «Susurros de elite», lo estiró y empezó a leer. Conforme avanzaba su lectura, su cejo se contrajo y su semblante se cubrió de un suave tinte carmín.

Con mucha más calma que Michael, arrugó de nuevo el pasquín, pero las manos le temblaban.

—Si me disculpan... vuelvo enseguida. —Margaret se levantó de la mesa y abandonó la estancia con destino desconocido.

—¿Qué quiso decir el señor Martin con que mamá es de él y que ella no volverá con nuestro padre? —preguntó Thomas con inocencia, en cuanto notó que su madre ya no estaba cerca.

—¡Yo no quiero volver a esa casa! —protestó Alec beligerante—. Padre siempre le decía cosas feas a mamá, le pegaba, la hacía llorar... y a nosotros...

—Mamá siempre lo hacía escondida en su habitación —continuó Thomas, revelando más de la cuenta y recordando las incontables veces que la espió preocupado por ella. Cada vez que los humillantes gritos de lord Swindon resonaban en la casa, ella se mantenía imperturbable y, cuando creía que estaba sola, se encerraba a llorar—. No quiero que nuestro padre vuelva a tratarla mal... —dijo con los ojos enrojecidos, tenía miedo de volver a ese lugar, a vivir de nuevo en aquel calvario—. ¿Qué quiso decir con que mamá era de él? ¿No volveremos con nuestro padre? —insistió Thomas mirando a Albert, rogando por una respuesta que le diera tranquilidad.

—Es un asunto muy complicado de explicar, Thomas —respondió Albert compasivo. Entendía a los hijos de lady Swindon a la perfección. Esos rostros suplicantes le recordaron su tormentosa infancia siendo hijo de Joseph Martin—. Lo que sí puedo decirte, es que mi hijo hará todo lo humanamente posible, para que lord Swindon no vuelva a maltratar a tu madre, ni a ustedes.

—Podemos *quedadnos pada siempre* aquí —propuso Lawrence, no quería separarse de sus amigos ni de la señora Witney, por culpa de ese tal Swindon.

—Los problemas no se resuelven evitándolos, Laurie —dijo Albert, como la primera lección de vida que le daba a su nieto—. Se enfrentan, y eso es lo que hará tu padre. No se preocupen, niños, mi hijo encontrará una solución...

⁂

Margaret salió de la casa buscando a Michael. El brusco cambio de temperatura que descendió varios grados, hizo que el vaho evidenciara el ritmo agitado de su respiración.

—Maldito seas, Alexander —murmuró con rabia—. Maldito seas. Primero muerta antes que vivir bajo tu mismo techo por segunda vez en mi vida —juró, empuñando su mano derecha y mirando al cielo cubierto de oscuras nubes, como si con ese acto quisiera desafiar a Dios si intentaba entrelazar sus destinos de nuevo—. Si tengo que ir al infierno por ser una adúltera, con gusto pagaré mi eterna condena, no será peor que haber vivido ocho años con él. En mi corazón, estoy segura de que no lo soy, porque si alguien es más pecador que yo, ese es, Swindon. No soy una santa, ni pretendo ser mártir por honrar los votos que él violó infinitas veces. No le debo lealtad, me humilló y me hizo la vida imposible de vivir a mí y a mis hijos. —Dos lágrimas surcaron su rostro y, en el acto, se las limpió con rabia—. Dios es mi testigo, juro que esta vez no pondré la otra mejilla. ¡Jamás, jamás volveré a su lado!

Estaba harta de que Swindon hiciera su voluntad con ella. Esta vez iba a luchar con dientes y uñas para no permitirlo.

El viento fuerte aglutinaba las nubes en enormes masas grises. Margaret lo sintió la tibia caricia en las mejillas, al tiempo que le soltaba hebras de su cabello. Pronto comenzaría a llover.

Golpes secos y constantes se escucharon desde el fondo de la casa. Margaret dio media vuelta, ese sonido era inconfundible para ella. Rodeó Garden Cottage y pronto se encontró con el chaleco de Michael tirado en el suelo y lo recogió. Unos pies más adelante, halló la camisa de lino en las mismas condiciones. No avanzó mucho más y divisó a Michael a torso desnudo, que alzaba un hacha y la dejaba caer con fuerza sobre un madero, incrustándose hasta la mitad en él. Al parecer, era costumbre de él hacer algún tipo de esfuerzo físico para descargar su ira. Con un movimiento fluido que marcaba todos los músculos de su cuerpo, Michael alzaba nuevamente el hacha, junto con el madero y lo volvía a dejar caer, partiéndolo, con violencia, en dos.

Entre madero y madero, Michael murmuraba palabras cargadas de furia, mas eran ininteligibles a oídos de Margaret, pero era muy fácil adivinar que eran vulgares y malsonantes improperios dirigidos a Swindon y a todo su árbol genealógico, empezando por su difunta madre.

Para Margaret, ver a Michael realmente enojado, canalizando toda esa ira de una manera que no dañaba a nadie, fue una señal. Una que indicaba que, haber seguido los dictados de su corazón y no los de la razón, entregándose a ese hombre, había sido la mejor decisión de su vida. Prefería ser feliz junto a Michael viviendo en el ostracismo, que volver a ser la esposa de Alexander y ser aceptada por la buena sociedad.

La buena sociedad no valía nada, comparado con vivir con dignidad, al lado de un hombre que la respetaba.

—Querido —se atrevió a decir en voz alta para obtener la atención de él. Necesitaba hablar, saber qué estaba pasando por la mente de Michael—. Soy tuya, ¿estás enojado porque estás dudando de ello?

Michael rompió un madero de un solo golpe, soltó el hacha con brusquedad, se acercó a ella y, sin más, la besó con pasión encerrándola entre sus brazos. Se sentía como un animal irracional, acorralado ante la amenaza de que le quitaran lo que más amaba. Ese beso, brusco y voluptuoso, calmaba su primigenia y oscura necesidad de confirmar que ella solo deseaba estar a su lado.

Margaret, respondiendo a ese beso, con idéntico ardor, le gritaba a Michael que su corazón, su cuerpo y su alma solo le pertenecían a él.

Y Michael la escuchó, la sintió. A pesar de la bruma que enceguecía su sentido común, obedeció ese clamor femenino que le exigía ser tomado en cuenta.

Se sintió estúpido. El miedo a perderla lo convirtió en un energúmeno sin juicio y aquello no le gustó, porque él no era así. Debía ser más inteligente, de lo contrario, Swindon ganaría.

—No olvides que te amo, Michael —susurró Margaret interrumpiendo el beso con suavidad.

—Lo sé, mi ángel... —Suspiró estrechándola más fuerte entre sus brazos—. Pero también amas a tus hijos y, aunque odie aceptarlo, son hijos de ese infeliz. Eres tan generosa que, por un segundo, pensé que eras capaz de sacrificar tu felicidad por ellos, a tus hijos jamás los abandonarías. Y yo te amo tanto que te dejaría ir, porque no soy capaz de ser tan cruel como para someterte al suplicio de tener que elegir entre ellos o yo.

Aquella sentida declaración, para Margaret, era la más genuina muestra de amor de ese hombre. Ese hermoso sentimiento que se profesaban era tan joven, tan nuevo y fresco y, aun así, él estaba dispuesto a respetar todas las decisiones que ella tomara, por más dolorosas que fueran. Pero Margaret tenía todo muy claro, si ella tenía que elegir un modelo de hombre a seguir para sus hijos, indudablemente, ese era su granuja.

—Mi elección no puede ser más fácil, Michael, es mucho más sencillo de lo que imaginas —aseveró Margaret convencida—. Swindon no ama a mis niños, nunca lo hizo, ni lo va a hacer. Los engendró solo por tener un heredero y uno de repuesto, por deber... Y el deber no se transforma en amor, y menos, cuando ese hombre es una persona incapaz de experimentar ese sentimiento —explicó con amargura—.Un padre que ama a sus hijos, ¿los apuesta?, ¿o los echa de su propia casa para poder revolcarse con su amante a sus anchas? ¿Acaso concibes que un padre humille, castigue y golpee a sus hijos solo por hablar, o que los ignore como si no existieran?... Aunque te parezca inverosímil, en estos pocos días, les has dado más demostraciones de afecto a mis hijos que Alexander en toda su vida... No permitiré que ellos vuelvan a sufrir por culpa de un hombre al que le queda demasiado holgada la definición de padre.

Esas palabras, llenas de convicción, fueron suficientes para Michael. Todos sus miedos, se los llevó el viento, lejos, más allá de las nubes oscuras que cubrían la inmensidad del cielo o de cualquier frontera conocida por él.

—Lo siento... lo siento, mi ángel —se disculpó Michael, arrepentido de haber permitido que la desesperación y el miedo tomaran las riendas de sus emociones.

—No te disculpes por sentir, o por suponer un escenario que es razonable si no cuentas con la historia completa. Tú eres un padre devoto, no concibes que otro hombre no lo sea... Esa es una de las cualidades que me hace amarte.

Michael sintió frío y hambre. La furia, se había ido.

—Volvamos a casa —dictaminó Michael.

—Sí, pronto lloverá, vuelve a vestirte. —Margaret le ofreció la fina camisa de lino que había recogido del suelo—. Te puedes enfermar...

—No me refiero a Garden Cottage —interrumpió más sereno y decidido, vistiéndose con premura, pasando la camisa por su cabeza—, sino a Clover House, mi casa en Londres... nuestra casa. Si Swindon pretende deshonrar los términos del acuerdo que él mismo firmó, entonces, no hay nada más que hacer que desmentir sus dichos de una forma contundente. —Sonrió con malicia, metiendo la camisa dentro de sus pantalones—. Se me hace muy atractiva la idea de humillarlo públicamente, su esposa que se niega a volver con él porque su nuevo dueño es mucho más... interesante.

—Debo darte la razón en eso, querido. Mi nuevo dueño es, infinitamente, más interesante—replicó Margaret sonriendo del mismo modo que él y le entregó el chaleco—... Eres perverso, Michael... Pero me gusta tu perversión, lo que dices tiene un sabor a justicia demasiado dulce como para rechazar la escandalosa idea.

Michael sonrió, todo volvía a la normalidad, a ser él mismo. A ser ellos mismos.

—Espléndido, querida. Entremos a casa, necesito que Fields me informe de...

—A propósito del señor Fields... —terció Margaret—. Me gustaría que saciaras mi curiosidad.

—Adoro saciar tu curiosidad —replicó Michael alzando una ceja—. De todas las formas posibles.

—Estoy hablando en serio, lord Bolton —reprendió con suavidad—. La primera vez que el señor Fields vino a Garden Cotttage, dijo que era secretario de sir Walter Ackerman. Y ahora viene con tu padre...

—Ah, eso, mi estimada señora Witney. —Le ofreció su brazo y ella aceptó—. Tengo una buena y sencilla explicación —dijo, enfilando sus pasos hacia la puerta principal de la casa—. John sí era secretario de sir Walter, coincidimos en el mismo carruaje que nos trajo a Richmond. Me simpatizó mucho y le ofrecí que trabajara para mí después de la visita que te hizo la primera vez. Ahora es mi secretario.

—Ya veo... Vaya... Entonces, el señor Fields debió decirte lo que dije de ti.

—Que era un granuja, oh sí. Eso hirió mi corazón, señora Witney. —Hizo un gesto dramático poniéndose la mano en el pecho.

—Lo sigues siendo...

—E insiste en llamarme granuja, ¡qué atrevimiento! Ahora, dígame, ¿qué se siente haber sido seducida por uno? —provocó divertido.

—Maravilloso, querido, maravilloso.

Michael y Margaret entraron en la cocina tomados de la mano, se sentían más serenos y determinados sobre el futuro inmediato. En el lugar se encontraron con que todos habían terminado de desayunar, pero seguían ahí a la espera. Albert tenía sentado en su regazo a Lawrence y conversaba animado con él, mientras que John hacía desaparecer una galleta frente a los ojos asombrados de Thomas y Alec.

Margaret, al ver aquella escena, sonrió. Era extraño para ella ver a hombres tan cercanos a los niños. Por lo general, ellos los ignoran, y se preocupan de sus asuntos, o los obligan a mantener el silencio. Era una lástima que no hubieran más hombres en el mundo como lord Hastings o el señor Fields, sin duda, habrían niños más felices.

Albert, sintió la presencia de su hijo y, de inmediato, se giró para verlo. No le pasó desapercibido que Michael le tomaba más fuerte la mano a Margaret, en el momento que ella quiso retirarla cuando él los miró.

Sus sospechas no habían sido meras imaginaciones. Inequívocamente, Michael había hecho su elección. No era lo que hubiera querido para su hijo, sabía que no sería fácil para nadie. Pero no iba a cometer las mismas aberraciones que su difunto padre por mantener el buen nombre de la familia.

No valía el elevado costo, él sí amaba a sus hijos, por sobre todas las cosas, y eso incluía la sobrevalorada reputación.

Jamás seguiría el ejemplo de Joseph Martin.

—Veo que ya estás mejor, hijo —señaló Albert con naturalidad—. Necesito conversar contigo. En privado —subrayó.

Margaret soltó la mano de Michael y él, a regañadientes, la dejó ir. Llamó a sus hijos y a Lawrence para ir a las habitaciones y les propuso que le ayudaran a hacer las camas. Los pequeños protestaron, pero siguieron a Margaret sin cuestionar su autoridad.

El señor Fields, salió de la estancia con discreción y Elizabeth lo siguió.

Michael tomó asiento al lado de su padre, resignado a tener que dar explicaciones.

—Papá…

—No, Michael —interrumpió severo—. Solo necesito saber una sola cosa y espero que me digas la verdad. Esta vez, no quiero que me ocultes nada, o volveremos a pagarlo demasiado caro.

Michael asintió en silencio, su padre no solía hablarle de ese modo. Algo había cambiado en él, de una manera que no podía soslayar.

—¿Estás seguro de que no estás cometiendo un error al mantener una relación indecorosa con lady Swindon?

—Muy seguro, señor —admitió sin titubear—. No es indecorosa, yo la amo y ella me ama.

—Hijo, ¿no estarás encaprichado con ella? Admito que es una mujer hermosa, y has enviudado hace años…

—No es un capricho, papá… Amé a Laura con todo mi ser… Por Margaret, es el mismo poderoso sentimiento. Es la mujer que me está dando otra oportunidad. Si fuera un capricho, optaría por el camino fácil, el de esconderla, y yo no volveré a cometer ese error.

—Ya veo… Dime, ¿qué pasa con Swindon y sus declaraciones públicas? —interrogó sereno.

—Ese canalla no tiene ningún derecho sobre ella.

—Eso lo tengo muy claro, ¿qué harás si entabla un juicio civil para que se la devuelvas?

Michael se sentía atacado por su padre, ese implacable interrogatorio no lo había esperado. Albert estaba cuestionándolo todo, pero él no se daría por vencido, tenía argumentos, y sentimientos poderosos para continuar.

—Pues responderé, Swindon no puede impugnar un acuerdo firmado por él ante testigos, en su mayoría, honorables —contestó intentando mantener la compostura, no haría cambiar de parecer a su padre si volvía a perder el control de su ira.

—Nadie dice que el conde no pueda mentir o sobornar para obtener un veredicto a su favor y traerla de vuelta. Ambos sabemos, por experiencia propia, que existen hombres que son capaces de hacer cualquier cosa para lograr sus objetivos —argumentó, trayendo a la memoria de ambos, al antiguo duque de Hastings.

—Si eso sucede, me iré con ella fuera del país. Estaré preparado para cualquier resultado.

Albert se quedó en un ominoso silencio, miraba a su hijo mayor con severidad. Michael estaba empeñado en continuar y nadie, ni siquiera él, lo convencería de lo contrario.

Estaba orgulloso de él, su hijo era mejor hombre de lo que fue él. Pero no se lo diría hasta exponer su parecer.

—Michael, escúchame bien, sabes muy bien que yo no viviré para siempre. Tienes un título al cual responder, es una responsabilidad de la que no te puedes deshacer, porque eso implica descuidar el patrimonio de Lawrence y de la familia.

—Yo no me desentenderé de mis obligaciones, papá. No me importan los sacrificios, estoy seguro que podré cumplir con mis deberes, ¿de qué me servirá un ducado si me convierto en un hombre que está muerto por dentro? No soportaré una segunda pérdida…

—Las pérdidas son inevitables, hijo mío, nadie muere de ello… Pero yo no seré el causante de nada que te perjudique. Has tomado una decisión, y yo la respetaré —declaró solemne—… Excepto que te vayas fuera del país, eso jamás lo permitiré. Si nos arrastras al ostracismo, ten por seguro que no perderé el sueño por ello, me basta con tener a mi familia a mi lado. Es lo único que no transaré contigo. Si hay que proteger a lady Swindon de su esposo, lo haremos, porque esta vez, no estás solo. Esta vez, no defraudaré a mi hijo, ¿entendido?

Michael respiró aliviado, su padre era el hombre que más respetaba en el mundo. Su apoyo era inestimable.

—Sí, papá… Gracias… —agradeció con humildad y le tomó la mano con cariño. Albert se la apretó con suavidad y le palmeó la mejilla.

—Entonces, ¿cuándo volverás a Londres?

—Si la salud de Lawrence lo permite, en unos dos días.

—Muy bien, que así sea…

<hr />

Michael y su secretario estaban a solas en el salón principal. Los niños jugaban en el cuarto de Lawrence. Albert había vuelto a la posada *King's Place* a descansar y Margaret estaba preparando el almuerzo junto con Elizabeth.

Garden Cottage estaba inundado de sonidos, el proveniente de la cocina, las voces diáfanas de los niños, la lluvia que caía fina y las voces masculinas de Michael y el señor Fields, que empezaban a conversar con cierto tono de secretismo…

—Bien, señor Fields. Según sus averiguaciones, ¿qué tanto de lo que dice ese pasquín es cierto? —preguntó Michael con serenidad.

—Pues pude constatar que todo es cierto, lord Bolton. El asunto fue como un reguero de pólvora. Al momento de mi llegada a Londres, era de lo único que se hablaba, incluso, se dice que, en el White's, se está llevando a cabo una apuesta para acertar con cuál de los dos caballeros se quedará lady Swindon. Y, debo informarle que los números favorecen al conde.

—El escándalo está dentro de las posibilidades que barajaba. Pero me temo que muchos perderán su dinero. —Michael alzó una ceja, e instó a Fields a que continuara.

—Me ha quedado más claro que habrá muchos perdedores… —convino alzando las cejas. No había que ser Newton para entender el tenor de la relación de lord Bolton y lady Swindon—. Bien, pasando a otro tema, me reuní con su asesor financiero. El señor Brown me solicitó que se apersone urgente en sus oficinas, necesita que apruebe unos movimientos de dinero lo antes posible.

—No se preocupe por ello, partiremos a Londres en unos días —sentenció Michael echando a andar su mente. Había estado demasiados días en Richmond, sus responsabilidades reclamaban su atención. Si antes apremiaba, ahora era más que imperativo.

—Excelente, pero eso no es todo, tal como usted me indicó, el señor Brown ya tenía listo el informe que le había encargado antes de partir a Richmond. —John le entregó una carpeta abultada a Michael—. Según me explicó Brown, en resumidas cuentas, lord Swindon, está en la bancarrota. Si el conde hubiera podido echarle mano a las propiedades del título, no hubiera dudado un segundo. Pero esas tierras, independiente si le es permitido venderlas o no, ya no reportaban ninguna renta, el conde ha fundido las finanzas a tal punto, que las ha dejado en el más absoluto abandono. Lamentablemente, el joven Thomas solo heredará deudas en el futuro.

—No comprendo por qué Swindon está intentando dar una imagen de hombre reformado, no tiene sentido. Debería estar escondido de sus acreedores, es una lástima que, gracias a sus privilegios aristócratas, no lo puedan encarcelar en Newgate[5] —razonaba Michael mientras hojeaba el informe del señor Brown.

—Y así lo hizo durante un tiempo. —John dejó la frase en el aire, Michael centró su atención en su secretario—… Pero…

—No me asombra que haya un «pero».

—Pero —continuó Fields—, mágicamente sus deudas fueron saldadas. De la noche a la mañana, las arcas de Swindon estaban llenas, como si nunca hubiera derrochado dinero en su vida. Eso fue lo que más le extrañó a Brown.

—¿Será posible que haya conseguido un inversor? —conjeturó Michael.

—Probablemente… Sin embargo, no puedo imaginar a una persona tan ilusa que sea capaz de invertir en alguno de los negocios de lord Swindon.

—Alguien que desconoce su reputación… Aunque no me sorprendería, la estupidez humana es infinita. Seguiremos averiguando de dónde salió ese dinero.

—Así será, milord… —John sonrió—. Definitivamente, trabajar para usted es mucho más estimulante que con sir Walter —aseveró, recordando que su jefe pasaba más tiempo borracho que haciendo algo provechoso.

---

5 *Fue una prisión ubicada en la esquina de Newgate Street y Old Bailey, justo dentro de la ciudad de Londres, Inglaterra. Construida en el siglo XII y demolida en 1904, la prisión fue ampliada y reconstruida muchas veces, y se mantuvo en uso durante más de 700 años, desde 1188 hasta 1902.*

—A propósito de ello, ¿cómo se tomó sir Walter su renuncia? —preguntó Michael con cierto morbo.

—No sabría decirlo, estaba demasiado ebrio como para vociferarme las penas del infierno.

Michael rio de buena gana por un largo rato. Pero las carcajadas cesaron cuando recordó el último encargo que le había asignado a Fields.

—¿Fuiste a entregarle mi mensaje a lady Rothbury? —interrogó con cierta preocupación.

—En efecto. Visité Peony House, pero el señor Carruthers me informó que los vizcondes pasarían la Navidad en Rosebud Manor, en Cragside.

—No sé si eso es mejor o peor, dadas las circunstancias. ¿No te comentó nada más?

—No, el hombre es el epítome del hermetismo.

Michael se quedó pensativo, dada toda la información que había obtenido. Había tomado una decisión arriesgada, una mucho mayor que ser expuestos como amantes ante todo el mundo. Se avecinaba la prueba más difícil de su vida.

Averiguar los verdaderos motivos del conde para reclamar de vuelta a Margaret, y si el azar lo acompañaba, lograr forzar a Swindon a que entablara una demanda, y no necesariamente una para que el conde reclamara a su esposa, sino todo lo contrario. Una tarea titánica, casi imposible, dada las circunstancias.

Obligarlo a la nefasta tarea de solicitar un divorcio.

Capítulo XIV

A las nueve de la mañana, Michael estaba frente a la tumba de Laura. Algo extraño había pasado, estaba engalanada con sencillas pero hermosas flores, evidenciando que alguien había estado antes que él.

Peguntándose intrigado quién habría sido, dejó sobre la tumba la ofrenda floral que él había traído. Dio un largo suspiro y, a diferencia de la primera vez, ya no se sentía destrozado. Se sentía, en cierta forma, resignado. Margaret estaba reparando su corazón de un modo que no pudo prever.

Estudió la nueva y reluciente lápida de mármol blanco, donde se destacaban las hábiles manos de su creador. Era tan diferente a la antigua, de tosca y oscura arenisca. Su difunta esposa, al fin tenía un epitafio en letras doradas, uno que fuera digno de ella y de su legado.

«*Laura Martin, nacida el 16 de febrero de 1792, fallecida el 10 de mayo de 1815.*
»*Devota y abnegada madre, amadísima esposa, mujer incansable.*
»*Nuestro tiempo fue corto y robado, mas cada segundo que viví junto a ti, amándote, fueron mi cielo en la tierra.*»

El ambiente estaba impregnado del singular aroma del petricor, y un viento frío y fuerte movía las densas nubes. A Michael le pareció que la lluvia de hacía dos días había sido tan breve e intensa como su vida junto a Laura. En ese momento, de pie ante la tumba de su esposa, se sentía dividido y necesitaba una señal, una respuesta. Sabía que amaba con su alma a Margaret, pero también amaba a su esposa, nunca dejaría de hacerlo...

—Laura, perdóname por no venir antes con nuestro hijo. Lawrence enfermó; estaba muy débil y delgado cuando lo encontré. Creo que, si hubiera tardado un poco más, lo habría perdido como a ti... En los momentos en los que estaba consciente, le he hablado de ti, he intentado recuperar el tiempo perdido. De a poco se ha ido recobrando su salud, y hoy, ha estado todo el día fuera de la cama. Es un niño maravilloso; fuerte, vivaz e inteligente. Es igual a ti en tantos aspectos, que es casi como si estuvieras conmigo. Gracias por protegerlo con todas tus fuerzas...

Se agachó, acarició la lápida que todavía estaba húmeda. Tomó una bocanada de aire, y espiró, sacando todo el aire de sus pulmones.

—Pero eso no es todo... también quiero contarte que conocí a una mujer, su nombre es Margaret —prosiguió—. El motivo por el cual mi destino se unió al de ella, fue una apuesta. Su esposo, la persona que debía amarla, darle una buena vida, perdió en un juego de cartas donde yo era su contrincante y la ofreció como pago. Y yo acepté, pensando en que podría ayudarla... protegerla, porque nadie merece ser tratado como un mueble o un pedazo de carne. Tal vez, en el fondo, lo hice para hallar un poco de paz, una pequeña redención, hacer algo bueno por alguien que me necesitaba...

Michael se quedó unos segundos en silencio, sintió la necesidad de meditar sobre las palabras dichas. Se dio cuenta que, en todas sus acciones, había un denominador común, redimirse a sí mismo y, con ello, sentir que hacía lo correcto, que era un buen hombre.

—Lo que nunca imaginé —continuó—... fue que me iba a volver a enamorar. No sé en qué momento sucedió ni cómo. Pudo ser su rebeldía, su obstinación a no aceptar su destino con sumisión, su fiereza para luchar día a día o, simplemente, su fragilidad. Y la amo, la amo como alguna vez te amé a ti... y quiero pedirte, humildemente, tu bendición... No me importa lo que pueda pensar el resto del mundo, pero solo una señal tuya me bastará para saber que puedo amarla en completa libertad...

Michael inspiró profundo, la culpa en su corazón había mitigado al sincerarse con Laura. Miró a su alrededor y, a lo lejos, notó una silueta familiar. Era su padre, que se dirigía hacia él, llevaba a Lawrence en brazos. Michael le hizo señas que fueron respondidas en el acto.

—Papá —saludó Michael cuando Albert llegó a su lado—, Laurie ¿ya estás listo? —preguntó acariciando la roja cabellera de su pequeño.

El niño asintió en silencio y curvó sus labios.

—Le pedí al abuelo que me *tajeda, quedí*a *despedidme* de mamá —informó Laurie, borrándosele la sonrisa.

—Y yo venía a presentarle mis respetos antes de partir —agregó Albert dejando a su nieto en el suelo, quien se arrodilló al lado de la lápida y comenzó a rezar. Se quitó su sombrero, dio una leve inclinación hacia la tumba de Laura, miró a su hijo y suspiró—. ¿Cómo estás?

—Bien, necesitaba un momento a solas... ¿Tú le trajiste estas flores? —interrogó con curiosidad, apuntando el intrigante ramo.

—En efecto, ayer vine —confirmó—, necesitaba conversar con ella, pedirle perdón. Yo también cometí innumerables errores. No debí permitir que Joseph manipulara nuestras vidas. Actué demasiado tarde.

—Ambos lo hicimos... —concordó en un hilo de voz.

No dijeron nada más, en silencio observaban a Lawrence que, con ternura, le daba un beso a la lápida, para luego, ponerse de pie. Miró a su padre y a su abuelo con los ojos rebosantes de lágrimas.

—Le di gracias a mamá por enviarnos un ángel —dijo el pequeño con la voz quebrada de la emoción—. ¿La *señoda* Witney *siempe estad*á con *nosotos*, no nos *dejad*á? —preguntó, mostrando sin querer, sus inocentes temores.

—Yo creo que ella no nos va a dejar y, es muy posible que ella, Alec y Thomas se queden con nosotros —contestó Michael esbozando una sonrisa. Debía tener mesura con sus promesas. Tanto el destino como el azar, tenían caminos caprichosos y misteriosos.

—¿Se puede *tened* una mamá en el cielo y *ota* a mi lado? —siguió el pequeño con el interrogatorio.

Michael estaba enternecido y orgulloso a la vez. Lawrence iba a ser un hombre diferente a él. Podía expresar sus sentimientos y pensamientos sin temor a que alguien los coartara, tal como a él le sucedió con su abuelo, el difunto duque de Hastings.

—Primero me gustaría que te preguntaras a ti mismo, si quieres tener una mamá a tu lado —exhortó Michael a que su hijo fuera más preciso.

El niño asintió con entusiasmo, unas lágrimas cayeron.

—La *señoda* Witney… me *gustadí*a mucho que *fueda* mi mamá —contestó—. Mi mamá del cielo, ¿*seguidá* siendo mi mamá? —preguntó preocupado.

—Laura, nunca dejará de ser tu madre—respondió Michael con convicción.

Y, esas palabras, dichas con tanta seguridad por él mismo, fue la señal que buscaba Michael. Laura no volvería, pero siempre iba a permanecer en su vida como su primera esposa, la que le enseñó que los errores se pagan caros. Y ahora, que había aprendido a puro dolor, podía darle un futuro mejor a su hijo, y vivir a plenitud su segunda oportunidad, porque no iba a ser fácil en muchos sentidos. Laura no sería olvidada, ella era parte de él y de Lawrence, para siempre.

Sí, esa era su señal. Laura no sería olvidada. Pero ellos debían continuar.

—Hijo, tengo un regalo para ti —anunció Michael, metiéndose la mano al bolsillo.

Sacó una caja decorada con dibujos de juguetes, no era más grande que su mano y se la ofreció a Lawrence.

El niño, quien antes de conocer a su padre, no sabía lo que era un regalo, miró la caja como si hubiera encontrado un tesoro y la tomó con cuidado.

—*Gacias*, papá.

Desató la cinta que aseguraba la caja y la abrió, en su interior estaba el retrato en miniatura de Laura enmarcado en un sobrio y elegante portarretrato. Michael ya no necesitaba tenerla en su reloj de bolsillo, ya no contaba las horas que llevaba desaparecida, ni tampoco necesitaba mostrar su rostro para encontrar pistas. Nunca más volvería a preguntar con esperanza a algún desconocido «¿conoce a esta mujer?».

Ya no necesitaba ver su rostro, Laura estaba grabada a fuego en su memoria... Pero en la de su hijo no.

Lawrence debía recordarla y honrarla. Así como ya lo hacía él.

El pequeño pelirrojo sollozó, con reverencia acarició el rostro de su madre sobre el cristal. Era hermosa, muy hermosa.

—Mi mamá también *padece* un ángel.

—Laura siempre te cuidará, es tu ángel de la guarda —aseguró Michael a su hijo—. Siempre fuiste lo más importante para ella.

Michael miró hacia el cielo, susurró un «gracias, mi Laura, por todo» para que sus palabras se elevaran hasta llegar a ella. Nunca habría palabras suficientes para agradecerle a su esposa todo lo que le dio, y juró que honraría ese regalo toda su vida. No sabía cuándo podría volver a Richmond, pero prometió visitarla en cuanto pudiera.

Su sacrificio, no había sido en vano, lo preparó para ser un mejor hombre; uno que supiera luchar por el amor de una mujer, de sus hijos, contra viento y marea.

Margaret, los hijos de ella y Lawrence, eran parte de su presente. Él estaba vivo... quería y debía seguir avanzando porque tenía una inesperada familia que proteger, su felicidad dependía de él.

Una familia que amaba cada día más, que le llenaba el corazón con un sentimiento inefable, pero poderoso e incondicional. Por la que daría hasta su último aliento.

—Dile adiós a mamá —instó Michael a su hijo—. Debemos partir en unas horas. Será un viaje largo.

—Adiós mamá, te *quedo* mucho —se despidió el pequeño, haciendo un gesto con su manito.

—Adiós, Laura... —susurró Michael, tomó a su hijo en brazos y, junto a su padre, enfilaron sus pasos a Garden Cottage

Sir Walter Ackerman estaba sentado apaciblemente en el gran escritorio que reinaba en su biblioteca. Encendía su cigarro con placer, aspiraba cortas bocanadas para que el fuego consumiera el tabaco. Soltó el humo azulino de sus pulmones y luego dio otra calada para comprobar que el fuego era constante.

Dos golpes secos resonaron en la puerta, sir Walter hizo un gesto de hastío por la interrupción y dio su venia.

—Tiene una visita, milord —anunció el canoso mayordomo a su amo.

Sir Walter frunció el ceño, no esperaba que nadie perturbara su descanso en el campo, por algo se había trasladado a Bedford.

—¿Quién es el mentecato que osa fastidiar? —interpeló con una evidente molestia.

—Lord Swindon, milord —respondió Porter, imperturbable ante el mal talante del barón, ofreciendo en una bandeja la tarjeta del conde.

Sir Walter tomó la tarjeta, y la leyó con desdén y bufó.

—No me había equivocado con que era un mentecato —replicó son suficiencia, pero con una creciente curiosidad—. Hágalo pasar.

El mayordomo asintió y dejó al orondo barón a solas con su cigarro. Sir Walter miró la botella de oporto, se lamió los labios, un trago le vendría bien. Se sirvió generosamente el líquido ambarino y, sin más dilación, se llevó la copa a los labios.

Ni bien habían pasado un par de minutos, cuando Porter, una vez más, golpeó la puerta y la abrió para permitir la entrada de Alexander Croft, conde de Swindon.

—Lord Swindon, milord —anunció el mayordomo.

—Gracias, Porter. —El mayordomo asintió y, en silencio, cerró la puerta tras de sí.

Sir Walter miró a Alexander, desde hacía meses que no lo veía, y su apariencia había cambiado ostensiblemente desde aquel entonces. No se percibían las ojeras, los ojos inyectados en sangre, e incluso se le notaba un poco más delgado. Esa mejoría hacía que resaltaran sus atributos físicos. Swindon, a pesar de sus treinta y ocho años, conservaba su buena apariencia; tez pálida, cabello negro con unas vetas de plata y ojos azules, los pómulos altos y, también, parecía que había rejuvenecido por obra y gracia del Señor.

—Gracias por recibirme, sir Walter —dijo Alexander quitándose el sombrero y adentrándose en la estancia, admirando la opulencia del lugar—. Ha sido muy difícil encontrarlo.

—Al igual que usted cuando se trata de pagar, una misión casi imposible —replicó severo—. Debo admitir que he permitido su intromisión a mi descanso solo por curiosidad. Tome asiento, por favor —ofreció indicando una poltrona que estaba frente a su escritorio—. Ahorrémonos las buenas maneras, y vaya directo al punto, ¿qué lo trajo a Bedford, Swindon?

—No tiene que ser tan agrio, sir Walter. —Alexander se sentó donde le indicó el barón y miró de reojo la botella de oporto—. He venido solo por negocios.

—¿En serio? Permítame ser incrédulo, su historial no es nada halagador. No me arriesgaría a tener relación comercial alguna con usted. ¿Oporto? —ofreció, solo por tentar al reformado lord Swindon.

—No, gracias. Soy un cordero que ha vuelto al redil —aseguró el conde con un tono remilgado—. Mi negocio en particular solo es beneficioso para usted. He venido a recuperar lo que es mío.

—¿Lo que es suyo? —interrogó alzando una ceja, al tiempo que aspiraba tabaco—. Refrésqueme la memoria, si fuera tan amable.

—Garden Cottage —respondió lacónico.

—Oh, interesante. —Sir Walter esbozó una sonrisa. Todo era demasiado cómico para él. Soltó el humo de sus pulmones y bebió un trago con parsimonia—. Por un momento, pensé que se refería a hacer un intercambio, usando a lady Swindon como moneda.

—¿Por qué habría de referirme de ese modo hacia mi esposa? —interpeló agraviado.

Sir Walter rio a carcajadas.

—¡Pamplinas!, no se haga el desentendido, el asunto de la apuesta es *vox populi*, no hay nadie en este momento que no esté hablando de ello, mi estimado conde. No puede tapar el sol con un dedo respecto a sus acciones, su esposa ya no le pertenece... y Garden Cottage tampoco —informó con cierto regocijo interior.

—Ambos me pertenecen...

—Lo dudo mucho —intervino antes de que el conde empezara a dar una larga charla dramática y aburrida—, Michael Martin, marqués de Bolton, es dueño de ambas «propiedades». Lamento informarle que el joven me compró Garden Cottage a un precio excesivamente bueno, y no fui capaz de rechazar la oferta. Ese granuja es un hombre muy astuto, debo decir, ¡incluso mi secretario se fue a trabajar con él!

—Demasiado... —masculló Alexander, maldiciendo su suerte—. Bien, veo que no hay nada más que hablar. Muchas gracias, sir Walter, no le quito más tiempo. —Alexander hizo el ademán de levantarse.

—Espere. —Sir Walter hizo un gesto—. Antes de que se vaya, dígame, ¿cómo lo hizo?

—¿Hacer qué?

—Recuperar todo su patrimonio perdido.

Alexander esbozó una sonrisa, que podía definirse como perversa.

—Digamos que tuve un golpe de suerte —respondió con una elegante evasiva y se levantó ofreciendo una inclinación de cabeza.

—Entiendo... una última cosa, Swindon. Cuídese de Bolton, puede aparentar que es un hombre anodino, pero a mí no me engaña, puede ser peligroso para usted.

—Ese bribón de cuarta categoría no es rival para mí —aseguró. Se dirigió a la puerta y salió.

Sir Walter tomó lo que quedaba de oporto de un solo trago. Swindon tampoco lo engañaba, esa falsa redención era solo para los crédulos.

—Ese bribón, ¡já!... No tienes idea, Swindon, no tienes idea...

⁂

Esa mañana de diciembre, Michael le ofreció la mano para ayudar a Margaret para descender del coche, y ella, con gusto se la dio. Londres les dio la bienvenida con cielos encapotados; la lluvia empezaría a caer en cualquier minuto.

—Impresionante, ¿en serio esta es tu casa? —fue la asombrada pregunta de Margaret cuando miró la imponente y clásica construcción londinense de mediados del siglo XVIII, ubicada en Mayfair, específicamente en Charles Street, muy cerca de Berkeley Square—. Es preciosa.

—Gracias y, desde ahora, es nuestra casa —afirmó Michael orgulloso—. Bienvenida a Clover House, querida.

A Margaret le latía el corazón con fuerza, llegar a Londres fue como volver a casa, y al mismo tiempo, se sentía como una forastera. La mujer que había sido expulsada de su casa ya no existía.

Y, sin más, el pánico se apoderó de su cuerpo. La realidad estaba frente a ella, materializada en una casa enorme, ideal para una familia numerosa... Una familia que, tomando en cuenta el vigor y apetito de Michael en sus relaciones íntimas, fuera más que posible que aumentara en el futuro, y ellos serán hijos ilegítimos. ¿Sus futuros hijos sentirían la diferencia que hará el resto del mundo respecto a sus hermanos?

Margaret deseó que Swindon estuviera muerto. No era tan optimista como su granuja, para ella era imposible que él demandara a Michael para obtener un divorcio. Su orgullo era enfermizo y tampoco debía tener dinero para pagar el exorbitante costo que conllevaba un juicio.

—Michael, ¿estás seguro de todo esto? —interrogó Margaret, antes de dar el último paso hacia un punto sin retorno. Necesitaba tener la certeza de que él era consciente de la situación—. Algún día serás el duque de Hastings y esto puede afectar...

—Y tú eres la mujer que amo —interrumpió Michael sin importarle quién escuchara en plena calle—, no eres mi querida a la cual voy a esconder por el qué dirán.

—¿Y si llegamos a tener hijos...?

Dentro de la cabeza de Michael, estalló de inmediato la figura rebosante de vida de Margaret, llevando un hijo suyo en su vientre. Solo sintió una fulminante felicidad, quería una familia numerosa.

—¿Estás encinta? —preguntó esperanzado y con algo de brusquedad por la intempestiva emoción.

—No... no lo sé, no tengo forma de saberlo todavía —contestó pensando en cuándo había sido la última vez que estuvo «indispuesta». No lo recordaba, solo sabía que, mientras no sangrara, era fértil.

Michael sintió una punzada de decepción, pero su ímpetu por lograr la libertad de Margaret aumentó exponencialmente.

—Querida, los hijos que tengamos en el futuro no serán diferentes a Lawrence, a Thomas o Alec, en ninguna forma —aseveró serio y muy convencido—. Independiente de mi título y posición actual, si alguien tiene el monumental atrevimiento de ofender a cualquiera de mis hijos, cualquiera —subrayó—, por el motivo que sea, devolveré el agravio al triple. Nadie en esta ciudad se salva de tener sucios secretos, y yo tengo el poder de averiguarlos y arruinar a una persona si se me place. Los que me conocen, jamás intentarán desafiarme, porque saben hasta dónde puedo llegar. Yo no me suelo jactar de mis posesiones, de mi poder o de mi influencia, sería un estúpido si lo hiciera. Pero, si alguien me busca, me encuentra... Lo único que puedo ofrecerte, es que los protegeré sin dudar y sin importar a quien tenga que destruir. ¿Es suficiente para ti mi promesa?

Aquel inflamado discurso le mostró a Margaret otra faceta de Michael, la de un hombre vengativo, e incluso cruel cuando se trataba de proteger a los suyos. El tono y la fuerza que usó en cada una de sus palabras, le indicaron, inequívocamente, que lo que decía era real.

¿Michael era mejor que Swindon? Incluso sabiendo a los extremos que él podía llegar, seguía siendo infinitamente mejor.

No había ninguna garantía de que salieran indemnes de situaciones incómodas, pero, sí tenía toda la seguridad que Michael no se quedaría de brazos cruzados.

El pánico se disipó. Había llegado al punto sin retorno, y avanzó. Tomó la mano de Michael, le besó la palma.

—Es suficiente, querido... No debí dudar.

—No serías humana si no lo hicieras. Sé que esto es mucho más difícil para ti, solo por el hecho de que seas mujer. La sociedad suele castigarles con mayor dureza sus errores. Solo deseo que sigas confiando en mí, en ti, en nosotros.

—Confío en nosotros... —afirmó con convicción—. Llevemos a nuestros niños a conocer su nueva casa.

—Será un placer, mi estimadísima señora Witney.

«*Susurros de elite, 15 de diciembre de 1818.*

»*Oh, mis queridos lectores. Es para mí un gran placer y alegría confirmarles el resultado de cierta apuesta que están llevando algunos caballeros en el exclusivo club White's, respecto al escandaloso asunto entre lord B y lord S.*

»*Para aquellos que depositaron sus esperanzas en lord S, lamento informarles que, tristemente, han perdido su dinero. Lady S ha vuelto a Londres desde Richmond, y no lo ha hecho sola. Sí, señores, llegó —según mis más que confiables fuentes— de la mano de lord B, quien, al parecer, había desaparecido de esta ilustre ciudad para reclamar lo que es legítimamente suyo —incluyendo a los hijos de lady S—.*

»*Y eso no es todo. Nos hemos enterado que lord B también tiene un hijo —un hermoso niño pelirrojo, debo añadir—, el cual es legítimo. Según nuestras averiguaciones, lord B se casó en secreto y enviudó, por lo que el ducado de Hastings ha asegurado un nuevo heredero. ¡Impresionante! Vaya que lord B hace escándalos a lo grande.*

»*Dados los últimos acontecimientos, nos queda muy claro que, lord B no es un hombre de medias tintas. Se le ha visto pasear con lady S en Hyde Park sin disimular su indecorosa relación. También se les ha visto tomando el té en el Gunter's junto a los hijos de ambos, como si todos fueran una encantadora familia.*

»*Me pregunto qué pensará lord S de todo esto… Solo una cosa de las que dijo fue cierta, y esa fue que lady S pronto llegaría a Londres. Pero, lamentablemente, para él, ella eligió el bando contrario. Ella ya no es su esposa, sino que es la amante oficial de lord B.*

»*Nunca, un escándalo de estas dimensiones, me pareció ser lo más cercano a la justicia divina.*»

Capítulo XV

Lord Swindon, estaba leyendo *The London Gazzete* con mucho interés en la sección de economía. Fumaba su cigarro con la tranquilidad que le otorgaba el White's a media mañana. Ahora que había recuperado su fortuna, podía entrar al exclusivo club sin problemas. Pero no era tonto, sabía que algunos de los miembros lo miraban con reprobación por su pasado, no obstante, había otros, que lo hacían de un modo que no podía interpretar, y le provocaban una espantosa sensación de incomodidad.

Intentó seguir leyendo como si nada pasara y se concentró aún más, pero sólo lograba comprender la mitad. Un caballero tosió con discreción para llamar su atención.

Angus Moore, conde de Corby, estaba de pie ante él.

—Es toda una sorpresa verte nuevamente en el club —dijo Corby a modo de saludo—. Tanto tiempo, Swindon. Supe que te estabas recuperando.

—Corby —Alexander inclinó su cabeza y dobló el periódico—. Qué inusual verte en plena época de Navidad en Londres.

—Estoy escapando de mi tía. Se le ha metido en la cabeza, la ignominiosa idea de que yo me case. Prefiero morir del aburrimiento aquí, que soportar los sermones de ella. La adoro, pero tengo mis límites —explicó, pensando en que después de las fiestas navideñas, tendría que escapar y esconderse bajo una roca por toda la temporada, lo cual tampoco era bueno para él y sus responsabilidades.

Swindon rio con suficiencia.

—Mi estimado Corby, eres como yo, créeme, tarde o temprano cederás. Pero no es tan terrible, por lo menos, después de engendrar, todos dejarán de fastidiar, y podrás volver a tu vida de soltero y tener todas las queridas que desees —pronosticó con suficiencia.

Corby alzó las cejas, sintiendo molestia por aquella comparación. Había compartido fiestas más que escandalosas con Swindon, pero aquello no significaba que fuera como él.

—Me temo que, en esta oportunidad, he de discrepar contigo. Sí, admito que le tengo una malsana aversión a la sagrada institución del matrimonio, pero, si llega el día en que alguna damita me ponga los grilletes, la respetaré al punto de ser fiel, solo por el hecho de premiar a aquella mujer por lograr esa tarea titánica, porque no se lo haré fácil —argumentó arrogante y convencido.

—No te hagas el santo conmigo, Corby, eres tan pecador como yo. No podrás soportar el matrimonio ni un solo día. Te apuesto que, al abandonar los aposentos de tu condesa en la noche de bodas, irás directo a algún burdel para desahogarte con una mujer de verdad. El problema con las damas de nuestra ilustre aristocracia, es que son unos verdaderos témpanos de hielo —contraatacó más arrogante aún, sin un ápice de vergüenza o pudor. Para Swindon, Corby era un camarada con el cual podía tratar temas de esa índole con libertad.

—Soy un hombre soltero, me puedo permitir ciertos privilegios… —Corby prefirió no continuar, era inútil tratándose de Swindon—. En fin, yo tampoco esperaba encontrarte aquí, supuse que estarías en alguna de las propiedades campestres que recuperaste.

—Volver a ser un hombre honorable consume mucho tiempo. Aunque me desagrade la idea de pasar las festividades en esta ciudad, tengo que seguir trabajando por mi patrimonio —respondió Swindon en un tono que a Corby le pareció mecánico, como si fuera un discurso aprendido de memoria.

Angus se preguntaba cómo diablos pudo compartir tanto con ese hombre. La respuesta era bastante lógica, en aquellas instancias, estaba demasiado ebrio como para medir el carácter de Alexander.

En ese entonces, sentía lástima por lady Swindon, por todo lo que ella tenía que soportar por estar casada con un libertino incorregible. No obstante, al llegar a Londres, y gracias a los rumores, comprendió el real motivo de la presencia de Michael Martin en Richmond y su sospechosa relación con la condesa. En aquel baile al que asistieron lord Bolton y lady Swindon, para él era evidente que ellos dos tenían una relación adúltera, lo que no sabía, era sobre la apuesta y, la simpatía que sentía hacia Swindon, se esfumó. Corby decidió no revelarle a Swindon lo que presenció en Richmond, no le daría ninguna información que pudiera utilizar en contra de Bolton. Era inaceptable que el conde les pusiera precio a su esposa e hijos. Era el colmo de la inhumanidad.

Y le alegraba mucho que Michael le diera su lugar a lady Swindon. Los había visto a lo lejos, junto a los hijos de ella y de él, contentos en Hyde Park, sin que les importara las miradas indiscretas.

—Ya lo creo, es difícil ser un hombre tan ocupado —convino con fino sarcasmo—… A propósito de honorabilidad, ¿por casualidad has leído el «Susurros de elite»? —preguntó Angus con regocijo, tenía deseos de ver la cara de Swindon deformándose.

—No pierdo mi tiempo en leer ese tendencioso pasquín de cuarta categoría. Solo publican una mentira tras otra —contestó altanero.

—¿En serio? Te recomiendo que lo leas, creo que es de lo más interesante… —Le entregó el ejemplar que había salido ese mismo día en circulación. Corby, como la mayoría de los aristócratas, disfrutaba de los chismes de aquel pasquín. Sobre todo, porque, de una forma u otra, todos eran ciertos.

Swindon, mirando a Angus con desconfianza, desplegó el papel y leyó.

Dos minutos después, Corby pudo percibir —con alegría que no demostró— cómo el conde apretaba la mandíbula, y sus fosas nasales se dilataban evidenciando su furia.

—¿En qué estaba pensando ese imbécil? —Swindon masculló iracundo, su tono era casi imperceptible—. Esto no debió suceder.

—¿Dijiste algo, Swindon? —preguntó Angus, haciéndose el desentendido. Si de algo se podía jactar, era de su buen oído.

—Nada —mintió Alexander plegando el papel a su forma original, entregándoselo a Corby—. No deberías leer este pasquín… Se especializa en difundir calumnias —aconsejó con un tono paternal.

—Últimamente han sido bastante atinados en ciertos asuntos —refutó Angus, solo para acicatear la cólera del conde. Cada vez estaba más convencido que, prácticamente todo lo que decía ahí, era cierto.

—No sabes nada, Corby… Si me disculpas, tengo asuntos que atender. —Alexander apagó su cigarrillo con aparente calma y se puso de pie—. Hoy tengo una reunión privada en mi casa, si lo deseas, te puedes unir, es a las diez de la noche.

—Muy amable tu invitación, pero he de declinar. Tengo un compromiso ineludible con una dama —mintió para no involucrarse con Swindon y todas sus actividades, fueran decorosas o no.

—Ya veo... ¿ves?, eres como yo —Riendo con cinismo, le dio unas palmaditas condescendientes en la espalda—. Cuando termines con tu damita, puedes unirte, si lo deseas.

Angus solo esbozó una gélida sonrisa e hizo una inclinación de cabeza. Cuando el conde se alejó, dejó el pasquín sobre la mesa a propósito. Probablemente, habría uno que otro caballero interesado en leerlo y, de paso, contribuiría a seguir propagando la situación actual de Swindon.

Se metió las manos en los bolsillos y se dirigió al salón de juegos.

«Definitivamente, no soy como tú...»

Margaret, desde que llegó a Londres, fue presentada por Michael ante la servidumbre, como la señora de la casa y, de un momento a otro, se vio despojada de todas las labores domésticas que realizaba en Garden Cottage. Pero Michael, conociendo el orgullo y tenacidad de su amado ángel, a cambio, le dio carta blanca para que ella tomara todas las decisiones respecto a cómo llevar Clover House, en todas las formas imaginables; desde la decoración, hasta el menú, pasando por la contratación del nuevo servicio, dado que ya no era solo uno el habitante de toda la casa, sino cinco.

Todas aquellas responsabilidades y labores eran lo que se esperaba que realizara la esposa de cualquier aristócrata. No obstante, durante su matrimonio con Swindon, ella nunca pudo ser realmente la señora de la casa que compartía con el conde. Todas las decisiones, pasaban por el caprichoso juicio de Alexander, quien le daba un presupuesto insuficiente, aun en época de bonanza económica y, para empeorar las condiciones, el conde pretendía que ella hiciera magia con el escaso dinero; exigiendo menús opulentos y sirvientes contentos con un exiguo sueldo.

Día a día, Margaret ganaba confianza y autonomía, al punto de olvidar que dependía económicamente de Michael. Eran compañeros, cada uno tenía un rol, un trabajo para hacer que todo resultara exitoso para ambos. Sin embargo, ella jamás imaginó que él la pusiera al tanto de sus negocios, e incluso, buscaba su aprobación respecto a diversos temas, por lo que ella le retribuía involucrándolo a él, en a las decisiones que se tomaban en relación a la casa, los niños y el servicio.

Eran una inusual, pero productiva, sociedad.

Michael, de algún modo u otro, le demostraba lo valiosa que era ella para él. Nunca había estado tan tranquila, y no por el hecho de no tener problemas económicos, sino porque el hombre que estaba a su lado, y que la amaba con todo su corazón, era más que un esposo; era un compañero fiel, un amante espléndido, un amigo incondicional, un socio que depositaba toda su confianza en ella.

Sentir el aprecio por lo que hacía para la familia, era invaluable.

Ese día, Michael debió salir temprano a ver unos asuntos de negocios con el señor Brown. Margaret lo extrañaba, sin embargo, estaba contenta. Mientras él le destinaba tiempo a su trabajo, ella podía dedicarles más tiempo a los niños, darles amor, educarlos. Se preguntaba si el próximo año podría enviar a los mayores a Eton, para que completaran de mejor manera su instrucción. Le consultaría esa idea a Michael. Para Margaret, era maravilloso sentir que podía hablar ese tipo de temas con él, sin provocar una reacción que le hiciera sentir que era una mujer inútil.

Margaret se encontraba en la enorme biblioteca, abarrotada de libros de pared a pared. La luz entraba por una serie de grandes ventanas. La estancia era más larga que ancha, por lo que el escritorio principal donde solía trabajar Michael, estaba al fondo y, en la mitad, había otro más pequeño que era destinado para el estudio. Margaret estaba concentrada enseñándole aritmética a Thomas. Alec y Lawrence, jugaban cerca de ellos, sin interrumpir la clase.

—Entonces, como no puedes restarle nueve a ocho —explicaba Margaret con paciencia—, lo que debes hacer es pedirle uno al número de al lado y ya no es ocho, sino dieciocho y ahora puedes restarle nueve. ¿Y el resultado es?

Thomas se quedó pensativo y contaba mentalmente moviendo sus dedos.

—Nueve —respondió con seguridad.

—Muy bien, hijo, ahora… —Golpes en la puerta interrumpieron la clase, Margaret se irguió y concentró su atención en ella—. Pase, por favor.

Era Lincoln, mayordomo de Clover House. Un hombre bastante joven para ostentar ese cargo, tan solo unos cuantos años mayor que Michael. Con una inusual soltura, entró en la estancia y se acercó al escritorio.

—Milady, lord Swindon solicita una audiencia con usted —informó discreto, entregándole la tarjeta de presentación del conde.

Con sorpresa, Margaret leyó la tarjeta, era diferente a la que usaba antes, ahora era más elegante y ostentosa. Las hermosas letras y adornos dorados que formaban su nombre y título, le parecían un vacuo intento de ocultar a la horrible persona que era en realidad.

—Si me permite el atrevimiento, en el caso que desee recibirlo, le sugiero que me autorice para enviar a alguien a buscar a lord Bolton. La oficina del señor Brown, no queda lejos de Clover House —propuso Lincoln, que era un hombre al que le costaba mantenerse impertérrito como lo dictaba su oficio.

Por eso Michael disfrutaba mucho de los servicios de Lincoln, un hombre que casi lo había perdido todo, pero que tomó su última oportunidad de enmendar su camino, sin dudar.

—No será necesario, Lincoln, y agradezco enormemente su diligencia. Dígale a lord Swindon que no es bienvenido en Clover House —indicó Margaret firme.

—Con mucho gusto se lo diré, milady.

Margaret, cada cierto tiempo, se preguntaba qué sentiría al volverse a encontrar con Alexander. Siempre pensó que sería una mezcla de ira y miedo. Pero acababa de confirmar que la única sensación que embargaba su corazón era la indiferencia. Él ya no tenía ningún poder sobre su vida. No tenía nada que hablar con él.

—Mamá, ¿de verdad nuestro padre no es bienvenido? —preguntó Thomas que había alcanzado a escuchar todo. El niño se sentía confuso, tenía curiosidad de ver a su padre y, a la vez no deseaba tenerlo cerca.

Margaret suspiró, ¿cómo podía explicarle a un niño, que su propio padre, los ofreció como pago de una apuesta, sin dañar su corazón?

—Tu padre hizo cosas tan horribles, hijo mío, que son imperdonables. No deseo verlo, ni que ustedes vuelvan a sufrir el mal trato que les daba. Son mis hijos, no soporto que estén tristes o que sientan dolor —explicó Margaret de la mejor forma que pudo.

—¿Por eso estamos con lord Bolton?

—Así es… ¿Recuerdas que cuando vivíamos en la casa de tu padre, siempre estábamos tristes?

El niño asintió y bajó la vista.

—Aquí estoy contento, lord Bolton es una persona muy agradable… Mamá, ¿le podemos llamar «tío Michael» a lord Bolton? —preguntó inocente, revelando que el aprecio que sentían hacia él, crecía a pasos agigantados.

—Lord Bolton estará más que feliz si ustedes lo llaman de esa manera —aseguró Margaret, sin titubear un segundo.

Thomas asintió con una gran sonrisa en sus labios, sintiéndose muy contento. Pero esa sonrisa no duró demasiado, segundos después, sus facciones se tornaron serias.

—¿Qué cosa horrible hizo padre?

Thomas era muy insistente, Margaret no podía seguirle ocultando la verdad, necesitaba que él entendiera los motivos por los cuales sus vidas habían experimentado un cambio tan radical.

—¿Recuerdas cuando estábamos en Hyde Park y Lawrence los desafió a una carrera, y quien llegara primero al Serpentine, se llevaría todos los caramelos?

—Hizo una apuesta.

—Exacto. Bien, tu padre hizo eso en un juego de cartas, y nosotros éramos los caramelos. Lord Bolton aceptó la apuesta, y nos ganó para protegernos.

Thomas se quedó en silencio, analizando lo que su madre decía. No le agradó ser un caramelo.

—¿Es muy bueno el tío Michael? —preguntó el niño a su madre, buscando respuestas a todo.

—Para mí, no hay mejor caballero que él. ¿Tú qué piensas, hijo?

—Que sí. Nos trata igual que a Laurie, es como un papá. Me hubiera gustado mucho que el nuestro hubiera sido así…

—A mí también… nada de esto habría pasado.

Ruidos y voces masculinas ininteligibles provenían desde fuera de la biblioteca. Los niños dejaron de hacer lo que estaban haciendo, miraron en dirección a la puerta, un horrible sentimiento se apoderó de sus corazones. Margaret se tensó, por instinto, miró y en todas direcciones.

—Hijos, por favor, escóndanse tras el escritorio de lord Bolton y no hagan ruido. Rápido, se los suplico —apremió agitada—. ¡Corran!

Los tres niños obedecieron, sin cuestionar la autoridad de Margaret. En cada fibra de su ser sentían el miedo. Para Thomas y Alec esa sensación era familiar, la cual aumentó al reconocer la voz de lord Swindon. Entornaron sus ojos con fuerza, y los tres se abrazaron sin hacer ruido.

La puerta se abrió con violencia. Margaret dio un respingo y tragó saliva. Irguió su postura, y después de mucho tiempo, volvió a ponerse la fría máscara de Margaret Croft, lady Swindon. Ninguna emoción afloraba en sus facciones.

—¡Nadie me impedirá llevármela! —vociferó Alexander iracundo, entrando a la estancia. Detrás de él venía Lincoln con la nariz sangrando y todo su traje desordenado.

—Perdón, milady... lo intenté... —se disculpó compungido.

—No se preocupe, Lincoln. Vaya a hacer lo que hablamos hace un momento —ordenó, ignorando a Alexander. El mayordomo entendió en el acto, asintió y se retiró para poner en marcha lo acordado, cerrando la puerta tras de sí.

Margaret observó a Swindon, que esbozaba una sonrisa altanera, su aspecto había cambiado. Pero él no la engañaba, seguía siendo el mismo hombre de alma podrida.

—Lord Swindon —saludó haciendo una regia y gélida reverencia. Debía mantener la distancia en todo sentido—. ¿Por qué irrumpe en mi casa de esta manera?

—¿Tu casa? —Rio con sorna—. La casa de Bolton, querrás decir. Tú no tienes derecho a nada.

—No, se equivoca, Clover House es mi casa —subrayó altiva—. Le repito la pregunta, por si no tiene la suficiente capacidad intelectual para entender a la primera, ¿por qué irrumpe en mi casa?

—Vine a buscarte, y te irás conmigo —siseó, harto del papel de mujer valiente que ella estaba interpretando, invadió su espacio personal y la tomó de la muñeca.

Margaret advirtió de antemano ese movimiento, tan típico de él. Se zafó de inmediato y retrocedió un paso.

—Le recuerdo que usted no tiene derechos sobre mí o sobre mis hijos. Hay un documento firmado por su puño y letra que lo acredita. ¡No puede llevarme donde le plazca, no soy suya! —sentenció segura.

—Claro que puedo, sigo siendo tu esposo, ese acuerdo no lo reconoce ni la iglesia, ni el estado... —contraatacó, avanzando, amenazante.

—¡No! —volvió a retroceder Margaret. Necesitaba pensar rápido—. Puede ser que siga siendo mi esposo, pero ya no le pertenezco, ni tampoco mis hijos. Sea un hombre de palabra, asuma su responsabilidad, firmó un acuerdo… Y yo no volveré jamás, este es mi hogar, le pertenezco a Michael, más de lo que le pertenecí a usted alguna vez. Primero muerta, antes de volver a vivir bajo su mismo techo —aseguró vehemente.

—¿Qué estás diciendo, ramera? —Swindon se acercó otra vez.

Margaret retrocedió hasta que sintió la pared, miró de soslayo. Estaba al lado de la chimenea.

—Lo que he dicho —afirmó mientras tanteaba la pared.

—Volverás a mi casa, serás mi esposa —amenazó alzando su mano y descargó fuerte un golpe sobre la mejilla de Margaret.

Aturdida, tambaleó sintiendo el escozor del golpe propinado, y el dolor se propagó en su rostro.

—¡Eres un malnacido, Swindon! —siseó llevándose una mano a la cara. Estaba caliente, dolía, pero no le iba a dar el gusto de llorar frente a él.

Alexander, perdiendo el control, la tomó de los hombros y la zamarreó. Margaret forcejeaba para liberarse de él, pero sus manos parecían tenazas que se enterraban en su piel.

—¡Furcia! —exclamó al tiempo que la tiraba al piso haciéndola caer aparatosamente—. Vendrás conmigo quieras o no. —La tomó del cabello obligándola a levantarse.

—¡Jamás! —replicó orgullosa, alzando sorpresivamente un atizador que había hallado en el suelo. Mirándolo fijo, le incrustó la punta en la garganta a quien fue su esposo—. ¡Suéltame o te juro que te mato! —demandó.

Swindon, al sentir la presión muy cerca de su yugular, aflojó las manos. Margaret presionó un poco más, obligándolo a retroceder.

—¡Vete de mi casa, Alexander!

La cara de Swindon, de súbito, se volvió insondable.

Unas manos enormes se posaron con suavidad sobre los hombros tensos de Margaret. De inmediato, ella supo que todo había terminado.

—Ya escuchaste a mi mujer, Swindon. Vete de aquí —intervino Michael, sintiendo correr la ira en todo su cuerpo.

No debía perder el control. No debía responder a su instinto más elemental y asesinarlo en ese mismo lugar.

Margaret, al fin pudo respirar. Alivio, Michael estaba con ella, había llegado a tiempo. Sentía que habría sido capaz de enterrar el atizador, sin piedad alguna.

—¿Estás bien, mi ángel? —preguntó sin quitarle los ojos de encima a Swindon.

—Sí, mi amor —respondió poniendo su mano sobre la de él y sin dejar de apuntar con el atizador a Swindon—. El señor ya se iba.

—Me las pagarán muy caro... —amenazó con los dientes apretados—. Muy, muy caro... y lo veremos ante un juez —aseguró arreglándose la levita, desafiante.

—Haz lo que quieras, Swindon —masculló Michael.

—Y lo haré —anunció antes de retirarse.

Un portazo resonó en toda la biblioteca.

Margaret entornó sus ojos y su brazo se aflojó, soltando el atizador que cayó pesado al suelo. Sentía que el aire apenas entraba en sus pulmones, dio media vuelta y abrazó a Michael, quien respondió encerrándola entre los suyos.

—Perdóname, mi ángel. No imaginé que esto podría suceder —rogó Michael besándole la coronilla—. Estoy averiguando qué pretende con esto, no tiene lógica... ¿Estás bien? —insistió, alzando la barbilla de ella con delicadeza.

Rojo, todo lo vio rojo al ver la marca que le había dejado que Swindon en el rostro.

—Hijo de... ¡lo voy a matar! —vociferó iracundo. Intentó deshacerse del abrazo para salir en busca del conde, pero Margaret se lo impedía, manteniéndose aferrada a él.

—No, por favor... ya pasó... No lo vale —suplicó intentando calmarlo.

—Ese infeliz se atrevió a golpearte, no lo toleraré —replicó—. ¡Es un animal!

—Michael, te lo ruego, no quiero que hagas algo de lo cual puedas arrepentirte. Quédate conmigo, te necesito... y los niños, también... quédate, por favor.

Aquello fue como un balde de agua fría para Michael, la sangre se le heló... Thomas, Alec, Lawrence...

—¿Dónde están?, ¿les hizo algo? —interrogó preocupado, mirando hacia todas direcciones.

—Están bien —aseguró—, se encuentran escondidos detrás de tu escritorio —reveló con los ojos rebosantes de lágrimas.

—Dios santo —susurró—. Presenciaron todo.

—No tuve tiempo...

—Lo sé, lo sé. —Con gentileza enmarcó el rostro de ella y acarició con los pulgares. Maldijo mil veces a Swindon, más valía que ese infeliz no se atreviese a cruzarse en su camino—. No hay nada que explicar. Deja que vaya a verlos, querida. —Suavemente, ella se deshizo del contacto. Michael, viéndose liberado, caminó rumbo a su escritorio y Margaret lo siguió.

Al llegar a él, se encontró con los tres niños abrazados, sus sollozos eran imperceptibles.

—Niños, hijos... ya pasó todo —tranquilizó Michael intentando suavizar su gesto, no quería asustarlos.

—¿Mamá está bien? —interrogó Alec con voz trémula—. ¿Ya se fue... él?

Michael asintió suave.

—Salgan de ahí, hicieron bien en esconderse y no salir. Su madre supo defenderse y defenderlos...

Los niños salieron de su escondite ayudados por Michael. Cuando fue el turno de Lawrence, el pequeño se aferró al cuello de su padre con celeridad, rompiendo a llorar.

Se sentía tan pequeño e impotente de no poder ayudar, ese mismo sentimiento compartían Alec y Thomas. ¿Qué podían hacer ellos tres contra un adulto enfurecido y violento?

—Ya pasó todo —aseguró Michael, intentando abrazar a los tres niños al mismo tiempo—. Mamá está bien, es la mujer más valiente del mundo, ¿ustedes creen lo mismo?

Los tres movieron sus cabezas, estando de acuerdo y limpiándose la humedad de las lágrimas del rostro.

Michael dio un gran suspiro. Todo se ponía cuesta arriba, Swindon estaba empecinado en recuperar a Margaret sin importar los medios, ¿a qué se debía ese cambio de parecer?

Debía haber una explicación lógica. Swindon siempre despreció a Margaret, ¿cuál era el real objetivo? Algo estaba escondiendo ese sujeto, y debía ganar tiempo para averiguarlo.

Y, mientras tanto, debía proteger a los suyos. Tenía que salir de Londres, y Garden Cottage ya no era un lugar seguro.

Su próximo destino era Cragside, el hogar de Andrew Witney, vizconde Rothbury y hermano menor de Margaret.

Su cuñado. El que, probablemente, lo iba a estrangular.

✒ Capítulo XVI ✒

Cragside, 28 de diciembre, 1818.

Andrew Witney, vizconde Rothbury, se ponía al día con la correspondencia. Esa mañana estaba particularmente templada y silenciosa; el servicio doméstico tenía el día libre por las festividades de Navidad, y toda la familia e invitados dormían hasta tarde, gracias a la celebración de la noche anterior.

Inspiró hondo, tomó un sorbo de té, agradeciendo esos débiles rayos de sol invernal que le relajaban, mientras se concentraba en las cartas de algunos inquilinos. Debía ganar algo de tiempo antes de que su esposa, Olivia, se levantara y lo arrastrara por los pueblos aledaños para hacer acciones de caridad, y seguir la tradición del «día de las cajas[6]». No es que le incomodara, sabía que lo iba a disfrutar, pero también debía dedicarles tiempo a los asuntos que le preocupaban, sobre todo uno en especial.

Los últimos días, registraba dos veces las cartas que llegaban, pues había dos remitentes que le interesaba de sobremanera obtener algo de información. Margaret, su hermana, y su cuñado, Michael.

Pero no había nada. Durante el último mes, solo sabía sobre el desagradable asunto de la apuesta entre sus dos cuñados —gracias al pasquín «Susurros de elite»—, y que Michael había ido de viaje a Richmond sin saber, a ciencia cierta, el motivo.

---

6 *Boxing day: en Inglaterra es el día después de Navidad, y se le se le puede traducir como el «día de las cajas». El 26 de diciembre también fue conocido como el Día de San Esteban. Ese día, las clases superiores daban obsequios en cajas a sus sirvientes por el buen trabajo durante el año y en las fiestas de Navidad. A menudo, también se les daba el día libre, y si el 26 de diciembre caía en sábado o domingo, el día de las cajas se celebraba el lunes siguiente, tal como sucede en esta novela.*

Estaba preocupado y harto de la espera. Hacía dos semanas, había enviado una carta a Garden Cottage, mas no hubo ninguna respuesta, era como si la tierra se los hubiera tragado. Por su parte, consultó con abogados sobre la legalidad de aquel embrollo, pero sus respuestas daban más incertidumbres que certezas.

El apacible silencio matutino de Rosebud Manor, fue rasgado por el intempestivo sonido de la aldaba, que resonaba en todo el primer piso. Andrew, extrañado, frunció el ceño y se levantó de inmediato de su escritorio, tomó su bastón y se dirigió a la puerta principal.

Al abrirla, se encontró con un cuadro que no estaba dentro de sus expectativas para esa mañana.

Sus dos sobrinos, Thomas y Alec, un niño desconocido con cabellos rojos y desordenados, los tres mirándolo con asombro y, detrás de ellos, Margaret, con sus mejillas ruborizadas colgada del brazo de Michael, quien le cubría la mano a su hermana, en un gesto que él interpretó como íntimo.

Totalmente desconcertado, y sin decir una palabra, abrió más la puerta para que todos entraran. No sabía cómo reaccionar, y el mutismo era una buena forma de evadir las crecientes ganas de golpear a alguien.

—¡Oh, Andrew, eres insufrible! —Margaret no soportó más el silencio y el frío recibimiento, soltó el brazo de Michael y se dirigió a su hermano para abrazarlo.

Andrew, todavía aturdido, respondió, y aquel contacto fue como despertar, el alivio inundaba su corazón. Margaret lo abrazaba fuerte, pegando la mejilla a su pecho. Durante largos segundos no dijeron nada, solo compartieron el calor y el cariño que se profesaban.

—Estoy tan feliz de verte, hermano. Te extrañé mucho —expresó Margaret entre sollozos.

—Yo también, mi preciosa Maggie, ha pasado demasiado tiempo. —Andrew besó la coronilla de su hermana y le alzó su barbilla. Limpió con cariño sus lágrimas. Era hermosa, idéntica a su madre, lo único que las diferenciaba, era el color de ojos, Margaret los tenía castaños como su padre... y ya no lucían desoladoramente tristes—. Tenemos mucho que hablar, pero primero déjame saludar a mis sobrinos.

Andrew se dirigió hacia Thomas y Alec, estaban más altos desde la última vez que los vio. Pero había algo en ellos que también había cambiado, y se reflejaba en sus ojos, como si hubieran perdido algo importante en sus corazones. Luego, centró su atención en el pequeño que no conocía, pero supuso al instante que su cuñado, al fin, había encontrado a su hijo. Se sintió feliz por Michael, tan solo imaginar perder a un hijo le acongojaba el alma.

Apoyándose en su bastón, se agachó frente a los tres niños, y le revolvió el cabello a cada uno con cariño, dándoles de esa manera, la bienvenida.

—Han crecido mucho, niños. Y tú, Thomas, te pareces mucho a tu madre —señaló intentando parecer relajado—. ¿Dónde pasaron la Navidad? —indagó.

—En una posada, fue muy divertido —respondió Thomas alegre—. Lord Bolton nos hizo muchos presentes —agregó con una sonrisa.

—Sí, nos regaló un rompecabezas a cada uno, soldaditos y, también, ¡un teatro! —intervino Alec entusiasmado.

—¡Un *teato* de juguete! —añadió Lawrence.

Andrew dirigió de inmediato su atención al pequeño.

—No nos han presentado, ¿me haría el honor de decirme cuál es vuestro nombre, jovencito? —interrogó Andrew sintiendo sorpresa, el niño no evadía el contacto visual. Solo había curiosidad en ese par de esmeraldas cristalinas.

—*Lawdence* Martin —respondió con aplomo—. ¿Usted es el tío *Andew*? —preguntó sin dejar de mirarlo.

—Así es, yo soy tu tío, y el esposo de tu tía Olivia —contestó Andrew esbozando una sonrisa—. ¿Cómo lo supiste?

—Mi papá me dijo que usted tenía una *gan cicatiz* en la *cada*, y que no debía *temedle podque* es un *hombe* muy bueno —reveló Laurie siendo un poco indiscreto.

—Tu padre no se equivoca en eso —coincidió con suficiencia—. ¿Y te doy miedo?

El niño negó con su cabeza y Andrew asintió curvando sus labios. El pequeño había visto cosas peores en su corta vida, como un mendigo con la cara quemada y una pierna gangrenada.

—¿Han desayunado? —preguntó mirando a los niños, los tres asintieron—. Muy bien —concluyó Andrew el interrogatorio, volviéndose a poner de pie—. Hoy toda la servidumbre tiene el día libre, por lo que tendrán que esperar a que Olivia se levante para organizar lo concerniente a su estadía. Niños, los guiaré a la habitación infantil para que puedan divertirse. Debo conversar con sus padres en la biblioteca —anunció mirando de soslayo a Michael, que no había intervenido en nada.

Más le valía, por su bien, era mejor que guardara energías porque debía explicar muchas, muchas cosas.

Andrew, con amabilidad, guio a sus sobrinos, salió del vestíbulo en dirección a la habitación infantil que se encontraba en el segundo piso, dejando a Margaret y Michael a solas.

En cuanto las voces infantiles se alejaron, suspiraron hondo. Michael hubiera preferido recibir una bienvenida más violenta, no sabía qué pensamientos atravesaban la mente de su cuñado. Mientras que Margaret, miraba todo a su alrededor con nostalgia.

—Nada ha cambiado —susurró—. Me encantaba pasar los veranos en este lugar, a pesar de que el viejo vizconde siempre dijera que yo era una pequeña oveja negra. —El recuerdo era nítido, el ceño fruncido de Rothbury y esas cejas canosas muy pobladas—. Mi padre arruinó toda relación con mi tío abuelo, quien dejó de darle ayuda económica por sus despilfarros. Era un auténtico libertino —relató volviendo al pasado—. Mi madre lo amaba mucho, él era su razón de ser, al punto de perder el juicio y las ganas de vivir, a causa de sus constantes infidelidades… Fue triste ser testigo de cómo se marchitaba, la vida disipada de mi padre solo la toleraba gracias al opio… Nosotros nunca fuimos suficiente motivo para que ella saliera de su sopor. —A su mente volvió el horrendo recuerdo de encontrarla colgada en el invernadero. Solo unas semanas después de haber enterrado a su padre, quien falleció de sífilis.

Margaret parpadeó, Michael la contemplaba, era la primera vez que ella hablaba del pasado, antes de ser condesa, cuando era solo una chiquilla. Su rostro reflejaba una dual melancolía de recordar tiempos mejores, y también los peores. Con tan solo ese breve relato, ella le reveló el motivo de su desconfianza inicial, la cual era totalmente justificada. Supuso que también ella tenía un gran miedo, a amar, y luego perderlo todo. Aquello le hizo admirarla más, demostraba su valentía, arriesgando todo su corazón por él.

En los ojos de ella había mucho amor, pero también esa insidiosa inseguridad. Michael no pudo soportarlo más, quería confortarla, y la abrazó en silencio. Ella solo suspiró entrecortado, ese lugar le traía una avalancha de recuerdos y sentimientos agridulces.

—¿Estás bien, mi ángel? —preguntó Michael.

—Sí… —Esbozó una sonrisa—. Solo es que recién, en este instante, me doy cuenta de que solo en este lugar me sentí segura y tranquila.

—¿Y conmigo lo estás?

—Siempre, donde estés tú…

Se besaron con ternura, ambos confiaban el uno en el otro.

El sonido del bastón de Andrew anunció su retorno, se separaron, dándose un último y fugaz beso.

—Por favor, síganme —indicó Andrew al llegar al lado de ellos, y sin dejar de caminar, los guio hacia la biblioteca. En cuestión de un minuto, Andrew abrió la puerta y los conminó a entrar.

En silencio les señaló una otomana para que Margaret se sentara. Cuando Michael iba a hacer lo mismo, Andrew lo impidió, apuntándole el pecho con su bastón.

—Quédate de pie y quítate las gafas, Michael —ordenó Andrew serio.

—¿Cómo? —preguntó Michael desconcertado.

—¡Hazlo! —insistió con dureza.

—Está bien… —Se quitó las gafas y se las ofreció a Margaret—. Sostenlas, por favor.

Lo último que recordó Michael, fue el sonido de un grito ahogado de su ángel...

❧❦❧

Minutos después, Michael sentía que su quijada dolía, y que su cabeza reposaba sobre un familiar regazo femenino. Abrió los ojos con lentitud, estaba un poco mareado. Solo podía ver un tanto borroso a su cuñado, que estaba sobándose los nudillos de la mano derecha, y Margaret lo miraba fijo, sin notar que él ya estaba despertando.

—¡¿Por qué lo has hecho, Andrew, por todos los cielos?! —interpelaba Margaret furiosa.

—Por no haber escrito en un mes, ¡un mes! —respondió severo—. Todos estábamos preocupados por ustedes, lo mínimo que esperábamos era recibir cualquier noticia que nos diera alivio y respuestas acerca de la veracidad de esa apuesta —respondió.

—No era necesario que lo golpearas, Michael solo hizo lo correcto.

—Hizo algo más que lo correcto, y que agradezca que no lo voy a castrar —replicó entrecerrando los ojos, él no era tonto, ni sordo y mucho menos ciego—. Swindon se convertirá en un verdadero dolor de cabeza… aunque siempre lo ha sido ese infeliz —masculló.

Margaret quedó boquiabierta, lo que decía Andrew no tenía sentido para ella. Pero, para Michael, esas palabras fueron como un balde de agua fría que lo espabiló en el acto. Tomó la mano de Margaret para llamar su atención.

Y la obtuvo.

—Michael, ¿estás bien, querido? —interrogó preocupada, acariciando su rostro.

—El vizconde sabe cómo dar un buen golpe —señaló sobándose la mandíbula, mientras se ponía de pie con ayuda de Margaret—. Creo que me soltó una muela… ¿Estás conforme, Andrew?

—Si no fuera porque te conozco y sé qué clase de hombre eres, te juro que te estaría echando a patadas de Rosebud Manor… —afirmó, sabiendo que su tranquilidad llegaba a su fin.

—¡Michael, eres tú! —La dulce voz de Olivia interrumpió el momento. Ataviada con un vestido matinal, se acercó apresurada hacia su hermano mayor y lo abrazó fuerte—. ¡Al fin has vuelto! Escuché a los niños jugando… Oh, Lawrence es adorable, y también estaban Thomas y Alec, son preciosos. ¡Ah, será maravilloso tener tantos niños aquí! —exclamaba casi sin respirar—. Y si ellos están, eso significa que… ¡Lady Swindon! —reparó en la presencia de su cuñada a quien no conocía y, como cual torbellino, dejó a su hermano y tomó de las manos a Margaret—. Es todo un placer conocerla, sus hijos son unos verdaderos caballeros. Yo sabía que pronto tendríamos noticias de ustedes, pero no imaginé que estarían en mi casa, ¡qué felicidad, la familia está completa!

—Querida, por favor no te agites tanto —pidió Andrew suavizando el tono de voz. Para Margaret, era algo prodigioso el cambio de su hermano cuando se trataba de Olivia.

Olivia suspiró y le sonrió a su cuñada. Miró con cierta picardía a lord Rothbury.

—La felicidad no le hará nada malo al bebé, querido, sino todo lo contrario —aseguró acariciando su vientre.

Michael no necesitó más información y Margaret alzó sus cejas. Su hermano iba a ser padre… otra vez. Abrazó a esa vivaz mujer deseándole lo mejor, sin duda, Olivia era todo lo que necesitaba Andrew.

—¡Livy, seré tío otra vez! —exclamó Michael reclamando a su hermana y volvió a abrazarla—. Muchas felicidades, y hazle caso a tu esposo, no te agites demasiado.

—Insisto, la felicidad no le hará daño… ¡Oh, qué maravilla que estén acá! —Besó la mejilla de su hermano, y luego miró a

Margaret, que estaba abrazando a Andrew por ese nuevo integrante de la familia—. Oh, pero qué pésima anfitriona soy, deben estar agotados y...

—No se preocupe, lady Rothbury... —aseguró Margaret.

—Por favor, llámeme por mi nombre —terció Olivia—. Somos familia, aquí no nos agrada tanta formalidad.

—Olivia —accedió—. Entonces le exijo el mismo trato.

—Por supuesto —aceptó ufana—. Prepararé el desayuno. La casa está llena de invitados y todos deben comer...

—¿Necesitas ayuda? —ofreció Margaret solícita—. Andrew dijo que el servicio tenía su día libre... Además, pernoctamos en una posada cercana, por lo que en realidad no estoy cansada.

—En ese caso, no rechazaré la ayuda... Por acá, por favor. —Olivia tomó del brazo a Margaret como si la conociera de toda la vida—. Ah, creo que seremos muy buenas amigas...

La puerta se cerró, dejando a Andrew y a Michael a solas, un poco atontados por la alegre intromisión de Olivia.

—Su estado de buena esperanza, la ha vuelto indomable, más de lo que era antes —señaló Andrew mientras tomaba las gafas de Michael, que habían quedado tiradas sobre la otomana y se las entregó.

—Gracias... —Se puso las gafas y parpadeó para enfocar mejor su vista—. Ahora que te has desquitado, ¿podemos conversar?

—Por supuesto... ¿debo tener algo de alcohol en el cuerpo para recibir tus novedades?

—Sugiero que te sientes... y después bebas algo.

Andrew bebió de un solo trago el oporto de su copa, solo para sentir el licor quemándole la garganta. Pensó que, de algún modo, aquello le haría salir de su estupefacción.

—Todo lo que he hecho, ha sido para proteger a Margaret y a los niños —siguió Michael, explicando sus motivos—. Por eso mismo le pedí a mi padre que guardara el secreto y no les dijera nada, necesitaba recabar toda la información posible, y decirte en persona lo que ha sucedido de principio a fin.

—Entiendo, Olivia se habría preocupado mucho más si contaba con solo conjeturas. Swindon se ha extralimitado en todo. Sigo sin entender por qué está reclamando a mi hermana de vuelta. No tuvo misericordia para ofrecerla a ella y a mis sobrinos, y ahora que ha vuelto a ser un hombre rico… Es ilógico, no creo en su milagrosa reformación.

—Uno de los motivos de venir aquí, fue para alejar a Margaret de Swindon, él es capaz de hacer cualquier cosa, incluso, secuestrarla.

—Hiciste bien, ya había demostrado que es una bestia —convino—… pero como no vas a entregarla, es casi seguro que él entable una «conversación criminal[7]» en tu contra. Será un escándalo de marca mayor, la reputación de todos quedará en entredicho —hizo una mueca y se encogió de hombros—… y eso me tiene sin cuidado. Pero…

—Pero…

—La temporada parlamentaria comenzará pronto y todo esto podría tener repercusiones inesperadas. Tendremos que andar con cuidado.

—Tienes razón. ¿De verdad crees que Swindon cumpla con su amenaza?

—Ahora que su poder adquisitivo ha sido restaurado, sí. Debemos actuar como un frente unido. Si tienes que ir a juicio, no dudaremos en darte todo el apoyo que sea necesario. Es más, podemos empezar hoy, después de comer hablaremos con August, el abogado de tu padre, creo que él será de mucha ayuda.

—Estupendo… —Michael se quedó en silencio, había dejado para el final lo que complicaba aún más la situación. Nunca imaginó que sería tan difícil confesarle a Andrew el tenor de su relación con Margaret, que iba más allá de protegerla—. Pero eso no es todo.

—¿Qué otra cosa nefasta puede suceder? —Andrew se inclinó hacia adelante y entrelazó sus dedos frente su barbilla.

—Estoy enamorado de tu hermana…

Silencio, denso. Andrew tomó la botella oporto. Michael solo escuchaba el sonido del líquido llenando la copa.

—¿Ella te corresponde? —preguntó tomando un trago corto.

—Sí… no fue algo premeditado, solo sucedió. Nos amamos… No nos importa si todos se oponen, incluso tú —se defendió alzando un poco la voz. No quería ser el causante de un conflicto familiar.

---

7 *Conocido como crim. con. Era un juicio civil por agravio por el cual, un esposo desea probar el adulterio de su esposa tras haberla sorprendido in fraganti o por medio de testigos. Como una mujer casada no era una persona ante la ley, la persona enjuiciada era su amante. Por norma general, se recurría a este juicio para que el esposo pudiera obtener pruebas suficientes para lograr un divorcio total, tanto de parte la iglesia como del parlamento. Y también, para obtener una compensación económica por ser sometido a la vergüenza pública.*

—No seas estúpido, Bolton. Sabes que no soy un hipócrita, lo único que me interesa es la felicidad de Margaret y el bienestar de mis sobrinos —espetó serio—. Siempre consideré que Swindon era un muy mal esposo, aunque Margaret intentara hacerme creer lo contrario fingiendo que era feliz. Si acepté que Minerva viviera con August, sin tener la certeza de que Somerton esté vivo o no, no me queda más que entregarle el mismo apoyo a Margaret. En todo caso, no lo hacen muy bien intentando ocultarlo, los vi besándose y mirándose como cachorrillos.

Por algún motivo, que no lograba entender, Michael sintió que el rostro se le calentaba, Andrew no tenía compasión.

—¿Los niños saben algo? —preguntó Andrew para tener todos los antecedentes.

—Frente a ellos hemos intentado mantener todo como algo platónico e inocente. Tal vez, cuando crezcan un poco más, puedan comprender mejor. Lawrence es el más entusiasmado en que Margaret sea su madre.

—Bien, mientras no se resuelva todo, seguirán guardando la compostura frente a mis sobrinos. Debe ser difícil para Thomas y Alec toda esta situación, por lo que ustedes dos dormirán en habitaciones separadas —decretó escrutando la reacción de Michael.

Nada. Imperturbable, solo inclinó la cabeza aceptando lo impuesto.

Como todos los días, John Fields, pagó al pequeño un chelín por el ejemplar del London Gazette, y lo dobló bajo el brazo. Una cuadra más allá, compró el semanario «Susurros de elite». Para su gran alivio, no había ninguna noticia relacionada con su jefe.

Tocó la aldaba de Clover House, y esperó.

Ni bien pasaron diez segundos y Lincoln le abría la puerta con regia postura, mas, al notar que era John, se relajó.

—Fields, pasa.

—Gracias, ¿alguna novedad?

—Hace un momento vinieron a dejar la correspondencia. Hay una en particular que debes revisar —anunció—. Y, el mismo sujeto de siempre, ha estado toda la mañana merodeando la propiedad.

—Le vamos a dar una distracción, entonces. Llama a la señorita Elizabeth, por favor —solicitó mientras revisaba los remitentes de las cartas, con facilidad reconoció la que mencionaba Lincoln.

Antes de partir, Michael había autorizado a John para abrir toda la correspondencia que fuera del ámbito legal.

Y esta, sin duda, lo era.

Abrió la misiva, en cuyo sobre estaba el membrete de la corte de King's Bench[8].

Lord Swindon lo había hecho, tuvo el atrevimiento de entablar una «conversación criminal» en contra de lord Bolton y, como compensación, exigía diez mil libras y obtener de vuelta a su esposa e hijos.

—Esto es grave... —susurró, dirigiéndose a la biblioteca, apresurado. Una figura femenina entró en su campo visual, era Elizabeth, a quien Margaret no quiso dejar en Richmond, y ya era parte del servicio de Clover House.

—Señor Fields, el señor Lincoln me dijo que me buscaba —dijo la muchacha, sonriendo con sus mejillas arreboladas.

—Sí, necesito que me acompañe a dar un paseo a Hyde Park. Tome uno de los vestidos de lady Swindon y póngaselo —ordenó sin dejar de avanzar.

—Pero, señor Fields, ¡eso no es correcto! —objetó la muchacha bastante ofendida, plantándose en frente de él con las manos en jarras.

—Lo sé, yo usaré uno de los trajes de lord Bolton. No haga tantas preguntas, es por una buena causa.

Elizabeth, incrédula, entrecerró sus ojos, no podía ver cómo podía ser aquello una «buena causa», John se pellizcó el puente de su nariz. La muchacha cuestionaba todo.

—Señorita Elizabeth, ¿usted entiende la situación que están atravesando lady Swindon y lord Bolton?

—No soy tonta, ellos se aman, y lord Swindon es un depravado y desalmado por apostar a mi señora y dejarla en la ruina. Y ahora el muy sinvergüenza la quiere de vuelta, la trata como si fuera una vaca.

John alzó las cejas, era un resumen bastante acertado y descarnado.

—Bien, hay un sujeto que está vigilando la propiedad, suponemos que debe ser por encargo de lord Swindon. Saldremos los dos disfrazados de nuestros señores para que nos siga, así le

---

8 *Era un tribunal de derecho común en el sistema legal inglés. Creada a finales del siglo XII o a principios del XIII a partir consejo real.*
Durante su existencia, su jurisdicción cubrió una amplia gama de asuntos penales, junto con cualquier asunto no reclamado por otros tribunales, y cualquier caso relacionado con el monarca. También actuó como un tribunal de apelación.

daremos pistas falsas. De este modo, entorpeceremos cualquier acción que tenga lord Swindon en mente. Probablemente, no se ha enterado de que lord Bolton ya no está en Londres.

—Si hubiera empezado por esa explicación en vez de dar órdenes sin sentido… Deme veinte minutos.

Y, sin más, John quedó solo y un tanto confundido. Esa muchacha, aparentaba tener un intelecto limitado y ser una coqueta redomada, pero, sorprendentemente, estaba dando indicios de que era algo más.

Sacudió la cabeza, como si quisiera expulsar las ideas ridículas que invadieron de pronto su mente, y volvió a enfilar sus pasos hacia la biblioteca. Necesitaba escribir una carta a lord Bolton con suma urgencia. Si tenían suerte, llegaría a sus manos en tres días.

Todo se complicaba.

Capítulo XVII

Margaret se acostó exhausta. El día había sido agotador, lleno de burbujeante actividad. Todas las mujeres de Rosebud Manor se ocuparon de las labores domésticas, mientras que Olivia había salido con Andrew y el resto de los hombres a participar del «día de las cajas», donde repartieron presentes a los más desposeídos.

Muchas tareas por hacer y muchos encuentros también. Después de muchos meses, al fin, Margaret pudo ver a su hermana mayor, Minerva, quien la sorprendió, demostrándole que ya no era la misma mujer que recordaba. De aquellos días en que ella era la marquesa de Somerton, no quedaba nada.

—Olivia, siendo una mujer tan joven, me dio lecciones de vida que jamás olvidaré. Fui la primera en cuestionar la relación de Andrew y ella, haciéndoles la vida imposible —relató Minerva a Margaret mientras descansaban un rato en el salón matinal—. Pero ese amor que sienten ellos, es más fuerte que cualquier cosa. Debí aceptar que ella no era una caza fortunas, ni que mi hermano había perdido la razón. Todo fue más fácil cuando dejé el orgullo y mis prejuicios de lado. En el mundo real, los preceptos de la alta sociedad, son inútiles.

Margaret escuchaba con atención a su hermana, impresionada, por el prodigioso cambio. El marqués de Somerton la había dejado, literalmente, en la calle con sus hijos, desapareció de sus vidas sin importar nada, lo cual significó para Minerva, un quiebre entre cómo concebía el mundo y cómo era este en realidad.

—Al parecer, todos hemos cambiado —señaló Margaret, sintiendo una creciente admiración por su hermana. No había más grandeza que la humildad de reconocer los errores—. ¿No has sabido nada de Somerton?

—interrogó preocupada, era lo único que podía arruinar la felicidad de Minerva.

—Solo rumores. Primero escuché que se había tomado un barco hacia la India, otros dicen que lo vieron en Italia, Francia, otros, en América. Lo único que sé es que en Inglaterra no está.

—Ojalá no vuelva jamás… —deseó de corazón—. Dime, ¿August te trata bien?

—Él no puede ser un hombre más magnífico de lo que ya es —respondió firme, con una sonrisa que podía interpretarse como tímida—. Mis hijos y yo somos muy felices. Hemos ido de a poco adaptándonos al cambio, no obstante, ha sido más fácil de lo que imaginé. August tiene dos hijos, gemelos y menores que los míos, en ese aspecto, se llevan de maravilla con los míos.

—Frank y Ernest, ¿cómo han tomado la situación?

—Le tienen mucho cariño a August, él los trata como un padre… intenta serlo. Casi no hablan de Somerton, cada día que pasa, es como si su recuerdo fuera diluyéndose, pero sé que notan la diferencia. August siempre está presente, los educa, van a excursiones, mientras que Somerton… Ya sabes cómo era.

—Idéntico a Swindon. —Suspiró, no queriendo recordar, pero era inevitable. Ambas hermanas habían perdido mucho más de lo que alguna vez imaginaron con sus matrimonios por conveniencia. Sabían que no iban a ser felices, pero su objetivo era intentar tener una relación de respeto mutuo, esa inocente intención murió en el momento que firmaron sus actas de matrimonio—. Él fue el peor error de mi vida.

Minerva contempló a Margaret, su intuición le decía que algo importante le pasaba a su hermana, lo supo desde el momento en que la vio, su sonrisa era auténtica, sus ojos rebosaban de vida…

—¿Lord Bolton se ha comportado bien contigo y los niños? —interrogó interesada.

Margaret no pudo evitar sonreír.

—Él es un caballero excepcional —respondió sin pensarlo dos veces. Minerva asintió.

—Olivia me ha contado que él, en efecto, es así, aunque su espantosa reputación diga lo contrario —concordó con los dichos de Margaret.

—Cada palabra que pueda decir ella de su hermano es cierta, doy fe de ello —agregó con convicción.

—¿Te enamoraste de él? —preguntó Minerva sin siquiera intentar tener algo de delicadeza. Margaret, sorprendida, miró a su hermana. Era como ver a la antigua Minerva, la muchacha madura y sensata, a la que le confiaba todos sus secretos.

—*Lo amo con toda mi alma y él a mí* —*respondió sin titubear, sin rastro de culpa. Mentirle a su hermana, era algo inconcebible*—. *Aunque sé que para todo el mundo yo soy una adúltera, no me importa, por primera vez en muchos años, me siento feliz...*

—*Yo no considero que seas una adúltera, si me apego a los hechos y al contexto legal...* —*Esbozó una sonrisa maliciosa*—. *Swindon cedió todos sus derechos a lord Bolton, le perteneces. Si se han enamorado, solo es un valor añadido.*

—*¡Cómo quisiera tener el poder de divorciarme!, Swindon tendría que entablar una conversación criminal, mentir hasta el punto de exhibirme como la peor mujer del mundo, soportar la odisea del juicio y todo lo que viene después... Ni siquiera podemos aspirar a que Michael lo presione. Alexander está empeñado en que yo vuelva a ser su esposa.*

—*Las leyes fueron hechas por los hombres, poco podemos hacer nosotras* —*aseveró Minerva con cierta amargura*—. *Pero también pueden ser quebradas. Desde el inicio de los tiempos el ser humano ha desafiado las normas que le imponen y que son injustas. Tengo fe en que todo se resolverá... Dios, ya nos ha castigado lo suficiente por mentir frente al altar, para lograr uniones sin amor, solo por miedo a la crueldad de ser mujeres solteras y pobres.*

—*Sí, no puedo creer que Dios sea tan cruel como para darnos tanta felicidad y luego quitarla...*

Margaret suspiró, extrañaba a Michael. Después de que él conversara con Andrew en la biblioteca, apenas lo había visto durante el día. Él también fue arrastrado por Olivia para que colaborara en el «día de las cajas». Y luego la cena, oh, jamás había asistido a una reunión tan peculiar, empezando por los invitados de los vizcondes.

Althea y James, condes de Wexford, irreverentes, carismáticos, con un humor muy negro, eran tal para cual. Se notaba en cada momento, el amor que se profesaban. La madre del conde, Julia Cameron, era peor que ellos dos. Margaret pensaba que la pequeña hija de ellos, Hyacinth, en el futuro, iba a ser una dama muy especial.

También se encontraba el padre de Michael, lord Hastings, quien estaba mucho más relajado que aquella vez que los fue a visitar Richmond. La trató con mucha amabilidad y respeto, y pudo corroborar, con alivio, que había mantenido su palabra de no revelar aquel viaje a los vizcondes hasta que Michael pudiera hablar con ellos. Era un hombre que comprendía el verdadero sentido de la palabra honor.

Conoció a August, el hombre que había robado el corazón de Minerva. Margaret apenas lo recordaba, pero el hijo del panadero era abogado y era un hombre muy respetado en la zona. Y adoraba a su hermana, solo por eso se había ganado su simpatía.

Los niños, ah, eso fue otro cantar. Jamás había visto a Thomas, Alec y Lawrence tan eufóricos. Compartieron con Marian, que era su prima y ahora era la hija putativa de Andrew y Olivia; William, el hijo de Olivia y que su hermano también tomó el rol de un verdadero padre; los hijos de Minerva, Frank y Ernest; los hijos de August, gemelos, Horatio y Justin. Completaba el grupo la pequeña Hyacinth, hija de los condes de Wexford. En total, diez niños entre los dos y ocho años, que ponían a prueba la cordura de todos los adultos presentes.

Una larga cena, que fue como una extensión de la fiesta navideña, llena de grata conversación, muchas risas, divertidas anécdotas. Margaret sentía lleno el corazón en Rosebud Manor, su hermano y su esposa estaban construyendo un maravilloso hogar y estaban uniendo a la familia como nunca antes lo estuvo. Ellos recibían con los brazos abiertos sin cuestionar, sin poner barreras. Si cuando era pequeña se sentía segura y feliz, ahora esa sensación se multiplicaba por mil, el cariño que reinaba en el ambiente era genuino y sincero.

Margaret volvió a suspirar, se volteó y a su lado no estaba Michael. Andrew había decretado que, para mantener las apariencias ante Alec y Thomas, debían dormir en habitaciones separadas. Ella lo entendía, de hecho, en Clover House hacían lo mismo, pero Michael visitaba todas las noches su alcoba, y se iba al amanecer. No importaba si hacían el amor o si solo dormían, él siempre buscaba su calor, su compañía, su cuerpo, su amor. Pero ahora, no sabía si iba a pasar la noche sola. Dejó la vela encendida.

Cerró sus ojos y se durmió.

Sintió el peso de alguien aplastando el colchón. En medio de su estado de aletargamiento, Margaret sintió miedo... Era Swindon y su olor a alcohol, sudor y tabaco, aprisionando su cuerpo, abriendo sus piernas. Quería quitárselo de encima y gritar. Pero no podía, no debía, su deber era callar, esperar a que él tomara lo que deseara, para que abandonase su cama pronto. Cada vez que él dejaba una amante, recordaba que tenía una esposa en la cual desahogarse y, el gran miedo de ella, era enfermar de algo, tanto o peor que su padre, y morir lenta y vergonzosamente, dejando solos a sus hijos.

Estaba asqueada, el olor nauseabundo del aliento de Swindon entraba en sus fosas nasales al igual que él, con dolor, en ella.

No podía gritar, no debía...

Despertó sobresaltada y dio un grito ahogado. Se sentó asustada. Su pecho estaba cerrado, apenas podía recobrar el resuello, se desató el lazo de su recatado camisón para deshacerse de esa sensación de ahogo. Miró todo a su alrededor. Nada, todo normal, la vela se había consumido hasta la mitad, y el silencio solo era interrumpido por el sonido de los grillos a lo lejos.

Hacía muchas noches que no había vuelto a tener esas pesadillas, no desde que Michael la acompañaba. Juntos habían descubierto tantas cosas de sí mismos, que Margaret jamás imaginó, y mucho menos, compartirlas con un hombre. Había explorado las infinitas formas de llegar al culmen; que en el sexo no existía el dolor, solo el glorioso placer; que todo era algo tan simple, y a la vez, sublime; una forma hermosa de entregarse mutuamente, y ser uno. Desde el primer instante, Michael se empeñó en demostrarle que podía confiar en él, que no era como Swindon, y jamás, jamás lo sería.

Cada noche, Michael desterraba de su cuerpo las huellas que su esposo había dejado y que creyó que serían indelebles. Cada noche, ese hombre extraordinario, la hacía sentir amada. Nunca habría imaginado, que él, quien aparentaba ser un hombre despreocupado, disoluto, inmoral e irresponsable, fuera todo lo contrario. Y eso solo lo sabían las personas que lo conocían de verdad y lo amaban.

Y ella lo amaba.

Era imposible no amar a Michael Martin.

La puerta de su alcoba dio un leve crujido, delatando la inconfundible silueta de la única persona que podría visitarla en medio de las penumbras de la noche.

Michael.

Los demonios que acecharon a Margaret se dieron a la fuga, convirtiendo la pesadilla en un recuerdo vago y lejano. En su cuerpo, las reminiscencias del dolor revivido, desaparecieron.

Sin pensarlo, se levantó de la cama y fue a abrazarlo para darle la bienvenida. Michael, sorprendido ante ese inesperado recibimiento, la encerró entre sus brazos, aspiró su aroma y la besó tiernamente.

—Llegaste, mi amor —susurró sobre el pecho de él, su aroma tan masculino, era algo que ella siempre apreció. Era límpido y cítrico, bergamota. Michael seguía las extravagantes costumbres de Brummell, se bañaba casi todos los días en la mañana... y cuando podía, ella lo hacía con él, había descubierto lo energizante que era empezar el día con el cuerpo aseado.

—Te extrañaba, no podía dormir sin ti —susurró Michael, su voz grave, provocaba que la piel se le erizara—. Bendita sea Olivia por no asignarme una habitación lejos de la tuya.

—¿Cuál es? —preguntó intrigada en el mismo tono.

—La de al lado —respondió indicando su diestra—. Ella y Andrew lo saben todo.

—¿Todo? Cuando dices todo, ¿te refieres a que tú y yo...? —Margaret dejó la pregunta en el aire, sintió un repentino pudor.

—A que tú y yo llevamos a la práctica todo lo que pueda implicar el acuerdo —añadió Michael—. Si me apego al estricto rigor del documento, esto puede interpretarse como una especie de matrimonio muy singular —argumentó socarrón.

—¿Andrew lo aprueba? No vi que se lo haya tomado tan bien —objetó incrédula.

—¿Te refieres al buen derechazo que me propinó tu hermano? —interpeló—. Por supuesto que lo aprueba. Nosotros, los hombres, resolvemos nuestras diferencias de una forma que ustedes las mujeres no comprenden.

—¿A golpes? La violencia no me parece una razonable forma de resolver nada.

—Por eso digo que no lo comprenderás... En fin, respondiendo tu pregunta, nuestra familia lo sabe todo, todo, todo —subrayó—. Y, lo más importante, es que nos entienden y nos apoyarán en todo lo que pueda surgir.

Margaret sintió un cierto alivio, al menos, no tendría que fingir frente a sus familiares, cuya opinión era la que realmente le importaba.

—Hoy no he podido decirte que te amo, mi ángel —señaló, sintiendo cómo el calor de ella comenzaba a acicatear su deseo—. Te amo.

—Te amo...

Sus cuerpos y labios se atrajeron al mismo tiempo. Primero con sutileza, caricias tiernas, premeditadas. Michael dejó que Margaret le quitara la ropa, que recorriera cada plano y ángulo de su anatomía, que se aprendiera de memoria cada pulgada de su piel, y ella, fascinada de ser aprendiz. Todas las noches era una lección nueva.

—¿Quieres saber cómo se complace a un hombre con la boca? —propuso embriagado de pasión, ansioso de que ella aceptara aquel juego prohibido—. Y yo, después, te brindaré las mismas atenciones.

Margaret lo miró con curiosidad, ¿era posible que ella pudiera hacerlo?

—Dime cómo —aceptó aquella proposición, sin dejar de sentir un leve cosquilleo recorriendo su espalda.

Michael sonrió malicioso.

—Considero que lo mejor para esta lección, es que utilices tu imaginación e instinto. Los hombres, en su mayoría, somos muy fáciles a la hora de ser complacidos. La única instrucción que puedo darte, es que no uses tus dientes —indicó alzando una ceja—, pero el resto, todo está permitido para lo que quieras hacer. No importa cómo lo hagas, te aseguro que lo disfrutaré —afirmó, sintiendo la anticipación correr por sus venas, centrándose en su miembro que ya estaba rígido y ávido por entrar en la sedosa y húmeda boca de Margaret.

Ella, quien ya estaba pensando en cómo lo iba hacer, se puso de rodillas, posición que le provocó una perversa sensación de que Michael tenía todo el poder sobre ella, al tiempo que, en sus manos, también poseía aquel poder.

Tomó en sus manos la pesada erección que apuntaba hacia ella. El íntimo aroma masculino no era desagradable; aún conservaba trazas de la fragancia del jabón que él usaba. Por breves segundos, Margaret miró hacia arriba y se encontró con los oscuros ojos de Michael, a la espera. Sin más dilación, lamió con timidez la punta roma y carnosa con su lengua. Él ahogó un quejido, uno de aquellos que ella conocía tan bien, que solo manifestaba el deleite que provocaban sus caricias.

Solo esa señal erótica bastó para llenar de valentía sus acciones. Con más decisión, Margaret repitió aquella lúbrica caricia, volviendo a arrancar de su garganta el ronco sonido del deseo de Michael.

Lamió, humedeciendo toda aquella longitud, la respiración de él se volvió superficial con aquel sensual martirio. Fascinada, decidió probar ir más allá.

Lo empuñó con su mano derecha y lo guio dentro de su cálida boca, lento, suave. Comenzando a imitar ese dulce vaivén que él hacía al penetrarla.

—Por Júpiter —clamó él con la voz estrangulada, acariciando los sedosos y largos cabellos de Margaret, sin poder evitar empujar un poco más adentro.

Y ella, percibiendo esa tácita súplica, lo llevó hasta lo más profundo que le permitió su cavidad, aumentando la cadencia, succionando con más fuerza, desesperando a su hombre que luchaba por controlar su embestida, para no provocarle a su mujer ningún tipo de rechazo.

Margaret notaba y agradecía aquello, él le daba toda la libertad del mundo para someterlo al gozoso suplicio que ella le impusiera. Y aquello, solo impelía su propio deseo, que se traducía en ese frenético palpitar entre sus piernas, transformando su centro en una vertiente anhelante.

—Dios… suficiente, mi ángel… suficiente —rogó Michael al borde del éxtasis, retirándose con cuidado—. Déjame devolverte todo lo que me has dado. Quiero que sientas lo mismo que yo. — Acarició la mejilla de Margaret y le ofreció su mano para que se pusiera de pie—. Lo has hecho, magnífico, ángel caído.

La instó a que se acostara de espalda en el centro de la cama y él la siguió.

—Solo relájate —ordenó anclando los femeninos talones al colchón.

Las palmas de sus manos recorrieron el contorno de sus largas extremidades llevándose consigo el camisón. Margaret le facilitó la tarea y se lo quitó dejándolo tirado en cualquier parte. Michael se humedeció los labios con la lengua, anticipándose al deleite que se avecinaba, con delicadeza y veneración abrió los muslos de ella. El conocido aroma femenino de Margaret le dio la bienvenida, él inspiró profundo, adoraba sentir el reflejo del deseo de su mujer invadiendo sus sentidos.

Con sus dedos, acarició la tierna y húmeda carne. Ah, como siempre, ella estaba lista y dispuesta. No se privó de dar una primera probada, con sus pulgares abrió sus pliegues y lamió todo su centro.

Margaret ante esa lúbrica, pero deliciosa sensación, alzó sus caderas, Michael, satisfecho, volvió al asedio. Ella sentía la lengua caliente de él recorriendo toda su feminidad, la invadía una mezcla de euforia y deseo. Era pecaminoso sentirse de esa manera, lasciva y salvaje, como si fuera una diosa pagana, siendo adorada por su devoto acólito.

Y era increíble, deseaba seguir sintiendo cómo era devorada, al tiempo que necesitaba con desesperación, ser penetrada, para al fin, fundirse en él.

Pero, en cuanto ese pensamiento cruzó su mente, él succionó algo en ella, una parte de su feminidad que no supo identificar y, a la vez, la invadió con sus dedos.

Margaret subió un peldaño más en aquella escalera vertiginosa que la llevaba directo al clímax. Las acometidas que Michael marcaba, eran a un compás que no era lento ni rápido, era perfecto, y que le obligaba a contraer todo su ser, en la búsqueda de esa voluptuosa chispa que era capaz de encenderla en una hoguera de placer.

—Más... más. —Se escuchó a sí misma exigir, solo faltaba un poco más, tan solo...

Un tercer dedo fue su perdición, entre gemidos y jadeos y ardor, fue catapultada al frenesí que recorrió todo su cuerpo. Margaret sentía que el gozo la azotaba desde su centro mismo, como un fuego devastador que calcinaba todo a su paso, sin quemarla, solo llenándola de la cálida sensación que solo le daba paz. Esa paz que solo encontraba con él, su falso granuja.

Y él, solo se detuvo cuando, en un estrangulado ruego, le dijeron «no más, te lo suplico».

Cuando Michael notó que Margaret yacía laxa, casi sin vida, abandonó su interior, arrancando un último quejido. Se limpió la boca con el dorso de su mano y se chupó los dedos mirándola perverso.

—Si no te importa, querida. Creo que ahora merezco obtener mi premio —anunció arrogante, su ego estaba efervescente ante aquel logro. Definitivamente, iba a enviarle un presente de agradecimiento, a la *madame* que le dio tan precisas instrucciones.

—Oh, solo toma lo que es tuyo, granuja —susurró Margaret, todavía inmersa en aquella neblina sexual en la que se hallaba.

—Será un placer.

Sin más ceremonias, Michael la penetró, siseando de gozo en el proceso. El satinado interior de su mujer era como lava, espesa y caliente, no iba a soportar demasiado el seductor suplicio de ser su prisionero. Comenzó a dar fuertes embestidas, que se fueron convirtiendo, en un veloz in crescendo, en algo lujurioso, casi animal, haciendo que el deseo de ella resucitara de las cenizas. Con brío renovado, Margaret siguió el acelerado compás, sintiendo que en ella volvía, con más fuerza, esa maravillosa sensación que nunca imaginó volver a sentir en tan pocos minutos.

Los dos cuerpos sudorosos, se acoplaron a la perfección en aquel sincronizado ritual primitivo, donde se demandaba la total rendición de aquellas almas, a la exquisita condena de permanecer unidos, para siempre.

Margaret, volvió a tocar el cielo, esta vez, acompañada por Michael. Ese momento fugaz y dorado, a él lo elevó al infinito, donde se perdió en el éxtasis, que lo dejó vacío de su simiente, dándoselo todo a la tierra fértil de su amada. ¡Qué importaba si esta vez su semilla germinaba! Él no podía pedir más, porque junto a Margaret, lo tenía todo, absolutamente todo.

∽✦∞✦∾

—¡Señor Fields! —Escuchó John en medio de la noche, alguien golpeaba su puerta—. ¡Señor Fields! —Volvieron a llamarlo más fuerte.

John se levantó apresurado, se puso la bata y abrió la puerta. Era Elizabeth, quien portaba una palmatoria y le confería un aspecto fantasmagórico que, por un segundo, le puso la piel de gallina al fiel secretario de Michael.

—¿Qué sucede, señorita Elizabeth? —interrogó, intentando controlar su voz que era una mezcla de sueño y pavor.

—Escuché ruidos en la biblioteca —susurró Elizabeth, y aquella explicación fue suficiente para despertarlo del todo—. Alguien quebró el vidrio de la ventana.

—¿Llamó a Lincoln, muchacha? —interrogó mientras buscaba su arma.

—No es que no confíe en el señor Lincoln, pero no digamos que es bueno con los golpes —respondió recordando la intromisión de lord Swindon.

—En eso tiene razón… —coincidió encontrando lo que buscaba y empezó a prepararla con premura—. ¡Demonios!... —blasfemó al notar que se le cayó la bala—. Disculpe el vocabulario, señorita.

—Han dicho cosas peores en mi presencia, señor Fields. Sobre todo, cuando creen que una sonrisa es una invitación para subir las faldas —divagó.

—Si me permite la indiscreción, usted suele sonreír demasiado.

—Parece ser que una mujer no puede sonreír por solo sentirse bien —argumentó con acritud.

—Listo —Fields cortó la conversación—. Más vale que esto disuada al intruso.

—Yo lo cubro —ofreció Elizabeth con una sartén. John la miró incrédulo—. Es de hierro, puede aplastar la cabeza de cualquiera —aseguró.

Se dirigieron con sigilo a la biblioteca. En cuanto llegaron a la puerta, John decidió escuchar unos momentos a través de ella. No se escuchaban voces, sino el sonido de cajones que se abrían y cerraban, tal vez una botella que caía al suelo, imprecaciones hechas en voz baja, un tenue haz de luz se colaba por el ojo de la cerradura.

—A la cuenta de tres… —ordenó John a Elizabeth, apenas en un murmullo—… uno, dos, ¡tres! —Abrió la puerta con fuerza, apuntando a la evidente silueta del sujeto que estaba tras el escritorio—. ¡Alto ahí! —demandó—. ¡O será hombre muerto!

El intruso maldijo y comenzó a lanzar cuanto objeto encontró sobre la mesa. John evadió un par de proyectiles y, harto de ser el blanco, disparó. El sonido reverberó en toda la habitación, pero, para su mala suerte, la bala solo quedó incrustada en el lomo de un libro a solo tres pulgadas de la cabeza del hombre, quien emprendió una carrera hacia la ventana que estaba abierta de par en par.

Elizabeth, sin pensarlo dos veces, fue a la zaga, sorprendiendo a Fields que no sabía cómo una mujer podía ser tan ágil esquivando los muebles en la penumbra. Pero su velocidad no era suficiente.

La muchacha, sin más alternativa, lanzó la sartén como si se tratara de una navaja, dándole de lleno en la cabeza al intruso, haciéndole caer antes de alcanzar la ventana.

El escándalo hizo que toda la servidumbre despertara. Lincoln llegó en primer lugar, quien ayudó a John a reducir al sujeto, atándolo a una silla.

Acercaron una vela para descubrir su identidad. No fue una sorpresa para John y Lincoln, se trataba del mismo tipo que merodeaba Clover House.

—Más vale que hables, de lo contrario, te costará muy caro —amenazó John—. Empieza, ¿qué estabas buscando?

Capítulo XVIII

—Yo... Solo me pagaron, *milor*... —confesó el sujeto, casi chillando al verse rodeado de todo el servicio de Clover House. Creía que estaba hablando con lord Bolton.

—Esa no fue mi pregunta, ¿qué estabas buscando? —interpeló sin sacar de su error al sujeto—. Si hubieras querido robar, hubieras empezado por meterte al bolsillo ese tintero de oro y no lanzarlo para defenderte —presionó John implacable, mirando subrepticiamente el objeto señalado que estaba tirado en el suelo manchando la madera.

—Solo me dijeron que trajera cualquier papel que tuviera una firma rara y un sello con dibujos de una serpiente y leones —explicó el sujeto.

Fields, desconfiado, entrecerró sus ojos hasta el punto que solo eran dos rendijas.

—Solo una firma y un sello... ¿Acaso sabes leer?

—No, no sé. Solo me mostraron la firma, el sello y los memoricé —respondió avergonzado.

—¿Quién te contrató? —interrogó Fields teniendo a solo un sospechoso en mente. A sus espaldas, Elizabeth alzó más la sartén con un gesto amenazante.

El intruso abrió sus ojos asustado. Se suponía que era un trabajo sencillo, pero no contaba con que los habitantes de la casa fueran de sueño ligero. A las tres de la madrugada nadie despierta.

—Un hombre elegante, no me dio su nombre... Me dijo que el papel podía estar aquí.

John alzó una ceja, el sello, según las características indicadas, bien podía pertenecer a lord Swindon, como a un par de aristócratas más. Pero, de ellos, solo el conde tenía interés en Michael. ¿En serio ese hombre pensaba que lord Bolton era tan torpe y descuidado? Se le ocurrió una idea de lo más divertida, solo para hacerle pasar un mal rato.

—Asumo que no sabes dónde vive el hombre elegante. —El intruso negó con la cabeza—. Yo te daré una dirección y tu misión solo será entregar un mensaje —sentenció curvando sus labios con malicia.

Elizabeth dio una risita nerviosa, Fields la miró de soslayo.

—Veo que le causa mucha diversión este asunto —señaló severo.

—Pues sí. Sin duda, ese Swindon está desesperado. Piénselo, si estuviera tan seguro de ganar, ¿para qué perder el tiempo robando la única defensa de lord Bolton?

—Tiene razón. —Centró su atención en el intruso, que los miraba alternadamente en su confuso diálogo—. ¿Cuánto te pagó el hombre elegante?

—Dos guineas —respondió—. Por *adelantao*...

—Entonces te pagaré dos más si cumples con tu misión... Y, pobre de ti que no lo hagas o te pases de listo, porque te encontraré y te degollaré.

Al sujeto no le importó la amenaza, la tarea a cumplir era simple, mucho más que la encomendada por el señor elegante.

—Lo que usted diga, *milor*.

⁂

Todos estaban en el salón principal, lugar donde convergían todos los visitantes de Rosebud Manor después de la cena. Minerva tocaba el piano, animando la velada y August bailaba con Olivia; Andrew, que no lo hacía por su cojera, se limitaba a observar a su esposa disfrutar de una contradanza. También bailaban al son de la música, lord Hastings, haciendo pareja con Julia Cameron, madre del conde de Wexford.

Entretanto, Michael leía un libro sentado cómodamente en una otomana, mientras que, a su lado, Margaret bebía un chocolate caliente. Las voces de los niños que jugaban por doquier, se escuchaban diáfanas y felices. Thomas, Alec y Lawrence, se habían olvidado de sus padres casi por completo, era mucho más divertido jugar con sus primos y amigos.

—Lord Bolton —llamó Althea, condesa de Wexford y amiga íntima de Olivia, plantándose delante de él con una postura altiva—. Se convoca vuestra presencia en la mesa de juegos, es hora del *whist*.

Michael alzó una ceja con picardía, y cerró el libro que dio un sonido seco.

—Mi estimadísima condesa, es tentadora su oferta, ¿qué apostaremos? —preguntó interesado.

—¿Contra ti?, solo unos cuantos chelines, querido —respondió socarrona—. Nada de sumas fuertes de dinero, ya sabemos qué es lo que pasa con ello, apreciaría mucho que mis joyas permanezcan donde están —señaló tocándose un sobrio collar de esmeraldas y aretes a juego.

—Si saben que los dejaré en la ruina, ¿por qué me ofrecen jugar? —interpeló guasón.

—Es emocionante saber si podemos derrotarte —contestó.

—Por favor, no soy infalible, soy un simple mortal, me puedo equivocar —replicó Michael subiendo un poco sus gafas—. Está bien, para que sea más estimulante, imaginaré que no son chelines, sino libras —accedió poniéndose de pie, poniendo en flagrante evidencia la altura de él por sobre la condesa.

—Maravilloso, querido —celebró Althea dando aplausos ligeros. Dirigió su mirada a Margaret que estaba atenta a aquel intercambio—. Lady Swindon, ¿se nos une? Nos falta uno más.

—Solo con la condición de que use mi nombre de pila, lady Wexford, mi título es algo que no aprecio en lo absoluto —explicó Margaret, aceptando el reto de buen grado. Michael sonrió ampliamente, iba a ser muy interesante ver a su mujer jugar.

—Por supuesto, querida, no faltaba más. Usted puede tomarse esa misma atribución conmigo, es más, se lo exijo.

Margaret sonrió, dio un último sorbo a su taza de chocolate y se dirigió a la mesa de juegos.

James Cameron, conde de Wexford, los esperaba, barajando las cartas con una sonrisa lobuna. El hombre era casi todo lo que se esperaba de un caballero; alto, facciones masculinas, angulosas y toscas, nariz recta y prominente; ojos de un hermoso castaño claro, casi como la miel; abundante cabello negro rizado. No llegaba a la perfección solo por el color moreno de su piel y su corpulencia —heredado de su madre de ascendencia española—, características que detestaban la mayoría de las mujeres, quienes apreciaban una tez pálida, rayando lo enfermizo, y una figura más bien delgada.

La mayor parte de la aristocracia decía a sus espaldas que parecía un pirata o un campesino, su aspecto en conjunción con su lengua mordaz y ser políticamente incorrecto, le daban el apelativo de «canalla», cosa que a él no le importaba en lo absoluto. Estaba casado con la mujer más hermosa del mundo —para él, lógicamente—. Althea poseía una piel de alabastro, ojos verdes, cabello negro y un cuerpo curvilíneo, pero, de estatura demasiado baja como para ser tomada en cuenta por los caballeros que deseaban la perfección a la hora de buscar una esposa, situación que le provocó cultivar una personalidad tímida y retraída para sepultar su espíritu contestatario y darle en el gusto a su madre, hasta que conoció a James.

—Bien, esto será la mar de interesante —pronosticó James sin quitarle los ojos de encima a su esposa.

—Por supuesto que lo será, James —afirmó Althea.

Todos se sentaron alrededor de la mesa, Margaret frente a Michael, conformando el primer equipo; Althea y James eran el otro. El conde de Wexford repartió trece cartas a cada uno con destreza y rapidez. El juego comenzó cuando se exhibió el dos de trébol como carta de triunfo, para luego, guardarla entre las suyas. Margaret inició la mano, poniendo sobre la mesa, un rey de corazones.

—Empezamos a jugar con todo —comentó Althea sin tener un as para superar esa carta—. No es un mensaje subliminal para Bolton, ¿no?

—Es un mensaje muy directo —contestó Margaret impertérrita, sin quitarle los ojos de encima a sus cartas.

Althea lanzó un dos de corazón, Michael cinco de la misma pinta, James tres.

Margaret ganó la primera ronda por tener la carta mayor. Michael no demostró ninguna emoción, su rostro era como una escultura de mármol. Era apabullante el cambio radical de personalidad al jugar, y que a nadie le pasó desapercibido.

Así siguieron las rondas, hasta acabar todas las cartas, ante el estupor de los condes de Wexford.

—Y así, mis estimados condes, es cómo se hace un *grand slam*[9] —se mofó Michael tomando las cartas de la mesa, manifestando, por primera vez en todo el juego, su estado de ánimo.

—Cielo santo —protestó Althea negando con su cabeza—. No sé cómo esos pobres infelices se atreven a jugar contra ti, Bolton. Eres terrible.

---

9 *Cuando un equipo gana todos los puntos de una mano de whist.*

—Los hombres que tienen una copa de vino en una mano y una mujer sentada sobre su regazo son fáciles de manejar —reveló sin pudor, conocedor de lo liberales que podían ser los Cameron—, pero, he de reconocer que tuve algo de suerte e, indudablemente, la mejor pareja. —Le guiñó el ojo a Margaret que esbozó una orgullosa sonrisa.

—¿Y esa mezcla de habilidad, sociedad y suerte la puedes aplicar a los negocios? —interrogó James, reuniendo las cartas para entregarle la baraja a Margaret.

—Por supuesto, pero, para mi tranquilidad, el porcentaje que le doy a la suerte es ínfimo. Habilidad y saber con quién invertir es la clave.

James se quedó pensativo, Margaret empezó a repartir las cartas, atenta a la conversación, al igual que Althea. No era habitual que los hombres hablaran de ese tipo de temas en frente de las mujeres. Pero una de las grandes claves de la riqueza de Wexford era el criterio de Althea. Y, de este modo, pondrían a prueba a Michael y a Margaret.

—En Italia vive Enrico Espositi, un hombre de origen muy humilde y que ha construido su riqueza a base a esos tres preceptos que he mencionado. Lo conocí hace unos tres años, cuando Althea y yo hicimos nuestro viaje de boda… —comenzó a relatar James, ordenando sus cartas, obteniendo el genuino interés de Michael—. Un hombre de gran carácter, católico hasta la médula y conservador en lo que respecta al matrimonio… Hace unos meses, me enteré que quería invertir en Inglaterra y está buscando socios respetables. Yo estoy dentro de sus opciones, y te podría presentar con él, pero tu reputación y situación actual es un gigantesco obstáculo y él no te consideraría, por lo menos en esta vida.

La carta de triunfo que puso Margaret sobre la mesa fue el as de corazones, Althea empezó la mano con un nueve de trébol. Michael lanzó un diez… y miró a James.

—Entonces, ¿por qué me lo comentas? —interrogó mirando subrepticiamente a Margaret, quien también hizo lo mismo. Él consideraba que ella tenía un excelente sentido para administrar, ya sea con pocos o muchos recursos, lo sabía por el impecable trabajo que hizo en Clover House y Garden Cottage. Era una mujer a toda prueba, con la cual podía buscar consejo y para tomar decisiones. Esta oportunidad que se presentaba era ideal para medir el potencial de ella, llevándola a un terreno ajeno al doméstico.

—Porque las reglas se hicieron para ser quebradas —argumentó James poniendo una jota sobre la mesa—. Necesito más capital, y puedes invertir a través de mí. Todos ganamos a manos llenas. En Londres, muchos caballeros están a la expectativa para cuando arribe Enrico a Inglaterra, en uno o dos meses. Cuando se trata de dinero, a muchos no les importa que sea católico.

—Es muy, muy interesante, lo consideraré. Envíame tu propuesta para revisarla con mis asesores —respondió Michael, Margaret puso una reina de trébol sobre la mesa y se llevó la baza, esbozando una sonrisa de triunfo. Para él fue una señal.

—De hecho, ya lo he hecho. A Clover House, debería llegar en estos días, una carpeta con todos los antecedentes —informó James con suficiencia—. Esta «reunión» de negocios solo era para confirmar nuestra decisión de hacerte la propuesta. —James sonrió con malicia hacia Althea—. Tú eres uno de los pocos en lo que confiaría para este negocio. Sé de buena fuente que esa reputación que ostentas es muy lejana de la realidad.

—Es muy halagador de tu parte. En cuanto tenga esa carpeta en mis manos, te daré mi respuesta.

—La estaremos esperando…

—¿A quién le toca el turno? —intervino Althea volviendo al juego. Estaba completamente abstraída en la conversación de ambos caballeros.

—Es el turno de quien pregunta, Althea —respondió Margaret.

—Oh, cielos. —Miró sus cartas y dejó el as de diamante sobre la mesa, provocando un ahogado reclamo de todos en el juego—. Continuemos, por favor…

⁂

Lord Swindon desayunaba en la cama, mientras leía una excelente noticia en el periódico que, irónicamente, le provocó una horrible sensación de inquietud. Era la oportunidad que estaba esperando desde hacía varios meses. Masculló una blasfemia, le quedaba muy poco tiempo. Era imperativo recuperar a su inútil esposa, a sus hijos y sepultar los escándalos, o todo se iría al infierno, necesitaba más dinero.

Plegó el periódico y lo lanzó a un lado. Se refregó la cara con frustración. Nada, absolutamente, nada de lo que había planeado estaba resultando, partiendo por el hecho de que Michael Martin cobrara su apuesta. Le parecía imposible que un hombre como él pusiera sus ojos en una mujer frígida y tiesa como un palo. Lo descubrió en la noche de bodas, y grande fue su arrepentimiento. Margaret, como mujer, era inservible. Tanto esfuerzo que puso de su parte en el cortejo, y ni siquiera podría disfrutar de los placeres que otorgaba el cuerpo caliente de una mujer. Al menos no era estéril, y le dio el heredero que tanto ansiaba su difunta madre, y otro más por si el mayor era igual de inútil que su esposa…

Golpearon la puerta de su dormitorio, Alexander dio su venia de malhumor, y el mayordomo entró.

—Un mensaje para usted, milord. Se me señaló que le fuera entregado de inmediato, es de extrema urgencia —comunicó flemático.

—¿El mensajero espera respuesta?

—No, milord, se fue en cuanto entregó el sobre.

—Muy bien, retírese.

En silencio, el mayordomo abandonó la alcoba. Swindon de inmediato abrió el sobre sin remitente, y desplegó el mensaje.

«Su excelentísimo, Alexander Croft, conde de Swindon:

»El documento que usted busca no se encuentra en Clover House, por lo que se le solicita, encarecidamente, que no envíe a nadie para revolver las pertenencias de mi señor, las cuales aprecia, por muy sencillas que sean.

»Es por eso mismo, es que me veo en la obligación de informarle que debe compensar sus pérdidas, dada la torpeza de su sirviente mientras ejecutaba sus instrucciones.

»En estos días, le haré llegar la factura por la reposición de los valiosos objetos que enumeraré a continuación:

»-Una licorera de cristal italiana.

»-Una botella de oporto de Portugal.

»-Los honorarios del orfebre que reparará una magulladura de un tintero de oro.

»-Una sartén de hierro.

»Sin nada más que agregar, y esperando que tenga una espléndida mañana, me despido.

»John Fields, secretario.

»Post Scriptum: Se le ruega no seguir enviando sirvientes de dudosa reputación a irrumpir en la noche. Somos humanos y merecemos dormir.

»Post Scriptum II: Debo insistir, que el documento que usted busca, no se encuentra en Clover House, al igual que lord Bolton, mi señora Margaret, y los niños.»

—¡Maldita sea! —blasfemó Swindon iracundo, lanzando la bandeja con el desayuno al suelo, sin importarle el estropicio regado en el suelo—. ¡¿Hasta cuándo?!

⁂

Andrew miraba ensimismado hacia el jardín, el invierno había desnudado los rosales de Rosebud Manor, extrañaba la fragancia de las rosas en pleno verano. Al día siguiente, sería Nochevieja, la mansión se encontraba en un maravilloso caos. Todos colaborando para la celebración con efervescente entusiasmo.

—Rothbury —llamó August que estaba frente a él—. ¿Leíste el contrato?

—Perdón, me distraje. Sí, lo leí, no hay nada que objetar.

—Entonces, procedamos con la firma. —August acercó el contrato a Andrew, mientras él entintaba la pluma para firmar.

—Adam y Mary morirán de la sorpresa cuando vean la casa terminada —vaticinó Andrew rubricando el documento con una sonrisa diabólica.

—Ya me gustaría verles las caras, ¿ellos volverán directo a Londres, después de Año Nuevo?

Andrew asintió, entretanto que derretía el lacre con cuidado.

—¿Y ya pensaste en lo que te propuse? —interrogó echando el lacre al papel, y estampó su sello.

August asintió con parsimonia.

—Hablé con Minerva, y ella está de acuerdo.

—Estupendo, así podrás manejar mejor mis asuntos y los del duque de Hastings estando en Londres durante la temporada.

—Sí, ese fue el motivo principal, Rothbury está demasiado lejos y no podría atender apropiadamente los asuntos que sean urgentes… Además, Minerva quiere estar cerca de su familia durante esa época.

—Entonces, Olivia y ella tendrán que buscar a alguien de confianza para que se haga cargo del proyecto comunitario.

—Ellas siempre están un paso adelante —aseguró esbozando una sonrisa—. Creo que ya tienen ese flanco cubierto.

—No me extraña en lo absoluto —declaró orgulloso de su esposa y su hermana. Eran las mejores.

—Acá están, al fin los encuentro —intervino Michael entrando a la biblioteca, haciendo que ambos hombres voltearan a verle—. Necesito un abogado —especificó acercándose a sus cuñados—. Urgente.

Andrew y August alzaron las cejas al mismo tiempo.

—No puedo imaginar por qué necesitas uno —satirizó Andrew sintiendo una creciente intriga—. ¿Qué ha pasado?

—Ayer y hoy me llegaron dos cartas de parte de mi secretario —explicó Michael—. En la primera, me informa que Swindon ha entablado una conversación criminal en mi contra, quiere una compensación de diez mil libras, y a su esposa e hijos de vuelta. El juicio será el dieciocho de enero.

—¡Diez mil libras! ¡Ese imbécil debe estar perdiendo la cordura! —exclamó Andrew ofuscado—. ¡¿Qué se ha imaginado ese malnacido?! ¿Que mi hermana es un objeto que puede transar y reclamar cuando se le antoje?

—Es una jugada muy osada —terció August serio—. Una buena defensa y el documento, que es completamente legítimo, son factores de peso a considerar. Lord Swindon debe estar completamente desesperado como para hacer un escándalo público, más de lo que ya es. Un juicio civil es un arma de doble filo.

—Indudablemente, está desesperado —dio la razón Michael—. En la segunda carta, Fields me indica que un sujeto entró a Clover House e intentó robar el acuerdo. Es evidente que fue Swindon quien estuvo detrás de este hecho.

—Eso confirma mis conjeturas —agregó August—, el conde sabe que el acuerdo tiene una importancia legal innegable y puede costarle caro, no solo perder el juicio, sino también, su reputación… o lo que queda de ella —argumentó—. Desde que Andrew me comentó acerca de esto, he estado estudiando el caso y hay un precedente de un litigio similar, en el cual el demandado ganó el juicio. Lo cual es alentador.

—Es muy alentador… —coincidió Michel pensativo, algo estaba motivando a Swindon a reclamar con tanta vehemencia a su esposa, y la causa, no era precisamente el amor. Tenía que haber algo más poderoso—. August, ¿te podrías unir a mi equipo de abogados? Creo que serías un gran aporte —propuso, impresionado por la proactividad de su nuevo cuñado, era un muy buen augurio.

—Trabajo es trabajo, de eso mismo hablaba con Rothbury, pasaremos la temporada en Londres, por lo que podré tomar tu caso —aceptó August contento, desde la llegada del vizconde, su suerte había cambiado para siempre.

—Entonces, ¿cuándo volvemos? —preguntó Michael, sintiendo el entusiasmo emerger de su pecho.

—Al siguiente día del Año Nuevo, todos volveremos a Londres —decretó Andrew—. Swindon no sabe en qué lío se ha metido.

Capítulo XIX

«*Susurros de Elite, 12 de enero de 1819.*

«*Mis queridos y fieles lectores, las fiestas de Navidad y fin de año ya pasaron y, de a poco, Londres vuelve a la vida ante la inminente temporada, la cual ya nos está trayendo novedades para comentar. A estos oídos —y ojos— han llegado noticias realmente escandalosas, relacionadas con la apuesta indecorosa llevada a cabo por el conde de S —conocido ludópata, hedonista y despilfarrador— y el marqués de B —el doble de conocido granuja, truhan y libertino—.*

Si por estar fuera de la capital, no han sabido nada de esta inmoral situación, les haré una breve recapitulación de los hechos.

»*Hace unos meses, los dos caballeros ya mencionados, en un juego de cartas, establecieron como premio a la esposa e hijos del primero. Cuando el resultado de esta apuesta salió a la luz pública, provocó en lord S una acalorada reacción, desmintiendo, beligerante, la autenticidad de lo que informamos, incluso llegando al extremo de anunciar acciones legales en contra nuestra.*

»*Pero eso, mis queridos lectores, nunca sucedió. Los eventos siguieron su curso natural, llegando a un punto específico del mes de noviembre, momento en que lord B, en efecto, reclamó su propiedad sobre lady S, quienes retornaron juntos a Londres en diciembre. Se le vio siempre en pareja, dando paseos por Hyde Park o Vauxhall Gardens, salidas a cafés, comprando en Bond Street, evidenciando, ante todo quien quisiera ver, una relación más que platónica, llegando al extremo, de vivir en la misma casa.*

Adulterio flagrante, es el término que usaríamos, si fueran circunstancias normales. Pero, sabemos de una muy buena fuente que el documento que desconoce lord S, sí existe y es muy legítimo; escrito de su puño y letra, firmado por las dos partes involucradas ante testigos y sellado con su blasón. Si nos ceñimos al estricto rigor de la ley, lord B solo está ejerciendo su derecho legal sobre lady S, ya que ella, al igual que sus hijos, son de su propiedad.

»El conde de S, ante este flagrante ultraje —como cualquier hombre que pierde los afectos y las ventajas de tener una esposa—, ha entablado una conversación criminal en contra del marqués de B. Usualmente, este tipo de demandas por agravio, son una antesala para lograr un divorcio o una separación, pero en este caso, el conde de S solo exige una compensación económica por menoscabo a su honor, que asciende a diez mil libras, y como medida de reparación ante el humillante adulterio, que su esposa e hijos vuelvan a su hogar. Tal parece que lord S está comprometido a perdonar y olvidar la gravísima falta al sagrado vínculo matrimonial por parte de ella, —y al parecer, olvidar también la voluntad de lady S que, obviamente, es lo que menos le importa a lord S—. El conde, increíblemente, no quiere una separación y menos el divorcio.

»Sinceramente, queridos lectores, no sabemos qué pensar respecto de esta escandalosa e indecente situación, y me apiado del alma de ese pobre juez que tendrá la obligación de dictaminar una sentencia.

»Eso, pronto lo sabremos, el día dieciocho de enero en la corte de King's Bench.»

—Querida Christine, mira quiénes vienen hacia nosotras —anunció en un tono de secretismo una dama de alta alcurnia. Estaba impactada.

La dama en cuestión, ahogó un grito ante la ignominiosa escena. Atroz, qué indecencia estaba presenciando.

—Cielo santo, ¡y tienen el descaro de venir a Hyde Park a vista y paciencia de todos! ¡Bolton no conoce la vergüenza!—señaló ofendida—. Y para qué decir lady Swindon, ya sabía que esa mujer era la culpable de la desgracia de su esposo… De lord Bolton se puede esperar cualquier cosa, pero de ella… es el colmo que haya bajado su estatus de condesa a ser la querida del marqués.

—Al parecer, tomar pésimas decisiones es de familia. Lady Swindon es hermana de Rothbury, quien tampoco lo hace muy bien. Teniendo a tantas damas de impecable reputación para elegir como esposa, se casa con la hermana de Bolton, quien es madre del bastardo de Felton. Ah, es una real lástima, pobre Swindon, su elección de esposa no pudo ser peor. Él necesitaba una mujer con carácter firme, como su madre. No como esa mujer que permitió su negligente comportamiento y que ahora se arrima a los brazos de cualquiera que pueda mantenerla.

—Tú lo has dicho, Catherine... ¡Dios santo!, vienen hacia acá, guardemos silencio, actúa normal.

Michael aminoró el paso, e interrumpió la animada conversación que sostenía con Margaret y, como buen caballero educado, inclinó su cabeza para saludar a aquellas damas —por muy mojigatas que fueran— las cuales, respondieron con un frío gesto, sin dejar de mirarlos con desdén, especialmente, a lady Swindon.

Margaret también saludó con clara altivez y sin evitar el contacto visual, mas no pudo reprimir el impulso de curvar sus labios en una sonrisa maliciosa. Sin decir ni media palabra, ambas parejas prosiguieron con su paseo.

—Me dan lástima —comentó Margaret una vez que se alejaron unas cuantas yardas—. ¿Puedes creer que tienen la misma edad que yo?

—¿En serio? Se ven bastante... mayores. Por no decir viejas... ¡Bah, ya lo dije! —bromeó guasón.

Margaret rio, negando con la cabeza, Michael siempre lograba arrancarle carcajadas en situaciones desagradables.

—Es el reflejo de cargar con el peso de vivir matrimonios infelices y aparentar lo contrario —replicó ya con más seriedad—, pero, en la realidad, ellas ni siquiera soportan estar con sus hijos, delegan la crianza a sus niñeras... Es triste, en el fondo, ellas aprecian mucho más todo lo que implica la comodidad de su posición y reputación, en vez de separarse. Les da un miedo atroz quedar en el más absoluto desamparo... Yo reconozco que era como ellas, aguanté demasiado por sus mismos motivos, pero el más poderoso, eran mis hijos. De todas las humillaciones a las que me sometió Alexander, la única que le agradezco, fue que me expulsara de su casa. Vivir sin él, fue como si me hubieran liberado de un yugo que no sabía que cargaba.

—Si las mujeres tuvieran las mismas garantías que nosotros —reflexionó Michael en voz alta—. Creo que muchos me tratarían de loco y poco hombre, pero, indudablemente, las mujeres siempre tienen todo más difícil, por ello, son mucho más fuertes que muchos hombres juntos.

—Eso no te lo voy a negar. Lo lamentable, es que no todos llegan a esa conclusión. Para demasiada gente le es mejor conservar ciertas «tradiciones».

—Tenemos más que claro que, algo que sea catalogado como tradicional, no significa que sea bueno —declaró categórico.

Michael y Margaret se quedaron en silencio, cada uno perdidos en sus cavilaciones. El aire frío les enrojecía las narices pero aquello, no les molestaba. Caminaban tranquilos, saludando con inclinaciones de cabeza a cualquier persona que conocieran, sin importar la desidia de sus gestos.

—¿No te mortifica pasar por esta situación todos los días, querida? —preguntó Michael preocupado—. Recuerda que podemos irnos de aquí si no lo toleras.

—Puedo con todo esto y más. Pero debo admitir que, en un principio, creía que sí me iba a afectar el rechazo de las personas que pertenecen a nuestra clase. Pero, pronto me di cuenta, que esas personas que nos miran con desprecio y hablan a nuestras espaldas, no nos dan de comer, ni viven con nosotros, ni resuelven nuestros problemas, por lo que decidí darles el lugar que merecen en mi vida… Ellos no existen para mí, porque tengo todo lo que puedo desear, una hermosa familia que me ama y que me apoya sin condiciones.

—También podemos agregar amigos, leales que no nos juzgan… Eres una mujer fabulosa, querida. Soy un hombre muy afortunado de tenerte a mi lado —declaró besando la mano de Margaret—. Pasando a otro tema, ángel mío, quería comentarte que ya tenemos todo preparado para el juicio, nuestros sirvientes han aceptado de buena gana dar su testimonio. También algunos antiguos criados de Garden Cottage, y los caballeros que firmaron el acuerdo como testigos. No tienen la mejor reputación, pero, de todos modos, nos servirá para nuestra defensa. Incluso Corby se ofreció para atestiguar acerca del comportamiento deleznable de Swindon. —Margaret alzó sus cejas sorprendida, y Michael asintió haciendo una mueca divertida—. Vamos a centrar todos nuestros esfuerzos en la legitimidad del acuerdo. Si todo sale bien, solo tendré que pagar la compensación, pero no que te obliguen a ti y a los niños a que vuelvan con Swindon. Pero, los muchachos son los que me preocupan, sobre todo Thomas, quien es el heredero de Alexander.

—¿Estaremos siendo demasiado ambiciosos con nuestros deseos? —pensó Margaret en voz alta, evidenciando sus temores.

—Solo queremos justicia, mi ángel. Swindon, por solventar sus deudas de juego, renunció a toda su familia, sin importarle el futuro del condado —refutó Michael con seguridad.

—Ojalá lord Waterford sea un juez imparcial. —Margaret suspiró.

—Haremos todo lo posible para que nuestros abogados demuestren con hechos indiscutibles nuestra posición —aseguró, dándole un casto beso en la fría mejilla.

Prosiguieron con la caminata hasta llegar al Serpentine. El cielo estaba cubierto de nubes oscuras que anunciaban lluvia. Margaret disfrutaba mucho del invierno, prefería más el frío que el calor.

Michael, sin embargo, prefería el calor del verano. El invierno le provocaba una aversión horrorosa a salir de casa. Pero, cuando se trataba de pasear a solas con Margaret, sacrificaba sus predilecciones, porque ansiaba vivir todo con ella, ya fuera un simple paseo, un té en el Gunter's, ir a la ópera, al teatro, visitar a sus familiares… dormir hasta el amanecer envuelto en su calor, poseerla cada vez que podía, cualquier cosa que significara compartir su vida a plenitud con la mujer que amaba.

Convertir en realidad, todo lo que no pudo hacer con Laura.

Lord Swindon caminaba despreocupado por St. James's Street hacia el White's, cargando varios ejemplares de periódicos y semanarios bajo el brazo, se sentía casi eufórico. A un día del esperado juicio, en toda la prensa tradicional, la versión que predominaba sobre su situación, era la del pobre caballero que había tenido un traspié moral y que, gracias a un golpe de suerte, decidió enmendar sus errores, empezando por su fortuna y familia perdida. Y que el vil marqués de Bolton, aprovechándose de la escasa inteligencia de lady Swindon la embaucó con un falso acuerdo y se apropió, en todo el sentido de la palabra, de la condesa.

Desperdigar su versión de los hechos en el White's, en reuniones, tertulias y encuentros ocasionales con inversionistas, había dado generosos frutos. La mayor parte de la respetable y buena sociedad lo apoyaba en sus esfuerzos por lograr su redención. Irónicamente, los que se alejaron de él, fueron sus antiguos compañeros de juerga, comenzando por ese traidor de la más baja estofa, Corby.

Pero eso no le preocupaba, la reputación de todos ellos era tan negra como las aguas servidas de todos los pozos sépticos de Londres.

Pero no solo eso alegraba sus días, en el periódico The Times, confirmaban la ansiada noticia de que Enrico Espositi, uno de los hombres más ricos de Europa, arribaría a Londres en marzo, lo cual le iba de las mil maravillas. De acuerdo a sus planes, dos meses y medio, era el tiempo necesario para terminar con el asunto de la apuesta, sepultar los rumores, dejar impoluta su reputación y montar la farsa de un matrimonio bien constituido, para convencer al italiano que él era una de las mejores opciones en toda Inglaterra para invertir.

Sí, iba a ser mucho dinero, más de lo que imaginó alguna vez. Si todo resultaba bien, podría volver a tener una o dos amantes, jugar de vez en cuando e ir a esas fiestas de máscaras donde todo se permitía. Extrañaba divertirse, la lujuria era algo que corría por sus venas y detestaba privarse de ello. Pero esta vez iba ser más sensato.

Con esa resolución en mente, saludaba con una regia y soberbia inclinación a cuanto transeúnte lo reconocía, llenándolo de confianza. Pero, uno de ellos, le pareció espantosamente familiar. Un hombre, en apariencia, un caballero, pasó por su lado después de hacerle un discreto gesto que lo llenó de pánico. ¡No podía ser, se suponía que estaba muerto, él mismo vio su cadáver!

Los pasos de Swindon se detuvieron como si sus pies fueran de plomo. No se atrevía a dar media vuelta y asegurarse de que solo fue una mala jugada de su sucia consciencia. Entornó sus ojos y, con lentitud y terror, giró su cabeza, rogando al cielo que solo se tratara de una horripilante coincidencia.

Mas el hombre ya no estaba, desapareció como si fuera un espectro. Pero Swindon, lejos de sentir alivio, le invadió la sensación de incertidumbre y miedo. El horror ya estaba instalado en todo su cuerpo, que tiritaba como una hoja a merced de un gélido viento impetuoso. Los latidos de su corazón aumentaron de súbito, eran como el repique furioso de un tambor de guerra. Un espeluznante escalofrío le recorrió toda la espina dorsal.

El aire le faltaba, sus pulmones apenas obedecían la elemental y natural orden de inspirar y espirar. Su mente, fría y calculadora, le decía que solo se trataba de un simple desconocido, que era imposible que fuera ese hombre. Pero su cuerpo, desde su esencia más primitiva, no decía lo mismo, le gritaba hasta desgarrar sus cuerdas vocales, que estaba en peligro, que debía dejar todo y huir al fin del mundo para esconderse y salir con vida.

No obstante, sus pies no se movían.

Se mantuvo en esa posición por eternos minutos, era como si el tiempo solo se hubiera detenido para él. Los carruajes pasaban, las personas lo evadían al notar que él no se movería. Unas gotas de lluvia empezaron a humedecer su rostro. En ese instante, recordó cómo debía respirar.

Tomó una honda bocanada de revitalizante aire, que le permitió, al fin, poder moverse.

Necesitaba un trago. No, mejor dicho, dos o tres. Ahora.

Capítulo XX

El Westminster Hall, salón ubicado en el palacio del mismo nombre, era donde se encontraba la corte de King's Bench. En el interior, se respiraba un aire lleno de expectación, curiosidad y morbo por parte de las personas que abarrotaban el lugar y que querían presenciar el juicio más bullado del año que recién empezaba. La conversación criminal, de Alexander Croft, conde de Swindon, contra Michael Martin, marqués de Bolton, acusado de seducir bajo engaño a la esposa del demandante.

El tribunal era presidido por Leonard Rowlandson, vizconde Waterford, quien era uno de los doce jueces superiores de Inglaterra, quien ostentaba una fama de ser implacable. Junto a él, estaban los tres jueces asistentes, todos vistiendo, según la tradición, togas negras y pelucas blancas.

En los instantes previos al inicio del juicio, se escuchaba un ensordecedor barullo, debido a las murmuraciones de los cientos de asistentes, y cuyas voces hacían eco por doquier, gracias a la perfecta caja de resonancia que proporcionaban los altos techos abovedados del gran salón.

Mientras tanto, en el exterior, el frío calaba los huesos, pero aquello no impedía que, por seis chelines, un chico voceara a todo pulmón la venta de un ejemplar donde se reportaban los últimos pormenores del caso.

—¡Juicio por conversación criminal! ¡Daños por diez mil libras! ¡El juicio de lord Bolton por adulterio con Margaret Croft, esposa de lord Swindon!

Michael, riendo por la ironía de comprar un ejemplar de su propio juicio, le pagó al chico diez chelines por darle un momento memorable. Él estaba siendo acompañado por Margaret, y con ellos, iban los hermanos de ella, el vizconde Rothbury y Minerva. También estaban, el padre de Michael, el conde de Wexford y John Fields, quien cerraba la comitiva. Olivia se había quedado en Clover House junto con sus amigas, Althea y Mary, y el esposo de ella, Adam, para cuidar al pequeño ejército que formaban todos los niños. August, ya se encontraba en el interior de Westminster Hall, junto con los otros abogados.

Un juicio por agravio era un asunto que se desarrollaba de un modo muy peculiar para cualquiera que no supiera de leyes. En primer lugar, no se acusa a la mujer adúltera, sino a su amante. Ninguna de las partes, demandante y acusado, suben al estrado para prestar testimonio, solo podían los testigos que eran interrogados por sus abogados como medio de prueba. Si bien la presencia de Michael en la corte no influía de ninguna manera en el juicio, él prefería asistir y dar la cara a toda la sociedad.

En una primera instancia, Bolton pretendía ir solo. No obstante, en cuanto insinuó que iría al Westminster Hall para presenciar el juicio, Margaret, sus familiares y amigos se negaron rotundamente, y decidieron acompañarlo para darle su respaldo público.

—Vaya, con razón es tan caro, la caricatura está a color... ¿Por qué dibujan mi nariz de esa manera? —rezongó Michael con diversión en cuanto abrió el pasquín y estudió la ilustración en la cual estaban representados Margaret y él dando un paseo.

—Es una caricatura, querido, la idea es ridiculizarnos —explicó Margaret aguantando la risa—. Mira la mía, ni siquiera soy rubia...

—Parece que se equivocaron y dibujaron a Minerva —comentó mirando de soslayo a la hermana mayor de Margaret.

Cuando entraron a la corte, el ruido comenzó a disminuir a medida que ellos avanzaban hacia los primeros asientos, convirtiéndose en un silencio denso. Michael y Margaret estaban tomados del brazo, y tras ellos, todos los demás. Al llegar al lugar que les habían apartado, notaron que August estaba concentrado conversando con los otros abogados y revisando notas, pero el silencio le hizo levantar la vista con curiosidad e hizo contacto visual con Bolton. Ambos asintieron en un mensaje tácito. Estaban listos.

El murmullo, paulatinamente, volvió a emerger de las gargantas de las personas congregadas, mas esta vez, sus voces eran más bajas; los adúlteros tenían la desfachatez de asistir a su propia lapidación pública, y más de alguno comenzó a sospechar de la veracidad de los hechos que se publicaban en todas partes. ¿Cuál era el punto de someterse a la exposición y al recalcitrante escrutinio?

Margaret, entretanto, estudiaba el lugar con interés. Muchos de los asistentes al juicio eran conocidos que, en cuanto notaban que ella los miraba, les hacían un gesto de desprecio. No obstante, por increíble que pareciera, sus actitudes maleducadas no le afectaban, pues había algunos rostros, más anónimos, que no le bajaban la vista y que ella reconoció. Eran antiguas amantes de Alexander, de las cuales, ella tuvo «el placer» de conocer en distintas ocasiones. También estaban algunas sirvientas que trabajaron en la casa que compartió con él. Incluso, asistieron las modistas que le confeccionaron prendas de vestir, y según decían los rumores, también a la querida de turno de su otrora esposo. ¿Solo era la curiosidad el motivo por el cual estaban ahí?

No alcanzó a terminar de formularse esa pregunta y la respuesta llegó sola cuando miró a Michael, quien también miraba a aquellas mujeres.

—También testificarán —confirmó él con mucha tranquilidad.

—Entiendo… —Margaret suspiró hondo—. Me pregunto por qué no habrá venido Swindon, conociendo cómo es, estaba muy segura de que vendría a representar su papel de pobre esposo mancillado.

—Yo creo que eso mismo se preguntan sus abogados, mira... —señaló con un gesto hacia el otro lado de la sala. Margaret conocía al abogado de Swindon, y en sus ademanes había una excesiva dureza, como si deseara mantener sus emociones insondables, pero cada vez que miraba hacia el público, se evidenciaba cierta ansiedad—. Si el señor Wolf fuera una cuerda de violín, ya estaría a punto de cortarse por la tensión.

Una voz fuerte llamó la atención en voz alta, el juicio iba a comenzar. El silencio reinó en pocos segundos…

Lord Waterford, juez presidente de la corte, inició con la lectura de la introducción del caso; quién era el demandante, el acusado, los motivos y lo que deseaba obtener como resultado. Su voz era grave, flemática, y su actitud era la típica de la de un hombre de cincuenta años, como si dijera «tengan todos la amabilidad de no hacerme perder mi valioso tiempo con patrañas».

Luego de la lectura, autorizó al señor Wolf, abogado del demandante, a comenzar con la presentación del caso.

—En la madrugada del siete de septiembre del año 1818, mi cliente, Alexander Croft, sexto conde de Swindon, jugaba *whist* en su modalidad de dos jugadores en el club Waiter's, situado en el 81 de Picadilly, contra el demandando, el señor Michael Martin, marqués de Bolton.

»Lord Swindon, tras una racha de pérdidas, por siete mil libras en total, decidió apostar una última vez, ofreciendo, como medio de pago, a su esposa, la señora Margaret Croft, condesa de Swindon, e hijos, Thomas Croft, vizconde de Rothwell y Alec Croft, por un equivalente de diez mil libras para intentar recuperar lo perdido y obtener un remanente que tenía como destino saldar otras deudas de juego que...

Margaret alzó una ceja, y miró de soslayo a Michael, el cual se mostraba imperterrito.

—Nunca me dijiste que mis hijos y yo valíamos diez mil libras, no sé si sentirme halagada o ultrajada. En el acuerdo no lo mencionan —susurró al oído de Bolton.

—No era relevante la suma, lo imperativo era ganar. En ese lugar estaba lord Coldfield y, definitivamente, si yo no accedía a jugar, él tomaría mi lugar. El premio era demasiado tentador, y así como estaba la suerte de Swindon esa noche, era muy probable que te perdiera, tal como lo había hecho con las siete mil libras... Y Coldfield hubiera ido a Richmond a reclamarte de la peor forma que hubieras imaginado. No podía permitir aquello —explicó Michel sin dejar de prestar atención a las palabras del señor Wolf.

Margaret no dijo nada más, recordó cuando conoció a Michael. Tanta vehemencia y arrogancia en sus palabras, «*usted no me conoce... y por supuesto que soy infinitamente mejor que ellos*», y todo resultó cierto. El actuar de Michael, aunque no era nada ortodoxo, fue la mejor opción.

—«... Lord Swindon, sin imaginar que lord Bolton —continuó el señor Wolf—, tendría la inmoral y férrea voluntad de reclamar a su esposa e hijos como forma de pago, firmó un acuerdo, en el cual le cedía todos los derechos de propiedad de su esposa, y tutela de sus hijos. Y, asumiendo, que la honorabilidad de lord Bolton no llegaría a tan deleznables niveles, no se preocupó más allá, puesto que su esposa, por motivos de salud mental, se encontraba viviendo en una propiedad, que en ese instante le pertenecía a sir Walter Ackerman, denominada Garden Cottage, ubicada en North Yorkshshire, específicamente en la ciudad de Richmond.

»A mediados del mes de octubre, mi cliente, gracias a la voluntad de Dios, comenzó rápidamente a recuperar su propiedades más importantes, por lo que su precaria situación económica volvió a ser la que le correspondía a su posición. Fue un trabajo arduo que le demandó todo su tiempo y esfuerzos, dejó los vicios que, por poco, lo sumieron en la más absoluta pobreza. Todo transcurría con éxito, pero, a mediados de noviembre, se difunde el rumor de la apuesta, lo cual le recordó a mi cliente que debía recuperar a su esposa e hijos. Buscó, infructuosamente, a lord Bolton en todo Londres, y grande fue su sorpresa al confirmar que su lady Swindon había vuelto desde Richmond, manteniendo una relación ilícita con el demandado, por lo que, solo en ese instante, mi cliente se dio cuenta de las verdaderas e indecentes intenciones de lord Bolton desde un principio.

»Sin embargo, lord Swindon, en un acto de gran generosidad ha perdonado a su esposa, pues ella, a pesar de no ser una persona particularmente inteligente, posee una moral y virtud intachable, y siempre, a pesar del mal comportamiento del conde de Swindon, ha tenido una conducta excepcional como esposa. Por lo que se asume que ella accedió a las indecentes demandas del marqués de Bolton, bajo engaños y mentiras.

—Alexander es un desgraciado, tiene el descaro de tildarme de estúpida. Creo que eso es peor a que me trate de adúltera —siseó Margaret indignada, sintiendo que la ira comenzaba a burbujear en su sangre, mas su semblante demostraba una serenidad casi beata—. Espero que pague en vida todos sus pecados, porque el infierno no será suficiente.

—Tranquila, mi ángel. Todo esto es solo parte de su malintencionada estrategia para poder lograr su propósito, de otra forma, no podrían sustentar su caso —argumentó Michael apretando la mano de ella—. Esto es solo el comienzo, recalcarán ese hecho y otros peores.

—No quiero siquiera imaginar si acceden a darle la razón a Swindon con su demanda.

—Independiente del resultado, haré lo imposible para que no vuelvan con él. Swindon jamás les pondrá un dedo encima, ni les volverá a insultar con sus palabras venenosas —prometió vehemente—. Si este juicio no tiene un veredicto favorable para nosotros, tomaremos el primer barco que nos lleve a América. Tú, yo y los niños.

A pesar de los deseos de Margaret, su mente no pudo evitar traicionarla y mostrarle ese nefasto escenario. Swindon, ganara o perdiera, de todas formas, le iba a quitar la mitad de su vida. Si ellos ganaban, Alexander iba encontrar un modo sucio y maquiavélico para lograr sus objetivos, si perdían, ella debería decir adiós a su familia, a su tierra, a su mundo.

Su lugar era estar al lado de Michael.

Olivia estaba en el salón principal, mirando por la ventana que daba hacia la calle. Dio un largo suspiro mientras acariciaba su vientre, no quería transmitirle su inquieto estado de ánimo a su bebé. Se concentró en las voces y risas de los niños disfrutando de los juegos y los lazos familiares, que colmaban Clover House como una dulce melodía que aplacaba, en parte, esa perturbadora sensación.

—¿Quieres algo de té, Olivia? —ofreció Mary solícita, quería distraer a su amiga, aunque fueran unos minutos de conversación banal, con una exquisita taza de té y pastitas.

—No, gracias, Mary, eres muy amable —rechazó con una débil sonrisa, volvió a mirar a la calle con preocupación—. ¿Cuándo tendremos noticias? Han pasado muchas horas, a estas alturas del día deberíamos saber algo, ¿no crees?

—Tienes razón, ya son las cuatro de la tarde —concordó—. Pero no te preocupes, Adam salió hace poco más de una hora para averiguar, pronto vendrá con novedades.

—Típico de Churchill. No me extraña, no suele soportar estar demasiado tiempo sin saber nada. Tu esposo es un hombre muy curioso —afirmó Olivia con humor.

—Es en exceso curioso —sonrió de un modo que Olivia solo pudo interpretar como una tímida malicia—. Pero, a decir verdad, la que no soporta ver tu cara de preocupación soy yo, así que le pedí que fuera a Westminster Hall a obtener información —confesó Mary aparentando desenfado, le costaba acostumbrarse al trato informal hacia su amiga, quien fue su señora hasta hacía algunos meses.

—Oh, eres maravillosa, amiga mía. —Olivia abrazó a Mary efusivamente, ella era tan leal, como si fuera una hermana. Al separarse, añadió más animada—: Creo que ahora sí aceptaré la taza de té. —Miró hacia todas direcciones—. ¿Dónde está Althea? Hace un momento estaba aquí.

—Fue a cambiar de ropa a la pequeña Hyacinth, un percance con el florero —explicó Mary.

—Ya puedo imaginarlo. —Rio Olivia—. Espero que el espíritu intrépido de ella perdure. Pobre del hombre que trate de confinarla como esposa modelo.

Ambas mujeres rieron ante ese pronóstico, pero pronto enmudecieron, cuando el sonido de la aldaba resonó en la estancia.

Pocos segundos después, apareció Adam frente a ellas, estaba agitado, parecía que había corrido centenares de millas y, en su rostro, se reflejaban demasiadas emociones, pero la primordial, era una profunda perplejidad.

—Ha ocurrido algo terrible, lady Rothbury…

—Señorita Lancaster, podría explicar a esta corte los motivos por los cuales lady Swindon permitió que usted viviera tres meses en la casa de Alexander Croft, como su amante —interrogó August a la última querida conocida de Swindon.

—En realidad ella no decidió, ni permitió nada —contestó la señorita Lancaster—. Lord Swindon me llevó a vivir a su casa. No recuerdo muy bien en qué momento tomó esa determinación, esa noche habíamos bebido demasiado champán y ya había amanecido. Nos encontrábamos en mi habitación cuando me propuso que viviera con él, porque estaba harto de tener a una mujer inútil y frígida esperándolo en casa, refiriéndose a lady Swindon —reveló la mujer con desenfado, provocando un leve barullo entre los asistentes—. Y sin más, él se levantó de la cama, y luego, en su carruaje elegante, me llevó a la casa más bonita que haya visto en mi vida. Era lógico que quisiera vivir en ese lugar, ¿quién no? —se justificó, mas luego, su tono de voz cambió—. La señora estaba desayunando con sus hijos cuando llegamos, y Alexander, simplemente, la echó con sus hijos como si se tratara de un perro de la calle… Provoqué a lady Swindon para que armara un escándalo, que gritara, y me demostrara que era la bruja que Alexander decía que era. Pero para mi completa sorpresa, ella aceptó estoica la orden de su esposo y abandonó de inmediato la casa. Lord Swindon le prometió que le enviaría su asignación… pero su palabra la mantuvo dos meses. Lo sé porque lo escuché hablando con un amigo de él, diciendo que ya no le iba a dar más dinero a lady Swindon porque no alcanzaba.

—Señorita Lancaster, entonces, podemos deducir que su relación con lord Swindon terminó debido a la falta de dinero para su mantención, ¿podría explicarnos un poco más? —August prosiguió con el interrogatorio.

—Sus acreedores empezaron a llegar a su casa. —La señorita interrumpió sus palabras, un hombre se abría paso entre las personas—... decidí que era un buen momento para abandonarlo, él estaba prácticamente en la...

La señorita Lancaster no siguió con su testimonio, la distrajo de nuevo ese hombre, que llegó raudo hasta la zona de los abogados demandantes, donde estaba el señor Wolf escuchando atento la declaración.

August miró en esa misma dirección, el recién llegado le susurraba al abogado de Swindon, quien se tomó la frente a dos manos en un claro gesto de conmoción. Luego notó que le preguntó al hombre «¿estás completamente seguro?», recibiendo un asentimiento firme.

Michael y Margaret estaban inquietos ¿qué podía estar sucediendo? Observaron al señor Wolf, que se levantaba y pedía la palabra al juez.

—Lord Waterford, solicito permiso para hablar con usted y el señor Montgomery. Es urgente —pidió con nerviosismo, a lo que el juez presidente accedió.

Ambos abogados se acercaron, los murmullos volvieron a la vida ante la inusual interrupción. Margaret observó cómo los abogados conversaban con el juez quien asentía y luego negaba con la cabeza. Un escalofrío le recorrió el cuerpo, en el momento en que lord Waterford la miró fijo y luego a Michael.

Segundos después, los abogados volvieron a sus puestos, el juez conminó a las personas a guardar silencio.

—Señorita Lancaster, muchas gracias por su testimonio. Puede retirarse, por favor —solicitó firme—. Este juicio por agravio no va proseguir. —La sala se llenó de exclamaciones—. ¡Orden!... ¡Orden! —demandó, pero nadie obedeció—. ¡¡Orden he dicho!! —decretó lord Waterford con un vozarrón que acalló las voces de inmediato—. El juicio no proseguirá —repitió—. El señor Michael Martin, marqués de Bolton ha quedado, desde este instante, absuelto de los cargos, dado que el demandante, Alexander Croft, conde de Swindon ha fallecido...

Margaret quedó petrificada.

No pudo escuchar nada más.

Alexander estaba muerto… ¡Muerto!

Y ella era libre, completa y absolutamente libre. Su corazón latía tan rápido que pensó que estaba a punto de estallar. ¿Cómo era posible sentirse feliz por la muerte de alguien?

Estaba abrumada, su corazón ya no daba más. Todo el mundo desapareció, dando vueltas vertiginosamente, hasta que no supo nada más.

Solo había oscuridad.

Capítulo XXI

La sala se llenó de voces alzadas que clamaban por una explicación, hallar respuestas a tan inesperado suceso. ¿Había sido un suicidio, un accidente, o peor, un asesinato? De momento, solo se sabía que lord Swindon ya no pertenecía a este mundo.

En medio de toda la conmoción, Michael intentaba despertar a Margaret, quien yacía inconsciente entre sus brazos. Le susurraba palabras de amor, rogándole que volviera en sí. Minerva se acercó a él y le asistió, sacando con eficiencia unas sales de su ridículo[10] para hacerla reaccionar.

No pasó mucho tiempo y Margaret salió de su estado con brusquedad, todo le daba vueltas, y parecía que su cerebro estaba a punto de reventar a causa del estridente ruido. Michael, con delicadeza, le ayudó a ponerse de pie. Ella se sentía desorientada, con los pensamientos embotados. Por un segundo pensó que todo había sido una pesadilla, pero a juzgar por todo lo que ocurría a su alrededor, solo encontró la confirmación brutal de que todo era real.

Swindon estaba muerto.

—Vámonos, querida —instó Michael con suavidad, sintiendo que debía salir de ese lugar en el acto para no seguir exponiendo a su mujer—. Volvamos a casa… ¿puedes levantarte, amor?

Margaret asintió débilmente. Le ordenó a su cuerpo que se moviera, pero era inútil, le pesaba una enormidad, sus extremidades estaban lánguidas, sin fuerza.

---

10 *El ridículo es un pequeño bolso de mano utilizado por las mujeres como complemento. Su uso para llevar el pañuelo u otros pequeños objetos, prácticamente, se ha perdido. Con forma de bolsa pendiente de unos cordones y similar a un portamonedas o una limosnera, solía llevarse prendido o atado a la muñeca*

—Espera, mi ángel. —Michael, sin dejar que ella siguiera esforzándose, la alzó entre sus brazos. Margaret hundió su cara en su sólido pecho, buscando su reconfortante aroma, su calor—. No te preocupes, ya saldremos de aquí. —Miró a August, que estaba pendiente de todo, y con un gesto le pidió que se acercara—. Intenta obtener toda la información que puedas con el hombre que dio el aviso.

—Dalo por hecho —respondió seguro—. Los alcanzo en Clover House.

Michael asintió y dio media vuelta. Familia y amigos rodearon a la pareja, flanqueándolos como si fueran un escudo para protegerlos de esa multitud que ya empezaba a especular.

A los oídos de Michael, entre los murmullos suspicaces, llegaba fuerte y clara la palabra «asesino», seguida de miradas acusadoras a las cuales no podía ni quería replicar. No tenía tiempo, lo único que deseaba en ese momento era salir hacia el exterior del palacio. Pero, en su interior, sentía que era parte de una especie de agobiante procesión hacia algo que le era ajeno.

Asesino.

Durante los últimos tres años, había sido conocido como un libertino, un granuja, un descarado, y estaba acostumbrado a tener esa fama; es más, ese siempre fue su objetivo principal para fastidiar a su abuelo, y tener la fachada perfecta para hacer las averiguaciones sobre el paradero de su esposa e hijo, sin que nadie le cuestionara. No le importaba aclarar si cada rumor era real o no, salvo con las personas que amaba. Pero ahora, sin ninguna prueba, lo estaban señalando como un criminal a sangre fría, y esa sensación no le gustó en lo absoluto, porque él, al igual que todas las personas en aquella sala, desconocía los detalles del deceso de Swindon. No obstante, para el resto del mundo, era muy fácil inculparlo, porque era tremendamente conveniente la muerte del esposo de Margaret.

Ahora ella era libre, y la demanda estaba desecha. Podía casarse con su ángel al día siguiente si lo deseaba, y vaya que deseaba convertirla en su esposa para toda la vida.

Sí, era muy fácil ser un sospechoso, de hecho, era algo lógico. Debía actuar rápido.

—Andrew, necesito que averigüen todo sobre la muerte de Swindon, quiero todos los detalles por nimios que sean, antes que todo esto se convierta en una montaña de habladurías —pidió a su cuñado, quien estaba a su lado.

—Churchill acaba de salir de acá para dar aviso en Clover House —respondió Andrew con prestancia—, yo me quedaré con August para saber por dónde empezar. Cuando llegues a tu casa, dile a Churchill que se encuentre conmigo aquí, en la entrada del palacio.

—Estupendo, muchas gracias. Me quedaré en casa para esperar novedades... Creo que será lo mejor, por el momento. —Se quedó unos segundos en silencio, pensando si se le escapaba algo, hasta que de soslayo vio a una mujer vestida de negro que le recordó algo muy importante—... ¿Sabes si hay parientes de Swindon que puedan ocuparse del servicio fúnebre?

—Muchos parientes, pero ninguno siente un aprecio especial por él. Dudo que corran a hacer los preparativos —respondió Rothbury con su cuota de sarcasmo. Él tampoco apreciaba a Swindon, su muerte no lo santificaba.

—Yo iré a la casa del conde —intervino Minerva ofreciendo su ayuda—. El servicio doméstico me conoce y me puedo hacer cargo de todo esto. Margaret no está en condiciones, ni tampoco permitiré que ella se ocupe de ese asunto tan desagradable. De paso, puedo aprovechar de obtener toda la información posible por parte de los empleados de la casa.

—Muchas gracias, Minerva, sin duda, será de mucha ayuda —agradeció Michael, pensando en que la hermana de Margaret era una mujer con un intelecto muy agudo.

—Es lo menos que puedo hacer por Maggie y por ti —respondió con sinceridad.

Margaret levantó la vista y cruzó la mirada con sus hermanos, con un leve gesto también les agradeció. No podía pedir nada más. Tenía a la mejor familia.

—John. —Michael siguió urdiendo su estrategia—. Quédate con lord Rothbury y, en cuanto te confirmen los hechos, si no fue un suicidio, ve a *Bow Street*. Necesitaremos un *runner*[11].

—Señor, ¿está seguro de querer involucrar a la policía? —cuestionó intrigado y sorprendido.

—Absolutamente, necesito tener todo cubierto y ellos son profesionales. Si fue un asesinato, debemos contar con todos los recursos a nuestra disposición para atrapar a quien lo hizo, y si fue un accidente, esclarecer cómo sucedió. Ellos tienen conexiones en todas partes, sobre todo con los periódicos —argumentó Michael pensando en todas las posibilidades. Sentía que, si dejaba pasar el

---

11 *Los* Bow Street Runners *(los corredores de* Bow Street, *en inglés) fue el nombre por el cual se conoció popularmente al cuerpo de policía existente en Londres, entre 1749 y 1838.*

tiempo, los principales perjudicados serían Margaret y él, y arrastrarían a toda su familia hacia el desastre.

La sociedad podía ser estricta ante cualquier pecado, pero, cuando se trataba de un crimen que mereciera la pena capital, era implacable.

—Tiene razón. Marcus Finning es el mejor agente, según tengo entendido.

—Entonces, él es nuestro hombre.

⚜

—... y eso fue lo que sucedió —finalizó Adam su relato de los hechos ocurridos en Westminster Hall.

—¡Cielo santo! —exclamó Olivia, quien caminaba nerviosa de un lado a otro—. ¿Está seguro, señor Churchill?

—Estoy seguro de lo que oí y vi. Pero bueno, no he visto el cadáver ni sé cómo ocurrió. Rothbury me pidió que me adelantara para informarles y preparar todo para la llegada de lord Bolton y lady Swindon. Tenemos mucho que investigar, y solo espero que el deceso haya sido por un accidente y no un asesinato... —especuló Adam, poniendo las manos en sus caderas.

—Entiendo, sería espantoso para las intenciones de mi hermano si resulta ser un asesinato. —Olivia suspiró, rogó al cielo que todo se tratara de algo fortuito—. Pobre Margaret, ¿cómo va a decirles a los niños que su padre ha muerto? Thomas, siendo tan pequeño, va a heredar el título, el dinero y las propiedades que recuperó Swindon.

—Y todo ello quedará en manos de un tutor hasta que sea mayor de edad —señaló Adam—. Según tengo entendido, en el acuerdo de la apuesta, Bolton, aparte de poseerlos como propiedad, es nombrado como el tutor de los niños.

—Ojalá que eso no esté especificado en el testamento de Swindon, sino, será otra controversia más. Dios santo, esto es de nunca acabar...

⚜

El *runner* de Bow Street, Marcus Finning, llegó a eso de las cinco de la tarde al lugar donde se encontraba el occiso. Era muy inusual que un caso de este tipo llegara a sus manos, y era más que posible que, al día siguiente, este hecho fuera noticia en todos los medios escritos de Londres. John Fields, secretario de lord Bolton, había solicitado sus servicios en nombre del marqués para ayudar a esclarecer el crimen.

Se abrió paso entre los curiosos, que se hacían a un lado gracias a su corpulencia y altura. Había demasiadas personas alrededor del cadáver, que nadie había tenido la gentileza de cubrir. Había cierto morbo escabroso en ver a un hombre muerto y, más aún, cuando se trataba de un miembro de la intocable aristocracia.

Según le informaron los testigos, a eso de las once de la mañana, un muchachito encontró a la víctima flotando en la orilla del río Támesis, y con la ayuda de dos hombres, lo arrastraron a tierra firme. Rápidamente, el rumor de que un caballero elegante había aparecido muerto, se esparció por la ciudad, tanto así que, al cabo de unas horas llegó un señor llamado Robert Perkins de una importante oficina de abogados, quien buscaba desde hacía horas a lord Swindon, un conde que estaba desaparecido desde la noche anterior y que debía presentarse a un juicio que estaba acaparando la atención pública.

Lamentablemente, Robert Perkins, tuvo la tétrica fortuna de reconocer el cadáver por la contextura, color del cabello, la ropa —que era la misma que el difunto usó el día anterior— y por el anillo que ostentaba el blasón del condado de Swindon, pues el resto, era casi irreconocible.

Marcus estudiaba metódicamente los restos mortales de lord Swindon, y agradecía internamente que fuera invierno. Las bajas temperaturas retardaban un poco la descomposición y los hedores propios de la muerte. Pero aquello no era relevante, no le importaba en lo absoluto tocar, manipular, profanar el cuerpo de un caballero si era necesario, y esa frialdad, le valía un tiempo precioso antes de que llegara el servicio fúnebre para retirar el cuerpo. Las primeras horas eran imprescindibles para poder para obtener evidencias y determinar la forma en que se produjo el asesinato; porque no necesitaba ser un genio, a todas luces, lo que presenciaba no era un accidente, y mucho menos un suicidio. Empezando por el ominoso cartel atado al cuello que sindicaba a lord Swindon como un «Sucio Ladrón», y sus extremidades atadas.

El *runner* de Bow Street, tras haber cortado las ataduras, pudo constatar, en una primera instancia, que los huesos de las manos, costillas, y piernas estaban fracturados. El rostro, prácticamente, estaba desfigurado a golpes. Y todas sus pertenencias valiosas, anillos, reloj de bolsillo y dinero, estaban con él.

El móvil no había sido el robo. Sino una venganza.

Tortura.

Premeditación, alevosía, ensañamiento.

Probablemente, las últimas horas de Alexander Croft fueron las más doloras de su vida. Murió a causa de sus lesiones, no había señales de puñaladas, envenenamiento o que lo hubieran ahogado.

Claro, si es que el señor Perkins no se había equivocado, no debía guiarse por esa primera impresión. Su misión era empezar a indagar, pero antes de ello, debía asegurarse de que el cadáver era de Alexander Croft. Esperaría a los empleados de la funeraria, y cuando fuera desvestido, verificaría si había marcas de nacimiento, cicatrices o cualquier cosa que le ayudara a confirmar la identidad del sujeto, y después, debía cotejar los datos con su viuda, lady Swindon. No era muy caballeroso someter a una dama a tan escalofriante tarea, no obstante, era primordial su intervención.

A pesar de estar seguro de muchas cosas, Marcus estaba lleno de dudas; el caso tenía demasiados elementos para ser catalogado como un crimen pasional, posiblemente, perpetrado por alguien que deseaba al conde fuera del camino, pero había otros, que lo descartaban de plano. Odiaba sentir que iba por callejones sin salida, pero a la vez, era estimulante cuando tenía por delante un desafío para su intelecto. Decidió que también era imperativo interrogar a quien solicitó sus servicios. Era extraño que el mayor beneficiado con el deceso de Swindon, fuera el primero en clamar justicia.

Extraño, muy extraño.

Margaret miraba indecisa su guardarropa, ya era de noche, había sido una jornada eterna. Suspiró cansada, al día siguiente, sería el funeral de Swindon. ¿Qué sería adecuado hacer en esta situación? Lo único que sabía era que no iría, las procesiones fúnebres solían ser caóticas y peligrosas para las mujeres y Michael no permitiría que ella arriesgara su integridad física. Pero después, ¿qué era lo correcto, guardar luto por un año, semi luto, o hacer como que nada había pasado?, ¿quedarse encerrada en Clover House y no disfrutar de lo que había en el exterior? ¿Debería guardar las apariencias por sus hijos?

Golpearon la puerta de su habitación, y Margaret fue sacada de sus cavilaciones con brusquedad. Era la voz de Elizabeth anunciando su presencia. Margaret dio su venia, sin dejar de mirar un vestido negro que resaltaba por sobre los demás, como si fuera una mancha sobre seda blanca.

—Lord Bolton supuso que necesitaba un té, mi señora —dijo Elizabeth entrando con una bandeja—... o un whisky —agregó con un poco de humor negro.

Margaret sonrió, sí que necesitaba algo fuerte, pero prefería evitar el alcohol a toda costa en los momentos complicados. Era un camino peligroso en el cual era muy fácil caer en el vicio.

—Con un té es suficiente, muchas gracias, Elizabeth.

La muchacha se dispuso a servir una taza, pero la expresión de lady Swindon evidenciaba que atravesaba por un gran conflicto. Elizabeth admiraba mucho a su señora y le tenía mucho cariño, siempre fue justa y amable. Cuando volvió a trabajar con ella en Garden Cottage, no le costó trabajo notar el amor que sentía por lord Bolton, pero que se resistía a ese sentimiento con todas sus fuerzas. No era justo para lady Swindon. La joven, como parte del servicio de Garden Cottage, había presenciado las orgiásticas, suntuosas y decadentes fiestas de lord Swindon en ese lugar, y el contraste con la austera vida a la cual fue condenada su señora, era abismal. Debía reconocer que era una romántica empedernida, por lo que no escatimó esfuerzos en coquetearle a lord Bolton para ponerlo a prueba, y de paso, provocarle celos a su señora. Y no se equivocó, ellos eran el uno para el otro, solo necesitaban un pequeño incentivo que los acercara, pensó ufana.

—Aquí tiene, mi señora. —Ofreció la taza de aromático té, mientras Margaret se sentaba en frente de su tocador—. ¿Me puede conceder el atrevimiento de decirle algo personal? —solicitó Elizabeth con humilde solemnidad.

Margaret, sorprendida, asintió, para luego, tomar un sorbo de té. Delicioso.

—Lo que usted decida hacer, desde el corazón, siempre será lo correcto. Usted es una mujer buena, inteligente, generosa, que le tocó la mala suerte de tener al peor esposo del mundo. Lo sé, porque lo vi... y ahora usted es tan feliz con lord Bolton y los niños también. Los ojos de Alec están llenos de vida, y el joven Thomas es un muchachito mucho más seguro de sí mismo. No deje que el difunto empañe su felicidad. Lamentablemente, y aunque piense usted de mí que soy una mala persona, él era de ese nefasto tipo de personas que valen más estando muertas que vivas.

Margaret esbozó una sonrisa, y le tomó la mano a una muy sorprendida Elizabeth.

—Gracias, era justo lo que necesitaba escuchar. Y no creo que seas mala persona, más bien eres muy pragmática. —Le dio un apretoncito y la liberó del contacto—. Tienes razón, Swindon no merece mi consideración y menos algún tipo de demostración de lamento por su muerte, solo haré lo justo por respeto a mis hijos —decidió y dio un hondo suspiro—. Muchas gracias, Elizabeth, eres muy amable.

—De nada…

En ese instante, volvieron a golpear la puerta. Elizabeth se dirigió a ella y la entreabrió. Era el señor Fields. La joven sonrió con entusiasmo y el secretario curvó sus labios un tanto nervioso.

—Señorita Elizabeth, por favor dígale a mi señora que el señor Marcus Finning, agente de Bow Street, solicita una entrevista con ella. Es importante —avisó en voz baja.

—¿Un policía? ¿Qué quiere a estas horas? —interpeló un tanto perpleja.

—Por eso mismo. Es importante el testimonio de lady Swindon para la investigación, el agente no debe perder el tiempo —explicó serio… Ni siquiera sabía por qué lo hacía, esa muchacha siempre lo cuestionaba y él no podía evitar contestarle.

Elizabeth, conforme con la respuesta, asintió, John dio media vuelta y se fue, mientras que ella cerraba la puerta. Repitió el mensaje del señor Fields a lady Swindon, reproduciéndolo tal como él se lo había comunicado.

Margaret, extrañada, pero sin dudar, se levantó, irguió su postura y adecentó su vestido. Sabía que en algún momento iba a suceder aquello, y estaba preparada.

Todo estaba lejos de terminar.

Capítulo XXII

Margaret entró en silencio a la biblioteca, donde se encontraban Michael detrás de su escritorio y Marcus frente a él, aguardando por ella. Ambos hombres se pusieron de pie en cuanto notaron su presencia en la estancia.

—Querida, te presento al señor Marcus Finning, de Bow Street.

El señor Finning saludó con una respetuosa inclinación de cabeza y Margaret respondió del mismo modo, para luego tomar asiento.

—Buenas noches, señor Finning. Usted dirá, en qué puedo ser de ayuda.

Marcus tosió para aclararse la garganta, y sacó una libreta de notas de su bolsillo y un lápiz de carbón. Miró de reojo a Michael y a Margaret, ninguno de los dos rompía el contacto visual, era una buena señal. Centró su atención en sus anotaciones y procedió con el interrogatorio.

—Bien. Lady Swindon, el motivo de mi visita a esta hora tan tardía, es rutinario, pero imprescindible de realizar. Se trata de corroborar la identidad del cadáver encontrado esta mañana —informó Marcus, con su voz correcta y autoritaria, sin evidenciar que hasta hacía un par de años, solo era un tabernero en los barrios bajos.

—A juzgar por la conmoción del abogado de Swindon, pensé que estaban seguros de que se trataba de él —replicó Margaret, pensando que toda la situación era una especie de limbo. Ni siquiera muerto... o supuestamente muerto, Swindon dejaba de ser una molestia.

—A decir verdad, lo reconocieron gracias a sus características físicas principales —argumentó Marcus—; como su contextura y el color de cabello; sus pertenencias, su ropa y el anillo de su título. Verá... —Por un momento Marcus dudó en continuar, las damas solían ser muy sensibles cuando se trataba de asuntos poco delicados—. Me tendrá que disculpar, pero estoy en la obligación de darle a conocer detalles escabrosos para explicar el motivo por el cual no estamos del todo seguros.

—No pierda el tiempo, señor Finning, continúe, por favor. No tema por mi «delicadeza femenina» —apremió para concluir con aquella situación lo más pronto posible. Por un momento, cuestionó sus sentimientos, deseaba confirmar que Alexander estuviera verdaderamente muerto, de lo contrario, jamás estaría tranquila.

—El cadáver no pudo ser del todo reconocido, por la sencilla razón de que el rostro del occiso fue golpeado de tal modo, que quedó completamente desfigurado. Probablemente, falleció a causa de la tortuosa paliza que le propinaron.

—Cielo santo... Entonces... ¿Quiere que vaya a reconocer el cadáver? —preguntó con sorpresa, no por la posibilidad de ser testigo de las condiciones en que estaba, sino porque, ante ese escenario, no le provocaba ningún sentimiento ver su cadáver.

—No será necesario, acompañé al servicio fúnebre y me tomé la libertad de inspeccionar el cuerpo antes de que lo vistieran, en busca de algo que lo identifique, y dado que usted fue su esposa, supuse que podría colaborar para cotejar la información que poseo.

—Oh, fue muy considerado de su parte, se lo agradezco... Pero debo reconocer que nunca vi a Swindon desvestido —respondió con una atípica naturalidad respecto a la intimidad entre esposos—, por lo que cuento con poca información acerca de las características de su cuerpo. Déjeme recordar... —Margaret se quedó pensativa, esculcando en sus recuerdos, conversaciones, momentos que prefería olvidar...

Michael, al escuchar aquella declaración, alzó las cejas; confirmaba muchas de sus sospechas. Swindon siempre profanó a Margaret y la utilizó como un simple medio para reproducir su estirpe, sin delicadeza, sin seducirla, sin un ápice de cariño o respeto por su esposa, como si fuera un animal. Sabía de matrimonios por conveniencia que lograban una excelente relación e incluso se llegaba al genuino amor. Pero Margaret tuvo la mala suerte de casarse con un hombre que jamás tuvo la intención de, al menos, intentar tener una buena relación; el respeto no existía.

Si antes lo odiaba, ahora mucho más. Bien muerto estaba ese infeliz. Con mucho placer, él mismo le habría desfigurado la cara.

Pasaron unos minutos sumergidos en un incómodo silencio. Margaret seguía pensando en hallar algo útil.

—En la mano derecha, más bien en el dorso —declaró de súbito, un escalofrío recorrió su espalda al recordar. Esa marca la conocía bien, cuando él hacía su asunto sobre ella, y para evadir el dolor, miraba para el lado y solo se concentraba en lo único que había en su campo visual—. Tenía una mancha, más oscura que su piel, como un óvalo de bordes irregulares, de unas dos pulgadas de largo.

Marcus asintió en silencio, mas no dio ninguna señal de coincidencia con sus notas.

Margaret sintió que eso no era suficiente, volvió a concentrarse, qué otra cosa podría ser… En una cena… una humillante cena, donde Swindon hablaba de amantes con los demás comensales, como si se hablara del clima, hacía un poco de calor, y ajustó el pañuelo de su cuello.

—Un lunar, bastante grande y carnoso en el lado derecho de su cuello, unas dos o tres pulgadas desde el punto en que termina la oreja —agregó—… También recuerdo que una vez, su madre me comentó que cuando fue niño tuvo un accidente y le dejó una marca muy grande en la pantorrilla, no sabría cómo describirla, nunca la vi… Creo que esa es toda la información que puedo darle, espero haber sido de ayuda —concluyó, deseando olvidar de nuevo, y sanar cada una de las cicatrices que él le dejó en su alma. Las de su cuerpo, habían desaparecido hacía mucho tiempo.

—Su ayuda ha sido más que suficiente, me ha dado tres señas que coinciden con el cuerpo. Según mis notas, hay una más pero, dado que no tuvo oportunidad de apreciarla, no es necesario seguir por ese lado de la investigación. Daré el aviso al magistrado que el cuerpo, efectivamente, pertenece al lord Swindon —anunció satisfecho. El cadáver era, indudablemente, de Alexander Croft, lo cual era un alivio para él para concentrar sus esfuerzos en el crimen—. Agradezco mucho su tiempo, lady Swindon.

Margaret no pudo evitar entornar sus ojos, como si su alma hubiera vuelto a su cuerpo. Ahora estaba entera, ahora no había ninguna atadura terrenal que la uniera a Alexander, pues siempre consideró que sus hijos, Thomas y Alec, eran de ella y solo de ella, nunca algo compartido con el hombre que era su esposo.

—No hay de qué, señor Finning.

Michael, que no había intervenido en toda la entrevista, ante el veredicto de Marcus, se sintió contrariado. Por un lado, el alivio se apoderó de su ser, pero, por el otro, se llenó de angustia.

Swindon estaba muerto, y no había ninguna duda de ello. Margaret podría ser su esposa y no tendría que cargar nunca más con una fama que jamás deseó para ella; ser tildada de adúltera, la amante de un marqués.

Estaba ansioso, quería casarse con ella en el acto, no importaba el decoro. Sí, sabía que, si se casaban antes del período de luto establecido, habría una situación de lo más escandalosa, pero estaba muy seguro que pronto sería olvidada por todos... No así, si lo sindicaban a él como culpable del nuevo estado civil de viudez de ella y, por ende, tenía el deber de atrapar al verdadero responsable de todo, de lo contrario, aunque no lo condenaran en un juicio por no haber pruebas, toda su familia cargaría con el estigma de tener a un presunto asesino, y aquello podría extenderse hasta sus nietos, la sociedad influiría de una manera atroz, al punto de provocar la ruina económica.

Eso no lo podía permitir.

—¿Necesita algo más de parte nuestra, señor Finning? —preguntó Michael solícito.

—Necesito interrogarlo a usted también.

—Estoy a su completa disposición —respondió tomando una postura relajada.

—Podría contarme qué actividades realizó ayer, desde las seis de la tarde hasta las nueve de la mañana del día de hoy. Por favor, sea lo más detallado y preciso posible.

—Es muy fácil, ayer en la tarde estuve con mi equipo de abogados, presididos por August Montgomery. Nos reunimos aquí mismo desde las cuatro de la tarde hasta la medianoche.

—¿No salió a ninguna parte durante ese período de tiempo?

—No, estuvimos afinando todos los detalles del juicio que se llevó a cabo el día de hoy.

—Aparte de sus abogados, ¿alguien más puede respaldar sus dichos?

—Lady Swindon, aquí presente, quien fue visitada por los vizcondes Rothbury y mis sobrinos, a eso de las cinco. Mi padre, el duque de Hastings, también estaba con ellos. A las nueve de la noche, nos visitaron los condes de Wexford por un asunto de negocios, lo que supuso una pausa con mis abogados, pero no fue un impedimento para continuar con la reunión —declaró Michael relajado, pero con mucha seguridad.

—Muy bien —dijo Marcus escribiendo en su libreta—. ¿Y después de la medianoche?

—Me fui a dormir... con lady Swindon —afirmó como un verdadero granuja, sin pudor alguno—. A eso de las tres de la madrugada, mi hijo despertó a causa de una pesadilla, por lo que fui a tranquilizarlo, estuve una media hora con él, hasta que Alec también despertó porque tenía sed, le di agua, luego Thomas despertó con el ajetreo, por lo que les conté un cuento que no alcancé a terminar pues se quedaron dormidos de nuevo, y volví a mis aposentos. Nos levantamos a las siete de la mañana, desayunamos y luego fuimos a la corte de King's Bench.

—Una noche ajetreada —comentó el agente, con una flagrante doble intención.

—Lo habitual con tres niños en casa y que duermen en la misma habitación —respondió indolente—. Son inseparables.

—Mañana cotejaré su declaración con las personas que me ha indicado —señaló Finning teniendo casi la certeza que lord Bolton era inocente, quien fue muy preciso y relajado al detallar, y había demasiados testigos, todos honorables. Y lady Swindon se ruborizó con su comentario un tanto procaz sobre una «noche ajetreada». Pero seguía siendo sospechoso, pues perfectamente tenía los medios para contratar a alguien para que hiciera el trabajo sucio—. También acudiré a la casa de lord Swindon para interrogar a los empleados, según el abogado del conde, se iban a reunir a las ocho de la noche en su casa para ultimar detalles del juicio. Pero cuando el señor Wolf llegó, le informaron que había salido de viaje.

—¿De viaje? —Margaret y Michael preguntaron al mismo tiempo por lo absurdo del motivo.

—Muy extraño, dadas las circunstancias... No es lógico —reflexionó más para sí mismo que por contestar.

—Sí, mucho —coincidió Michael—. ¿No conoce el destino al que pretendía viajar?

—Por eso mismo voy a interrogar al servicio.

—Manténganos al tanto, por favor —solicitó Michael con mucho respeto—. Por nuestra parte, también colaboraremos en su investigación con lo que llegue a nuestros oídos. Estoy muy consciente que soy el principal sospechoso, dada la relación sentimental que me une a lady Swindon, aparte de la famosa apuesta en la que nos vimos involucrados, y es mi deseo no seguir siendo apuntado con el dedo en el corto plazo.

—Con todo respeto, milord, pero, ¿quién no conoce la apuesta en todo Londres? —respondió irónico, pero sin perder su tono formal. Si no fuera por sus cejas alzadas, se podía pensar que hablaba en serio. Mentalmente, Marcus se reprendió por bajar la guardia, pero lord Bolton tenía esa cualidad de hacer que las personas se sintieran cómodas. Algo muy extraño viniendo de un aristócrata—. Gracias por su ofrecimiento, y por supuesto que lo mantendré al tanto, en la medida de lo posible. —Se levantó de su silla, y se inclinó hacia Margaret—. Bien, creo que eso es todo. Buenas noches, milady, muchas gracias por su colaboración. Lord Bolton, gracias a usted también por la buena disposición.

—Soy el más interesado en que esto se resuelva pronto. Muchas gracias, señor Finning, que tenga buenas noches.

Marcus agradeció con un gesto, para luego dar media vuelta y los dejó a solas.

En silencio, Margaret se levantó, rodeó el escritorio y, Michael, conocedor de las intenciones de ella, le tomó la mano y la sentó sobre su regazo.

Se abrazaron por largo rato, no se dijeron nada, solo compartieron el calor y el anhelo de sentirse cobijados entre los brazos del otro. El peso del día y los acontecimientos habían hecho merma en sus energías.

En el ambiente solo se escuchaba el crepitar de los leños quemándose, el tictac del reloj que estaba sobre el escritorio y sus respiraciones pausadas en conjunción con los latidos serenos de sus corazones.

El momento era pura perfección.

—Margaret, mi ángel, ¿eres feliz? —preguntó Michael al cabo de un rato.

—Por supuesto que lo soy —respondió sin romper el contacto—, ¿por qué lo preguntas?

—Desde que entré a tu vida solo he traído angustias a tu existencia —replicó evidenciando su vulnerabilidad, solo frente a ella podía mostrar su lado más débil. Con ella, no sentía su hombría cuestionada solo por no sentirse tan fuerte en los momentos más complicados.

Margaret sonrió con calidez, tomó la masculina cara entre sus manos. En sus amadas facciones se notaba que su granuja estaba agotado, tenso, y particularmente emotivo. No era de extrañar, no alcanzaban a salir de una situación y entraban en otra mucho peor.

—Desde que entraste a mi vida, solo me has hecho feliz —afirmó acariciando los pómulos masculinos con sus delicados pulgares—, el resto, son consecuencias de nuestras acciones y deseos. Decidimos estar juntos sin importar nada ni nadie, y eso, no todo el mundo lo comprende ni lo aprueba. Pero, solo nosotros, sabemos lo que sentimos... Nunca me arrepentiré de amarte. Estoy y estaré contigo siempre.

Michael, conmovido, tomó las manos de su ángel. Depositó un cálido beso en una palma y luego en la otra. Ella siempre sabía cómo reconfortarlo. Suspiró profundo. La amaba tanto, que no sabía cómo ese sentimiento podía crecer día a día y se enraizaba, no solo en su corazón, sino en sus huesos, en su piel... en su alma.

—Y yo también estaré siempre contigo. Todos los días voy a agradecer a Dios por enviarme un ángel que me enseñó a redimir mis pecados. —Dio un suspiro hondo, el sueño comenzaba a mermar sus energías—. Vamos a descansar, querida. Mañana será un día difícil para nuestros niños...

—Nuestros niños... —repitió Margaret como si quisiera saborear esa frase, tenía algo de agridulce—. Cómo hubiera deseado haberte conocido antes...

—No era nuestro tiempo —intervino cualquier lamentación—... Ni nunca lo sabremos, pero nuestro pasado nos preparó para unirnos más fuerte en este momento de nuestras vidas. No le des cabida a los remordimientos, no fui quien engendró a Thomas y Alec... pero, si me lo permites... sé perfectamente que no es el momento apropiado, pero, solo si tú quieres, puedo tomar el lugar de Swindon con ellos, ser el hombre que termine de formarlos, de darles lo mismo que a Lawrence, el amor de un padre.

—Oh, Michael, no tengo que permitir nada... Tú has tomado ese rol, desde que llegaste a Garden Cottage, sin siquiera ser consciente de ello. Tu naturaleza es así, como un papá oso que protege a sus crías sin importar si son su sangre o no —declaró sintiendo una emoción profunda, al punto que sus lágrimas amenazaban con empañar su vista—... Mañana, nuestros niños —subrayó— te necesitarán a ti también, porque será complicado y doloroso contarles lo que ha sucedido.

Michael volvió a abrazar a Margaret. Solo deseaba un día de paz para disfrutar la dicha que sentía en ese momento. Aun sin contar con la bendición de un sacerdote, ni la palabra de Dios, y menos la de los hombres, sentía que no podía pedir más.

Era un esposo, que adoraba a su esposa.

Era un padre, que amaba y deseaba proteger a sus hijos.

Era un hombre de familia.

—Niños, los llama su madre, está en el salón matinal —conminó Michael intentando ser neutral en sus palabras.

Thomas, Alec y Lawrence, extrañados por aquella petición por parte de Michae,l dejaron de lado sus juguetes y se pusieron de pie.

—Papá, *nosotos* no nos comimos las galletas —señaló Lawrence poniéndose en evidencia ante esa travesura perpetrada por los tres.

Michael, intentando no reír, frunció el ceño casi con éxito.

—No vine por las galletas, pero muchas gracias por señalar que ya no hay. No hay necesidad de que las coman a escondidas, a menos que estén castigados. —Los tres niños alzaron sus cejas ante la mención de aquella horrorosa palabra—. Lo dejaré pasar por esta vez, pero estaré vigilando el frasco —advirtió Michael entrecerrando sus ojos con cierta diversión—. Ahora, vayan con su madre —ordenó con suavidad.

Thomas y Alec fueron en seguida, pero Lawrence se quedó, buscando un punto fijo al cual mirar, estaba, confundido. En una primera instancia, iba a obedecer la orden, pero recordó que la señora Witney no era su mamá.

Deseaba tanto que lo fuera, pero no se atrevía a pedírselo a ella, que era tan linda y suave. Por algún motivo extraño, él sentía que tal vez ella no deseaba otro hijo.

Michael, se quedó mirando a su pequeño, era tan transparente para él. Se agachó para quedar a la altura de sus ojos, sentía que, de ese modo, podía llegar mejor a su corazón.

—Laurie, ¿por qué no vas? —preguntó tomando una de sus manos—. Mamá los llamó a los tres.

Lawrence se quedó mirando a su padre, intentando comprender lo que él decía, ¿había escuchado bien?, la señora Witney lo había llamado a él también como un hijo más.

—Hijo, hace un tiempo me preguntaste si podías tener dos mamás… Laura siempre, siempre será tu madre en el cielo, y Margaret ahora es tu madre, aquí en la tierra. Thomas, y Alec son tus hermanos, no importa si no comparten la sangre. A veces, la familia viene de aquí. —Le apuntó en el centro de su pecho, justo en el corazón—. No temas en decirle «mamá», ella hace tiempo que te considera como un hijo.

Lawrence asintió con su cabeza emocionado, sentía que algo le quemaba la garganta, no quería llorar, porque estaba feliz, pero, por alguna razón que no lograba entender, sus ojos se llenaron de lágrimas. Su padre le confirmaba lo que Thomas y Alec siempre le repetían, que los tres iban a estar siempre juntos, como hermanos.

—Ahora, hijo, ve con tu madre —ordenó con ternura—. Ella les va a contar algo lamentable que pasó, y tus hermanos te necesitarán para no sentirse tan tristes —anunció.

Lawrence, se limpió las incipientes lágrimas y asintió con la cabeza. Tomó la mano de su papá, para llevarlo a él también.

—Nos *necesitadán* a los dos, papá... —afirmó Lawrence con inocente sabiduría.

Michael intentó sonreír, dudaba si aquello era cierto, prefería ser cauto. No obstante, dejó que su hijo lo guiara.

—Tienes razón, mi muchacho.

Padre e hijo se dirigieron hacia el salón matinal, lugar donde estaba Margaret, junto a Thomas y Alec, esperándolos.

—Solo faltaban ustedes —señaló ella esbozando una sonrisa. Miró a sus hijos, que estaban de pie frente a ella, intrigados por lo que se les iba a comunicar, lo presentían, era algo grave.

Margaret tomó las manos de los pequeños. ¡Qué difícil!, ¿cómo decirlo? Durmió intranquila pensando en ese impostergable momento. Y ya no había vuelta atrás.

—Thomas, Alec... Es muy triste para mí darles esta noticia. —Se quedó unos segundos en silencio, buscando el valor para decir—: Su padre, lamentablemente, dejó de existir. Ayer nos avisaron... lo siento mucho, mis niños —comunicó al fin con sus ojos anegados en lágrimas, no por Swindon, sino por sus hijos—... Lo siento tanto, tanto, tanto.

A Thomas y Alec no les tomó demasiado tiempo asimilar las aciagas palabras de Margaret. En sus rostros se manifestó, en una rápida sucesión, el desconcierto, la incredulidad y, pronto, su pesar. Se aferraron al regazo de su madre y lloraron con amargura. Su padre ya no existía.

Era extraño ese dolor, no lamentaban la muerte de un padre que siempre estuvo ausente, a pesar de vivir en la misma casa;

tampoco echarían en falta los gritos, los malos tratos y los golpes. Lo que en ese instante los afligía, fue que murió su inocente esperanza, de que Alexander se redimiera, que de pronto se diera cuenta de que amaba a sus hijos, que eran su legado, su carne y su sangre.

Lamentaron lo que nunca fue y que jamás sería.

El último recuerdo que conservarían de su padre, sería golpeando a su madre, vociferando atrocidades como un hombre que había perdido la cordura, convertido en un monstruo, uno que vieron demasiadas veces en sus jóvenes vidas. Y ellos, escondidos bajo el escritorio, sintiendo la impotencia de no poder hacer nada más que llorar en silencio.

Margaret, ignorante de la dimensión de los sentimientos de sus hijos, solo atinó a hacer lo que cualquier madre haría. Acarició los cabellos castaños de sus pequeños, lloró con ellos, les dedicó cálidas palabras de amor. Darles, de este modo, un mínimo consuelo a su dolor.

Lawrence, conmovido ante aquella escena, se unió en medio de Thomas y Alec y los abrazó. Tampoco sabía qué decir o hacer, solo sentía el deseo de ver felices a sus hermanos de corazón.

Por su parte, Michael, estoico, y sintiéndose fuera de lugar, permaneció alejado. Margaret se había ganado el corazón de su hijo, pero él, a pesar de sus deseos, dudaba si lograría hacer lo mismo con Thomas y Alec. Eran mayores, y tenían el recuerdo de un padre, lo habían vivido. Sabía que Alexander no era el mejor, pero para un hijo, esa figura, era sagrada.

Margaret besó los cabellos de sus tres hijos, y miró a Michael que los contemplaba serio, con un atisbo de tristeza que le partió el corazón. Estiró su mano, clamando por él y alcanzarlo para exigirle que tomara su lugar.

Y él obedeció, sin cuestionar esa silenciosa demanda, se acercó, limpió las lágrimas de su ángel, para luego acariciar la espalda de Thomas, quien respondió de inmediato aferrándose a su cintura. Michael, sorprendido y enternecido, se arrodilló para abrazarlo con fuerza. Besó su mejilla y también limpió sus lágrimas. Luego, hizo lo mismo con Alec, bastó una caricia para que el pequeño se uniera a su hermano. Para ellos, Michael era un sinónimo de hombría, de seguridad, de que estando él en sus vidas, todo sería mejor. Y así lo sintieron en ese abrazo decidido, el mensaje inequívoco que, ese hombre que llegó un día nublado a sus vidas, no se iría nunca más.

Lawrence se quedó en los brazos de Margaret, quien observaba aquella escena sintiendo que todo saldría bien, que la fuerza de Michael sería suficiente para sus hijos…

Porque su granuja, era un verdadero padre.

Capítulo XXIII

Minerva entró al comedor de Peony House, se sentía colmada de energía después de un reparador sueño junto al amor de su vida. Esa vitalidad matutina contrastaba, por lejos, con su estado de ánimo de la noche anterior, en la cual había llegado de madrugada y agotada.

Pero eso no le importaba, porque predominaba la conformidad. Todo resultó tan bien como puede resultar la organización de un funeral. La colaboración de los sirvientes fue magnífica, quienes se sorprendieron al verla en la puerta de la casa del conde de Swindon. No era la primera vez que la veían, pero su personalidad distaba mucho de la marquesa de Somerton que visitó esa casa la última vez, hacía mucho tiempo.

Ya no quedaba nada de aquella mujer amarga, altiva, prejuiciosa… horriblemente infeliz.

El cambio —evidente y para mejor— que vieron los sirvientes, fue suficiente para que creer en las buenas intenciones de ella y le confiaran la sorprendente intimidad de los últimos días de Alexander Croft.

August, quien ya estaba sentado a la mesa, hizo contacto visual con ella y le guiñó el ojo fugazmente. Ella se sentó frente a él, ante la mirada de todos los comensales; su hermano Andrew y su cuñada Olivia, Adam y su esposa Mary, que esperaban por su relato.

—¿Y bien? —preguntó Andrew directo e impaciente.

—¿Y bien qué?... Andy, querido, tus modales —reprendió Minerva socarrona—. Al menos saluda, recuerda que tus hijos y los míos imitan el comportamiento de los adultos —continuó Minerva mirando a Marian y a William, hijos de Andrew, y luego a Frank, Ernest, Horatio y Justin, hijos de ella y August.

—Minnie tiene razón, querido —concordó Olivia—. Sé que deseas saber todo en este instante, pero debemos predicar con el ejemplo... Además, no sé si será adecuado hablar de ello con los niños presentes.

—Los últimos días de Swindon, no son aptos para los inocentes oídos de los niños... hasta, por lo menos, unos cuarenta años más —agregó Minerva alzando las cejas.

—Desayunemos entonces —decretó Andrew a regañadientes.

Minerva miró de soslayo a August, que intentaba contener una sonrisa, divertido por su cuñado. Últimamente, su cuota de paciencia era mínima, y su humor no era de los mejores. Se desvivía preocupado por el embarazo de su esposa, que transcurría normal y sin complicaciones.

Al cabo de un rato, los niños terminaron de comer y subieron a jugar a la habitación infantil, dejando a los adultos a solas. En cuanto se esfumó la voz del último niño subiendo la escalera, Andrew miró fijo a su hermana.

—¿Y bien? —insistió.

—¡Oh, Andrew, eres insufrible! —exclamó—... Bien, hablaré —anunció, haciendo una pausa a propósito para provocar el humor de su hermano, que la miró entrecerrando su ojo bueno, para luego resoplar y esbozar una sonrisa.

—Eres imposible, Minnie. —Hizo una exagerada floritura con su mano y la conminó a hablar.

—Ayer pude hablar con el mayordomo de Swindon y su ama de llaves mientras preparábamos todo para las exequias... Estaban preocupados, principalmente, por sus trabajos, dudan que el pequeño Thomas, el nuevo conde, vuelva a pisar esa casa hasta que sea mayor de edad, dado que está viviendo con su madre y Michael en Clover House.

—Sus temores son con justos motivos —comentó Andrew bebiendo un sorbo de té—. ¿Olivia, puedes hacerle una visita a Althea y Julia para ver si tenemos posibilidad de reubicar al servicio de la casa de Swindon? —consultó a su esposa, quien lo miraba embelesada.

—Le enviaré un mensaje —respondió solícita—. Mientras antes resolvamos esos problemas domésticos, menos tendrá que intervenir Margaret en esa casa.

—Gracias, querida. —Dirigió su mirada hacia su hermana, debía volver al tema central—. ¿Habló contigo el señor Marcus Finning?

—Sí, tuve el placer de conocerlo e interrogó a la servidumbre y a mí, sobre los hechos previos al hallazgo de Swindon. Confirmé la presencia de August en Clover House y contesté algunas preguntas de rutina. La servidumbre contestó un poco más desconfiada, pero, finalmente, el señor Finning obtuvo la misma información que yo... En fin, según los empleados de la casa de Swindon, el motivo de la demanda era para obtener dinero, principalmente, y recuperar a Maggie y sus hijos para dar la apariencia de ser un hombre de familia, un caballero honorable y lleno de virtudes, y, de este modo, lograr ser el socio ideal para un inversionista italiano muy conservador que pretende expandir sus negocios aquí en Inglaterra... ¿Cómo era su nombre?

—Enrico Espositi —intervino Adam—. El hombre del cual nos habló el conde de Wexford.

—Él mismo —señaló Minerva—. Swindon quería tener una reputación impoluta para generar dinero en el corto plazo, a través del inversionista italiano, para eso necesitaba una fachada muy conveniente. Pero, en el fondo, seguía siendo incorregible, de hecho, estaba volviendo a sus viejas costumbres, pero siendo mucho más discreto y exceptuando los juegos de azar. Visitaba burdeles tres veces a la semana, hacía reuniones privadas semanales con algunos amigos donde llevaba «señoritas» de dudosa reputación para entretenerlos... supongo que no debo ser explícita sobre el tenor de esas reuniones.

—Vaya —susurró Olivia, pensando en que Swindon tenía un serio problema para contener sus instintos primarios—. Qué fortuna para Margaret... Literalmente, se salvó de volver con un sujeto que es una abominación para el género masculino.

—Él siempre fue así... —«Al igual que Somerton», pensó Minerva para sí misma, volviendo al pasado por un par de segundos—. Como iba diciendo, su plan era el descrito hasta el día anterior al juicio. El mayordomo me comentó que Swindon había llegado a casa muy perturbado, lívido, a eso de las cinco de la tarde. Tal era el extremo, que hablaba solo, mientras buscaba todo el dinero que poseía en su cofre. El ama de llaves pensó que estaba volviéndose loco, sobre todo, en el momento que exigió que prepararan su equipaje para salir de viaje hacia Francia.

—¿Francia? —preguntaron todos al mismo tiempo.

—Así es… Nadie de la servidumbre entendía ese brusco e irracional cambio de planes, parecía que Swindon había perdido la cordura, o tal vez escapaba de algo que parecía ser superior a su voluntad. En una hora, estaba listo para partir, alquiló un carruaje y emprendió su camino hacia el puerto. Al otro día, apareció muerto flotando en el Támesis —concluyó Minerva su relato.

Nadie dijo una palabra por largos segundos, analizando los hechos.

—¿Qué habrá sido? —se preguntó Andrew rasgando el denso silencio—… La lógica dicta que alcanzó a llegar a destino, pero nunca se embarcó. Algo o alguien hizo que no lograra su objetivo —conjeturó.

—El asesino debió perpetrar el carruaje —intervino Adam—, o tal vez se las arregló para seguirlo, si lo conocía bien, era posible que adivinara a dónde iría —añadió—. Puede que, incluso, el puerto sea el lugar donde se llevó a cabo el crimen.

—Adam, esta tarde iremos a averiguar con tu padre acerca de los barcos que van a Francia —determinó Rothbury— y si alguna vez Swindon viajó a ese país los últimos meses… o a cualquier otro, siempre hubo rumores que se había marchado del país.

—Excelente, mi padre estará feliz de colaborar. También tengo amigos en el puerto que pueden ser de mucha ayuda.

—Muy bien, ya tenemos por dónde empezar…

Al día siguiente, Marcus Finning entraba en la quinta casa de empeño para hacer indagaciones. El dependiente, al verlo entrar se puso nervioso, como siempre. Ya debería estar acostumbrado, pero el *runner* tenía una mirada que le hacía sentir que le leía el cerebro.

—Buenas tardes, señor Miller —saludó Marcus quitándose el sombrero.

—Buenas tardes, señor Finning… ¿Qué lo trae a mi negocio?

Marcus sonrió irónico, siempre visitaba esa casa de empeño por un solo motivo. Se apoyó en el mostrador y miró a los ojos al señor Miller, que ya empezaba a sudar.

—Lo mismo de siempre, respuestas. He visitado cuatro casas de empeño que reciben objetos robados, y solo queda usted, por lo que espero que me dé lo que necesito.

—Usted solo me hace perder clientes, señor Finning.

—No sea dramático, Miller. Hagamos esto rápido. ¿Alguien, en los últimos días, ha empeñado en su negocio ropa elegante de caballero?

El señor Miller entornó sus ojos. Maldición.

—Pagué cinco libras por un cofre de viaje de buena calidad, con ropa en su interior.

Marcus sonrió.

—Ropa… sea más específico, por favor. Era de mujer, niño, varón… ¿un payaso? —satirizó Marcus, mirando sus impecables uñas buscando alguna suciedad. En el fondo, le provocaba diversión el pobre Miller.

—De varón… ropa elegante —respondió de mala gana.

—¿Había alguna marca en las prendas de vestir, algún blasón, iniciales?

—¿En serio pretende que recuerde cosas así? —espetó el señor Miller, rogando al cielo que Finning se fuera pronto.

—Tiene una casa de empeño, es su trabajo recordar —replicó dándole un leve toque en la sien al señor Miller—. El magistrado de Bow Street podría tener el súbito interés en recuperar algunas posesiones robadas de casas empeño como la suya.

Miller resopló. No había caso con Marcus.

—Pañuelos de seda con las iniciales A.C y el cofre tenía un blasón —respondió.

—¿Me permite ver el cofre, señor Miller?

—Lo vendí ayer… El blasón lo quitamos… ya sabe… no es apropiado evidenciar ciertas cosas —terció de inmediato y suspiró—. Espere, lo tengo acá.

Miller le entregó al *runner* un blasón con serpientes y leones…

Swindon.

—¿Quién empeñó esto?

—Brian McAllister —respondió señalando a un conocido ladrón de la zona—… Dijo que no lo robó —agregó nervioso.

—Se lo preguntaré yo mismo… Muchas gracias por su colaboración, señor Miller.

—N-no le diga a McAllister… —pidió con un poco de desesperación—. El secreto profesional… ya sabe…

—Seré una tumba, pierda cuidado, Miller. Su reputación no está en peligro.

Marcus salió de la casa de empeño, ahora tenía que buscar a McAllister.

«*Susurros de Elite 26 de enero de 1819.*

«*Cuando pensamos que el escándalo del año no podría ser superado por nada más, nos equivocamos rotundamente, pues, en cuestión de horas, se ha transformado en el escándalo de la década.*

»*Mientras se desarrollaba el juicio por agravio entablado por el conde de S en contra del marqués de B, pudimos apreciar dos versiones diametralmente opuestas de un mismo hecho. Sin embargo, los testimonios de los testigos de la defensa —independiente de su cuestionable reputación— fueron condenatorios acerca del comportamiento de lord S, previo a su milagrosa redención.*

»*Podríamos decir que el juicio iba viento en popa para lord B, pero, para sorpresa de todos, terminó súbitamente a favor del marqués por la inesperada muerte del conde.*

»*¿Cómo, cuándo y dónde? Debemos admitir que contamos con pocos antecedentes sobre este hecho. Lo único que podemos asegurar es que fue un asesinato brutal.*

»*Las exequias de lord S fueron realizadas el día 23 de enero, a la cual se congregaron cientos de curiosos que siguieron el cortejo fúnebre hasta el cementerio y que provocaron pequeños disturbios a causa de «amigos de lo ajeno».*

»*Pero lo que más nos llamó la atención fue que, entre los asistentes, familiares y amigos, fueron escasos, —por no aventurarnos a decir que no fue ninguno—, los que acompañaron los restos mortales del malogrado conde hacia su última morada. Lo que nos hace suponer que mucho de lo que se decía de su inmoral fama, era cierto.*

»*Pero, nada ha terminado con el fallecimiento de lord S, este fatídico hecho ha abierto una investigación por parte de Bow Street para encontrar al asesino, que ya cuenta con un sospechoso como autor del crimen —sin ningún tipo de prueba, lógicamente—, basado solo en rumores y los fuertes intereses que tenía en común con el conde, y es, ni más ni menos, que el mismísimo lord B. No obstante, nosotros no seremos tan irresponsables de apuntar con el dedo al marqués. La verdad será quien lo condene o lo libere, a través de los hechos y las evidencias irrefutables.*

»*¿Qué es lo que sucederá con la investigación? Esperemos que pronto haya respuestas, mientras tanto, estaremos atentos al desenlace de esta crónica roja.*»

Andrew se encontraba afuera de una taberna del puerto. Se estaba congelando, esperaba que saliera pronto su amigo y secretario, Adam Churchill. Eran las tres de la madrugada y, desde el interior del recinto, todavía se podía escuchar a los marinos interpretando, en un desafinado coro, una canción bastante obscena y graciosa, lo que le provocaba reír a pesar del frío y la neblina reinante en los bajos barrios de Londres.

Se abrió de golpe la puerta y salieron dos hombres ebrios trastabillando en un intento por caminar erguidos, reían felices bajo los efectos de la cerveza.

Detrás de ellos, salió Adam dando una risotada, despidiéndose de ambos hombres que respondían de igual modo.

Al llegar al lado de su amigo, su alegría se esfumó como si nunca hubiera existido.

—Vamos —instó Andrew y empezó a caminar.

Adam lo siguió, bordeando la ribera del Támesis en la cual entraban y salían embarcaciones día y noche. Poco a poco se alejaban de la taberna, y el ruido iba disminuyendo hasta convertirse en un débil eco en medio del silencio. En la calle todavía había personas transitando, mendigos escapando del frío, algunos hombres ebrios, señoritas ofreciendo sus servicios.

—¿Algo útil? —preguntó Andrew al cabo de un rato.

—Por supuesto —afirmó con suficiencia—. Me encanta cuando se les suelta la lengua con unas cuantas pintas de cerveza. Nuestro sospechoso es un hombre rubio, vestido como caballero, pero olía como mendigo.

Andrew frunció el cejo. ¿Cuántos hombres en Londres correspondían a esa descripción?

Miles. Una aguja en un pajar.

—Tus informantes no son de mucha utilidad que digamos.

—Todavía no he terminado, estás muy impaciente, amigo mío.

—Quiero que termine esto pronto, la gente está empezando a hablar de más.

—La gente habla todo el tiempo, queramos o no, siempre tendrán un motivo para hacerlo —replicó Adam relajado—. Pero tienes razón, debemos acallar los falsos rumores que acusan a lord Bolton… ¿Leíste el «Susurros de Elite»?

—Siempre recurro a la lectura recreativa. La única lección que valió la pena del antiguo duque de Hastings, según Michael —respondió recordando al infame duque.

—¿No crees que, en el último ejemplar, han sido demasiado sensatos con sus declaraciones? —interpeló con incredulidad.

—¿Te refieres a que no emitirán juicio alguno respecto a Michael?

—Así es... Me parece extraño.

—Extraño sería que no dijeran nada del asunto... En todo caso, estamos hablando de un asesinato, no de un pecado menor, como ser un granuja —replicó Andrew restándole importancia—. No nos desviemos del tema, qué otra cosa te comentaron.

—Oh, sí. Además de lo anterior —continuó—, dijeron que el hombre era, ¿cómo decirlo?... Inconfundible. Alto, y hasta hace poco tiempo, también era bien parecido. Pero ahora la cara la tiene llena de cicatrices, como si lo hubieran golpeado hasta el cansancio. —Se quedó unos segundos en silencio y rio—. Ahora que lo pienso, es una versión más horrorosa que tú —bromeó.

—Siempre hay alguien que está peor que uno, al menos tengo mi lado bueno —replicó con su eterno humor negro—. Dios ha sido benevolente y generoso conmigo, ¿algo más?

—Oh, sí. Pretendía marcharse del país como polizón. Lo sacaron a patadas de un barco que se dirigía a Francia, el «*Coeur Écarlate*». No era la primera vez que lo intentaba.

—¿Y cómo diablos están tan seguros que fue el autor de la golpiza a Swindon?

—Aquí todo se sabe, y la gente tienen sus propios códigos. Como el muerto fue un caballero, decidieron no intervenir. Me aseguraron que vigilarán cada barco que zarpe.

—Excelente... bendito sea tu padre, gracias a él contamos con los mejores informantes.

—Tiene su fama, y es muy querido. Nos echará una mano en caso de que sorprendan a nuestro hombre intentando escapar por el mar.

—Mañana informaremos a Finning. Cuando estén sobrios, tus amigos podrán describirlo de mejor manera para que hagan un retrato.

—Pierde cuidado, con resaca piensan mejor.

Siguieron caminando tranquilos en medio de la noche. Pero no iban solos, un hombre que los reconoció, los seguía con extremo sigilo. Habían pasado por su lado, hablaban de lord Bolton, lo cual capturó su atención.

El sujeto maldijo su suerte, de un tiempo a esta parte, el vizconde Rothbury tenía demasiadas conexiones que estaba usando y ahora le obstaculizaban sus vías de escape, iba a ser más difícil intentar subirse a un barco sin ser descubierto. Se le empezaban a agotar las opciones.

Tal vez, si se iba caminando a Escocia… era peligroso, podría sobrevivir por un tiempo, pero debía admitir que, tarde o temprano ocurriría una desgracia. Su experiencia era mínima comparada con muchos hombres, y fácilmente podría morir en el camino, hambre, sed, o asesinado por algún maleante. Jamás había trabajado en su vida, por lo que estaba atado de manos para ejercer cualquier oficio que le ayudase a obtener dinero… y tampoco se iba a rebajar a cumplir las órdenes de nadie. Ser un ladrón era más viable, pero necesitaba tiempo para obtener un territorio, socios y la competencia era fiera. La pobreza era una selva indómita donde solo los más fuertes prevalecían y, gracias a Swindon, ahora estaba hundido hasta el cuello en sus arenas movedizas, intentando sobrevivir.

Estaba desesperado.

Sin dinero, no tenía opciones para escapar rápido.

Su venganza había sido muy satisfactoria, pero los problemas que causó Swindon después de muerto, fueron más de los que esperó. Jamás imaginó que Michael Martin iniciara una cruzada para atraparlo… El marqués debería estarle agradeciendo por abrirle el camino, no buscándolo.

Se sentía acorralado. Primero ese *runner* de Bow Street, husmeando en las casas de empeño y entre los mendigos y ladrones, y ahora Rothbury con su amigo, buscando información con los marinos y mercantes del Támesis.

Ya no tenía nada que perder. Debía acabar con la amenaza que era Michael Martin para ser libre.

Había matado una vez, podía hacerlo de nuevo.

Capítulo XXIV

—Mamá, ¿te vas a casar con el tío Michael? —preguntó de pronto Alec, provocando que ella se atorara con la copa de vino que estaba bebiendo.

Margaret, jamás imaginó que sus hijos le irían a formular semejante pregunta, a tan solo dos semanas de la muerte de Alexander. El tiempo, para los niños, transcurría diferente, pero también debía admitir que Alexander había desaparecido de sus vidas desde hacía tiempo, mucho antes de su deceso.

Los niños concebían el mundo de una forma tan sencilla, que pasmaba a los adultos, que todo lo complicaban.

Thomas le dio un leve codazo a su hermano como reprimenda, mientras que Alec le susurraba un «¿¡Qué!?» y se encogía de hombros. Lawrence los miraba con cierta diversión.

Michael alzó las cejas con sorpresa, al tiempo que su tenedor se quedaba a medio camino. Miró a Margaret, que ya se recuperaba de su exabrupto, y luego, se comió el trozo de carne para recuperarse de la impresión.

Después de un largo silencio, Michael se tomó el tiempo de limpiar su boca y dijo…

—Mi pequeño Alec, creo que tu pregunta debería ser otra —señaló Michael solemne—. ¿Ustedes quieren que yo sea el esposo de su madre y que me convierta en su padre o lo que desean es que no me vaya? Una cosa no obliga a la otra.

Alec se quedó atónito ante aquella pregunta, no lo había pensado de esa manera. Miró a Thomas, quien estaba tan confundido como él.

—Solo digan lo que sienten, niños. Les prometo que no me enojaré —exhortó Michael con suavidad.

—Usted nunca se enoja, tío Michael —aseguró Thomas y Alec lo secundaba negando con la cabeza.

—Muy bien. —Michael sonrió contento, esos niños siempre hallaban maneras de asombrarlo—. ¿Pueden responder lo que les pregunté?

—¿Nunca se va a ir, tío Michael? —preguntó al fin Alec.

—Oh, eso jamás, Alec —respondió Michael—. ¿Cómo voy a alejarme de ustedes si son como hijos para mí? Los quiero igual que a Lawrence. Y, si me separase de ustedes, mi dolor sería inmenso.

Los hijos de Margaret se quedaron en silencio… Las palabras de Michael se parecían a las de su madre, y que jamás escucharon por parte de su padre. Seguía doliendo ese hombre en sus jóvenes corazones; una parte de ellos no quería recordarlo, deseaban fervientemente borrar a Alexander de su memoria; pero la otra parte, todavía quería creer que su padre alguna vez los quiso, aunque fuera un poquitito.

Tal vez, con el tiempo, lograrían el equilibrio en sus sentimientos.

—¿Ustedes creen que si me caso con vuestra madre yo no me iré? —preguntó Michael sacando a los niños de sus cavilaciones.

Thomas y Alec asintieron al mismo tiempo.

—Yo no me iré de sus vidas, esté casado con vuestra madre o no. Deben saber que, un matrimonio, hijos míos, debe sustentarse por el amor. Eso deben tenerlo muy claro; el dinero, la posición, la conveniencia, no son motivos poderosos, solo hace a la gente infeliz. Para que pueda casarme con vuestra madre, no basta con solo amarlos a ustedes, también debo amarla a ella —explicó mientras los tres niños lo miraban con atención—. Ahora, díganme, ¿ustedes creen que estoy enamorado de vuestra madre?

Alec y Thomas alzaron sus cejas con cierto pudor y miraron a su madre, que los observaba con interés y ternura al mismo tiempo.

Pues, francamente, los niños no habían pensado en ello y era muy importante.

—Creo que usted… no deja de mirarla —admitió Thomas sintiendo que su rostro se calentaba.

—Me gusta mucho mirarla, su madre es bella como un ángel, ¿no lo creen? —admitió Michael con naturalidad guiñándole el ojo a Margaret.

—¿Por eso le dice «mi ángel»? —terció Alec.

—Así es.

—¿Y por eso le besa su mano? —continuó el pequeño con ilusión.

—Bueno, debo confesarles, que estoy muy enamorado de ella y me gustaría ser su esposo para siempre —reconoció Michael a los niños que empezaban a sonreír azorados—… Pero, hay algo mucho más importante que todo lo anterior… ¿Ella me ama?

Los tres niños miraron a Margaret, sus ojos estaban cargados de inocente esperanza. Un ruego silencioso clamaba por una respuesta positiva.

Ella, sin decir palabra alguna, miró a Michael y le tomó la mano.

—Te amo con toda el alma —declaró al tiempo que Michael le besaba los nudillos, sintiendo que la libertad de poder expresar sus verdaderos sentimientos recorría sus venas, colmándola de infinita felicidad.

Alec y Thomas, boquiabiertos, se miraron. ¡Era perfecto!

—Entonces, ¿se van a *casad*? —interrogó Lawrence.

—Así es… —afirmó Michael—. Pero debemos dejar pasar un tiempo. Hay un asunto muy importante que resolver, en primer lugar, y después, podremos casarnos.

—¿La próxima semana? —preguntó Alec.

Michael rió a carcajadas.

—No, hijo, creo que va a pasar algo más que una semana. Pero les prometo que serán los primeros en saber cuando fijemos una fecha, ¿les parece?

—Tío Michael, ¿cuando se casen tendremos que decirle «papá»? —preguntó Thomas.

—Pues eso lo decidirán ustedes, yo los amo como si fueran mis hijos, no lo duden nunca. Me llamarán según lo dicte su corazón… no están obligados a quererme ni a decirme «papá».

Thomas asintió solemne, su corazón ya sabía cómo llamarlo cuando eso sucediera. Alec sonreía, no hallaba la hora en que su madre se casara con el tío Michael.

Lawrence tenía una sola duda.

—¿Puedo decirle «mamá» ahora a la *señoda* Witney? —preguntó el pequeño pelirrojo a su papá. Él no quería esperar. La respuesta de Michael fue señalar en silencio a su ángel. Lawrence, con ilusión miró a Margaret, quien, sonriendo, asintió dando una respuesta positiva.

La emoción traducida en lágrimas, la embargó. Laurie era un niño que había nacido para entregar amor.

—Por supuesto, mi pequeño —afirmó ella—. Ven, dame un abrazo.

Lawrence no necesitó más, se levantó de su silla y corrió a los brazos de Margaret y lo abrazó fuerte, con ternura le besó la cabeza y le acarició sus húmedas mejillas salpicadas de pecas.

—Te *quedo* mucho, mamá —dijo Lawrence con un hilo de voz, aspirando el inconfundible aroma de su madre.

—Yo también, hijo mío —respondió Margaret llorando de felicidad.

—Ahora somos hermanos, ¿cierto? —preguntó Thomas, limpiando una lágrima con el dorso de su mano.

Margaret asintió, extendió uno de sus brazos, invitando a sus hijos a que se unieran, y que completaran ese momento lleno de emociones. Alec y Thomas no necesitaron más, querían mucho a Laurie. Desde el primer momento, fue más que un amigo.

Michael, con el corazón henchido de emoción se levantó de su silla, se acercó a su ángel y besó sus cabellos castaños, al tiempo que acarició las cabezas de sus tres hijos. No podía pedir más, ya no imaginaba su vida sin su familia.

❧⟡❧

Marcus Finning entró empapado a la sucia taberna. El olor a tabaco, humedad y cerveza no eran la mejor combinación para inhalar. El agente no pudo evitar hacer un mohín, el hedor era repulsivo.

Miró en todas direcciones, la luz de las velas era precaria, lo que le confería al lugar un aspecto insalubre. Según sus indagaciones, Brian McAllister debía encontrarse en ese antro que frecuentaba, por lo menos, cuatro veces a la semana.

Marcus, estaba de suerte ese día, sonrió al hallarlo en una mesa jugando naipes.

—McAllister, al fin te encuentro. —Fue el particular saludo que el agente Finning le dirigió a un altísimo hombre fornido y de apariencia feroz.

Pero no lo suficientemente feroz como para intimidar a Marcus.

McAllister lo ignoró, era su turno, tiró su carta y miró a Finning de arriba abajo con desprecio.

—¿Quién me busca? —interpeló el hombre volviendo al juego.

—Marcus Finning —respondió escueto—. Necesito conversar contigo. En privado si es posible.

—Que yo sepa, no tengo *naa* que hablar con su *mercé* —replicó Brian.

—Oh, sí, tienes mucho de qué hablar, te conmino a acompañarme. Odiaría tener que recurrir al magisterio para dar caza a tu persona por robar baúles de viaje —advirtió Marcus sin perder el temple, conservando un tono de voz neutral—. Si hablas conmigo ahora, te garantizo que, por un largo tiempo, me olvidaré de ti. Digamos que voy a estar dedicándole mi atención a asuntos más importantes.

Brian no necesitó mayor incentivo, sin decir una palabra, dejó su mano de cartas sobre la mesa y abandonó el juego sin mayor explicación.

—*Ajuera* —gruñó McAllister.

—Muy amable de tu parte.

Ambos hombres salieron del lugar, lo que significó para Marcus un gran alivio. El aire nocturno de Londres no era de los mejores, pero, comparado con el hedor de la taberna, era como el de un fragante y exquisito ramo de rosas.

—Bien, McAllister, sé que empeñaste un baúl de viaje perteneciente al conde de Swindon...

—Yo no...

—No trates de negarlo... —interrumpió severo—. Si lo empeñaste o no, me da exactamente lo mismo, solo necesito saber en qué circunstancias llegó a tus manos. Dónde y cómo lo obtuviste

Brian se quedó callado unos segundos, meditando si decir la verdad o no... Pero qué más daba, tenía la garantía de Marcus Finning, su palabra era inquebrantable.

—El hombre del cartel, ese por el cual ofrecen mucho dinero... —comenzó a relatar—. Me ofreció todas las pertenencias del *dijunto* a cambio de que lo ayudara a capturarlo.

—¿Solo para capturarlo? ¿No participaste en el asesinato?

—No lo maté, ese no era el trato —se defendió vehemente—. Esperamos al *caallero* cerca de un barco que zarpaba a Francia al día siguiente. Cuando bajó de su carruaje, aprovechamos que estaba oscureciendo y lo abordamos poniéndole un cuchillo en el gaznate. Lo llevamos a un callejón, lo *golpié* en la cabeza y quedó inconsciente. Luego lo atamos y me fui con mi pago dejando solo a los dos *caalleros*.

—Espera, ¿dijiste «caballeros»?

—El hombre que me pagó era un *caallero*... hablaba como uno, vestía como uno, pero estaba sucio y hediondo... pero de todas formas era un *caallero*. A esos se les nota desde lejos que no son *naá* de por aquí.

—Este caballero... ¿Cómo se presentó?, ¿te dio algún nombre?

—Él no me dio su nombre... pero, cuando lo atrapamos, el *dijunto*, al verle la cara, se quedó sin habla, como si hubiera visto un alma en pena... o al diablo. Se volvió como loco, murmuraba una y otra vez, «estás muerto, estás muerto». No puedo negarle que fue un poco escalofriante, empecé a dudar que el *caallero* fuera de este mundo.

Marcus meditó un momento. A juzgar por las palabras de Brian, podía conjeturar que Swindon conocía al asesino, al punto de suponer que estaba muerto... Podía elucubrar muchas hipótesis con esos antecedentes.

—Bien, McAllister, creo que eso es todo... por el momento. Pero debo hacerte una advertencia, si has mentido en tu relato de los hechos, se acaba el trato.

—No, *'eñor*, he dicho toda la *verdá*. Se lo juro por mi santa abuelita que está en el cielo.

—Más te vale, McAllister... Vuelve a tu juego y gracias por tu cooperación.

—Sí, claro —satirizó de mal humor—, que tenga buenas noches, su *mercé*.

⁂

«SE BUSCA», leyó en el anuncio pegado en la pared en la cual había un retrato muy cercano a la realidad y se describía su apariencia y, como si fuera poco, el monto de la recompensa para quien lo entregara, la cual ascendía a mil libras, una cantidad exorbitante de dinero. Rabioso, rasgó el papel y se ajustó la bufanda que escondía sus rasgos, y solo dejaba al descubierto sus ojos azules. Se encontraba en medio de esa marejada de gente que transitaba por Wentworth Street, visitando el Petticoat Lane, un mercado callejero de ropa vieja.

Cada día que pasaba, veía multiplicarse esos malditos carteles. Su idea inicial no marchaba tan rápido como hubiera querido.

Vigilaba a Michael Martin día y noche, quien salía constantemente de Clover House a distintas horas, sin tener una rutina específica, y sus destinos eran poco propicios para llevar a cabo su plan. Si no era la casa de Rothbury, era la de Hastings, Wexford, o, en su defecto, el club White's. No había ninguna amante, no salía a jugar ni a beber. Y si lo hacía, era acompañado de esa mujer. Era un objetivo inalcanzable.

¿Dónde demonios estaba el libertino? Michael Martin parecía un maldito monje.

Tal vez debía cambiar de estrategia, no estaba pensando bien, matarlo no iba a ser suficiente... iba a suceder lo mismo que con Swindon, actuó por impulso, la ira lo hizo ver todo rojo y necesitaba dinero para largarse y empezar de nuevo.

La muerte de Michael Martin, no garantizaba nada si no obtenía algo de su dinero.

Necesitaba un nuevo plan.

Dio media vuelta y dio de lleno con el pecho de otro hombre que lo hizo caer de bruces.

—Oh, perdón, señor. Mil disculpas, no fue mi intención... Permítame ayudarle —ofreció una voz masculina que era muy familiar para él.

Alzó la vista... Corby.

Con la caída, la bufanda se había resbalado de su rostro, dejándolo al descubierto, por un segundo se paralizó y, Corby, que lo miraba con amabilidad, le ofrecía la mano para ayudarle a levantarse.

Al parecer no lo había reconocido. Con cierta sensación de alivio, volvió a subir su bufanda y tomó su mano. Murmuró un «gracias, milord» mientras se inclinaba y, tan rápido como pudo, se alejó.

Corby no se movió, entrecerró sus ojos... Ese hombre le era muy familiar... Las cicatrices de su cara no ocultaban del todo sus facciones. Pero no estaba muy seguro que fuera él, desde hacía meses que no se sabía nada acerca de su paradero, incluso se creyó que había muerto.

Pero, aparentemente, no lo estaba.

Miró la pared y lo que quedaba del cartel que buscaba al asesino de Swindon. Debía salir de dudas.

Esperó unos momentos más, y fue tras sus pasos.

El hombre siguió derecho, apurando el tranco, Corby, por momentos lo perdía de vista en medio de la multitud y la exorbitante cantidad de prendas de vestir que estaban exhibiéndose en el suelo y colgadas por doquier, llenando su campo visual de texturas y colores. Desvió su rumbo hacia un callejón, por lo que Angus corrió intentando alcanzarlo.

Al llegar, pudo divisar al hombre que ya estaba en el otro extremo, doblando hacia la izquierda. Corby profirió una palabra malsonante; la distancia se había extendido más de lo que pretendía. Miró en todas direcciones, esa zona no la identificaba, pero no le dio importancia, no era la primera vez que estaba en un lugar desconocido.

Angus siguió con su persecución y, al llegar a la esquina, también viró hacia la izquierda.

Un potente y sorpresivo empujón lo dejó contra la pared, al tiempo que se golpeaba fuertemente en la cabeza, dejándolo atontado.

—No debiste husmear, Corby... —siseó el hombre dejando al descubierto su rostro, revelándole su identidad.

Angus lo reconoció, ahora estaba seguro, pero, en ese mismo instante, sintió en su costado derecho dos estocadas rápidas y certeras.

Sangre espesa comenzó a manar, empapando su ropa. Se llevó las manos a la herida, intentando detener la hemorragia, pero era inútil, el líquido vital se escapaba por entre sus dedos.

Corby no fue capaz de decir ni una palabra, el hombre escupió el suelo, miró en todas direcciones para asegurarse de no tener testigos y se fue corriendo, dejándolo solo.

Angus entornó sus ojos, creyendo que en cualquier momento iba a desfallecer, pero esa sensación de sentirse como un hombre pusilánime lo asqueó. Abrió los ojos, estaba determinado, él no era así, no podía terminar así, no debía morir así... De pronto, sintió que había perdido demasiado tiempo...

Ah, la ironía de la vida, Corby se rió de sí mismo sintiendo un intenso dolor al hacerlo. Negó con su cabeza, su tía tenía toda la razón. Había desperdiciado su vida. Si moría ahora, no habría un heredero digno que lo sucediera sin tirar por la borda el trabajo de generaciones. El siguiente era su primo Trevor y vaya que lo detestaba, un jovencito petulante y cobarde que siempre tenía una excusa para malgastar dinero.

No podía permitirlo, al menos, debía intentar encontrar ayuda antes de morir. Con esa idea en la cabeza, comenzó su *vía crucis*.

Cada paso que daba lo debilitaba más y más, pero tenía que llegar, al menos, hasta Wentworth Street, lugar donde comenzó todo. Intentó conservar la calma, controlando su respiración, midiendo cada movimiento para no caer.

Los minutos se tornaron eternos, sus pasos dejaban una estela de goterones de sangre. Vislumbró a los transeúntes, los pregones, los puestos de ropa, estaba a punto de llegar. Sus piernas empezaron a flaquear, solo faltaba un poco más.

Lo último que vio, fueron las hebras de unos cabellos rubios y las oscuras nubes del cielo de invierno.

Capítulo XXV

Marcus salía del cuartel general de Bow Street. La lluvia caía a cántaros esa noche, el típico clima inglés que no les impedía a los miembros de la aristocracia salir de sus casas, la temporada ya había empezado con sus tertulias, bailes, presentaciones en sociedad, juegos, libertinos, ópera y crímenes.

—¡Señor Finning! —Una voz femenina lo llamó, Marcus percibió una brizna de desesperación en el dulce tono de una chiquilla. Dio media vuelta y, para su sorpresa, se encontró con una mujer joven, rubia, de ojos verdes. Por su vestimenta y la zona en la que se encontraba, podía inferir que era una criada. Estaba empapada, su abrigo y cabello destilaban agua.

Marcus saludó a la mujer tomándose el ala del sombrero e inclinando su cabeza.

—Señorita…

—Buenas tardes, ¿es usted el señor Marcus Finning? —preguntó la mujer con la respiración agitada. Necesitaba confirmar que era el hombre que buscaba.

—Así es, y usted es la señorita… —Marcus dejó la frase en el aire, para que la mujer se presentara.

—Oh, disculpe mis modales. Mi nombre es Katherine Thompson. Trabajo como doncella en la casa de lord Tauton… Más bien, trabajaba —musitó—. Pero eso no es lo importante, necesito su ayuda.

—Un gusto, señorita Thompson, dígame, ¿en qué le puedo servir? —preguntó Marcus para llegar pronto al motivo de tan inesperada conversación.

—Hace dos días ayudé a un hombre herido, cayó desmayado sobre mis pies... Un caballero... al menos lo parecía en ese momento. Su nombre es Angus Moore...

A Marcus le era vagamente familiar el nombre, pero no la quiso interrumpir, escuchaba y observaba con atención a la mujer mientras con un gesto la conminaba a proseguir.

—Estuvo a punto de morir —continuó Katherine—... hace unas horas despertó, y lo primero que logró balbucear fue que debía hablar con usted urgente... que tal vez no iba a resistir... ¡Es de vida o muerte!

Marcus no necesitó más explicación, su excelente reputación resolviendo casos se basaba en atender a cualquier persona, independiente del riesgo. Esa conversación, bien podía ser una trampa, pero siempre iba preparado.

—No perdamos más tiempo, entonces. Vamos, señorita Thompson...

Katherine, sorprendida ante la inesperada respuesta positiva, se emocionó; estaba segura que el hombre no la tomaría en cuenta y que debería insistir hasta el cansancio, y ella odiaba hacerlo.

—¡Oh, muchas, muchas gracias, señor Finning! —exclamó contenta, a pesar de la situación compleja que estaba viviendo los últimos días—. Vivo en Whitechapel, el señor Moore me dio dinero para alquilar un carruaje. ¡Sígame, por favor!

Marcus alzó la ceja, tal vez la mujer había mentido acerca de su ocupación, el barrio mencionado era más conocido por el comercio sexual, que por los negocios que abundaban en la zona. Pero, de momento, no era algo relevante. La siguió, quedando rezagado, los pasos de ella eran más rápidos y briosos de lo que estimaba.

La mujer, con mucha seguridad, se dirigió hacia un carruaje que la esperaba, habló unas palabras con el cochero, quien asentía, Katherine sonrió, miró en dirección a Marcus e instó a que subiera con ella.

Se sentaron frente a frente al interior del coche. Marcus decidió que lo mejor era ganar tiempo, tardarían una media hora en llegar a Whitechapel a causa de la lluvia y el tráfico.

—Mientras llegamos, señorita Thompson, ¿podría describirme cómo llegó a sus pies el señor Moore? —preguntó Finning, inclinándose hacia adelante de una forma casi imperceptible.

—Era mi día libre, iba camino a la casa de mi padre que vive en Crispin Street —relató Katherine, sin bajar la vista—. Alrededor del mediodía, el señor Moore se dio de bruces contra el suelo cuando yo caminaba por Wentworth Street. Al principio, pensé que era un borracho, pero cuando vi la sangre no dudé en pedir auxilio. Unos transeúntes me ayudaron a llevarlo a la casa de mi padre, él estuvo en la guerra y era ayudante de los cirujanos, por lo que tiene experiencia atendiendo heridas. El señor Moore presentaba dos puñaladas en el costado. Perdió mucha sangre, pensamos que iba a morir, pero, milagrosamente, hoy recuperó la consciencia, me dio su nombre y me encomendó que lo llevara a usted ante él —finalizó su relato. Ni ella misma daba crédito a lo sucedido, por cuidar al señor Moore, estaba segura de haber perdido su trabajo, pero no podía dejarlo solo. No con su padre que, a pesar de ser un buen hombre, solía emborracharse más de la cuenta en los momentos menos oportunos. La viudez no le sentaba nada bien.

—Interesante, ¿no le dijo nada más?

—Creo que el señor Moore no está en condiciones de hablar demasiado, por eso no cuestioné sus órdenes, ni le pedí más detalles —respondió Katherine. Debía admitir que era perentorio obedecer a ese hombre, podían ser sus últimas palabras.

—Entiendo…

No dijeron más durante lo que quedaba del trayecto. Katherine miraba hacia la calle, todo estaba en penumbras. Tenía frío y su ropa estaba empapada, pero eso no le importaba en lo absoluto, pronto llegaría a casa para cambiarse.

Media hora después, se bajaban del carruaje en frente de una pequeña botica, la cual tenía dos plantas. La mujer entró al negocio, saludó a su padre, que estaba tras el mostrador limpiando unos frascos.

—Padre, te presento al señor Marcus Finning.

—Esa es mi chica, lograste encontrarlo. Buenas noches, señor Finning, gracias por venir.

—Buenas noches, señor Thompson —saludó Marcus quitándose el sombrero.

—¿Alguna novedad, padre? —preguntó Katherine, rogando que el señor Moore no hubiera muerto.

—El joven está durmiendo, logró comer algo de sopa y pan —respondió tranquilo—. Todavía no entiendo cómo ha logrado sobrevivir, parece un milagro.

—Tú lo salvaste, padre —rebatió Katherine con cariño y admiración—. Subiremos a ver al señor Moore para que hable con el señor Finning.

—Estaré aquí por cualquier cosa que necesiten.

—Gracias, padre.

Subieron por una escalera estrecha que estaba por detrás de la tienda. Katherine guió a Marcus hasta llegar a una habitación pequeña y austera, los pocos elementos que delataban a su ocupante eran algunos objetos muy femeninos. Ahí se encontraba Angus Moore, durmiendo. Muy pálido y quieto... demasiado, parecía muerto.

En el momento en que el hombre herido entró en el campo visual de Marcus, lo pudo reconocer. Uno de los solteros más codiciados y populares de todo Londres. Angus Moore, conde de Corby, libertino empedernido, juerguista, poseedor de una gran fortuna e influencia tanto en Londres como en Richmond, lugar donde se ubicaba su residencia de verano. Ahora tenía sentido la presencia del caballero en aquel barrio, probablemente, buscaba una «señorita» para divertirse.

¿La señorita Thompson tenía alguna noción de quién era el hombre que había salvado?

Tal parecía que no.

—Señor Moore —susurró Katherine—. ¿Me escucha? He venido con el señor Finning.

Angus no se movió.

Katherine con preocupación —y pensando en lo peor— se acercó con sigilo y posó su mano sobre el pecho masculino. Para su tranquilidad, estaba tibio, su respiración era casi normal, apenas se notaba, pero lo hacía con regularidad. Todavía estaba vivo.

Sin saber cómo, la muñeca femenina fue apresada con fuerza por la mano del señor Moore. Katherine ahogó un grito, la había tomado por sorpresa. Angus abrió los ojos, lo primero que vio fueron esos cabellos rubios... ese aroma a humedad y flores.

—Está empapada... —señaló Corby, lo evidente. Su voz estaba rasposa, sentía la boca seca, y el dolor punzante en su abdomen le recordó el motivo por el cual estaba en ese lugar—. ¿Qué le pasó, señorita Thompson? —preguntó interesado.

—Afuera llueve... Hice lo que me pidió, vine con el señor Finning —respondió Katherine.

—Finning... Gracias al Todopoderoso —expresó Corby en un susurro, sintiendo un gran alivio y verdadera gratitud hacia esa mujer que nunca pidió nada a cambio—. Gracias, señorita Thompson, le estaré eternamente agradecido por sus servicios.

—No hay de qué... —contestó, al tiempo que sus mejillas se ruborizaban—. Si me disculpa, los dejaré a solas, debo cambiarme...

—Pierda cuidado... me sentiría horrible si enferma por mi causa —afirmó con sinceridad, sorprendiéndose al mismo tiempo. De verdad no le agradaba la idea de que la señorita Thompson se enfermara, por el motivo que fuera. Estaba en deuda, ella lo había salvado.

Katherine asintió. Con suavidad, intentó desasirse de la mano de él, Angus todavía le sostenía la muñeca.

—Si me dispensa, señor... —musitó incómoda y alzó su mano apresada, para hacerle notar que la necesitaba para marcharse.

Angus alzó las cejas, y la dejó ir, sintiendo cómo se desvanecía ese calor entre sus dedos. Concentró su atención hacia donde estaba el agente de Bow Street, observando el intercambio en silencio.

—Lord Corby —saludó Marcus con una leve inclinación—. La señorita Thompson me comentó las circunstancias en que lo halló. ¿Desea hacer una denuncia?

—Una denuncia... y entregarle valiosa información a la vez —afirmó en un susurro, sus palabras eran lentas, comedidas pero firmes—... Me encuentro en estas lamentables condiciones... porque la persona que hizo esto... es la misma que mató a lord Swindon —declaró—. Lo conozco, es un miembro de nuestro decadente círculo de conocidos... más bien, era.

—¿Era? ¿Y su nombre es?

—Frank Smith, marqués de Somerton...

❧❧❧

La lluvia había amainado, el tiempo se había conjurado con la urgencia por salir de Clover House. Michael y Margaret se dirigían apurados a la berlina que los esperaba a la salida de la gran casa. Habían recibido un mensaje urgente de parte de Minerva, quien se alojaba junto con su familia en Peony House, la casa de lord Rothbury. La nota no explicaba nada más, solo requería la inmediata presencia de su hermana. La breve, pero enigmática misiva, fue suficiente para inquietar a la pareja.

La noche estaba muy fría, Michael vestía un grueso abrigo de lana negra que le proporcionaba el calor adicional a su vestimenta habitual, levita y pantalones de abrigador algodón, a juego con guantes, bufanda y sombrero. Margaret iba ataviada con un vestido de muselina azul que cubría las cinco enaguas de algodón que la protegían del frío, el spencer[12], del mismo tono del vestido, otorgaba otra capa adicional de ropa a la parte superior; bonete, chal, y guantes completaban el atuendo.

—Buenas noches, Jack —saludó Michael al cochero que estaba tan abrigado como sus patrones, y que le respondió con una inclinación de cabeza—. Querida... —ofreció su mano para que Margaret subiera.

—Buenas noches, Jack —saludó mientras tomaba la mano de Michael—... ¿cómo está la salud de sus hijos? —preguntó Margaret con amabilidad, como siempre lo hacía con los sirvientes de Clover House.

El cochero tosió y se subió la bufanda, evidenciando que él también se había contagiado.

—Mejorando, gracias, milady —respondió el hombre.

—Me alegro, intente abrigarse más para que no se agrave usted, su voz lo acusa... —replicó Margaret, a la vez que no pudo evitar un escalofrío—. Cielo santo, hace mucho frío... Los guantes no serán suficientes. Iré a buscar mi manguito[13], solo tardaré unos minutos, querido.

—Te espero, mi ángel...

El cochero volvió a toser y todo quedó en silencio. Las nubes se movían dejando al descubierto la luna llena, cuya pálida luz bañaba las fachadas de las modernas y elegantes construcciones de Charles Street. Michael, se quitó las gafas, el aire caliente que manaba de su bufanda, provocaba que se empañaran los cristales. Detestaba su defecto a la vista en momentos así, en la noche veía menos que en el día, y le hacía sentir indefenso. Limpió los cristales y guardó las gafas en un bolsillo, era inútil volver a ponérselas, volverían a empañarse en cuanto estuviera al interior del carruaje. Era más práctico esperar su arribo a Peony House.

Margaret volvió sonriendo, con su abrigador manguito de piel de zorro cubriendo hasta sus antebrazos. Michael solo pudo ver la perfecta silueta de su mujer. Por instinto y costumbre, ofreció de nuevo su mano, para que ella subiera al coche y, a la postre, él hizo lo mismo.

---

12 *Chaqueta corta ajustada que llegaba por sobre la cintura, o en estilo imperio, bajo del busto y adaptado a líneas idénticas a la del vestido*

13 *Prenda de abrigo para las manos en forma de cilindro abierto por los extremos, confeccionado en piel o en terciopelo, seda o paño forrados de piel y en ocasiones adornados con bordados, galones o pedrería; era una prenda que solía llevarse sujeta al cinturón o colgando del cuello con un cordón.*

El sonido del látigo, seguido de los cascos de los caballos, anunció que ya estaban en marcha.

—Te ves muy diferente sin gafas —comentó Margaret intentando reconocer a Michael, era extraño, era él y a la vez, no lo era— … ¿Por qué te las quitaste?

—El invierno es un enemigo duro de vencer para los miopes, mis gafas se empañaron —explicó—. Aunque sea leve en mi caso, no puedo prescindir de ellas, salvo en instancias como esta. —Se quedó unos segundos en silencio y sonrió—. Estar a solas en un carruaje me trae deliciosos recuerdos.

Margaret rio seductora, ah, jamás olvidaría esa noche, cuando descubrió que podía sentir placer. Que su feminidad no estaba tan destruida como imaginaba.

—Te comportaste como un verdadero granuja, querido. Hasta el día de hoy compruebo tus amenazas, disfruto y gozo cada vez que estoy entre tus brazos.

—Me esmero mucho para lograr aquello, me fascina escucharte…

Un bache sacudió el coche, Margaret ahogó un grito por el repentino movimiento y miró por la ventanilla. Debían estar por llegar, era un trayecto corto.

Pero las fachadas de las casas no eran las mismas de siempre.

—Este no es el camino —susurró sintiendo que, definitivamente, algo iba mal—. Michael, ponte tus gafas… ¡ahora! —ordenó nerviosa…

Él, sin cuestionar, obedeció, al tiempo que percibieron que el coche aumentó, de súbito, la velocidad. Miró hacia afuera, se estaban alejando de la zona acomodada de Londres. Por la dirección que tomaban, era posible que los estuvieran llevando fuera de la ciudad, tal vez a Essex.

Estaban siendo secuestrados por su propio cochero. Michael se negaba a creer eso, Jack llevaba años sirviendo para él, no tenía ningún sentido. Algo no cuadraba.

—No sacaremos nada con perder la cabeza, en algún momento se tendrá que detener —determinó Michael intentando conservar la calma. Tenía que pensar en algo.

—Oh, Michael, me siento tan estúpida —se lamentó Margaret con dureza—…sospechaba que ese hombre no era el cochero, pero me convencí que eran imaginaciones mías, que tal vez estaba siendo demasiado exagerada… Pero su voz me resultó tan horriblemente familiar, y ahora me doy cuenta que debí seguir mis instintos... Cielo santo, esto es una absoluta locura, debí haber dicho algo...

—Entonces, si no es Jack... ¿Quién es? ¿Lo conoces?

Margaret asintió, su voz se volvió un hilo al decir...

—Estoy casi segura de que se trata de Frank Smith... el esposo de Minerva.

—¿¡Somerton!? ¿No se supone que está muerto?

—Tal parece que no... Dios... Le dije a Elizabeth que, si no volvíamos en dos horas, le notificara al señor Finning.

—¿Y te sientes estúpida? Mi ángel, eres brillante... —elogió orgulloso de ella, ya tenían algo para comenzar a urdir un plan que los ayudara a salir airosos.

—Y traje esto... —De su manguito sacó una pistola que tenía oculta—. No sé si está lista para disparar, la tenías en la biblioteca.

—Desde que Swindon invadió nuestro hogar, siempre está lista para disparar —confirmó Michael, sintiendo compasión por su mujer, que tenía una expresión mortificada—. Margaret... ángel mío. —Alzó su barbilla con delicadeza para que lo mirara—. No te culpes de nada, hiciste lo correcto... si me hubieras alertado o si hubieras levantado sus sospechas... —Michael imaginó lo peor y se sacudió de su mente la imagen de Margaret muerta—. Es imposible saber si ese sujeto viene armado, o si tenía cómplices aguardando. Las decisiones que tomaste nos han salvado de correr un riesgo innecesario. Estoy intrigado, esto no tiene ni pies ni cabeza. No entiendo por qué este sujeto nos ha secuestrado... Pero, sea como sea, ahora debemos pensar en algo...

Frank no podía apresurar más la marcha a causa del lodo. Londres quedaba atrás, cada vez más lejano. A medida que avanzaba, había menos casas y la naturaleza emergía salvaje, traducida en árboles, arbustos, animales nocturnos cuyos sonidos impedían que el silencio gobernara en aquellos parajes.

El ambiente estaba tranquilo, y todo iba de acuerdo a su plan, que era muy simple y rápido de ejecutar. En cuanto estuviera seguro de no tener testigos, mataría a Michael Martin y a su querida. Eso sería muy sencillo, los hombres como ese mequetrefe no sabían cómo defenderse, y para qué decir de una mujer, que solo servían para abrir las piernas. Se llevaría todo lo de valor; los dos caballos, las joyas, y el dinero que portaban. Era un plan modesto, pero sería suficiente para su única ambición, desaparecer, solo ansiaba escapar de Inglaterra.

La lluvia empezó a caer nuevamente.

El movimiento cesó. El silencio se cernió entre ellos, denso y abrumador. Era como si la lluvia que caía furiosa no emitiera sonido alguno y, a la vez, ahogara todo lo demás.

La puerta se abrió de golpe.

Margaret no pudo evitar dar un gritito asustado.

Con agilidad, Frank haló el bonete de ella y le puso un cuchillo enorme sobre la garganta.

—¡Baja! —ordenó Somerton a Margaret—. Tú también, Bolton. No intentes nada estúpido o ella pagará con su vida —amenazó, «aunque de todas formas morirá», pensó ufano al tiempo que le zamarreó la cabeza a Margaret, arrancándole un quejido—. Levanta las manos, maldito.

Michael obedeció.

—Frank, no tienes que… —intentó señalar Margaret.

—¡Silencio, furcia! —vociferó bajándola a tirones y sin importarle que ella lo había reconocido. Margaret, a propósito tenía sus manos cubiertas por el manguito, detalle que Somerton obvió como la torpeza natural de las mujeres en los momentos críticos—. Lo único que quiero, es lo que tienen encima y los caballos. ¡Bolton, apúrate, abajo!

Michael, sin bajar los brazos, descendió del carruaje en silencio. De soslayo miró a su alrededor gracias a la luz de la farola de la berlina; estaban en medio de la nada. Los caballos habían sido liberados del carruaje y se encontraban atados a un árbol.

Un relámpago iluminó el cielo, el trueno retumbó hasta hacer temblar la tierra.

—¡Toma el saco que está sobre el pescante[14]!¡Empieza a vaciar tus bolsillos, Bolton! —exigió Somerton sin importarle las inclemencias del tiempo—. No me hagas perder el tiempo.

Michael miró hacia donde le indicaron, ahí estaba el saco y lo tomó. Uno a uno empezó a depositar sus objetos de valor sin quitarle los ojos de encima a Somerton; un anillo de oro, su reloj de bolsillo, una bolsa de dinero.

—No tengo nada más —afirmó.

_____

14 *Asiento delantero en el exterior de un carruaje en el que va el cochero y desde donde gobierna los caballos.*

—Ahora, quítale las joyas a tu puta —ordenó Frank esperando provocar a Michael. Su plan era perfecto si se lanzaba hacia él, solo cortaría la garganta de la mujer y Bolton se desesperaría por salvarla, bajaría la guardia y él aprovecharía el momento para apuñalarlo hasta el cansancio.

Pero no lo logró.

Michael reprimió las ganas de lanzarse sobre la yugular de Somerton ante el insulto, ese truco lo conocía, si cedía a su primer impulso, Margaret podría morir. Con cautela, se acercó a ellos. Miró a su mujer, que solo pudo asentir entornando sus ojos como única respuesta; le quitó los elegantes pendientes de perlas y el collar a juego.

Con lentitud y cuidado deslizó el manguito de piel de una mano, luego de la otra. Hizo el ademán de meterlo en el saco, mas no lo hizo, a ciegas metió la mano, empuñó la pistola y, sin sacarla de la prenda —para evitar que se mojara con la lluvia—, apuntó, a tan solo unas pulgadas, sobre la cara de Somerton, quien vio, claramente, el cañón.

—Suéltala —demandó Michael sin alzar la voz.

Somerton rio soberbio.

—Con esta lluvia, dudo que funcione esa pistola, mocoso. ¿Quién será más rápido? Mi cuchillo está sobre el delicado cuello de tu putita y tus jodidas gafas no son de ayuda con esta lluvia para poder defenderla.

—Entonces, tentemos a la suerte —provocó Michael con frialdad halando el percutor.

Esa fue la señal para Margaret; en un inesperado y rápido movimiento, tomó la muñeca y el puño de Frank con sus dos manos para intentar alejar la hoja del cuchillo, y dejó caer el peso muerto de su cuerpo, provocando que la inercia le hiciera aflojar su agarre, lo suficiente para morder la mano de su atacante con fuerza, arrancándole un alarido nada masculino.

Somerton, aferrado a su voluntad hasta el último segundo, logró hacerle un corte en la mejilla a Margaret, quien no le importó nada más y mordió con más ahínco, hasta sentir el sabor metálico de la sangre en su boca.

El cuchillo cayó, Somerton soltó a Margaret con furia y Michael apretó el gatillo.

Nada, la pólvora estaba mojada.

¡Maldición!

Michael, sin pensarlo dos veces, quitó la inútil protección que brindaba el manquito, dio vuelta el arma y la usó como si fuera un garrote, asestando un golpe sobre la cabeza de Somerton, quien ya lo veía venir y, por poco, logra evadir el ataque, recibiendo un culatazo sin fuerzas que, de todos modos, lo dejó atontado. Frank recogió el cuchillo que ya estaba siendo sepultado en el lodo, e intentó dar una estocada sobre el pecho de Michael, quien justo saltó hacia atrás por puro instinto, más que por pericia.

Frente a frente estaban, describiendo un círculo, intentando adivinar el siguiente movimiento del otro.

Un relámpago rasgó el cielo. Un trueno estalló.

Un rayo incendió un árbol cercano.

Un golpe al aire, una estocada errada.

El olor a fuego, lluvia, tierra mojada.

—¡Vas a morir, maldito! —bramó Fank, asestando una estocada que Michael logró interceptar con un golpe del arma, dándole de lleno en la mordida que, previamente, le había hecho Margaret, provocándole un intenso dolor.

El cielo volvió a iluminarse, revelando unas siluetas montadas sobre briosos corceles.

El trueno reverberó y, de la nada, emergieron los sonidos de los cascos de caballos acercándose con rapidez.

—¡Allá está Frank Smith, atrápenlo! —se escuchó la voz de Marcus Finning a la cabeza de cuatro jinetes de la patrulla montada de Bow Street.

Los agentes fustigaron más a sus caballos, emprendiendo una veloz carrera. Somerton, sin nada más que perder, y aprovechando la breve distracción de su contrincante, asestó una última estocada al cuerpo de Michael, logrando al fin, su objetivo.

Michael se paralizó al sentir cómo la hoja de acero penetraba su cuerpo. Frank sonrió siniestro, retiró el cuchillo, tomó el saco y corrió hacia los caballos. Soltó las riendas de uno, y con agilidad lo montó para escapar.

Margaret sentía su garganta cerrada, quería gritar, pero no podía. Sus piernas no respondían, el terror la había dejado inválida.

Michael cayó de rodillas, las sentía débiles, sin remedio habían flaqueado ante el miedo. Todo su cuerpo temblaba.

Desesperado, desabotonó el abrigo, la levita, y el chaleco, para descubrir sangre en el costado derecho de su vientre, manchando de rojo su camisa de lino. Necesitaba saber qué tan grave era, casi no sentía dolor. No sabía si era por euforia de la pelea o por otro motivo que no lograba entender.

—¡¡Michael!! —gritó por fin Margaret—. ¡Michael! —Su cuerpo se llenó de vitalidad, corrió hacia el amor de su vida—. ¿Estás bien, mi amor? —preguntó llena de incertidumbre.

—No lo sé... espera, querida. —Con manos temblorosas, alzó la camisa manchada de sangre. La lluvia lavaba la piel dejando al descubierto un corte de unas dos pulgadas, pero parecía ser poco profundo.

Ambos suspiraron de alivio, él iba a sobrevivir si lo atendían pronto.

Los caballos, siguieron con su vertiginosa persecución, ignorando a la pareja, a excepción de Marcus, que se detuvo.

—¿Están bien? —interrogó intentando controlar a su caballo que estaba inquieto por seguir galopando.

—Gracias a Dios lo estamos —respondió Michael—, solo tengo un corte.

—Con ese abrigo, debió necesitar una espada para matarlo. Somerton es un delincuente aficionado. —El caballo piafó—... Tras nosotros vienen refuerzos, quédense aquí —ordenó antes de emprender de nuevo la persecución, dejando a la pareja a solas.

La lluvia caía...

Capítulo XXVI

Somerton había soltado casi por completo las riendas para que el caballo galopara a sus anchas en medio de la oscuridad. La lluvia seguía siendo intensa y copiosa, truenos y relámpagos la convirtieron en una verdadera tormenta que le golpeaba la cara.

Poco a poco, el sonido de los cascos de la patrulla montada anunciaba que cada vez estaban más cerca. Somerton miró hacia atrás, el cuadro era casi sobrenatural; un relámpago iluminó el camino revelando a los cuatro jinetes cabalgando hacia él, amenazando con traerle su aterrador apocalipsis particular.

Miró hacia adelante, si seguía por la carretera lo atraparían sin remedio, su caballo ya se estaba cansando. Tomó las riendas y guio al animal fuera del camino, adentrándose en el bosque aledaño. En él no había sendero alguno, pero eso no le importó a Somerton, mientras pudiera escapar, seguirían en pie sus esperanzas de lograr sus planes. Tenía un pequeño tesoro que le serviría para su nueva vida.

Marcus se unió a la persecución, cinco caballos que iban acortando la distancia. En cuanto notaron que Somerton había salido del camino, ellos hicieron lo mismo, a excepción de Finning, que continuó por el mismo rumbo, dado que no conocía aquel paraje tan bien como sus colegas.

Somerton maldijo su suerte, todavía no lograba deshacerse de esos infelices, pero el bosque y la oscuridad eran sus aliados. Siguió cabalgando frenético, esquivando árboles, ramas y troncos caídos. El caballo con su hábil jinete, eran un solo ser, hasta que delante de ellos un rayo golpeó sobre un árbol, el animal paró en seco y se encabritó. Frank apenas logró mantenerse aferrado a la montura, el corcel empezó a correr desbocado saliendo del bosque sin control.

—¡Va de nuevo hacia el camino! —gritó a viva voz uno de los *runners*—. ¡No dejen que vuelva al bosque!

Somerton logró dominar el terror de su caballo, pero ya era tarde para retornar, los agentes habían ganado demasiado terreno como para arriesgarse a penetrar de nuevo en el bosque. Lo único que le quedaba, era hacer algo que ellos no pudieran predecir. Dio media vuelta y emprendió su carrera en dirección contraria, hacia donde estaba el carruaje, tal vez así ganaría algo de tiempo y podría intentar perderlos de vista.

Craso error.

De la nada, otro jinete venía raudo a su encuentro.

Marcus Finning, al notar la figura de Somerton, espoleó a su caballo y se preparó para usar la única arma que podía ser efectiva bajo la lluvia, su espada, la que mantuvo oculta para no prevenir al marqués.

Somerton estaba desesperado, no hallaba hacia qué dirección huir, se encontraba en un callejón sin salida. Si se devolvía, sabía que, inexorablemente, los otros jinetes lo atraparían. Decidió tentar a su suerte una vez más; era mejor uno contra uno, que uno a cuatro. Como si se tratara de una justa, fustigó a su caballo y empuñó su cuchillo, estaba listo para usarlo. Fue de frente hacia el agente de Bow Street, quien también era un jinete experto.

En cuestión de segundos, que parecieron eternos, ambos hombres estaban cruzando sus monturas. Marcus esperó hasta el último momento para que Frank hiciera su movimiento, vio el cuchillo y, como acto reflejo blandió su espada.

Un relámpago marcó el final de la persecución e iluminó el antebrazo inerte del marqués sobre el barro, su mano aún estaba sosteniendo el cuchillo. El trueno fue el ominoso anuncio de que todo había terminado para él.

Somerton, ante el doloroso horror de ver su brazo desmembrado y su sangre chorreando al ritmo de los latidos de su corazón, perdió el control de su montura, la cual se alzó furiosa sobre sus cuartos traseros como si quisiera sacudirse de su desgraciada carga, logrando por fin, que cayera al suelo. El caballo, al verse liberado, galopó veloz, abandonando a Frank a su suerte.

Somerton, desangrándose, tendido bocarriba y mirando el cielo que se desgarraba con cada rayo, sintió que, en esta ocasión, no saldría indemne. Meses atrás, había sobrevivido a la paliza que

Swindon organizó para darle muerte, y poder llevarse todo el dinero que había ganado en carreras de caballos amañadas en Newmarket. Eso le significó una avalancha de problemas, cuando se recuperó, a duras penas pudo huir de sus cómplices, que querían su parte de las ganancias. Todavía recordaba nítidamente ese maldito día en que se encontraron en aquella ciudad, Alexander fue testigo de todas las carreras que ganó esa semana. Era tanto dinero, tanto, tanto dinero, lo suficiente para volver a tener su vida llena de lujos, pero su objetivo era irse lejos, a la India, Francia o el Nuevo Mundo. Estaba harto de Inglaterra, de la responsabilidad absurda de un título, de su inútil esposa, de esos niños por los cuales no sentía ninguna clase de afecto... Era una oportunidad de oro. Nunca imaginó que Swindon, un ser débil y pusilánime, fuera capaz de hacer semejante canallada. En ese momento, se dio cuenta de que eran iguales, el dinero los convertía en seres inescrupulosos...

Pero ahora, nada de ello importaba, todo estaba perdido, y de eso estaba seguro pues, por algún perverso motivo, ya no sentía sus piernas.

Marcus Finning lo miraba insondable, y en silencio, como si fuera el ángel de la muerte.

De pronto, Somerton escuchó que otro jinete se acercaba, y entornó sus ojos al darse cuenta que no podía levantar su propio peso. Estaba cansado y, a excepción de las piernas, todo el cuerpo le dolía producto de la caída, pero eso era la nada misma comparado con el dolor de la amputación. Ya no era capaz de ponerse de pie.

Abrió de nuevo sus ojos azules, Michael Martin lo miraba fijo con sus ridículas gafas y un aire de superioridad. El maldito tenía demasiada suerte, no había muerto.

—¿Estás contento? —interpeló Michael—. Ahora tus hijos cargarán con el infame estigma de tener un padre que es un criminal... Si antes eras una vergüenza, ahora eres un ser repugnante.

Somerton rio flojo. Bolton nunca entendía nada.

—¡Qué me importan esos niños! Solo deseaba largarme y dejar esta vida miserable en este maldito y horroroso país... —replicó soberbio, jamás rogaría por clemencia—. Swindon me arrebató mi dinero, mi última oportunidad. Ese perro se lo llevó todo... Al menos pude darme el gusto de devolverle todo lo que me hizo... y más. Deberías darme las gracias, ahora podrás fornicar con tu putita sin la molestia que significaba ese infeliz. Incluso podrás restaurar su ridículo honor casándote con ella, si es que te importa. Tal vez mañana la abandones por una más joven... Todos los hombres somos iguales...

—Eres un infeliz malnacido... Eres tú el que no entiende nada. —Michael avanzó un paso para golpear a Frank pero Finning se lo impidió.

—Déjelo, milord, no pierda su tiempo —expresó Marcus impertérrito—. Él es de esa clase de hombres que no conocen la bondad, la compasión o el arrepentimiento... Dios sabe que no soy nadie para segar la vida de ninguna persona. Pero tampoco haré algo por salvarlo. Lord Somerton pagará en este instante su sentencia de muerte —decretó el agente sin emoción alguna en su tono de voz.

Michael lo miró, intentando entender a qué se refería el señor Finning. Hasta que lo notó.

Un charco de sangre diluida se mezclaba entre la lluvia y el lodo, y que manaba profusamente. La amputación había sido en extremo severa. Para salvar al marqués, tenían que darle primeros auxilios para detener la hemorragia, buscar en los pueblos cercanos un cirujano que lo atendiera, y todo ello, sin la garantía de que sobreviviera. Demasiado trabajo y esfuerzo para salvar un alma negra que solo guardaba en su corazón el egoísmo, la maldad y la arrogancia.

Marcus no era un hombre indulgente... Y Michael se dio cuenta de que él tampoco lo era.

Somerton, reía como lunático, sentía que segundo a segundo se hundía en el lodo, como si fueran arenas movedizas. Era el aciago abrazo de la muerte que, poco a poco, le quitaba la vida, con cada latido, con cada respiración.

De pronto, solo había silencio.

Era el fin.

Los jinetes de la patrulla montada llegaron al lugar, quienes solo encontraron a Marcus y Michael observando ensimismados el cuerpo sin vida de Frank Smith, marqués de Somerton.

Michael volvió al lugar en el cual se encontraba el carruaje abandonado, allí estaba Margaret esperándolo junto con Andrew y John Fields. La tormenta había cesado, apenas unas gotas caían.

Descendió del caballo con dificultad, la herida le molestaba a pesar de estar con una venda improvisada, cortesía de una de las enaguas de su ángel de la guarda.

—¡Michael! —exclamó Margaret, alzando sus faldas mojadas y corriendo con dificultad, hacia el magnífico hombre que amaba con todo su ser.

Apasionada y sin pudor, lo besó como si fuera la última vez, y Michael respondió del mismo modo, la abrazó apretándola contra su cuerpo, solo para asegurarse que estaba bien. Ahora podía sentir que todo había terminado, ya no existía ese insidioso sentimiento que no le permitía vivir a plenitud. Solo en ese instante sintió que era verdaderamente libre de poder hacer todo lo que se le placiera.

—Está muerto —murmuró sin separarse de ella—. Ya no hay nada de qué preocuparse. —Enmarcó el delicado rostro femenino tan amado y reparó en el corte que Frank le dejó como recuerdo—. Hijo de perra —siseó furioso. Quiso volver sobre sus pasos, y profanar salvajemente el cuerpo de ese infeliz por el daño infligido a su mujer—. Ese desgraciado ha marcado tu rostro... —declaró con furia contenida, se preguntaba si sería permanente.

—Oh, Michael, esto no vale la pena, ya sanará —aseguró Margaret ocultando su marca, no por vergüenza, sino para apaciguar a su hombre—. Nuestras heridas son un precio bajo con el cual pagamos por nuestra libertad. Estamos bien, vivos, en paz, eso es lo único relevante.

Margaret siempre sabía qué decir, siempre tenía razón.

—Mi ángel, no sabes cuánto te amo.

—Sí lo sé, mi granuja, lo sé muy bien.

Los agentes de Bow Street llegaron en ese instante. Sobre el lomo de uno de los caballos, iba cargado el cadáver de Somerton como si fuera un animal, conformando una escena macabra.

—Mañana lo visitaremos en la tarde para interrogarlo —anunció Marcus—. Solo es un formalismo que nos permitirá completar el informe para el magistrado... Encontramos a su caballo pastando cerca de aquí, y acá las pertenencias que les robó Somerton. —Entregó las riendas y el saco a John, al notar que Michael no se separaba de Margaret. Miró el carruaje de soslayo—. ¿Están en condiciones de volver por sus propios medios?

—Sí, creo que podremos hacerlo sin problemas —respondió Michael pensando en que sus caballos eran capaces de resistir el camino hasta Londres.

—Bien, espero que retornen a la ciudad sin ninguna novedad. Buenas noches a todos y muchas gracias por la colaboración. —Marcus se tomó el ala del sombrero e hizo una inclinación de cabeza como una muda despedida, tal como lo hicieron uno a uno los agentes de Bow Street a medida que avanzaban.

El mutismo se mantuvo en el aire hasta que los jinetes se perdieron en la negrura del camino. Todos suspiraron al mismo tiempo, como si hubieran recordado respirar.

—¿Cómo está Minerva? —interrogó Margaret a su hermano—. Íbamos de camino a Peony House porque me llegó un mensaje de ella, era muy urgente.

—Quería alertarlos... —respondió Andrew—. Ella no había visto los carteles de búsqueda del asesino de Swindon, hasta esta noche. August trajo uno, puesto que la mayoría se encontraban en los barrios bajos. Cuando ella lo vio, reconoció a Frank de inmediato. Minerva estaba muy... oh, ni siquiera puedo describir su estado de alteración. Solo August podía contenerla de algún modo.

—¿Tú tampoco habías visto el retrato? —preguntó Michael a su cuñado.

—No, Adam se encargó de llevar a sus amigos a Bow Street a prestar declaración, y luego los acompañó con el artista que hizo el retrato en base a sus indicaciones, y él no conoció a Frank —explicó lord Rothbury—. ¿Cómo íbamos a imaginar que se trataba del infeliz de Somerton? ¿Ustedes tampoco vieron el retrato?

—Sí lo vimos —respondió Margaret—. Pero, en realidad no noté el parecido con la cara llena de cicatrices y la barba a medio crecer, Michael tampoco lo conocía de cerca... Y ustedes, ¿cómo llegaron aquí tan pronto? —preguntó con curiosidad, según sus cálculos, debieron llegar mucho más tarde.

—Elizabeth —contestó John—. Usted le pidió el extraño favor de que, si no volvían en dos horas, que llamara a Bow Street... bien, ella tiene el terrible defecto de no obedecer al pie de la letra lo que se le ordena —argumentó esbozando una sonrisa, el secretario estaba orgulloso de la sagaz muchacha—. En cuanto ustedes salieron, ella encabezó una búsqueda por toda la casa y alrededores de algún extraño o maleante escondiéndose. No tardamos mucho en hallar a Jack inconsciente en un callejón a un par de manzanas de Clover House... En ese instante, gracias a Dios, llegó el agente Finning para advertirles la identidad del asesino... quien también intentó a matar a lord Corby.

—¡Corby! —exclamaron Michael y Margaret al unísono.

John asintió y continuó...

—Tuvo un lamentable encuentro fortuito con lord Somerton, y este, al verse descubierto, lo apuñaló. Está grave, pero estable, según indicó el señor Finning. Luego fuimos a Peony House para dar aviso de lo sucedido.

—Hay algo que no entiendo —intervino Michael—, ¿cómo nos encontraron? Había demasiadas opciones de escape para Somerton.

—Finning desplegó varios agentes por todas las rutas de salida de Londres —argumentó Andrew—, el camino hacia Essex era el más lógico por su cercanía con Clover House. Tampoco era una opción que Somerton se los llevara a los barrios bajos, tu carruaje no tiene nada de sobrio.

—Oh, cuando lo adquirí tenía una reputación de truhan que mantener —respondió Michael de buen humor... un excelente indicio.

—¿Qué fue lo que sucedió allá? —preguntó Andrew señalando con un gesto hacia la dirección por donde había huido Frank.

—Llegué cuando todo había terminado —contestó Michael, guardando para sí, los hechos tal como ocurrieron. No valía la pena revelar el desprecio que sentía Somerton hacia su familia, era un dolor innecesario que prefería ahorrárselo a sus seres queridos—. El agente Finning, actuando en defensa propia, le amputó la extremidad derecha, a la altura del antebrazo... fue una herida grave, Somerton cayó del caballo y falleció desangrado.

—Cielo santo... —exclamó Margaret aún aferrada a Michael—. Todavía no le encuentro sentido a todo lo que hizo, matar a Alexander e intentarlo con Corby y contigo... Somerton estaba perdiendo el juicio...

—Hay cosas que nunca sabremos... —respondió Michael besando su coronilla—. Por lo que me comentó el señor Finning, Somerton antes de morir, señaló que Swindon le había robado dinero. —Se quedó unos momentos pensativo, atando cabos—. Tal vez esa fue la fuente de la inexplicable bonanza económica de Alexander durante el último tiempo, y el motivo de su muerte... Pero solo son especulaciones, jamás lo sabremos a ciencia cierta.

Un lúgubre silencio se cernió entre ellos. Cada uno intentaba comprender hasta dónde llegaba la naturaleza humana, la pérdida de todo sentido común, de la dignidad, de la realidad. ¿De verdad eran tan valiosos los vacuos momentos de efímero placer que proporcionaban una vida llena de excesos? Somerton y Swindon eran la cara de la misma moneda, despilfarro, lujos, hedonismo, e insensibilidad desmedida. En sus corazones no había nada más que desprecio por la vida humana, salvo la propia, y un profundo y negligente egoísmo.

Esas cuatro personas en medio de la oscuridad, jamás podrían comprender cómo se podía vivir sin tener un atisbo de bondad o compasión… de humanidad.

—Bien. —Michael, sin muchas ganas, se separó del confortante abrazo que lo unía a su ángel, se estiró con cautela a causa de su herida y resopló—. Si no les molesta, necesito volver a casa, ayúdenme a enganchar los caballos. Quiero llegar pronto a Londres, Margaret y yo necesitamos un baño, un cirujano y dormir.

Capítulo XXVII

«*Susurros de elite, 16 de marzo de 1819.*

«*¿Cuánto es el tiempo que debe esperar una viuda para volver a casarse? La convención social dicta que lo más apropiado y decoroso es después de un año de tan doloroso suceso...*

»*Ahora bien, mis queridos y fieles lectores, nos hemos enterado de que, el día de mañana, dos damas viudas contraerán nupcias —con sus respectivos caballeros— a tan solo unos meses de conseguir aquel lamentable estado civil. Todo un escándalo, ¡y por partida doble!, pues estas damas son hermanas.*

»*Si fueran circunstancias normales, sería la primera persona en cuestionar esta absoluta falta de criterio y respeto por la memoria de los difuntos. No obstante, estamos frente un caso muy peculiar que ha asombrado a toda nuestra selecta sociedad desde hace varios meses. Una de las damas es lady S--don, quien fue apostada por su esposo, y la otra, es lady S--rton, cuyo esposo la dejó —literalmente— en la calle con sus dos hijos, y hace un tiempo nos enteramos del macabro hecho en el cual, el marqués, fue quien asesinó al esposo de la primera.*

»*Creo que la mayoría estará en desacuerdo conmigo, y alzarán sus cejas inquisitivamente, y aquello es totalmente respetable. No obstante, ante estos inusuales y escalofriantes hechos, cualquier mujer joven y con sangre en las venas —y con un entusiasta pretendiente— no esperará un año para ser feliz. Y sé de muy buena fuente, que ambas uniones son por el más absoluto y consagrado amor —y tal vez por estados de buena esperanza—... Ya lo comprobaremos con sospechosos y prematuros nacimientos de bebés de siete meses, o incluso seis, ¿quién lo sabe?*

»*Es casi obvio para todos, que lady S--don contraerá nupcias con lord B, y debemos admitir que su relación indecorosa le ha sentado muy* bien al otrora granuja, libertino y truhan. Desde que llegó a Londres, se ha convertido en un hombre de familia y no se le ha visto ni siquiera un pelo en garitos y clubes jugando y apostando, tampoco ha estado acompañando a otras damas que no sean de su familia. Tal vez sigue siendo un granuja, dada su lengua mordaz y desinhibida, pero de a poco se ha ido convirtiendo en un hombre medianamente respetable. Al igual que otro caballero, lord C quien, milagrosamente, ha abandonado las mesas de juego y a ciertas damas de dudosa reputación, para frecuentar los salones de baile, donde abundan las debutantes y damas casaderas. ¿Quién sabe? Tal vez estamos ante una repentina fiebre de reformación de calaveras y tendremos novedades matrimoniales hacia el final de la temporada.

»Por otro lado está lady S--rton, quien ha mantenido su idilio de un modo muy, muy discreto con el señor AM, un emergente y brillante abogado viudo, proveniente de Northumberland, que se dedica a atender los asuntos legales del ducado de H. Tanto ha sido el secretismo en esta relación que no sabíamos nada de ella hasta ayer, por lo que ha sido una gran sorpresa para nosotros.

»Infructuosamente, han intentado mantener en secreto el compromiso y la posterior boda, llegando al extremo de no anunciarlo en ningún periódico. Pero a nosotros nada se nos escapa, mañana estaremos al tanto de estas ceremonias, que se llevarán a cabo en la iglesia St. Martin in the Fields ubicada en Trafalgar Square a las once de la mañana.

«Quedan todos cordialmente invitados.»

—Todavía no sé cómo logran enterarse de todo. Estoy dudando que este pasquín sea escrito por una sola persona, ¿no lo cree, señorita Elizabeth? —señaló Fields plegando el ejemplar. Negando con la cabeza, lo guardó en el bolsillo interior de su abrigo.

—Pues, a juzgar por sus publicaciones, deben contar con innumerables fuentes. Es imposible que una sola persona sea tan omnipresente, por lo que también coincido con usted en que pueden ser varias personas las que lo escriben —respondió la joven ajustando su bufanda—. Señor Fields, hace un frío que cala los huesos, supongo que usted no me hizo acompañarlo solo para comprar ese pasquín.

—A decir verdad, solo era una excusa —respondió curvando levemente sus labios, sin llegar a ser una sonrisa.

—Una muy mala, espero que tenga un buen motivo para haberme pedido que lo acompañara, tengo muchas labores el día de hoy, mañana es el matrimonio de nuestros señores y Lincoln está volviéndose loco con los preparativos —replicó mordaz.

—Bueno, mi intención no es arruinar su día, señorita Elizabeth...

—¿Sabe?, usted es el primero que siempre me llama y me trata como «señorita»... como si fuera una dama de verdad —interrumpió la joven cambiando de tema, aprovechando la intimidad del momento—. Es divertido porque yo solo soy una criada que sirve la comida y limpia la casa... así que gracias por eso.

—Cualquier hombre debería ser cortés con cualquier mujer, independiente de su ocupación, es lo que creo firmemente. Y me atrevería a decir que usted es una señorita que merece cualquier cortesía... La he estado observando, usted tiene un secreto —reveló John deteniendo sus pasos. Elizabeth también detuvo los suyos y lo miró consternada.

—¿Que tengo un secreto? —preguntó alzando sus cejas.

—Así es... Verá, usted una vez me dijo, textualmente, «al parecer, una mujer no puede sonreír por solo sentirse bien». Desde ese entonces, siempre me he preguntado, qué le hace sentirse tan bien, al punto de sonreír siempre.

Elizabeth parpadeó, jamás imaginó que el señor Fields le hiciera semejante pregunta o que siquiera se fijara en ella. Siempre tan hermético y a la vez tan desenfadado. Un hombre extraño, que, por algún ridículo motivo, le agradaba mucho... más de la cuenta.

—Nunca me lo había preguntado, supongo que es porque, estoy conforme con mi existencia, tengo más de lo que muchas mujeres de mi edad y condición pueden aspirar. Perfectamente podría estar trabajando en Whitechapel en vez de Clover House —respondió sincera.

—¿Y no aspira a tener más, señorita Elizabeth?

—¿Y qué más podría tener?

—Tal vez una familia, esposo, hijos...

—Oh, eso... pues nunca me ha agradado la idea de casarme solo porque no tengo alternativa o porque me vuelvo vieja. Sé que mis aspiraciones son demasiado altas, y más allá de mis posibilidades, pero me encantaría casarme como nuestros amos, por amor.

—Cualquier matrona diría que lo que usted piensa es una insensatez —replicó John ocultando sus ganas de sonreír.

Elizabeth rio, siempre escuchó aquello de sus difuntos padres, ah, seguía siendo una insensata, pero también era una romántica empedernida, ese lujo no se lo podía permitir, pero ya era así. Tal vez lo suyo era, simplemente, la soltería.

—Pero yo creo que es muy sensato —continuó John acallando las risas de Elizabeth—. Estar toda la vida con una persona por la cual no se siente siquiera una gota de afecto es una total pérdida de tiempo.

—¿Por eso no se ha casado? —preguntó ella con cierta ironía—, a ustedes los hombres no los presionan tanto por contraer matrimonio... ¿Cuántos años tiene, señor Fields?

—Treinta —contestó lacónico.

—¿Ve? Confirma lo que digo, apuesto que nadie lo molesta porque no se casa —replicó Elizabeth con suficiencia.

—Debo admitir que no, y usted, ¿cuántos años tiene?

—Cualquier matrona le diría que es una verdadera insolencia preguntarle la edad a una dama... —parafraseó Elizabeth divertida—. Pero no soy realmente una dama. Hoy cumplo veintitrés —confesó.

—Vaya, no sabía... —replicó sorprendido—. Entonces, espero que tenga un muy feliz cumpleaños, señorita Elizabeth... Me gustaría darle un presente.

—Oh, no se tome la molestia, señor Fields.

—Oh, claro que sí... y no es una molestia... No esperaba que esto fuera un regalo de cumpleaños, pero... —Sacó de uno de sus bolsillos una sencilla caja decorada con flores pintadas, y se la entregó a una boquiabierta Elizabeth—. Ábrala, espero que le guste.

—Dios santo, si me hubiera dado la caja vacía estaría igual de encantada, está muy bonita... —Acarició fascinada el dibujo de las flores, era un trabajo hermoso—. Muchas gracias, señor Fields. —Abrió la tapa y encontró un par de guantes de piel de ante, que pudieron costarle una pequeña fortuna a John—. Oh... cielos... esto... —Se tapó la boca, de la pura impresión estaba empezando a balbucear nerviosa—. Jamás había tenido algo tan bonito... Pero, ¿por qué me ha hecho este regalo?, usted no sabía que era mi cumpleaños.

—Precisamente por eso le pedí que me acompañara. Usted tiene la capacidad de cambiar todos mis planes, en vez de darle un regalo de cumpleaños, pretendía dárselo como presente si aceptaba darme una oportunidad para cortejarla...

—¿Cortejarme? —Miró fijo a John, cuya expresión había cambiado a la solemnidad.

—Mis intenciones son muy serias, señorita Elizabeth —aseguró convencido—, me he dado cuenta, desde hace un tiempo, que mis sentimientos han cambiado hacia su persona. Al principio, solo creí que era una simple admiración, intenté de todo para evitar aquello, pues solo me distrae en mis labores. Pero ya no puedo hacer más que pensar en usted, y preguntarme sin cesar si puedo aspirar a algo más que admirarla de lejos... Los últimos días han sido tortuosos, por algún motivo, se ve más hermosa de lo que ya lo es...

—Oh, señor Fields... —susurró ella desbordante de emoción, aquella declaración era más de lo que había soñado alguna vez—. Yo pensaba que usted solo sentía aversión por mí... que, simplemente, no era una mujer que estaba a su altura.

—Por supuesto que no está a mi altura, considero que usted es superior a mí en muchos aspectos —replicó firme—. Si no fuera una mujer inteligente, fuerte, leal, segura y valiente, no me habría fijado en vuestra persona. Jamás pasa desapercibida... al menos para mí... Entonces, por favor, termine con esta agonía, ¿siente lo mismo que yo? ¿Acepta mi propuesta?

Elizabeth, sin poder decir palabra alguna, aceptó efusivamente asintiendo con su cabeza. Una sonrisa radiante iluminó su rostro y, sin pensarlo dos veces, se colgó del cuello de John, quien la abrazó aliviado. Sus corazones latían al mismo compás, al acelerado ritmo de un amor que estaba destinado a ser tan eterno, como los rayos del sol que se abrían paso entre las nubes e iluminaban sus cabezas.

—¡Felicidades, Michael! —Olivia, al borde de las lágrimas, abrazó fuerte a su hermano—. Estoy tan feliz por ti.

—Y yo estoy feliz por mí, hermanita —bromeó contento—. Gracias, Livy.

Se separaron del fraterno abrazo y observaron una escena similar; Andrew abrazando a sus dos hermanas al mismo tiempo. Ambas con hermosas sonrisas y llorando de emoción. La recepción que se llevaba a cabo en Peony House estaba colmada de felicidad; el amor se percibía en cada detalle, desde las flores que adornaban las mesas, hasta en los semblantes de cada uno de los invitados, la familia y unos pocos amigos.

—Muchacho, ven, deja que te abrace —interrumpió el duque de Hastings, distrayendo a Michael y a Olivia.

—Papá...

Ambos hombres se abrazaron, Albert podía sentir que, gracias a la felicidad que alcanzaron sus hijos, al fin podría sentirse en paz consigo mismo. Michael y Olivia habían transitado por un camino tortuoso antes de encontrar la felicidad, y su anterior desdicha había sido producto de su falta de carácter y debilidad ante su difunto padre. Ahora podía decir que todo estaba en el lugar correcto.

—Te deseo la mayor de las suertes, hijo mío. Siempre fuiste mejor hombre de lo que yo fui, seguiste tu voluntad a pesar de todo, y este momento es tu recompensa. Mejor mujer que lady Bolton no encontrarás —aseguró orgulloso.

—Gracias, papá… te quiero.

—Yo también te quiero, hijo mío. Tú y Olivia son mi tesoro más preciado… Al igual que mis nietos, espero disfrutarlos muchos años más.

—¡Silencio!, por supuesto que los disfrutarás, hasta que te den bisnietos —regañó Michael con cariño, separándose del contacto. Esperaba de corazón no convertirse en duque en muchísimos años más—. Concédeme como regalo de bodas dejar de hablar de ese modo tan fatalista. Incluso creo que deberías volver a casarte, eres un hombre que todavía goza de buena salud.

Albert rio, la mitad de sus conocidos ya había muerto antes de los cincuenta, no se sentía tan optimista como su hijo, ah, la juventud. Tenía todo un futuro por venir.

—Lo consideraré —respondió esbozando una sonrisa—. Iré a felicitar a tu esposa y a saludar a todos mis…

—¡Abuelo! —saludaron todos los hijos de Michael abrazando a Albert, quien le revolvió el cabello a cada uno de ellos con cariño.

—¡Mis niños! ¡Ya han crecido de nuevo! —celebró Albert feliz ante las caras emocionadas de Lawrence, Thomas y Alec—. No puedo perderlos de vista una semana y ya los veo más grandes…

Michael rio al ver a su padre rodeado de niños, instantes después se le unieron los hijos de Olivia y Andrew, y los de Minerva y August. Albert jamás imaginó que su familia crecería tanto en tan poco tiempo.

Disfrutaría esa etapa de su vida a plenitud. En ese momento, comprendió que era un hombre feliz.

—Bolton —saludó Corby con un tono severo, llamando de inmediato la atención de Michael, obligándolo a dar media vuelta—. ¿Qué será de nuestra ilustre sociedad sin tus escándalos? —bromeó intentando reprimir sin éxito una sonrisa socarrona—. Gracias por la invitación.

—Te la merecías, eso te pasa por hacer méritos en tu afán de ser un hombre correcto —respondió a la pulla Michael, estrechando la mano de Angus—. En todo caso, leí por ahí que también pretendes sentar cabeza.

—Digamos que las experiencias cercanas a la muerte traen una claridad al pensamiento que no se debe ignorar —explicó con su eterno cinismo, aunque en realidad, sí creía en aquellas palabras.

—¿Tienes alguna candidata en mente? —preguntó con interés y recordando las sabias palabras de Margaret: «pobre de la que se case con ese truhan», intentó no reír.

—Ninguna señorita ha llamado mi atención lo suficiente... debo admitir que la mayoría son todo lo que todo caballero espera en una dama... pero todas tienen un defecto que, sinceramente, no puedo soslayar —confesó sin miedo a que Michael lo crucificara, él era justamente ese tipo de hombres que no se regía por las convenciones sociales. Era flexible.

—¿Y cuál es? —preguntó Michael con curiosidad.

—No pueden ocultar que les interesa demasiado a cuánto asciende mi renta anual —respondió haciendo una mueca divertida y nada caballerosa.

—A caballeros como nosotros no nos gusta ser bolsas de dinero ambulantes. Tal vez estás buscando en el lugar equivocado —señaló en base a la experiencia.

Corby se encogió de hombros, no pensaba admitir que en realidad sí tenía una candidata, una que estaba viviendo bajo su mismo techo, en el sector de la servidumbre, por lo que el único interés que ella tenía en él era por el pago de sus servicios domésticos.

Una elección nada conveniente.

—Suerte con ello... ¿te puedo dar un consejo?

—Ilumíname.

—Mientras más inapropiado e indecoroso sea, mejor.

Corby rio, tal parecía que era la tónica familiar del ducado de Hastings, la cual le daba espléndidos resultados, a juzgar por la cara de sus vástagos, lady Rothbury y lord Bolton.

—Lo tendré en cuenta —respondió, tal vez Bolton tenía razón, iba más de acuerdo con su manera de ser—. Iré a saludar a la flamante lady Bolton...

—Te lo advierto, cuida tus palabras con ella.

—Te aseguro que sabe defenderse muy bien.

—Eso lo tengo más que claro.

Michael observó todo a su alrededor, al fin era un hombre casado, y aunque no había ninguna diferencia en sus sentimientos hacia Margaret, sentía que había despertado de un sueño y que ahora vivía de una maravillosa realidad.

Sintió un leve tirón en su elegante y fina levita, Michael miró hacia abajo, era Thomas que lo miraba con su rostro azorado, a su lado estaba Alec.

—Estamos muy felices por tu matrimonio con nuestra mamá —declaró Thomas con un tono ceremonioso, pero evidenciando el cambio de su trato hacia Michael—. Al fin podremos llamarte «papá».

—Oh, Thomas, Alec, mis muchachos —Michael, emocionado, abrazó a ambos niños, quienes respondieron del mismo modo—. No saben cómo esperaba este momento.

—Yo también... papá —respondió Thomas con su pequeño corazón latiendo de felicidad. No lo dudaba, quería ser un digno hijo de Michael.

—¡Y yo también, papá! —agregó Alec apretando más el abrazo. Michael era todo lo que deseaba en un padre de verdad.

A muy corta edad, los pequeños habían aprendido que la sangre no garantizaba los sentimientos. Y Michael tenía fe en sus hijos, sabía que Thomas se convertiría en un gran conde si lograba conservar el bondadoso espíritu que poseía, esperaba formar a un hombre sin igual, del mismo modo que Alec, cuyo camino sería más complicado y debería aprender a labrar su futuro con sus manos, y por supuesto que deseaba estar ahí para verlo y ayudarlo a lograrlo

Se quedaron un buen rato de ese modo los tres juntos, grabando en su memoria uno de los momentos más importantes en la vida de los tres. Margaret los observaba sintiendo un nudo en su garganta, los rostros de sus hijos, demostraban lo felices que estaban. No quiso intervenir, ese instante les pertenecía solo a ellos.

Michael besó las coronillas de sus hijos, y al levantar su vista, se encontró con los ojos rebosantes de lágrimas de su ángel, quien le sonreía con ternura.

—Bien, hijos míos, vayan a jugar, esta noche van a quedarse aquí con sus primos —anunció Michael con inocencia, provocando los vítores de Thomas y Alec—. Iré a ver a vuestra madre. —Les guiñó el ojo, y ambos niños asintieron con entusiasmo. Salieron corriendo hacia el grupo que lideraba Marian, la hija mayor de Andrew.

Michael caminó hacia Margaret, la sonrisa de ella cambió ligeramente, ahora había una pizca de malicia. Al llegar frente a ella, le acarició lo que quedaba de su cicatriz que le atravesaba la mejilla en diagonal, era apenas una línea más pálida que el resto de su piel. El corte no hacía mella en su belleza.

—¿Cuándo será apropiado marcharnos a nuestra noche de bodas? —preguntó Michael con audacia.

—Solo llevamos una hora, querido. Es inusual esta impaciencia de tu parte.

—Es la ansiedad de poder estar a solas con mi esposa, fue una excelente idea de tu parte darle el día libre a la servidumbre —elogió Michael admirando el vestido color rosa, con un apropiado pero osado escote que era velado por una transparente *chemisette*—. Te ves fabulosa, como un verdadero ángel dispuesto a pecar.

—Y tú como un auténtico libertino que pretende cazar su presa para devorarla esta noche.

—Ya estoy imaginando todas las formas con las que voy a devorar a mi pobre víctima. No tiene idea de las perversiones que sufrirá esa desdichada alma. —Se llevó la mano al pecho en un gesto dramático—. Su condena será de por vida.

—Una muy dulce condena, me atrevería a decir, milord.

—¿Ya te dije que te amo?

—Sí, pero me encanta escucharlo.

Epílogo

Londres, 1 de septiembre de 1821.

Aquella tibia mañana, desde la puerta de acceso a Clover House, se encontraba la familia en pleno despidiéndose de todos los niños que se marchaban en dos carruajes rumbo a Eton junto a sus padres. Todos los varones mayores de la nueva generación, por primera vez marchaban juntos al colegio donde se formaba el futuro de los gobernantes de Inglaterra. Primero había partido Thomas, junto con Frank, su primo; al año siguiente se les unió Alec y Ernest, y ahora lo hacían Lawrence, y los hijos de August y Minerva, Horatio y Justin.

Para el pequeño heredero del ducado de Hastings, se iniciaba una nueva etapa, donde su carácter se pondría a prueba, tal como les sucedió a Thomas y Frank. El primer año de los mayores fue de dulce y agraz, sus títulos estaban manchados con la vergüenza de sus predecesores. Pero para los niños, no fue una sorpresa encontrarse en ese escenario, y pudieron sortear todo tipo de problemas, granjeándose una reputación dentro de Eton, alumnos, profesores y empleados los llamaban «los herederos del diablo», ante la imposibilidad de quebrantar su espíritu indomable. No eran malos alumnos ni eran conflictivos, pero cuando alguien se empeñaba en buscarles el odio, lo encontraban. Juntos, nadie podía derribarlos. Al año siguiente, ese pequeño clan creció y se fortaleció con la llegada de Alec y Ernest.

Lawrence, Horatio y Justin, antes de entrar a Eton ya eran parte de «los herederos del diablo». El sobrenombre, no hacía mella en el espíritu de los niños, al contrario, estaban orgullosos de ello y no hallaban la hora de empezar la aventura con sus primos.

Michael, siempre orgulloso de sus hijos, puso especial cuidado en preparar a Thomas para responder a cada pulla, a cada golpe, a tomar cada decisión con la cabeza fría. Y, por supuesto, a apostar con inteligencia. El muchacho ya sabía cómo sería su futuro si sucumbía a la tentación de caer en los vicios que proporcionaban los juegos de azar.

Por su lado, August, quien también había sufrido los rigores de la educación siendo de clase inferior, también había hecho lo mismo con Frank, haciéndolo partícipe de la reconstrucción de su patrimonio que su padre había diezmado. Gracias a Michael, quien, actuando como tutor de Thomas, decidió dividir en dos la renta del pequeño y compensar durante tres años a Frank, para que pudieran recuperar lo que perdió su padre, calculando a cuánto ascendía el monto de lo que le había robado Swindon. Frank aprendió lo duro que era el trabajo, que lo que le correspondía por nacimiento no era gratis y que su deber era velar por la familia y su patrimonio. El niño estaba convirtiéndose en un jovencito recto y responsable, consciente de que era el pilar del bienestar familiar.

Margaret secaba sus lágrimas con su pañuelo, nunca se acostumbraría a estar alejada de sus pequeños, por eso mismo, junto con Minerva, los visitaba cada dos semanas y eran las primeras en llegar a buscar a sus hijos para las vacaciones. Olivia tampoco podía evitar el llanto, el próximo año sería el turno de William. Si no fuera por los bebés que habían llegado a la familia dos años antes, sus respectivos hogares serían demasiado silenciosos.

Primero nació a principios de agosto, Anthony, el hijo de Olivia y Andrew, quien ya tenía dos años de edad. El pequeño rubio de ojos azules, era idéntico al vizconde; dos meses después, en octubre, nació Emily, la hija de Minerva y August, una preciosa pequeña de cabellos castaños, una versión femenina de su padre conjuntado con el carácter de su madre; y al mes siguiente, Laura, fruto de la unión de Margaret y Michael, ella era un pequeño ángel que era una perfecta combinación de sus padres.

La sociedad ya había olvidado sus relaciones inapropiadas, indecorosas y escandalosas como si nunca hubieran existido, solo quedaban rumores contados de manera fugaz que eran descartados de la misma manera, no era nada significativo que afectara su inmaculada reputación. Eso se debía, en parte, a la labor de caridad que realizaba Olivia tanto en Londres como en Cragside y

Richmond, donde tenía escuelas para mujeres y que funcionaban a la perfección gracias a la colaboración de Minerva, Margaret y Althea, con el respaldo de sus respectivos esposos. Lo que las convirtió en damas respetadas —y temidas— por todos. Durante la temporada parlamentaria, organizaban bailes para reunir fondos para seguir educando a las mujeres que no tenían posibilidades económicas. A pesar de poder financiar la iniciativa por su cuenta, sentían que debían dar a conocer la labor a toda la sociedad, mostrarle al mundo que todas las mujeres, necesitaban educación formal.

Y eso, ellas no lo olvidaban para sí mismas, y las motivaba junto a sus esposos a hacer pequeños cambios, pero significativos; criando varones que apreciaran y respetaran a las mujeres y no se sintieran superiores a ellas, independiente de su ocupación, escala social, o riqueza. Educando a las mujeres a ser fuertes, sagaces, independientes, valientes e inteligentes, dándoles armas para poder defenderse y vivir en un mundo que no iba a cambiar de la noche a la mañana, pero que iba a ser mejor que la realidad actual que estaban viviendo. Tal vez, algún día, las siguientes generaciones lograrían esos cambios radicales que ningún hombre imaginó alguna vez.

De momento, con lo que tenían en sus manos, era más que suficiente.

—Oh, creo que nunca me acostumbraré a esto —sollozó Margaret, sosteniendo a la pequeña Laura entre sus brazos, quien la miraba y le secaba las lágrimas con sus manitos que ya dejaban de ser regordetas.

—Nosotras los extrañamos... —intervino Minerva también con su pequeña en brazos—. Oh, pero nuestros hombres lo sufren todo en silencio. El estado de ánimo de August cambia mucho cuando no están Frank y Ernest. No quiero siquiera imaginar cómo va a ser este año sin Horatio y Justin, malcriará a Emily hasta el cansancio.

—Andrew ya está preparando a William. Aunque yo creo que más bien se está preparando a sí mismo —añadió Olivia, mirando de soslayo a su hijo, que tenía tomado de la mano a su hermano menor de un modo muy protector.

—Mamá, yo no quiero irme a una academia de señoritas —protestó de pronto Marian a Olivia—. Ahí no enseñan nada útil, como disparar o esgrima. Aprendo más junto a papá...

—A mí tampoco me agradan esas academias... Y tu padre disfruta mucho enseñándote —respondió Olivia esbozando una sonrisa, su hija tenía el poder que pocas tenían, el de decidir.

—Entremos a desayunar —invitó Margaret a todos, los carruajes ya se habían perdido de vista—. La señora Fields ya debe tener lista la mesa.

Michael se acostó cansado. Llevar a sus hijos a Eton le rompía el corazón, pero era algo que debía hacer si deseaba que ellos aprendieran desde pequeños cómo funcionaba el mundo. No podía protegerlos toda la vida, y eso era lo más difícil de aceptar como padre.

Lo que le aligeraba su pesar, era tener la seguridad que los niños se ayudaban unos a otros, y dentro del colegio, sus lazos se reforzarían más y más. La familia era primordial, y eso, lo tenían más que claro «los herederos del diablo», pues cuando había problemas, solo la familia estaba ahí para ayudar.

Margaret observaba a su esposo, que tenía los ojos cerrados, mas no dormía. Se recreó por un momento ante esa vista, a sus treinta años, él seguía siendo apuesto, fuerte y viril.

Sonrió maliciosa.

—Mi amado granuja —dijo de súbito—. ¿Estás bien, querido? —le preguntó con curiosidad.

Michael alzó las cejas y medio abrió un ojo para mirarla de soslayo.

—Estoy bien, es increíble cuánto ya extraño a esos bribones —confesó volviendo a entornar sus ojos—. Nuestra Laura también los extraña...

—Sí, creo que ella necesita compañía... ¿Qué te parece si trabajamos en ello? —propuso inocente, paseando sus dedos sobre su pecho, vagando hacia el sur y logrando que él abriera sus ojos por completo.

—Siempre trabajamos en ello, mi ángel —señaló riendo socarrón. Su esposa era cada vez más audaz. Y le encantaba.

—Tal vez no hemos tenido suerte... —replicó haciendo un falso puchero.

Michael la besó, su esposa había cambiado durante los últimos años, pero él se enamoraba de cada faceta nueva, de cómo se transformaba su cuerpo, su voz, su forma de expresarse. Él también había cambiado, y Margaret solo lo amaba más y más. Porque en el fondo, a pesar de todo, ellos eran los mismos en esencia; un hombre y una mujer que el azar los había unido, pero que estaban destinados a amarse con devoción y fidelidad, entregándose siempre, sin límites.

—Contigo, mi ángel, no necesito a la suerte.

Fin

Agradecimientos

No hay primera sin segunda, así reza el dicho, y al finalizar esta segunda novela histórica, no encuentro una palabra que pueda expresar todo el agradecimiento que siento por todas las personas que me han apoyado, ya sea desde la primera historia o, en esta, la última. Facebook, Wattpad, Instagram, han sido mis canales de comunicación con ustedes y, a través de ellos, he encontrado leales lectoras, y soy inmensamente feliz cuando llego a ustedes —o ustedes llegan a mí— y me comentan lo mucho que disfrutaron mis historias. Y eso es impagable, saber que lo que hago es bueno —al menos, para algunas personas, y es suficiente para mí—.

Pero no solo he conseguido lectoras, sino también las mejores colegas e invaluables amigas. Ustedes saben quiénes son y el lugar que ocupan en mi vida. Las amo Pi.

Gracias a mis viejos, a mi hermana-hija —la más bakán del mundo—. Siempre puedo contar con ustedes, no puedo pedir mejor familia que ustedes. Los adoro.

Gracias a mis hijos, algún día —ojalá en mucho tiempo—, leerán estas novelas. Los niños que aparecen en todas mis historias son ustedes, en cierto modo; sus formas de ser, sus peleas, sus palabras. Cada vez que lean, encontrarán una parte de su infancia. Los amo, he aprendido a ser la peor madre del mundo, pero no importa, ustedes me aman de todas formas. Es lo que hay.

Y, por último, nada de esto sería posible, si no fuera por mi esposo. Él me dio mi primera historia de amor con final feliz, me ha dado una familia, me ha dado un hogar, ha sido el que me ha impulsado a publicar, a continuar trabajando, y a descubrir que este oficio, es lo que más amo hacer, y solo me detendré cuando muera. Gracias, señor A.C.A.A, te amo.

Hilda Rojas Correa

No puedes dejar de leer...

¿Qué sucede cuando tu esposo te dice de la noche a la mañana, que nunca te ha amado, y que para colmo te ha sido infiel con tu amiga?

Paola tenía toda su vida armada, llevaba cinco años de feliz matrimonio y una hija recién nacida cuando le cae esta horrenda, repentina e inesperada confesión.

A partir de ese momento, ella deberá lidiar con una nueva realidad: soledad, maternidad, manejar una separación, vivir con la culpa, descubrir terribles secretos, y recibir el impensado apoyo de un amigo, que le empujará a tomar decisiones desesperadas que cambiarán su vida para siempre.

Libertad es una joven de alma libre, alegre y optimista, con un prontuario amoroso que raya lo desastroso, y que no puede salir del círculo vicioso emocional que representa Marcos, su ex pareja.

Su vida es un constante tira y afloja hasta que conoce de golpe, literalmente, a un hombre solitario y misterioso, que lleva a cuestas una vida cargada de secretos, decepciones y vivencias tristes.

Juntos aprenderán a vivir la vida de otra manera, y nuevas experiencias los llevaran por el camino del amor, el romance, la tensión sexual y eventos inesperados que pondrán a prueba hasta qué punto su amor es verdadero.

Leonardo, es un joven profesional del área informática que vive y trabaja como cualquier persona normal. Es aquel muchacho buena onda, bien parecido, excelente persona a más no poder, un hombre que sabe perfectamente lo que quiere en su vida. A sus veintisiete años tiene casi todo lo que un hombre de su edad puede ambicionar. Casi.

Lo único que le falta, es salir de la "friendzone". Ya no quiere ser parte de la población de ese lugar desolado.

Bueno, ese era el plan inicial.

Una confesión frustrada, cambios en el trabajo, amigos incondicionales, una mujer que, inesperadamente, le comienza a "mover el piso" e intentar recuperar el equilibrio perdido, son las pruebas que deberá afrontar en su nueva vida. A veces sentirá que no avanza, otras que casi corre una maratón pero, a pesar de todo, él irá hacia adelante sin dudar, dando siempre un paso a la vez.

¿Cuánto tarda en cumplirse un deseo?, ¿un día?, ¿una semana?, ¿un mes, tal vez? En su cumpleaños número treinta, Isidora deseó tantas cosas para su vida que, en ese instante, pensó que eran casi imposibles de realizar... ¿o no?

Cuando soplas las velitas, los deseos sí se cumplen, pero no de la forma «automágica» que uno quiere. A veces, ni siquiera te das cuenta cuando todos ellos se van realizando uno por uno... Sobre todo, cuando el más grande de todos, está personificado en un hombre molesto, irritante, y con una estúpida y sensual voz.

¿Qué será de Isidora?, ¿se resistirá a cumplir sus deseos con dientes y uñas, o se dejará llevar?

David es un hombre de veintinueve años, tiene dos trabajos, estudia de noche e intenta llevar su relación amorosa con Ingrid al siguiente nivel.

Ainelen es técnico en enfermería cuya vida amorosa está llena de malas elecciones y parece que nunca rompe su patrón al momento de elegir pareja. Su único y mas fiel amigo, Marcelo, le dice que es demasiado ingenua e inocente cuando se trata de hombres. Tanto, así, que acaba de descubrir que su prometido ya lleva un año de casado con otra.

Sus vidas están a punto de cruzarse inesperadamente. El destino le da la peor jugada a David y a la vez le ofrece a Ainelen una oportunidad para cambiar su rumbo.

¿Sabrán cómo utilizar las cartas que les ha entregado la rueda de la fortuna, o se rendirán sin siquiera jugar?

Ángel Larenas ha llevado una doble vida durante diez años, con el objetivo de enmendar errores y honrar una promesa... Una promesa que le ha costado demasiado caro; el cariño de su familia, el amor de una mujer, tener una vida normal.

Pero él es un hombre con honor y está resuelto de cumplir su palabra hasta el final... Al menos eso creía.

Un viaje inesperado a Italia será el comienzo del fin de lo que conocía. Recibe un inusual regalo, el cuerpo de una mujer, a la que, por sus principios, no podrá abandonar, la cual, inmediatamente, y sin querer, comenzará a debilitar lo cimientos de su vida, desencadenando una serie de peligrosos eventos, que lo pondrán en el conflicto de continuar por honor o dejar todo por amor.

Damián Cortés, es un hombre común y corriente que, de manera casual, descubrió hace un par años que sus preferencias sexuales se inclinan hacia la dominación. Desde entonces, ha acumulado mucha teoría y nada de práctica. Está ansioso, frustrado, y, definitivamente, necesita una compañera, pero, ¿quién se atrevería a ser conejillo de indias de un dominante sin experiencia?

Haidée González se atraviesa en su camino, una madre soltera y divorciada que, tras un quiebre doloroso, vive encerrada en su incesante rutina y no se ha permitido disfrutar a plenitud de su vida, de su juventud y de su sexualidad.

El destino coludido con el universo se empeña en unirlos.

Una inesperada propuesta cambiará la dirección de sus vidas para siempre.

Y, todo esto, con un solo objetivo para ambos, aprender, experimentar, descubrir y, tal vez, amar.

El señor Edmundo Cortés, no es como el común de los hombres, pero él no lo sabe. Hay algo singular en su forma de ser que no le permite mantener una relación duradera con ninguna mujer.

El sexo lo arruina todo. Siempre.

Por accidente, encuentra un libro BDSM que será una gran revelación sobre su naturaleza, que ni él mismo imaginó y, todo esto sucede, al mismo tiempo que conoce a una mujer que no es lo que aparenta, y que se convierte en un regalo del destino; una amiga, que le hace romper todas sus creencias acerca de lo imposible que es la amistad entre un hombre y una mujer.

¿Qué sucede cuando descubres que lo único que te llena es la dominación sexual?

Lo deseas practicar. Pero no con cualquiera, no todas tienen lo suficiente... Pero tal vez ella sí... ¿O no?

Buscar su destino.

Ese fue el dictado de su corazón.

Yeison Barrios, detective infiltrado de la policía de investigaciones de Chile durante los últimos siete años, decide cambiar el rumbo de su existencia en el momento en que despierta herido en un hospital.

Usando el nombre que le corresponde por derecho, y siendo ahora Jason Holt, reorganiza sus prioridades y empieza una nueva vida abriendo su negocio propio como detective privado, donde un hombre al borde de la quiebra le ofrece resolver un caso que le es imposible rechazar.

Pero todo cambia cuando conoce a Ana, la hija de quien lo contrató. Y a pesar de que hay una innegable atracción, Jason sabe que el destino, ese que siempre le ha golpeado con dureza, en cualquier momento se dejará caer de nuevo, recordándole que todo lo que anhela es inalcanzable para él... ¿O será que al fin esta vez el destino se apiadará de él y le otorgará la oportunidad de tomarlo con sus manos y cambiar para siempre su realidad?

Lady Olivia ha pasado los últimos tres años enclaustrada en un bosque, al norte de Inglaterra. Sin embargo, no lo lamenta, está conforme con su existencia llena de esfuerzo y estrecheces, muy lejos de Londres y de las estrictas normas que rigen a la alta sociedad. Esas mismas normas provocaron que su familia la repudiara, y apenas le permitieron quedarse con lo más preciado de su vida, su hijo.

Andrew Witney, antes de ser el vizconde Rothbury, era veterano de las guerras napoleónicas y tenía la vida de un hombre común. Nada hacía presagiar que obtendría su título gracias a una tragedia familiar, y junto con ello, hacerse cargo de un sinfín de responsabilidades propias de su posición, para las cuales nunca estuvo preparado, entre ellas, engendrar un heredero.

Eso es lo más complicado, no porque no quiera, sino porque nadie es capaz de mirarle a la cara sin hacer una mueca de repulsión. Su fealdad y cojera le dan el triste apodo de «adefesio de Rothbury».

En las aguas heladas de un lago comienza la verdadera historia. Un encuentro fortuito desencadenará la unión de sus vidas de manera dulce y natural. Pero para el resto de la sociedad, ese amor que nace entre ellos solo podrá ser catalogado de una manera: como una total y absoluta relación inapropiada.

www.ingramcontent.com/pod-product-compliance
Lightning Source LLC
Chambersburg PA
CBHW020230260626
47156CB00002B/611